KB149451

문학을 '응시하다'

문학을 '응시하다'

초판발행일 | 2018년 1월 18일

지은이 | 아베 마사히코(阿部公彦)
옮긴이 | 한성례
펴낸곳 | 도서출판 황금알
펴낸이 | 金永馥

주간 | 김영탁
편집실장 | 조경숙
인쇄제작 | 칼라박스
주소 | 03088 서울시 종로구 이화장2길 29-3, 104호(동숭동)
물류센타(직송 · 반품) | 100-272 서울시 중구 필동2가 124-6 1F
전화 | 02) 2275-9171
팩스 | 02) 2275-9172
이메일 | tibet21@hanmail.net
홈페이지 | http://goldegg21.com
출판등록 | 2003년 03월 26일 (제300-2003-230호)

값은 뒤표지에 있습니다.

ISBN 979-11-86547-90-8-03830

BUNGAKU WO 〈GYOUSHI〉 SURU
Copyright © 2012 by Masahiko Abe
This Korean edition published 2018 by HWANGUMAL, Seoul
by arrangement with Iwanami Shoten, Publishers, Tokyo
through Yoonir Agency, Seoul.

아베 마사히코(阿部公彦) 비평집

문학을 '응시하다'

文学を〈凝視する〉

한성례 옮김

황금알

들어가며

보는 것을 둘러싼 '이상한 이야기'

　인간은 보는 것을 좋아한다. 멀리 떠있는 별이나 미세한 세균과 같이 육안으로 보기 어려운 것일수록 더욱 보고 싶어진다. 이런 이유로 인간은 이론을 다듬고 장치를 개발하여 다양한 것들을 제대로 보는 방법들을 성공시켜왔다. '어떻게 보는가'에 대한 이런 노력들이 우리가 가진 '지식'의 원형이 되어왔다고 말할 수 있다.

　다만 여기에는 함정이 있다. 우리가 정말로 보기 어려운 것은 사실 보기 어려운 것이 아닐지도 모른다. 바로 거기에 존재하는 것, 잘 보이는 것들이 눈을 부릅떠도 좀처럼 보이지 않을 때가 있다.

　나쓰메 소세키(夏目漱石)[1]의 작품 「문」에 좋은 예가 나온다. 주인공 소스케(宗助)와 부인 요네(米)는 다음과 같은 대화를 주고받는다.

---

1) 나쓰메 소세키(夏目漱石, 1867~1916): 일본의 소설가, 평론가, 영문학자. 일본 근대기 소설문학에서 중심적인 인물이며, 이후의 일본 문단에 큰 영향을 미쳤다. 서양화에 급급한 일본 사회와 그 속에서 삶을 영위하는 지식인의 생활태도와 사고방식, 근대 일본의 성격을 날카롭게 분석하고 통렬하게 비판한 문학자로, 해박한 동서양의 지식을 영국의 풍자적 작법을 구사하여 대중의 호평을 받았다. 모리 오가이(森鴎外)와 더불어 일본 메이지(明治)시대의 대문호로 꼽힌다. 작품은 당시 전성기에 있던 자연주의에 대하여 반자연주의적이었고, 여유파라고 불리기도 했다. 주요 저서로는 『호토토기스(두견)』 『나는 고양이로소이다』 『도련님』 『풀베개』 『산시로』 『그 후』 『문』 『피안 지나기까지』 『마음』 『명암』 등 다수가 있다.

"정말 '글자'라는 건 요상해."

"왜요?"

"왜라니? 아무리 쉬운 글자라도 이거 이상하다고 의심하기 시작하면 뭐가 뭔지 모르게 되거든. 얼마 전에도 '금일'할 때 쓰는 '금'자 때문에 쩔쩔맸어. 종이 위에 반듯하게 써놓고 한참 바라보다보니 어쩐지 틀리게 쓴 것 같더라고. 마지막에는 보면 볼수록 '금'자 같지 않은 거야. 당신은 그런 경험 해본 적 없어?"

―『소세키 전집 제6권』 349

"한참 바라보다보니 어쩐지 틀리게 쓴 것 같더라고." 이런 경험을 해본 사람이 많으리라. 문자와 교통표지, 거리의 나무나 심지어 자신의 손조차도 뚫어지게 보고 있노라면 정말 자신의 손이 맞는지 의심스러워진다. 사실 우리는 물끄러미 바라보면 갑자기 그 의미를 모르게 되는 것들에 둘러싸여 살아가고 있다.

응시해야 겨우 보이는 것이 있는 반면, 보면 볼수록 보이지 않는 것도 존재한다. 보다 어려운 것은 후자의 경우일지 모른다.

또 다른 예를 들어보자. 뉴욕 메트로폴리탄미술관에서는 정면에 위치한 현관으로 들어가면 왼편에 현대미술 섹션이 전시되어 있다. 이 섹션에서 가장 관심을 끄는 것 중 하나는 20세기 뉴욕을 대표하는 화가 잭슨 폴락[2]

---

2) 잭슨 폴락(Paul Jackson Pollock, 1912~1956): 미국의 추상표현주의 화가. 커다란 캔버스 위로 물감을 흘리고, 끼얹고, 튀기고, 쏟아 부으며 몸 전체로 그림을 그리는 '액션 페인팅'을 선보였다. 추상표현주의 미술의 선구자이며, 20세기 문화를 대표하는 아이콘으로 세계 화단에 큰 영향을 끼쳤다.

의 작품들이다. 이미 알고 있는 사람도 많겠지만, 잭슨 폴락의 작품은 언뜻 보면 아무렇게나 물감을 흩뿌린 듯한 그림으로 무얼 그려놓은 것인지 알아보기가 거의 불가능하다. 아무리 뚫어지게 본들 아무것도 발견할 수 없다. 다르게 표현하면, 그려진 대상을 찾으려고 열심히 그림을 들여다보아도 그 속에서 폴락이 의도한 대상을 찾아내는 건 불가능하다. 사람에게 보이기 위해 제작한 작품이련만 그처럼 눈을 박고 바라봐도 아무것도 보이지 않는 것은 왜일까.

이런 고충을 헤아리기라도 한 듯 폴락 작품 중 하나에는 다음과 같은 해설이 붙어 있다. '먼저 눈을 감고 그림 가까이 와주세요. 그리고 눈을 번쩍 떠서 봅니다. 어떤가요? 뭔가 느껴지나요?' 이른바 폴락의 작품을 보기 위한 안내다. 적힌 대로 해보니 분명 혼돈 상태의 연속성으로 넘치던 그림의 독특한 감촉이 한순간 눈의 표면으로 밀려들어오는 것이 느껴졌다. '이 감촉을 보라'고 말하는 것 같았다. 이것이 폴락의 작품을 보는 방법이라고 한다.

눈앞에 달아나지도 숨지도 않고 존재하는 것을 보는 데에는 비법이 필요하다. 엄밀히 말하면 문제가 있는 것은 아니다. 오히려 자기 쪽의 견해, 즉, 보기 위한 작법이 중요하다.

생각해보면 우리는 스스로가 믿고 있는 만큼 자신의 시선을 통제하고 있지 않은지도 모른다. 특히 시선의 과잉에 있어 그 점이 드러난다. 미술관의 광경을 한 걸음 물러나서 보면 독특하다. 전시물 앞에 멈춰서 몸을 내밀고 말끄러미 바라보는 사람들의 시선은 이상할 정도로 빛을 발한다.

이 사람들은 무얼 하는 걸까. 왜 이토록 보는 것에 빠져드는 걸까. 나 자신도 같은 것을 하려고 미술관에 온 것인데, 문득 멈춰서 생각해보니 누가 요청한 일도 아닌데 대상을 뚫어지게 보고 있는 우리의 행위가 희한하다.

우리는 늘 보고 있다. 보지 않으려 해도 어쩔 수 없이 보게 된다. 보는 것은 인간의 본능에 내장된 업(業)과 같은 것이다. 병(病)과 같은 것이다. 인간이란 '보는 동물'이다. 그것도 꽤 열심히 본다. 응시한다. 보는 행위에는 인간이 인간이고자 하는 의지 같은 것이 반영되어 있다. 좋고 싫고, 잘하고 못하고의 차원과는 다른 이야기다.

'본다'라는 인간의 강박관념은 언어와 깊은 관련이 있다. 나쓰메 소세키의 예로 확인했듯이 '보는' 행위의 대상으로서 우리에게 가장 밀접한 것은 문자이다. 우리는 문자를 주시하고 그를 통해 어떤 의미를 읽어낸다. 문자는 언어를 주고받으며, 보는 것을 원활하게 하는 장치라 할 수 있다. 하지만 이러한 문자의 성질은 언어와의 결합 방식에 제약을 가해왔다. 문자가 발명되고 종이가 만들어지고 더욱이 인쇄술이 보급되는 과정을 통해 우리는 점점 언어를 '보게' 되었다. 인쇄가 일상화되면서 철자는 통일되고 구두법이 정비되었으며 언어 형태는 가지런해졌다. 말로 한 언어는 정확하게 기록되어 언제까지고 그 자리에 남는다. 언어는 이전과 비교할 수 없을 정도로 부동의 성질을 획득하였다. 이렇게 언어가 물리적으로 안정되면 될수록, 혹은 안정되어 있는 듯한 환상이 공유되면 될수록, 우리는 더욱 그 안정감에 의지하여 언어를 접하게 되었다. 언어는 전보다도 눈으로 봐야 하는 것이 되었다. 인간은 보다 강하게 언어를 응시하게 된 것이다.

글말의 역사는 길지만 언어가 인쇄되어 유통되기 시작한 것은 최근 몇 백 년에 지나지 않는다. 현재 우리 사회 기반을 이루고 있는 정치나 상업, 교육, 그리고 문학 시스템도 이 몇 백 년 동안에 새로 만들어진 것이다. 지금과 같은 형태로 인간이 언어를 눈으로 보게 된 것, 그리고 이런 시스템이 자리 잡은 것 사이에 어떤 관계가 있을까. 이 책에서는 이런 물음에 집중해보려 한다. 최근 수백 년 동안, 종종 '근대'라는 애매한 개념 아래, 깨우침(enlightenment)과 빛으로 비유되는 18세기 이후의 '계몽주의'를 대표로 해서 다양한 문화의 변용이 더디게 수용되어 왔다. 이런 다양한 문화의 변용이 '봐야 한다'라는 인간의 성향을 반영해 왔다면 우리가 쓰는 언어와의 연관성도 얽혀있을지 모른다. 결국 실마리는 근대에서만 볼 수 있는 언어 제도로서의 '문학'인 것이다.

흥미로운 점은 인간의 응시가 자주 실패한다는 사실이다. 뚫어지게 깊이 보면 볼수록 알 수 없게 된다. 혹은 뚫어지게 보려 노력해도 보이지 않는다. 뚫어지게 보는 탓에 착각을 한다. 아무래도 인간의 마음에는 그런 회로가 있는 듯하다. 우리의 생각만큼 '지식'이라는 것은 '보는 것'의 성공 여부에 달려있지 않다. 보는 것에 실패할지라도 우리의 지식은 성숙해 왔다고 할 수 있다. 그렇다면 여기에는 어떤 사정이 있는 걸까.

이 책에서 다루고자 하는 주제는 '응시'이다. 인간은 왜 이리 열심히 보고, 열심히 읽은 것일까. 그럼에도 불구하고 왜 실패하는 것일까. 왜 볼 수 없고, 읽을 수 없는 것일까. 인간의 문화는 지금까지도 보고, 해석하고, 의미를 부여하는 일련의 과정을 통해 형성되어 왔으며 앞으로도 이런 기본 형태는 변하지 않을 것이다.

하지만 보이는 대상은 다양하고, 보거나 읽기 위한 방법과 미디어도 늘 변화되어 왔다. 그러므로 응시와 관련된 인간의 작법(作法)도 달라질 수밖에 없다. 여기에 역사가 생긴다. 그 전말을 확인하기 위해서는 적절한 사례들이 필요하다. 이 책에서는 소설을 중심으로 문학과 그림 등 예술작품을 다루지만, 제일 먼저 시를 어떻게 읽는가에 대해 논해보려 한다. 시는 언어의 제도로서 가장 오래되었다고 알려져 있다. 그러나 19세기에서 20세기로 접어들면서 맞서기 힘든 변화가 생겨났다. 시를 읽을 수 없게 되었다는 점이 바로 그것이다. 이는 인간이 언어를 '보게 된 것'과 깊은 관련이 있다고 본다.

제1장은 이런 관점에서 출발하겠다.

차 례

* 일러두기
본문의 역주 중 독자의 가독성을 높이는 의미에서 중복이 있음.

제1장 되풀이하다

— 이바라기 노리코[3) 「내가 가장 예뻤을 때」

시는 비평하지 말자

내 직업은 '연구자'이다. 전공은 영미문학으로 대학에서 영시(英詩) 강의와 세미나를 담당하고 있다. 실제 수업은 대부분 '연구'라기보다 '입문' 쪽에 가까운 형태이다. 많은 학생들이 영어로 시를 읽는 것은 첫 경험이어서 당연할지도 모른다. 이에 관해서 최근 절감하는 바는 아무래도 시에 대해 논할 때 설령 별 필요가 없을지라도 입문이라는 형태를 취하면 좀 더 실감나게 전달할 수 있다는 점이다. 수업뿐만 아니라 문장도 마찬가지다.

입문의 형태를 취한다는 말은 무슨 의미인가. 표면적으로 보면 시를 잘 모르는 사람에게 기초적인 내용을 가르치는 것을 의미한다. 이런 식으로

---

3) 이바라기 노리코(茨木のり子, 1926~2006): 일본의 시인, 수필가, 동화작가, 각본가. 동인지 『카이(櫂)』를 창간하여 전후파 시인들을 다수 배출하였고, 일본 전후시를 이끌어온 대표적인 여성시인이다. 전전과 전후에 걸쳐 참신한 서정시를 다수 발표하였으며 전쟁과 패전 등 격동의 시대에 분노와 슬픔, 어둠 등을 평이한 문체로 경쾌, 발랄하게 그려냈다. 특히 여러 국어교과서에 수록된 「내가 가장 예뻤을 때」는 전후 일본인들의 무력감과 상실감을 담아내어 평단과 대중을 사로잡았다. 시집 『진혼가』 『자신의 감수성 정도는』 『보이지 않는 배달부』를 비롯하여 총24권의 저서가 있다. 윤동주 시인에 대한 관심을 계기로 1976년부터 한국어를 배워 한국을 소재로 한 시를 다수 발표하였고, 윤동주의 생애와 시를 소개한 글을 써서 일본의 고등학교 교과서에 수록하는데 지대한 공헌을 했다. 한국현대시 소개에도 힘을 기울여 1991년에는 『한국현대시선』으로 요미우리(読売)문학상(연구 · 번역부문)을 수상했다.

읽으면 좋다고 방법을 지도해준다. 그럴 때 시에 대하여 어느 정도 아는 내가 상대에게 설교조랄까 거만한 태도로 지도를 하거나, "어때, 이제 알겠나?"라며 깜짝 놀라게 하거나, "자네는 그래서 안 되는 거야."라고 으스대는 태도도 포함되어 있을지 모른다.

위에서 좀 더 실감나게 전달할 수 있다고 했던 말은 그런 뜻이 아니다. 입문이라는 형태가 편리한 이유는 내가 '비평'이라는 구속에서 자유로워지기 때문이다. 문학비평과 언어 연구에는 전제가 있다. '나는 지금 이제껏 어느 누구도 말한 적 없는 사실을 역사상 처음으로 언급한다'는 독창성(originality)이라는 전제이다. 따라서 논문을 쓸 때는 선행연구를 철저하게 조사해서 다른 연구자가 자신과 같은 주제를 다루었다면 그 사실을 반드시 밝혀야 한다. 그렇지 않으면 도작(盜作)이라는 낙인이 찍히는데, 논문에서는 이러한 규칙이 엄격하게 지켜져 왔다. 그런 연유로 문학연구자는 대부분의 연구시간을 작품읽기에 투자하지 않고 선행연구조사에 소비한다고 조롱받기도 한다. 연구자와 달리 문예비평가에게는 선행연구조사가 반드시 필요한 요소는 아닐 수도 있다. 그렇긴 하지만 다른 누군가가 이미 언급한 내용을 새삼스레 주장하면 안 된다며 삼가는 경향이 있다. 기존 연구를 망라하는 조사는 하지 않더라도 중요한 선행 비평가의 말을 칭송하거나 트집을 잡는 방식으로 자기만의 새로운 견해를 표현하는 경우가 많다. 또는 지극히 사적인 문체를 내세워서 이런 방식으로 표현한 사람은 아직 아무도 없지 않았느냐고 강조하는 경우도 있다.

가만히 보면 독창성이란 간판은 확실히 근사하고 급진적이며 바람직한 것임에 틀림없지만, 때로는 자신을 속박하는 성가신 족쇄가 되기도 한다. 비평을 위한 언어에 독창성 따위의 말들이 필수조건으로 들어가지 않는다면 지금까지 시원하게 풀어내지 못했던 이야기가 술술 풀린다든지, 그 덕에 몰랐던 내용이 알기 쉬워지는 경우도 적지 않다. 입문이라는 형식이 편리하다는 말은 바로 그런 뜻이다. 비평과 달리 입문을 위한 언어에는 다음과 같은 전제가 필요하다. 이를 테면 '나는 대단한 이야기인 양 잘난 척 떠들고 있지만 사실 이 정도 지식은 이미 알려진 내용이며 나만 아는 건 아니다.'라는 범속성(凡俗性, commonness)이 전제되어야 한다. 자기가 하는 말은 결코 독창적이지 않으며, 오히려 자신도 모두가 공유하고 있는 지식 기반에 근거하였으므로 평범함과 어디선가 본 듯한 기시감이 뒤섞인 범주 안이라는 것을 말이다.

이러한 범속성이라는 말이 특히 시를 이야기할 때 안성맞춤인 이유는 시라는 장르가 다름 아닌 범속성에서 비롯되었기 때문이다. 아마도 어떤 시 입문서를 보더라도 반드시 쓰여 있는 이야기는 여러 문학 장르 가운데 시가 가장 오래되었다는 사실일 것이다. 그 이유는 간단하다. 시는 종이나 펜이 필요하지 않았기 때문이다. 인쇄술은 물론이고 종이나 글말이 정착되기 전부터 시는 확고하게 문명에 뿌리를 내리고 있었다.

시를 종이에 쓸 필요가 없었던 이유를 공동체가 모두 시를 기억하니까라고 말하면 그럴 듯하게 들릴지 모른지만, 시란 본디 모두가 기억해두면 편리한 사실을 효과적으로 기억하기 위한 장치였다. 말하자면 일종의 기억 저장 장치 기능을 했다. 요컨대 말을 뇌에 새기고 잊지 않기 위해 고안해낸 장치가 바로 시였다.

어떻게 하면 사람은 말을 잊지 않을까? 하나는 어조, 즉 말에 가락을 붙이는 것이다. 일본어의 7·5조[4]와 영어의 강약(强弱)리듬처럼 각각의 언어에는 말을 효과적으로 전달하기에 가장 적합한 리듬작법이 있다. 각운[5]과 두운[6] 등이 그것을 보충한다. 그렇게 다듬어져 시의 규칙이 완성되었다.

---

4) 7·5조: 운문(韻文)에서 7음·5음의 가락을 반복하는 형식.
5) 각운(脚韻): 시가에서, 구나 행의 끝에 규칙적으로 같은 운의 글자를 다는 일. 또는 그 운. 다리운.
6) 두운(頭韻): 시가에서, 구나 행의 첫머리에 규칙적으로 같은 운의 글자를 다는 일. 또는 그 운.

듣기에 기분 좋은 울림은 기억에 남는다. 무의식중에 흥얼거리게 된다. 애써 기억하려 하지 않아도 입에 붙어서 저절로 새어나오는 경우도 있다. 나는 이십여 년 전에 대학에서 교양독일어 시간에 배운 '에스 깁트 카이네 레겔 오네 아우스나메(Es gibt keine Regel ohne Ausnahme)'라는 짧은 문장을 지금도 무심결에 중얼거릴 때가 있다. 이는 '예외 없는 규칙은 없다'라는 뜻인데 그 내용에 감동해서가 아니라, 이 한 문장의 리듬이 귀에 박혀서다.

특정한 말을 잊지 않기 위한 제일 간단한 방법은 그 말을 반복해서 말하거나 듣는 것일지 모른다. 자기 이름을 잊어버리는 사람이 없는 이유도 이름은 가장 많이 듣는 말이기 때문일 것이다. 따라서 시에서 반복은 필수불가결이다. 시 하나하나가 수천수만 번을 되풀이해서 읊조리기라는 전제로 만들어졌고, 작품 속에서 특정한 '구'와 '단어'가 반복되는 경우도 아주 흔하다.

반복은 시와 공동체와의 관계를 좀 더 알기 쉽게 표현한 것이다. 공동체 안에서 사람들의 입에 수시로 오르내리고 귀에 들림으로써 기억으로 남는다. 하나의 시가 기억에 남는 과정은 단 한 번뿐이라서 가치가 있다. 이는 독창성(originality)이라는 말과 대조적이다. 반복하고 공유하고 흔해지고 평범해질 때 비로소 말로서의 역할을 다하는 것이 시라는 언어 형식이다.

그러나 현대인들이 시는 언제 봐도 잘 모르겠다는 식으로 치부하는 이유가 바로 여기에 있다. 시에 입문할 때 가장 어렵게 느껴지는 표현 중 하나가 '반복'이다. 요즘 우리는 똑같은 말은 되풀이하는 데에 아주 신중

머리운.

하다. 비평을 위한 언어가 독창성을 간판으로 내건 사실만 보아도 알 수 있듯이 우리가 지식을 축적하는 형식이 달라졌다. 우리는 반복해서 공유하기보다 여태 한 번도 본 적 없는 것과의 조우를 동경한다. 같은 내용을 반복하기보다 새로운 사실의 발견을 더 원한다. 이런 점은 응시(凝視)하는 방법에도 반영되었다.

이바라기 노리코는 고대 사람?

구체적인 예를 들어 생각해보자. 다음 작품은 이바라기 노리코의 「내가 가장 예뻤을 때」 전문이다.

> 내가 가장 예뻤을 때
> 거리는 와르르 무너져 내리고
> 황당한 곳에서
> 파란 하늘 같은 것이 보이기도 했다
>
> 내가 가장 예뻤을 때
> 주위 사람들이 무수히 죽었다
> 공장에서 바다에서 이름도 없는 섬에서
> 나는 멋 부릴 기회를 잃어버렸다
>
> 내가 가장 예뻤을 때
> 아무도 다정한 선물을 주지 않았다
> 남자들은 거수경례밖에 몰랐고
> 순수한 눈빛만을 남기고 모두 떠나갔다
>
> 내가 가장 예뻤을 때

내 머리는 텅 비어 있었고
내 마음은 굳게 닫혀 있었으며
손발만이 밤색으로 빛났다

내가 가장 예뻤을 때
내 나라는 전쟁에서 졌다
그런 얼간이 같은 짓을 왜 했단 말인가
블라우스 소매를 걷어붙이고 비굴한 거리를 쏘다녔다

내가 가장 예뻤을 때
라디오에선 재즈가 흘러 넘쳤다
담배연기를 처음 마셨을 때처럼 어질어질하면서
나는 이국의 달콤한 음악을 마구 즐겼다

내가 가장 예뻤을 때
나는 아주 불행했고
나는 아주 얼빠졌고
나는 몹시 쓸쓸했다

그래서 결심했다 될수록 오래 살기로
나이 들어서 너무나도 아름다운 그림을 그린
프랑스의 루오 할아버지처럼
그렇게……

  첫머리의 '내가 가장 예뻤을 때/ 거리는 와르르 무너져 내리고/ 황당한 곳에서/ 파란 하늘 같은 것이 보이기도 했다'라는 구절만 있다면 산문으로 해석될 수도 있다. 행을 나누지 않았다면 시라고 느낄 수 없었을지도 모른다. 그만큼 평범한 문장이다.

하지만 우리는 이 문장은 틀림없이 시라고 바로 실감한다. 산문이라면 설령 소설이나 신문기사라 해도, 아니면 시의 입문서라 해도, 이런 형태로 같은 말이 반복되는 경우는 드물다. 판에 박은 듯 규칙적으로 반복되는 '구'는 분명히 우리에게 언어적인 전환을 요구하고 있다. 이 작품을 산문처럼 읽으면 안 된다는 메시지가 들려온다.

산문처럼 읽으면 안 된다니, 그럼 어떻게 읽어야 할까. 이런 반복을 어떻게 받아들여야 할까. 더욱 주의할 점은 이 시가 아주 산문적으로 쓰여 있다는 것이다. '이 글은 산문이 아닙니다'라는 메시지를 알리는 언어 형태는 반복밖에 없다. 체언으로 맺는 마지막 구, 비유법, 극단적으로 짧은 문장, 극단적으로 긴 문장, 혹은 훨씬 더 파격적인 문법적 일탈 등 여러 장치를 생각해볼 수 있다. 20세기에 들어와서 '시에는 비일상적인 언어가 사용된다'는 러시아 형식주의자(Russian Formalist)[7]들의 견해가 널리 유포되었다. 그것은 사실 말이나 사물을 이채롭게 하기, 즉 '낯설게 하기'를 통해 짐짓 '이 글은 산문이 아닙니다'라는 메시지를 보냄으로써 이것을 시의 특징인 양 간주했다.

「내가 가장 예뻤을 때」에서는 각 연마다 꽤 규칙적으로 사용된 반복법 외에는 눈에 띄는 장치가 없다. 이는 한 발짝만 더 나가면 산문이나 다름없기 때문에 비산문적인 반복이 주는 거부감도 그만큼 커진다는 뜻이다. 그렇다면 왜 산문에서는 반복법을 기피할까. 이유 중 하나는 반복이 산문의 흐름을 막기 때문이다. 산문의 아름다움은 '막힘없이' 흘러가는 유동감(流動感)으로 만들어진다. 하지만 반복법을 사용하면 문장의 흐름은 정체되고 칙칙해진다. 무거워지고 떨떠름해진다.

정말 그렇다.「내가 가장 예뻤을 때」의 반복은 칙칙하고, 무겁고 떨떠름

---

7) 러시아 형식주의자(Russian Formalist): 1910년대 중반부터 1920년대 말에 걸쳐 러시아의 문학연구가와 언어학자들이 중심이 되어 전개한 문예비평 운동.

하다. 그럴 만도 하다. 전쟁 때문에 젊음과 아름다움을 헛되이 보낸 여자의 한 서린 노래이니 말이다. '내가 가장 예뻤을 때'라는 구절을 반복함으로써 화자는 '내가 가장 예뻤을 때'를 떠올리는 제스처를 지겨울 정도로 강조하여 칙칙하고 무겁고 우울한 노스탤지어로 발을 들여놓는다.

이 시는 잊지 않기 위해 쓴 글이다. 과거를 기억하고, 기록하고, 반복해서 이야기한다. 수도 없이 읊조려서 귀에 익게 하고 생각하게 한다. 과거는 자기 안에서 역사화되고, 공동체의 기억으로 각인된다. 그야말로 고대로부터 시가 수행해온 '상기하고, 기억하는' 기능을 유감없이 발휘한다. 시는 말을 잊지 않기 위해 고안된 장치였다. 반복함으로써 말이 남고, 사건이 떠오른다.

이때 말을 남김으로써 그 이상의 무언가가 일어날지 모른다는 사실을 가벼이 여겨서는 안 된다. 남겨진 말로 인해 현실이 변할지도 모른다. 말을 퍼부어서 세상이 바뀔지도 모른다. 공동의 기억으로 각인된 말은 거의 물질화되고, 물질화된 말은 물질영역과 이어진다. 거의 물질화된 말은 마법처럼 물질세계에 영향력을 발휘한다.

「내가 가장 예뻤을 때」에도 그런 면이 있다. 예를 들면 3연의 '내가 가장 예뻤을 때/ 아무도 다정한 선물을 주지 않았다/ 남자들은 거수경례밖에 몰랐고/ 순수한 눈빛만을 남기고 모두 떠나갔다'와 4연의 '내가 가장 예뻤을 때/ 내 머리는 텅 비어 있었고/ 내 마음은 굳게 닫혀 있었으며/ 손발만이 밤색으로 빛났다'는 부분이다. 과거의 실패나 좌절된 염원을 떠올리는 화자의 모습이 보인다. 회상만이 아니라 '그리 되어 분하다'라며 원망도 한다. 반복하면 반복할수록 원망은 깊어진다. 단순한 상기나 묘사가 아니다. 상기한 과거의 영상을 감정의 힘으로 쿡쿡 찌른다. 쿡쿡 찌르고, 짓뭉개고, 다시 만들려 한다. '분하고' '슬프고' '유감스러운' 기분에서 한 발짝 더 나아가 그런 과거를 어떻게 하고 싶다는 개변(改變)의 욕구가 숨어 있다. 여차하면 과거를 확 바꿔버리겠다고 마법이라도 부릴 듯한 의지가 말에 담겨있다.

그리하여 과거가 바뀐다면 우리는 거기서 한순간 '아무도 다정한 선물을 주지 않았다'가 아니라 분명히 '다정한 선물을 주는' 남자를 보고, '거수경례밖에 몰랐고/ 순수한 눈빛만을 남기고 떠나간 남자가 아니라 '거수경례와 순수한 눈빛 그 이상의 무언가를 남긴' 남자와 마주할지도 모른다. 찰나의 순간, 말의 마술 같은 작용으로 비참한 과거가 행복한 과거로 바뀐 듯한 기분을 맛본다.

그 뿐만이 아니다. 앞에서 이 시는 괴로운 과거를 떠올리고, 그 괴로움을 잊지 않기 위한 내용이라고 했다. 그 감정은 화자의 '잊지 않겠다!'는 결의로 칙칙하며, 슬픔 탓에 무겁고, 불행을 자각하여 떨떠름하고 괴롭다. 하지만 칙칙하고 무겁고 떨떠름하고 괴로운 감정은 시 뒷부분인 6연에서 점점 달라진다. '내가 가장 예뻤을 때/ 라디오에선 재즈가 흘러 넘쳤다/ 담배연기를 처음 마셨을 때처럼 어질어질하면서/ 나는 이국의 달콤한 음악을 마구 즐겼다'는 구절에서는 이제 어렴풋이나마 밝은 기운이 감돈다.

이러한 조 바꿈이 가능한 이유는 반복 때문이다. 반복된 말은 산문처럼 정보를 '막힘없이' 소화시키려는 지식일 경우 답답하고 지겹게 느껴진다. 하지만 '머물고 싶고 유유자적하고 싶다. 안주하고 싶고 도취하고 싶다'는 염원 같은 감정일 경우 매우 편안하게 작용한다. 이 시의 화자는 떠올리고, 잊지 않기 위해 노래한다. 거기에는 어둡고 부정적인 감정이 따른다. 그러나 떠올리기 위해 한 곳에 머무르는 말은 일종의 의식(儀式)을 행하는 분위기를 자아낸다. '막힘없이' 전개되는 지식의 긴장감으로부터 마음은 해방되고 편안함이 뒤따른다. 거기에서는 '그저 약속일뿐이니 긴장을 풀어도 괜찮다'든가, '실전이 아니다. 예행연습 같은 것이다'라는 메시지가 들려온다. 그러한 의식에서 정체와 집착은 이미 괴로움이 아니라 일종의 쾌락으로 이어진다.

반복은 음악적이어서 깊이 빠져들게 한다. 읽기에도 편하다. '내가 가장 예뻤을 때'라는 구절도 되풀이할수록 산문적인 이론에서 해방되고, 독자는 꿈과 현실이 하나가 되는 몽롱한 상태에 이른다. 그러면서 행복감에 젖어든다. 밝은 곳으로 변한다. 그런 까닭에 내용은 부정적이지만 화자는 긍정적으로 변화한다. 7연의 '내가 가장 예뻤을 때/ 나는 아주 불행했고/ 나는 아주 얼빠졌고/ 나는 몹시 쓸쓸했다'에서 밝은 햇살이 환하게 비치는 것처럼 읽히는 이유는 꼭 내용이 밝아서가 아니라, 말을 반복함으로써 부정적인 내용이 힘을 잃어 해방감이 솟아나기 때문이다. 무엇으로부터의 해방인가? 필경 말로부터의 해방이다. 즉, 「내가 가장 예뻤을 때」라는 시가 말로서 행하려 했던 것—얽매임, 잊지 못하는 것, 집착, 생각, 원망, 저주—이런 마음의 응어리가 반복을 통해 해방된다는 뜻이다.

반복은 남기기 위한 목적으로만 쓰이지 않는다. 남겨서 새로 만들 수 있다. 나아가 깨끗이 씻어내고, 산뜻하게 새로 창조해낼 수 있다. 반복을 통해 말은 정화되어 전혀 다른 의미로 다시 태어나는 경우도 있다. '내가 가장 예뻤을 때/ 거리는 와르르 무너져 내리고/ 황당한 곳에서/ 파란 하늘 같은 것이 보이기도 했다'라고 시작한 시가 '그래서 결심했다 될수록 오래 살기로/ 나이 들어서 너무나도 아름다운 그림을 그린/ 프랑스의 루오 할아버지처럼/ 그렇게……'라고 마무리를 지었다. 이러한 끝맺음은 거의 마술에 가깝다. 그러한 마술을 가능케 하는 것이 평범한 산문 같은 구절의 반복이라는 사실이다.

반복을 읽는 방법

반복은 한 구절만으로 이루어지지 않는다. 평범한 산문을 읽듯이 읽어서는 안 된다. 그 점이 시의 어려움이기도 하다. 지금 상당한 지면을 할애하여 '내가 가장 예뻤을 때'라는 구절의 반복을 여러 가지 측면에서 설명했던 데서 보듯이, 반복은 그냥 읽기만 한다고 효과를 발휘하지는 않는다. 평범하게 읽어서는 안 된다. 애초에 읽으면 안 된다. 그냥 읽는 행위가 아니라 순전히 이야기로써 체험해야 한다. 그 이야기를 통과해야 한다. 읽다가 중간에 얼마쯤은 잊어버리고, 그러면서도 희미하게 귓가에 남은 채로 다시 마주해야 한다. 종이가 발명되기 전부터 있었던 시를 사람들은 바로 그런 방식으로 체험했다.

종이 위에 쓰인 글을 읽는 방식이 일반화되면서 말은 결정적으로 변화했다. 한번 내뱉은 말은 언제까지나 지면에 남는다. 체험하기가 무섭게 어느새 망각되어 기억 속에서만 희미하게 남는 찰나적인 존재가 아니라는 뜻이다. 수도 없이 반복할 필요도 없다. 반복은 쓸데없고 비효율적인 짓이다. 반복이란 그저 말의 과잉이고 비정상이며 병증에 지나지 않는다.

그런 이유로 우리는 애를 먹는다. 반복을 이해하는 데에 많은 에너지를 소비한다. 우리는 반복에 접근하는 법을 잊은 것이다. 우리는 반복을 입 밖으로 내어 체험하지 않고 글자로서 읽기만 한다. 수도 없이 같은 말을 반복하여 지식을 얻는 방식으로 대신해온 탓이다. 그것을 가능케 하고, 필요하게 했던 원인은 바로 한번 내뱉은 말은 영원불변하다는 원칙이다. 어차피 한번 내뱉은 말은 언제까지나 그 자리에 존재하므로 말을 반복하고 새겨서 기뻐하고 감동하기보다는 새로운 말을 발견하기만을 원한다. 그 전까지 의미란 반복, 남김, 기억에 의해 생겨났다. 지금은 다르다. 의미는 반복하지 않고, 쇄신하고, 파괴하고 망각해야 비로소 생겨난다.

역설적이게도 우리가 반복의 의미를 이해하기 위해서는 한번 입 밖으로 나온 말이 그 자리에 남지 않을지도 모르는 세상을 재창조해야만 한다. 예컨대 다음 문장을 보자.

어이! 태양이여 달이여 별들이여 하늘을 움직이는 모든 것들이여
　부탁하건데 들어주오!
당신들 사이에 새로운 생명이 찾아왔다.
　인정해주길 바라오 부탁하오!
그 길을 닦아 제1의 언덕 위에 도착하도록 해주오!

어이! 바람이여 구름이여 비여 노을이여 하늘 속을 움직이는 것 모든 것들
이여
　부탁하건데 들어주오!
당신들 사이에 새로운 목숨이 찾아왔다.
　인정해주길 바라오 부탁하오!
그 길을 닦아 제2의 언덕 위에 도착하도록 해주오!
　　　　　　　　　　　　　　　　－「태어난 아이가 우주에 소개되다」

아메리칸 인디언의 이 구승시(口承詩)에서는 이 세상에 갓 태어난 아이
가 '소개'되고 있다. 아직 눈에 띄지 않고 아무에게도 알려지지 않은 존재
야말로 주위에 누차 호소하여 바로 여기에 있다고 가리키고 기억시켜줘야
한다. 바로 그 과정이 시에 나타나 있다. 인용한 대목은 극히 일부이고,
뒤로 한참 이어진다. 이 대목만 보더라도 이 시를 어느 정도는 체험할 수
있을 것이다. 이 시를 '읽기' 위해서는 갓 태어난 생명이 언제 죽을지 모르
는, 그야말로 인생무상이라는 말이 오가던 상황으로 돌아가야 한다. 적어
도 한번 입 밖으로 나온 말이 그 자리에 남지 않을 듯한 허구의 세계를 상
상해야 한다. 반복 기능을 통해 이 시에도 나타나 있는 상기와 주문, 의식
과 도취, 그리고 행복감이라는 감정을 유사 체험하듯 간접적으로 경험하
게 될 것이다.

그런데 이 시에는 기묘한 반전이 숨어있다. 생각해보면 지금 시를 쓰는 시인도 비슷한 입장이다. 종이 발명 이전의 세상을 편안히 살아갈 시인은 없다. 이바라기 노리코도 우리와 다름없이 한번 입 밖에 나온 말이 그 자리에 영원히 남는 세상을 살았다. 시가 '읽히는 것'으로서 유통되는 세상을 살았다. 그런데 어째서 그녀는 일부러 말이 그곳에 남지 않을지도 모르는 세계를 재창조해야만 이해할 수 있는, 반복을 중심으로 한 시 세계를 구축하려고 했을까.

사실 「내가 가장 예뻤을 때」라는 시는 언뜻 보기에 아득히 먼 옛날부터 내려온 시의 규칙―떠오르고, 새겨지는 규칙―에 따르는 듯하면서 지극히 근대적인 '읽기'를 감당하도록 썼다.

예컨대 첫 번째 연 중에서 '내가 가장 예뻤을 때/ 거리는 와르르 무너져 내리고/ 황당한 곳에서/ <u>파란 하늘 같은 것이 보이기도 했다</u>'의 밑줄 친 곳이다. 두둥실 파란 하늘이 보인다는 것은 물론 전쟁으로 파괴된 결과이고, 재난의 크기를 시사한다. 그럼에도 불길한 광경을 관통하는 미묘하게 다른 무언가가 보이기도 한다. 두 번째 연도 마찬가지다. '내가 가장 예뻤을 때/ 주위 사람들이 무수히 죽었다/ 공장에서 바다에서 이름도 없는 섬에서/ <u>나는 멋 부릴 기회를 잃어버렸다</u>'는 구절에 밑줄 친 부분에서도 재난의 한복판에서 다른 어조의 말들이 들려온다. 이렇게 소소하고 사소한 밝은 분위기가 연속되지만, 앞에서도 살펴보았듯이 화자는 마지막 연에 크게 반전된 결말을 준비해 두었다.

여기서 중요한 점은, 다른 종류의 서정을 언뜻 언뜻 내보임으로써 읽는 사람이 시선을 주시하도록 유도하는 솜씨가 뚜렷하게 보인다는 것이다. 읽는 사람에게 연과 연 사이의 희미한 틈새를 알아차리도록 한다. 눈을 가늘게 뜨게 해서 그 틈을 찾아내게 만든다. 무언가가 더 있을지 모른다는 탐구의 눈빛으로 만든다. 눈을 의심한다. 안으로, 안으로 몸을 쑥 들이밀고 작고 섬세한 것을 놓치지 않으려는 태도로 바뀐다.

이러한 태도에 반영된 것은 반복에 의해 유발된 상기와 저주, 그리고 도취처럼 꿈과 현실이 뒤섞인 상태와는 동떨어진 지식의 형태일 것이다. 반복을 지속적으로 체험하고, 반쯤 잊어버려야 비로소 기억이 떠오르는 기쁨을 맛볼 수 있다고 했던 그 옛날 종이 이전 시대의 시가 보여주던 반복과는 다른 것이다. 이제 우리는 종이에 쓰인 반복을 응시해서 읽어야 한다. 그 미묘한 차이와 변이를 단 한 번뿐인 사건으로 체험해야 한다.

이바라기 노리코의 반복은 하나같이 일탈하고 있다. 반복된 것들은 각자의 저주를 완수하지 못하고 오히려 모두 실패만 되풀이한다. 기억하고 후회하고 저주하고 원망했을 텐데 도무지 바라는 대로 되지 않는다. 뜻대로 되지 않는 것이므로 시로 노래한 것이다.

시의 반복은 본질적으로 복수형이다. 단 한 번만으로는 의미가 완결되지 않아 반복을 거듭하여 의미를 완성한다. 각각의 반복에는 개별적인 의미는 없다. 반복이 계속되는 과정에서 뉘앙스와 의미가 응집되고 축적된다. 시 읽기란 그렇듯 시어를 단 한 번만 사용하는 것으로 한정하지 않고 읽는 요령이 필요한 행위다. 경우에 따라서는 완전히 동일하게 반복되지 않는 말도 완전히 동일하게 반복되는 것처럼 일부러 착각하면서 의미를 따로 분리시켜 접근해야 한다. 어려운 일이다. 그런 연유로 시를 읽으려면 어지간한 인내와 기술이 필요하다.

제2장 응시하다

— 한스 홀바인[8]의 〈대사들(The Ambassadors)〉과 하워드 호지킨[9]의 붓 스트로크

우리는 시를 이해하지 못하는 문화 속에서 살아간다. 이 말이 어떤 의미를 가졌는지 이번에는 회화를 예로 들어보자. 예로 든 것은 어떤 기묘한 그림이다(그림 1 참조).

언뜻 보면 매우 평범해 보이는 이 그림은 르네상스 시대의 회화[10]이다. 화면에는 정장을 한 귀족과 성직자가 있다. 두 사람 사이에는 선반이 있고 그 위에 지구의, 천구의[11], 류트[12] 등 몇 가지 물건이 올려져 있다. 배경으

---

8) 한스 홀바인(Hans Holbein the Younger, 1497~1543): 16세기 르네상스를 대표하는 독일의 화가. 헨리 8세의 궁정화가이기도 했으며, 입체감에 대한 자각과 인물 심리를 꿰뚫는 통찰력으로 정확한 사실주의적 묘사를 한 그림을 주로 그렸다. 1515~1526년까지 바젤에 체류하면서 에라스무스(Desiderius Erasmus, 1466~1536)의 저서 『우신(愚神)예찬』의 삽화를 그린다. 그간 이탈리아로 여행(1517년)하여 레오나르도 다빈치의 영향을 받아 독특하고 명쾌한 고전적 화풍의 기초를 구축했다. 주요 작품으로 〈그리스도의 유해〉(1521~1522), 〈시장 마이어 가의 성모자〉(1526), 〈토마스 모어 초상〉(1527), 〈처자의 성〉(1528), 〈대사들〉(1533) 등이 있다.

9) 하워드 호지킨(Howard Hodgkin, 1932~2017): 영국의 현대 미술가. 작품 속에 강렬한 색상의 프레임을 그려 넣는 추상화를 주로 그렸다. 주요 작품으로는 〈봄베이의 석양 Bombay Sunset〉(1972~1973), 〈나폴리 만In the Bay of Naples〉(1980~1982), 〈베네치아의 침대에서In Bed in Venice〉(1984~1988) 등이 있다. 1985년에 영국 최고의 현대미술상인 터너상을 수상했다.

10) 르네상스 회화: 15~16세기 이탈리아를 중심으로 유럽 전역에서 일어난 미술 양식으로 20세기 입체파가 등장할 때까지 서구 회화를 지배했다. 문화적·미술적 부흥과 인간 중심의 미술을 도모했으며 원근법을 확립했다.

11) 천구의(天球儀): 별자리 위치를 지구면 위에 표시한 물건이다.

12) 류트(lute): 16세기를 중심으로 유럽에서 유행했던 발현악기. 연주법이 기타와 비슷하다.

그림1. 한스 홀바인 〈대사들(The Ambassadors)〉, 1533년 작.

로는 커튼과 바닥의 문양을 촘촘하게 그려 넣었고 복장도 정성스럽게 묘사했다. 좌우의 균형, 크기가 다양한 동그란 물체들, 인물 시선의 미묘한 대비 등 전체적으로 세심한 주의를 기울인 그림이다. 화가가 지닌 뛰어난 기교가 한눈에 들어온다. 섬세한 정물묘사의 기법과 작가의 의지가 결실을 맺은 명작이다.

　그런데 어딘가 이상하다. 두 인물 앞에 정확하게 무엇인지는 모르지만 좁은 타원형의 물건이 있다. 게다가 상하 좌우로 절묘하게 균형 잡힌 화면의 구성을 어지럽히듯 좁은 타원은 비스듬하고 어중간하게 돌출되어 있다. 불필요한 잡음 같은 존재처럼 보인다.

아무리 응시해도 이 물체의 정체를 알 길이 없다. 우리를 향한 귀족과 성직자의 온화한 시선은 그림을 마주한 우리도 그들처럼 부드러운 시선을 보내기를 기대하는 듯하다. 하지만 비스듬한 물체는 평안 가득한 시선을 나누는 그런 분위기에서 벗어나 이 모두를 방해하는 불순물처럼 눈과 눈 사이에 버티고 있다.

이 작품은 16세기의 초상화가 한스 홀바인이 그린 〈대사들〉이다. 다카야마 히로시[13]에 의하면 '너무 노골적으로 수수께끼를 던지는' 작품으로 (『형태 삼매(三昧)』 중에서) 이미 많은 연구자들이 '수수께끼 풀이'를 시도한 유명한 그림이다. 아직 모든 수수께끼가 풀리지는 않았다. 수수께끼를 풀려면 우리는 먼저 비스듬한 물체를 다시 인식해야 한다. 그러기 위해서는 우리를 향해 초상화 속의 인물들이 보내는 시선의 구속에서 벗어나 정면이 아닌 다른 화면을 볼 필요가 있다. 원근법에 의해 거의 통일된 화면에서 일단 시선을 바꿔서 옆 방향에서 물체를 본다[14]. 그러면 이상하게도 의미가 모호했던 수수께끼의 물체가 명료한 형태를 가진 물건임을 알게 된다. 심지어 아주 사실적인 묘사이다. 화면 옆으로 얼굴을 가까이 댄 우리의 눈에 선명하게 들어오는 형상은 인간의 해골이다. 이로써 〈대사들〉은 정교한 트롱프뢰유[15]로 바뀌었다.

끝이 아니다. 수수께끼 풀이는 이제 시작에 불과하다. 해골의 발견

---

13) 다카야마 히로시(高山宏, 1947~): 일본의 영문학자, 번역가, 평론가. 17, 18세기를 중심으로 하는 영문학을 연구하였으며 『근대문화사입문 초(超)영문학강좌』『형태 삼매(三昧)』 등 미술사, 문화사에 관한 저서, 번역서를 다수 출간하였다.
14) 여기서 '원근법에 의해 거의 통일되었다'고 쓴 것은 그림 속 기구의 형태 등에서 이 그림의 소실점을 확인해 보면, 실은 지평선이 두 줄로 나타나기 때문이다. 원근법적으로는 지평선이 두 줄 나타나는 것이 맞지는 않지만 이 작품의 경우에는 이 모순이 그 정도로 눈에 띄지 않는다. 구체적인 내용은 고야마 기요오(小山清男)『원근법』(pp.168~173) 참조. ─저자 주.
15) 트롱프뢰유(trompe l'oeil): 실제의 것으로 착각할 정도로 세밀하게 묘사한 그림.

은 겨우 출발선에 서 있는 수준이다. 이 그림에는 또 다른 비밀이 숨겨져 있다. 가마치 미쓰루[16]의 깜짝 놀랄 만큼 훌륭한 해석을 나중에 소개하겠지만 나는 수수께끼를 푸는 데 목적을 두지는 않는다.

보이지 않는 선이 필요하다.

먼저 생각해보고 싶은 점은 도대체 무엇이 홀바인의 〈대사들〉을 작품답게 만드는가라는 점이다. 분명 기술적인 완성도만은 아니다. 〈대사들〉을 진정한 의미에서 완성시킨 것은 이 작품을 진지하게 바라보고 이해하지만 눈에 거슬리는 물체에 감정을 빼앗기는 바람에 불안해지고, 나중에는 자신이 오해했다는 사실을 깨닫는 그 눈이다. 우리의 눈은 원근법의 사실성을 빈틈없이 살린 〈대사들〉의 세밀한 화면에 매료된다. 그리고 세부적으로 그려진 상징적인 사물들을 해석하려고 한다. 하지만 비스듬하게 화면을 가로지르고 있어 해석을 방해하는 이해불능의 불순물을 정면에서 보는 데에 만족하지 않고 시점을 바꾸어 거듭해서 그림을 해석하려고 한다. 그렇게 함으로써 한층 더 안쪽을, 그 깊이를 들여다보려고 한다.

〈대사들〉에서는 인간의 눈 자체를 표현했다고 해도 무방하다. 이는 '사물의 해석은 그 사람이 보는 방식에 따라 다양하다'는 식의 일반적인 수용 이유와는 다르다. 〈대사들〉을 보는 주체는 응시하는 '눈'이다. 앞으로 고개를 기울인 채 열심히, 또 지그시 작품을 바라보는 눈. 본다는 것에 홀린 눈. 그와 같은 응시가 이 작품으로 인해 또 다른 응시를 불러일으켜 나아가서는 그러한 응시의 분위기가 아우라처럼 작품에 떠돌고 있는 상황 자

---

16) 가마치 미쓰루(蒲池美鶴, 1951~): 일본의 영문학자. 2000년 평론 『셰익스피어의 애너모포시스(anamorphosis)』로 산토리학예상 수상. 애너모포시스란 수수께끼 그림의 하나로 일그러지게 그린 그림을 원기둥 모양의 거울에 비치면 정상적으로 보이게 그린 그림을 말한다.

체가 실로 〈대사들〉이라는 작품이 지닌 본연의 모습이다. 이 작품을 통해서 인간은 이렇게까지 무언가를 깊이 응시한다는 가르침을 준다.

이 점에 주목하고 싶다. 인간은 어째서 응시하는 걸까. 아니, 애초에 응시한다는 것은 어떤 의미일까.

응시는 인간의 버릇이다. 우리는 우선 가만히 본다. 말도 없이 열심히, 심각하게 응시한다. 우리는 그렇게 사물을 생각하고 알아가는 일에 익숙해져있다. 응시는 무언가를 실행하기 위한 방법이나 요령일 뿐만 아니라 멈출 수 없는 습관이기도 하다. 말하자면 고질병이다.

응시는 우리의 '지식'에 도대체 어떤 작용을 미치는 걸까. 오히려 응시가 우리의 '삶의 작법'에까지 어떠한 형태로든 관계했을지 모른다. 가만히 보는 행위의 영향력은 상상이상일지도 모른다.

회화라는 장르는 우리가 열중해서 응시하고, 그 재주를 연마하는 데에 적당한 자리를 제공해왔다. "미술작품이 사랑받는 가장 일반적인 방법은 어떤 작품을 어떤 사람이 흡족할 때까지 바라보고, 그 결과 어디에서도 얻지 못하는 특별하고 고귀한 감동이나 기쁨, 혹은 형언하지 못할 정도로 주위까지도 변화시키는 관점의 변혁을 얻었을 때이다. 그 작품은 작품을 보는 사람에게 미적, 세계관적 기능에 대한 역할을 충분히 다했다(오오카 마코토[17] 『추상회화로의 초대』 중에서)." 미술작품과 대면하는 인간의 모습에는 만족하지 않는 응시에 대한 충동이 나타나 있다. 우리는 그 도달점을 '특별하고 고귀한 감동이나 기쁨'이랄지 '사물을 보는 방식의 변혁'에서 발견하여 일종의 합리화를 행해왔다. 그러나 알기 쉬운 사회성에 환원하기 전에 '어떤 작품을 어떤 사람이 흡족할 때까지 바라보고 싶다'라는 욕망을 채

---

17) 오오카 마코토(大岡信, 1931~2017): 일본의 시인, 평론가. 시집 『기억과 현재』 『투시도법-여름을 위하여』, 평론 『현세에 칭송하는 꿈-일본과 서양의 화가들』 『추상화로의 초대』 등 다수의 저서가 있다.

워준다면, 근거가 없을지도 모르는 까다로움조차 이해되지 않을까라는 생각이 든다.

홀바인의 〈대사들〉은 극단적인 예이다. 응시에 빠져버리는 우리들의 지향은 이와 같이 몇 겹으로 '해독할 수 있는' 회화 덕분에 진지하고 깊이 있고 생산성이 풍부해졌다. 거기에는 중세부터 르네상스 시대에 걸쳐 완성해온 액자라는 제도도 관련이 있다. 그림을 액자에 넣어 장식하는 액장(額裝) 전문가 오가사하라 히사시(小笠原尚司)[18]는 다음과 같이 말했다.

보는 것의 역사는 인류의 역사이고 미술의 역사이기도 합니다. 그리고 동시에 액자에 끼운 그림=프레이밍의 역사라고도 말할 수 있습니다. 보는 행위, 그리고 보았던 대상을 인식하여 그림을 그리거나 사진을 찍는 행위는, 표현하는 자가 의식하는지의 여부에 관계없이 세계를 어떤 '틀' 속에 재구축하는 것입니다.

– 『액자에 보내는 시선』 중에서

그러므로 그림을 액자에 넣는다는 행위는 '액자에 넣어진 작품'을 보기 위해서가 아니라, 반대로 '시각 속에서 이미 액자에 들어가 있는 세계를 현실의 틀에 맞추려고 하는 본능적인 요구를 좇는 행위가 아닐까(『액자에 보내는 시선』 중에서).' 액자는 본다는 행위 자체를 크게 부각시키는 장치이다. 바라보는 작품에는 자기장처럼 둘러싸인 제작자의 시선이 투영되어 있어, 그것은 보는 사람의 응시를 유도하는 듯한 메시지를 발산한다. "자,

---

18) 오가사와라 히사시(小笠原尚司, 1961~): 무사시노(武藏野)미술대학 중퇴 후, 1980년대 중반부터 프랑스 파리를 중심으로 사진작가로서 잡지, 광고, 건축 분야에서 많은 사진 작업을 해왔다. 프랑스문화청, 파리국립도서관, 유럽사진관 등에 여러 작품이 공적 컬렉션으로서 보존되어 있다. 프랑스 체제 중에 액자에 넣어 장식하는 액장(額裝)의 매력을 발견하고 1999년에 귀국하여 도쿄에서 액장 스쿨 Atelier Yo, 액장 숍과 액장 갤러리 Surmurs를 열어 아트와 벽면 장식, 그리고 공간과의 가능성을 액장을 통해 제안하는 다양한 작업을 해왔다. 저서에 『액자에 보내는 시선』이 있다.

보세요. 자, 원하는 만큼 그 곳에서 얼마든지 응시하세요. 당신은 지금 훌륭한 한순간을 보내고 있습니다." 이런 이유로 응시에 대해 생각할 때면 회화가 중요한 기점 중 하나가 된다.

앞서 언급한 대로 홀바인의 〈대사들〉에 대해서는 가마치 미쓰루가 애너모포시스[19]에 초점을 맞춘 빼어난 해석을 했다(『셰익스피어의 애너모포시스』). 오랫동안 다양한 해석이 시도되어온 이 작품을 앞에 두고 가마치도 처음에는 두 인물을 그린 초상화로써 보았다. 그 시대상이 엿보이는 평범한 초상화라서 세부적으로도 다양한 해석이 가능하다. 커튼이나 바닥 그리고 지구의, 천구의 등 소도구도, 인물들의 복장이나 표정도, 도상학[20]의 도움을 빌린 풍요로운 해석을 펼칠 수 있다. 그러나 그런 다음에는 아무리 해도 시선이 어정쩡한 사선의 물체에 끌린다. 무엇을 그렸는지 알 수 없는 불순물이다. 이 물체가 해골이라는 것은 이미 알려졌다. 어떻게 하면 그것이 해골인지 알아냈는지도 이미 말했던 사실이다. 시점을 바꾸면 된다. 정면에서가 아니라 옆에서 본다. 그런데 왜 해골인가. 어째서 이토록 고요한 공간에 그러한 형태로 '죽음'을 개입시킬 필요가 있었을까.

'메멘토 모리[21]'는 여기에 대한 하나의 답이다. 현세의 영화를 누렸다고 보이는 귀족(실제로는 프랑스 주영대사)과 성직자. 목가의 전통 속에서 달콤하고 이상적인 풍경의 일각에 해골을 배치하고 죽음의 그림자를 보여주는 패턴은 옛날부터 존재했다. 이 세상의 안일함을 가로지르듯이 눈치 채지 못하도록 해골을 몰래 숨겨놓는다. 거기에서 어떤 메시지를 읽을 수 있다.

사람들은 그 기묘한 그림자에 불안을 느끼면서도 초점을 연결할 수 있는 이

---

19) 애너모포시스(anamorphosis): 일그러진 그림. 수수께끼 그림의 하나로 일그러지게 그린 그림을 원기둥 모양의 거울에 비치면 정상적으로 보인다.
20) 도상학(圖像學): 시각예술에서 주제와 그 의미를 체계적으로 해명하는 학문.
21) 메멘토 모리(Memento Mori): '죽음을 기억하라'라는 뜻을 가진 라틴어.

세계의 사물에만 시선을 향하고 살아가려고 한다. 모든 배후에 숨어있는 진실을 보려고 한다면 지금까지 유일하고 절대적이라고 생각해 온 시점에 의문을 가져야만 한다. 그림의 정면 중앙에서 떨어져 오른쪽으로 기울어진 경사에 맞춰 자신의 위치를 옮기는 행위를 통해 비로소 우리는 보다 깊은 메시지를 받아들 수 있다. 애너모포시스의 수법은 다른 차원의 세계가 이 그림에 포함되어있고, 죽음을 생각하는 자는 이 세상의 시점을 버리지 않으면 안 된다는 것을 상징적으로 나타냈다는 분석이 지금까지의 미술사가들이 가졌던 견해였다.

– 『셰익스피어의 애너모포시스』 중에서

하지만 가마치의 눈은 이러한 메시지를 읽어내는 것만으로 만족하지 않았다. 여기에는 '해골과 그림 안의 다른 물건들을 동시에 보는 법이 틀림없이 존재한다'는 직감이 작용한다.

지금부터가 압권이다. 가마치는 이탈리아의 화가 파르미자니노(1503~1540)가 그린 〈볼록거울에 비친 자화상〉에 착안해서 〈대사들〉이 '보이지 않는 볼록거울'을 염두에 두고 제작된 작품이 아닐까 생각했다. 그리고 실제로 그 생각을 행동으로 옮겼다. 볼록거울을 가지고 런던의 박물관 내 셔널 갤러리에 전시된 〈대사들〉 앞에서 실험을 했다. 가늘고 긴 찌그러진 형태를 한 해골의 연장선상에서 볼록거울을 움직였다. 예상대로였다. 해골이 너무 크게 보이지도 않고 너무 작게 보이지도 않는 한 점이 나타났다. 수수께끼처럼 그려놓은 오그라든 해골그림의 기울어진 연장선이 중앙에 자리한 선반 하단을 오른쪽으로 연장한 선과 교차하는 지점이다. 실로 비밀스런 한 점이다.

가마치는 여기서 '눈'에 대한 어떤 발견을 한다.

이 위치에서 볼록거울을 들고 들여다보기 위해서는 그림에 바싹 붙어야 한다. 볼록거울과 그림이 떨어지면 그림은 연결되지 않기 때문이다. 이렇게 해서 필연적으로 우리는 그림의 세세한 부분을 보게 된다.

－『셰익스피어의 애너모포시스』중에서

진정한 응시이다. 가까이 다가감으로써 보다 잘 보인다. 보다 잘 보면 발견한다. 그리고 보다 깊이 인식한다. 가마치의 응시는 이렇게 해서 다음과 같은 속임수를 폭로한다. 비밀의 교차점에서 연장되는 세 가닥의 선상에 중요한 메시지를 숨긴 소도구가 완벽하게 줄지어 있다. 예를 들면 하나의 선 위에는 지구의와 귀족의 단검이다. 자세히 보면 지구의에는 주영 대사인 이 프랑스 귀족 장 드 댕트빌(Jean de Dinteville)의 출신지의 지명이 정확하게 적혀 있다. 단검의 무늬에는 그가 29세라는 연령이 표시되어 있다. 이 두 가지는 모두 영화를 누린 댕트빌의 '이번 생'에 있어서의 지위를 나타내고 있다고 해석할 수 있다. 그러나 다른 선에는 천구의와 해골이 그려진 댕트빌의 모자속 브로치가 있다. 이 사물은 아마도 이 세상을 초월한 정신세계, 죽음의 세계로 들어가는 입구를 시사한다. 지구의나 단검은 매우 대조적인 대상이다. 그리고 또 하나의 선상에는 류트의 중심과 커튼의 그림자에 숨겨진 그리스도 상이 있다. 류트는 조화의 상징이고 그리스도는 구원을 나타낸다. 이들이 의미하는 것은 죽음에서의 재생이다. 이런 식으로 세 개의 선상에는 모든 사물이 '자, 해석해 보세요'라고 말하는 듯 의미심장한 아이콘이 늘어서있다.

어떠한가. 무엇보다도 가마치가 제시한 고찰의 매력은 그 시선의 움직임이 시간화되어 있다는 것이다. 우리는 논의를 바로 완성형으로 들이미는 것이 아니라, 논의의 출발점에서 전개부터 결론에 도달하는 프로세스를 가마치가 모델로 삼은 '눈'의 움직임을 따라갈 수가 있다. 따라서 우리는 그 움직임에 이끌릴 수도 있고 때에 따라서는 이탈할 수도 있다. '여기는 어떨까?' 라며 자신의 의견을 내는 일도 가능하다.

실은 내가 하고 싶은 일도 바로 그것이다. 요컨대 일부러 가마치의 눈의 움직임에서 이탈해서 '잠깐 기다리라'고 말하고 싶다. 가마치의 해석은 놀랍도록 훌륭하다. 비밀의 교차점에서 연장되는 세 줄의 선에 메시지가 숨겨져 있다는 부분은 마치 미스터리 소설을 읽는 것처럼 스릴이 넘친다. 하지만 내가 여기에서 주목하고 싶은 것은 이런 비밀을 폭로한 응시의 배경에 있는 구조이다. 가마치의 응시는 원근법의 속박을 능숙하게 빠져나가는 데에서 출발했다. 정면에서는 보이지 않는 물체를 옆쪽에서 본다. 또한 맨눈으로 직접 응시한다는 전제를 타파하고 볼록거울을 통해 간접적인 응시를 한다. 이 시점으로 가마치는 응시 그 자체를 재발견한다. 지그시 바라본다는 것, 가까이 가면 보다 더 잘 보인다는 것을 다시금 알아낸다. 정면에서 보는 것, 떨어진 곳에서 전체를 바라보는 것을 그만둠으로써 비로소 도달하는 경지이다.

이 응시는 그런 의미에서 끈질긴 의구심과 끝없는 부정이 계기를 만들었다. '의심하는 응시'라 해도 맞는 말이다. 그러므로 응시는 저절로 응시 그 자체를 의심한 것이 된다. 의심이야말로 응시의 재발견과 연결된다. 가마치의 눈은 최종적으로는 어떤 확실한 존재에 이른다. 볼록거울을 통해 보는 비밀의 한 점에서 출발한 세 줄의 선이다. '의심하는 응시'는 분명 의구심과 부정의 뜻을 가졌지만 세 줄의 보이지 않는 직선에 이르러서 안정되었다. 그러나 여기서 '의심하는 응시'의 급소가 있다는 생각이 든다. 나는 가마치의 해석 그 자체에 이의를 제기하는 것은 아니지만, 그 해석에 대해 '도가 지나치다'며 해살을 놓는 목소리도 상상해본다. 약점이 될만큼 취약하지는 않지만 모든 비약적인 해석이 그렇듯이 가마치의 해석에도 여전히 너그러운 모자람이 숨겨져 있다. 그리고 그 너그러운 모자람은 응시를 둘러싼 추가적인 고찰을 유도한다.

여기에서 두 가지 점을 말할 수 있다. 먼저 '의심하는 응시'는 눈에 보이는 것을 차례로 의심하고, 무너뜨리고 넘어선다. 그러나 최종적으로는 보이지 않는 것이야말로 신뢰한다. 두 번째로 응시는 선에 의존한다. 이 두 가지 점을 바탕으로 다음 이야기를 이어가자.

왜곡된 선의 시대

하워드 호지킨이라는 화가가 있다. 1932년 런던 출생으로 제2차 세계대전 중에는 미국의 롱 아일랜드(Long Island)로 피신했다. 영국에 귀국한 후에는 그림을 공부하기 시작했다. 당시 영국의 미술교육은 호지킨에게는 지루했다. 교사들 또한 그의 작품을 인정해주지 않았다. 17세에 제작한 〈자전〉도 그에게 있어서는 획기적인 작품이었지만 평가를 받지 못했다.

호지킨이 현재의 독특한 스타일을 확립한 때는 1970년대이다. 초기작품은 팝아트 풍이 기조를 이루었는데 심플하게 유형화된 인물이나 가구는 점차 선이나 곡선, 점과 같은 단순하고 기하학적인 도형으로 대신해 나갔다. 이러한 작풍의 변화는 몬드리안[22], 칸딘스키[23]를 비롯하여 20세기의 추상화가에게서 반복적으로 나타났다. 다만 주목할 점은 호지킨의 추상에 대한 지향에 액자가 관련된 것이다. 완성된 작품을 액자 안에 넣지 않고 화가가 직접 붓으로 선명하고 굵은 선으로 화면 자체에 액자처럼 둘

---

22) 몬드리안(Piet Mondrian, 1872~1944): 네덜란드의 화가, 근대 추상회화의 선구자. 자연주의적인 방식으로 풍경, 정물 등을 그렸으나, 마티스의 작품에 영향을 받은 후부터 추상화를 그렸다. 주로 빨강, 파랑, 노랑의 3원색과 검은 면과 선을 모티브로 작품을 구성하였다. 저서로는 『신조형주의』 『조형예술과 순수 조형예술』, 주요 회화 작품으로는 〈노랑, 파랑, 빨강이 있는 구성〉(1937~1942), 〈구성 No. 8〉(1939~1942) 등이 있다.

23) 칸딘스키(Wassily Kandinsky, 1866~1944): 러시아 출생의 화가. 추상미술의 아버지이자 청기사파의 창시자로 사실적인 형체를 버리고 순수 추상화의 탄생이라는 미술사의 혁명을 이루어냈다. 주요저서에는 『예술에서의 정신적인 것에 대하여』 『점·선·면』, 주요 회화 작품에는 〈즉흥 26〉(1912), 〈구성 218〉(1919), 〈하늘색〉(1940) 등이 있다.

러서 그렸다. 때로는 그 안에 그림을 하나 더 그려넣어 마치 극 속의 극처럼 그릴 때도 있었다. 또한 호지킨은 캠퍼스지가 아니라 목판 위에 직접 그리는 경우가 많았는데, 그 목판에 액자를 만들어 붙여 마치 위쪽에서 그 액자를 그림 화면에 집어넣은 듯이 물감을 칠하는 방법으로 그린 적도 있다.

호지킨의 액자는 확실히 응시를 유도한다. 그러나 거기서 유발되는 응시가 앞서 언급한 〈대사들〉을 구성한 응시와는 명백하게 다르다. 일점 투시에 의한 원근법의 사실주의가 확립되어가는 16세기 북방 르네상스 시대에는 '자, 보세요. 해석 하세요'와 같은 메시지를 주는 상징물을 가만히 배치해서 틀의 안쪽을 향해 다양한 응시를─응시를 의심하는 응시도 포함해서─구동시키는 것이 당시의 지적 상황에 맞는 응시의 방법이었다. 수백 년이 지나 20세기에 들어서자 서양회화는 원근법에서 자유로워지기 위해 힘을 쏟게 되었다. 호지킨의 액자도 원근법적으로 틀 속의 한 점에 주목을 모으게 하는 기능은 하지 않는다. 그러면 거기에서 그는 우리의 응시가 어디로 향하도록 했을까. 이러한 점에 대한 생각은 애초에 구상이나 사실이란 무엇인가. 추상이란 무엇인가라는 커다란 문제와도 관련이 있다.

호지킨의 액자에 대한 알기 쉬운 설명이 하나 있다. 이 화가는 각 작품을 여러 해에 걸쳐 완성했는데, 이는 별로 놀랄 일이 아니다. 본인이 말한 적도 있지만 "모티브가 되는 것은 구체적인 물체나 언어, 인물 등 다양하다. 특정한 시간, 광경, 행동이 그려지는 것이다(Writers on Howard Hodgkin 중에서)." 〈그림2〉는 '데이비드 호크니[24]와의 만남'을 모티브로 해

---

24) 데이비드 호크니(David Hockney, 1937~): 영국의 팝 아트 화가. 모델의 외모와 관계를 모두 보여줄 수 있는 이중 초상화(double portraits)를 많이 그렸다. 폴라로이드 카메라로 다른 시간대에 다양한 각도로 풍경을 찍어서 포토몽타주를 제작하기도 했다. 주요 작품으로 〈아르카 세르차(세계최고의 미소년)〉(1961), 〈클라크 부부와 고양이 퍼시의 초상〉(1970~1971) 등이 있다.

그림2. 하워드 호지킨 〈데이비드 호크니를 방문한 후〉 1991~1992년 작.

서 그린 작품이다. 그 의미는 호지킨의 액자에는 과거의 어떤 한 점을 잘
라내기 위한 '기억'의 작용이 있는 것 같다. 과거에 받았던 인상이나 과거
의 사건을 시간을 들여 조금씩 그림 화면에서 숙성시킨다. 영국의 낭만파
시인 워즈워스의 '기억의 시 창작'을 떠올리게 하는 방법이다. 워즈워스는
"시란 용솟음치는 감정을 그대로 현재형으로 표현하는 것이 아니다. 오히
려 격정적인 감정을 체험한 후에 일정 시간이 지나 안정을 되찾고 난 후에
다시 그 감정을 기억해내서 쓰는 것"이라고 했다.

이 말이 호지킨의 액자에 대한 하나의 정답이 될 수도 있다. 호지킨도
회화를 통해서 기억해내고 있다. 그 액자는 화면에 바싹 붙어 있는 응시의
시선에 대해 '당신은 그 자체를 보고 있는 것이 아니다. 당신은 이미 거기

에 없는 것을 보고 있다.'라는 메시지를 보낸다.

이에 관련된 것이 선이다. 1970년대 이후 단순화한 형상을 중심으로 구성하는 호지킨의 화폭에서 특히 눈에 띄는 점이 소위 붓 스트로크이다. 액자 속에서 대담하게 붓이 지나간 몇 자리들, 그것만이 부각된다. 굵고, 거칠고, 보는 방법에 따라서는 난폭하게도, 서투르게도 보이는 붓이 지나간 흔적은 붓 나름대로의 부드러움이나 다정함, 망설임 등을 암시하는 동시에 준민한 결단력이나 뜻밖의 즉흥적인 낙천성과도 합쳐진다. 힘이기도 하고 약함이기도 하다. 과묵하기도 하고 웅변이기도 하다. 풍요로운 표현력이다.

그러나 무엇보다도 호지킨이 그리는 선의 특징은 눈에 보이는 것이다. 당연한 사실을 새삼 강조하는 이유는 앞에 소개한 홀바인의 〈대사들〉을 둘러싼 가마치 미쓰루의 해석이 궁극적으로는 눈에 보이지 않는 세 줄의 선에 도달하였기 때문이다. 지구의, 단검, 천구의라든지 브로치, 류트나 그리스도 상 등을 매개로 하는 보이지 않는 세 개의 직선. 이 직선들을 교차하는 비밀의 한 점을 발견하는 일이야말로 가마치의 응시는 완결된다. 가마치가 구사하는 첨예한 해석까지 거론하지 않아도 〈대사들〉이 유발하는 응시는 명백하게 화면에 그려진 인물의 시선과 우리의 화면을 보는 시선과의 대치를 말해준다. 보다 기본적인 점을 말하자면 원근법적으로 차차 멀어져가는 투시의 선은 그 자체로서, 아무데도 그려져 있지 않아도 응시하는 시선의 시계(視界)에는 들어가 있다.

즉 우리가 〈대사들〉을 응시할 때 가장 선명하게 보고 있는 것은 보이지 않는 선이다. 〈대사들〉에서 응시의 장치는 정밀한 사실주의 그림임에도 불구하고 우리를 가시적인 세계로 인도하지 않고 오히려 가시적인 세계를 의심하게 만들었다. 그리하여 옆에서 보는 시선에 따라서 해골을 발견하고 또 볼록거울에 의해 세 줄의 선을 찾아내도록 했다.

이에 반하여 호지킨의 선은 명확하게 눈에 보인다. 우리가 그 선들을 뚫어지게 응시하기를 기대한다. 그것은 이미 선이라고 하기에 두껍고, 짧고, 비뚤어져있지만 이것이 바로 호지킨스러운 세계로서 어떤 전환점을 거친 근대회화의 전형적인 선이다. 근대회화의 이러한 '비뚤어진 선'을 가시화하여 응시의 방법 그 자체를 바꾸었다.

20세기 회화는 삼차원적인 원근법에서 화면을 되찾는 것을 커다란 과제로 삼아왔다. 종래의 사실주의를 극복하고 회화면의 자립적인 표현력을 다시 활성화시킬 수 있을까. '비뚤어진 선'의 문제는 화가들의 그런 시도를 배경으로 살펴본다면 이해할 수 있다. 원근법을 초월하려는 20세기의 회화 중에서 특히 눈에 띄는 것은 지금까지는 화면의 구축을 위해 작은 점으로 숨겼던 화필을 그 자체로서 표현하려 한 시도다. 세잔느[25]나 쇠라[26], 시냐크[27], 나아가서는 모네[28] 등이 시도한 이런 경향은 20세기 중반의 윌렘

25) 폴 세잔(Paul Cézanne, 1839~1906): 프랑스의 화가. 사물의 본질적인 구조와 형상에 주목하여 자연의 모든 형태를 원기둥과 구, 원뿔로 해석한 독자적인 화풍을 개척했다. 추상에 가까운 기하학적 형태와 견고한 색채의 결합은 고전주의 회화와 당대의 발전된 미술 사이의 연결점을 제시했으며, 피카소와 브라크 같은 입체파 화가들에게 지대한 영향을 주어 '근대회화의 아버지'라고 불린다. 주요 작품으로는 〈에스타크〉 〈카드놀이 하는 사람들〉 〈생 빅투아르 산〉 등이 있다.
26) 조르주 쇠라(Georges Pierre Seurat, 1859~1891): 신인상주의 미술을 대표하는 프랑스의 화가. 색채학과 광학이론을 연구하여 그것을 창작에 적용해 점묘화법을 발전시켜 순수색의 분할과 그것의 색채대비로 신인상주의를 확립했다. 인상파의 색채원리를 과학적으로 체계화하고 인상파가 무시한 화면의 조형질서를 다시 구축한 점에서 큰 의의가 있으며, P.세잔과 더불어 20세기 회화의 새로운 장을 열었다. 주요 작품으로는 〈아스니에르에서의 물놀이〉 〈그랑자트섬의 일요일 오후〉 등이 있다.
27) 폴 시냑(Paul Signac, 1863~1935): 프랑스 출신의 화가. 신인상주의를 대표하며, 조르주 쇠라의 작은 점 대신에 좀 더 넓은 모자이크 조각 같은 사각형 모양의 색점을 이용하여 풍경화 및 초상화를 그렸다. 이른 나이에 세상을 떠난 쇠라의 이론을 이어받아 점묘주의를 발전시켰다. 주요 작품으로 〈클리시의 가스탱크 Gasometers at Clichy〉(1886), 〈트로페의 소나무 The Pine Tree at Saint-Tropez〉(1909) 등이 있다.
28) 클로드 모네(Claude Monet, 1840~1926): 프랑스의 인상파 화가. 인상파 양식의 창시자 중 한 사람으로, 그의 작품 〈인상, 일출〉에서 '인상주의'라는 말이 생겨났다. '빛'을 그림의 주제로 삼고 보이는 모든 것을 그림으로써 기존 회화의 주된 주제였던 '서사'를 미술에서 제거하고자 하였다. 주요 작품으로 〈건초더미〉(1891), 〈수련〉연작(1897~1927) 등이 있다.

데 쿠닝[29]이나 폴락[30] 등의 추상표현파의 시대로 접어들면 더욱 표현이 과격해지고 이미 붓이 아니라 물감 그 자체의 매끄러움, 두꺼움, 분출감, 액체성 등이 적극적으로 화면에 노출된다.

선은 그러한 흐름을 타고 지금까지 없던 것으로 취급을 받았다. 프란츠 클라인[31]이나 한즈 아르퉁[32]과 같은 화가들의 작품에 특징적으로 보이듯이 붓의 흔적을 운동으로 표현하려고 하는 충동이 명확한 모티브가 되었다. 담백한 배경과 금욕적이면서 과묵한 선에 의해 만들어지는 화면은 동양적인 글씨를 떠올리게 하며, 그림에서 선이 가지는 잠재적인 표현력을 충분히 발휘하려고 하는 감성이 당당하게 표면에 드러나 있다.

호지킨뿐만 아니라 클라인이나 아르퉁의 선이 어째서 왜곡되었는가라는 질문에 답하기 위해서는 우선 이 표현력에 주목하여야 한다. 선에는 붓을 놀리는 화가의 감정이 표출되어 있다. 선은 비뚤어짐으로써 하나의 개체가 되어 주체화하고 서정화 한다. 어쨌든 붓의 획은 힘이나 약함, 주저함이나 결단과 같이 마치 살아있는 인간이 그곳에서 호흡하는 듯한 생기를 복잡하고 애매한 감정의 혼동으로 표현할 수 있기 때문이다.

---

29) 윌렘 데 쿠닝(Willem de Kooning, 1904~1997): 네덜란드에서 출생한 추상표현주의 미술의 대표적 화가. 1948년 검은색, 흰색의 추상화로 이루어진 첫 개인전으로 명성을 얻었다. 추상화이지만 폴락과 달리 쿠닝의 작품에는 대부분 형상이 묘사되어 있다. 주요 작품으로 〈장밋빛 천사들〉(1945), 〈여인 1〉(1950~1952), 〈벤치에 앉은 여인〉(1972) 등이 있다.

30) 잭슨 폴락(Paul Jackson Pollock, 1912~1956): 미국의 추상표현주의 화가. 커다란 캔버스 위로 물감을 흘리고, 끼얹고, 튀기고, 쏟아 부으며 몸 전체로 그림을 그리는 '액션 페인팅'을 선보였다. 추상표현주의 미술의 선구자이며, 20세기 문화를 대표하는 아이콘으로 세계 화단에 큰 영향을 끼쳤다.

31) 프란츠 클라인(Franz Kline, 1910~1962): 미국의 추상표현주의 화가. 쿠닝의 영향을 받아 격한 필치에 의한 캘리그래픽(calligraphic)한 작풍을 구사한다. 대표작 〈흑 백 회색〉(1959)은 흰 바탕에 검정 또는 회색의 페인트를 굵은 붓으로 역동감있게 표현하였다. 주요 작품으로 〈오렌지색과 검은색 벽〉(1959), 〈메리언〉(1960~1961) 등이 있다.

32) 한스 아르퉁(Hans Hartung, 1904~1989): 독일 출신의 프랑스 추상화가. 색채의 점이나 얼룩을 이용하는 타시즘 회화의 선구자. 감성적이고 의지적이며 유연하고 억제된 긴장감이 넘치는 서정적 화면이 특징이다. 1960년 베네치아 비엔날레에서 국제대상을 수상했다. 대표작에 〈작품 1947. 25〉(1947) 등이 있다.

그러나 필적이라는 표현과 교묘하게 맞아떨어지듯 우리는 거기에서 '흔적'을 본다. 붓이 지나간 획을 응시함으로써 우리는 붓의 살아있는 운동을 마치 현재 진행되는 감정의 발로와 같이 체험하지만, 실은 그 넘치는 생기를 지탱하고 있는 것은 붓이 이미 화면에 그려졌다는 과거성이다. 물결치거나 들쭉날쭉한 스트로크의 일탈적인 실패감이 나타내는 것도 '한 번 뿐인' 희소성이라고 할 수 있다. 이 운동은 두 번 다시 일어나지 않기에 기억에 지나지 않는다는 반복적인 불가능이 새겨지고, 그 역사와 기록의 감촉이 향수를 불러일으켜 상실감을 부른다. 다시 말하면 이렇게 선을 가시화하여 실제로 본다는 사실은 짓궂게도 그 선이 이미 과거의 것이고 나아가 이미 죽었다는 증거다.

아무래도 선이란 다람쥐 쳇바퀴 도는 듯한 면이 있다. 화면에 그려진 선이 가시적으로 그 장소에 존재한다는 사실이 목격되기 위해서는 특히 그 장소에 더 이상 존재하지 않아야 한다. 선을 가시화하기 위해서는 부재와 실패 그리고 상실의 표시가 필요불가결하다. 그렇지 않으면 선은 금세 보이지 않는 선에 종속되어버린다. 우리의 응시는 어느덧 보이지 않는 선을 보게 되는데, 선을 있는 그대로 보기 위해서는 선을 말소해야 한다.

'선'이란 수상한 존재다. 직선은 연장할 수는 있어도 면적은 없다고 수학적으로 정의되지만 그런 상황은 자연계에 존재하지 않는다. '실물의 선'처럼 허구이지만 추상이다. 그러나 우리는 일부러 그곳에 존재하지 않는 선, 눈에 보이지 않는 선을 보거나 혹은 선을 흔적화해서 잡으려 해왔다. 그렇게까지 해서 '선은 존재한다'고 했다. 그에 만족하지 않고 선을 가시화하고자 하는 욕망이 있다.

선을 가시화하는 방법은 20세기에 들어 크게 바뀌었다. '선이 선으로 존재한다는 사실을 주장한 시대(마쓰다 유키마사[33] 『눈의 모험』 중에서)'가 도래했기 때문이다. 기술의 발달과 함께 속도나 기능 자체가 가치를 가지게 되면 선이 선으로 표현된다. 이러한 변화는 우리의 지식의 형태가 바뀌었다는 점을 시사한다. 사람들이 없는 선을 보고 있는 세계에서 눈에 보이지 않는 것을 믿는 능력을 지식과 직결시켰다. 틀림없이 눈에 보이지 않지만 보이는 것으로 만드는 것은 공유된 문화 코드이다. 지식은 공유됨으로써 지식이 된다. 선은 그러한 의미에서는 공동체의 상징이기도 했다.

그러면 선이—예를 들어 흔적만으로 남았다 해도—그 자체로서 목격되는 것은 어떤 세계일까. 거기에서는 이미 선은 공동체와는 관계가 없다는 뜻일까.

이 질문은 시란 무엇인가?라는 문제와 밀접하게 이어진다. 회화의 선과 시의 반복은 굉장히 닮았다. 마치 선이 회화표현에서 기초이자 종착점이듯 시에서 표현의 요점을 이루는 것은 단어의 반복이고, 그 방법의 변화도 반복을 중심으로 생겨났다.

회화에서도 하나하나의 획은 그 자체로는 의미가 없다. 잠시 눈을 멀리하고 붓이 만들어놓은 획이 윤곽을 이루고 형태를 만들고 관계성을 만드는 모습을 본다. 즉 회화를 본다는 것이다. 홀바인의 〈대사들〉에 그려져 있는 것은 그러한 선이었다. 그 과정에서 우리는 눈에는 보이지 않지만 확실히 그곳에 존재하는 듯한 이상적인 선에 눈을 향하게 된다.

그러나 호지킨의 선은 다르다. 호지킨은 우리에게 반복 속으로 소멸해갈 하나하나의 선을 개체로서 인식시킨다. 우리는 이른바 반복을 응시하는 것에 유인 당한다. 이바라기 노리코도 그러했다. 「내가 가장 예뻤을 때」

---

33) 마쓰다 유키마사(松田行正, 1948~): 일본의 그래픽 디자이너, 아트디렉터. 출판사를 경영하면서 내용과 디자인이 일체화된 독특한 서적을 출판. 주요 저서로 『안구 이야기/ 달 이야기』 『눈의 모험』 등이 있다.

도 반복의 기능을 충분히 살리면서 실제로는 그 하나하나의 반복에 잠재된 갈라진 틈으로 우리들의 응시를 불러일으켰다.

호지킨의 그림과 이바라기 노리코의 시에서 공통된 점은 반복에 대한 의존이면서 동시에 반복에 대한 저항이라고 할 수 있다. 어쨌든 응시가 얽혀있다. 이 모두 그 반복에 대한 저항으로서 멋지게 응시를 유도하고 있다. 시에서 글자 그대로의 '선'과 관련된 줄 바꿈에 대해 다카하시 겐이치로[34]는 다음과 같이 말한다.

시의 본질에서 고려할 만한 것 중 하나는 '행갈이'이다. '행갈이'는 왜 필요할까. 시인에게 질문을 해도 확실한 답은 없다. 내 생각에는 시인이 시를 쓸 때 행갈이를 하는 이유는 그 지점에서 단어의 모퉁이를 돌아야하기 때문이다. 한 행을 쓰고 어떤 장소에 도달하는 것이다. 그럴 경우 소설가라면 오로지 빨리 목적지에 도착하는 것만을 생각한다. 그에 비해 시인은 모퉁이가 나오면 돌고 싶은 성질을 가지고 있다. 이곳을 돌면 자신이 모르는 무언가가 있지 않을까 해서 모퉁이를 도는 것이다. 모퉁이를 돌면 다시 모퉁이가 있다. 소설가라면 모퉁이가 아니라 도시의 중심가를 똑바로 걸어가고 싶을 것이다. 이렇듯 시인은 그 모퉁이 저편에 숨겨진 무언가가 신경이 쓰여 어찌할 바를 모르는 존재이다.

– 『어른은 모르는 일본문학사』 중에서

일정한 속도로 이뤄지는 행갈이는 시가 지닌 반복의 장치 중에서도 가

---

34) 다카하시 겐이치로(高橋源一郎, 1951~): 일본의 소설가, 문예비평가. 신랄한 비평, 엽기적인 상상력을 기반으로 일본의 포스트모던 문학을 대표하는 문학자. 산문적인 문체로 언어를 이화(異化)하고 교양적인 하이컬처부터 만화·텔레비전 등 대중문화까지 폭넓게 인용한 패러디나 혼합 모방을 구사한 전위적 작풍. 소설 『사요나라, 갱들이여』로 1981년 군조(群像)신인장편소설상을 수상하며 소설가로 데뷔하였고, 미시마 유키오(三島由紀夫)문학상을 비롯하여 여러 상을 수상했다. 소설 『무지개 저 너머에』 『존 레논 대 화성인』 『펭귄 마을에 해는 지고』, 평론집 『어른은 모르는 일본문학사』 등 소설, 평론, 수필 등 다수의 저서가 있다.

장 눈에 띈다. 모퉁이가 나타나면 무조건 도는 행위는 확실히 타성에 젖은 습성이다. 기계적인 반복이다. 그 정도로 깊이 타성에 젖어 있으면서도 항상 '그 곳을 돌면 자신이 모르는 무언가가 있지 않을까' 기대한다. 게다가 현대의 시인은 미지의 상황까지 기대한다. 반복이 단순한 반복으로 끝나지 않을 것 같은 갈라진 틈을 바란다. 기대만으로 끝나지 않고 스스로 그 갈라진 틈을 창조해낸다. 시인이란 현재 행갈이라는 반복에 '숨겨져 있는 무언가가 신경이 쓰여 어찌할 바를 모르는' 상황 속에서 창조하는 자들이다. 신경이 쓰여 못 견디겠으니까 몸까지 앞으로 내밀어 응시한다. 가만히 본다. 행갈이가 '선의 반복'임을 감안하면 이 말은 당연히 시에만 해당되는 이야기가 아니다.

제3장 슬로모션으로 담다
— 〈불의 전차〉와 후루이 요시키치[35]

시선의 강도(強度)와 〈불의 전차〉

시어의 반복이나 그림의 선에 주목해 보면 우리가 어떤 방식으로 응시를 접목시켜 왔는지 그 원리를 알 수 있다. 응시는 우리가 인식하는 법을 보여주는 거울이다. 이를 근거로 해서 그 다음은 응시가 가진 '강도'에 대하여 생각해 보고자 한다. 응시란 강한 시선을 뜻한다. 하지만 사실 그런 강도의 속박에서 벗어나야만 사물을 정확하게 볼 수 있다.

부릅뜬 눈의 강한 시선을 그대로 작품의 핵심으로 삼은 영화가 있다. 응시하는 시선이 이야기의 전개를 지탱하는 듯한 영화다. 바로 〈불의 전차〉(1981)[36]다. 이 영화는 단거리 달리기 주자의 이야기로, 제1차 세계대전이 끝난 직후 영국이 무대. 오랜 전통의 명문대학교 학생이자, 유대계

---

35) 후루이 요시키치(古井由吉, 1937~): 일본의 소설가, 독일문학자. 일본의 1970년대 탈 이데올로기 문학세대를 일컫는 '내향적 세대'의 대표 작가. 내면의 심부를 파헤치는 묘사에 특징이 있고, 특히 기성의 일본어 문맥을 깨는 독자적인 문체를 실험했다. 작품으로『성(聖)』『서(栖)』『친(親)』의 삼부작, 『근(槿)』『백발의 노래』등 다수. 아쿠타가와상(1971), 일본문학대상(1980), 다니자키 준이치로(谷崎潤一郎)상(1983), 가와바타 야스나리(川端康成)문학상(1987), 요미우리(読売)문학상(1990), 마이니치(每日)예술상(1997)을 수상했다.

36) 불의 전차: 원제 Chariots of Fire. 1981년 휴 허드슨(Hugh Hudson) 감독이 제작한 영국 영화. 1924년 파리올림픽을 배경으로 영국 육상선수들의 이야기를 그렸으며, 제54회 아카데미상을 수상했다.

실업가의 아들인 해럴드 에이브러험과 스코틀랜드 출신으로 선교사를 꿈꾸는 에릭 리델은 인종차별을 당하거나 신앙적 갈등으로 고뇌하지만 그러면서도 단거리 주자로서 한계에 도전하는 이야기이다.

줄거리에서 알 수 있듯이 〈불의 전차〉는 스토리가 단순명료한 영화다. 결말로 향하는 전개도 거의 예상했던 대로이고 큰 반전도 없다. 게다가 카메라가 주로 비추는 대상은 달리기다. 달리기는 인간의 모든 동작 가운데 가장 단순명료하다. 동작에 군더더기가 없어야 아름다움으로 직결되는 운동이다.

이 영화의 중심 기조는 '최소한'이다. 영화의 처음과 끝 장면에서는 아무 장식도 없는 새하얀 러닝셔츠 차림의 청년들이 해변을 달리는 영상이 흐른다. 카메라는 지면을 박차는 다리와 앞뒤로 흔들리는 팔, 그리고 리드미컬한 호흡에 따라 표정이 바뀌는 남자들의 얼굴을 차례차례 쫓는다. 어쨌든 달리는 모습 자체를 비추려는 카메라의 의도가 아주 명료하게 드러난다.

이 장면에서 슬로모션은 큰 역할을 수행한다. 예를 들어 스코틀랜드 하이랜드의 숨 막히게 아름다운 경치 속에 펼쳐지는 마을 축제 장면이다. 오랜만에 고향에 내려온 리델은 마을 사람들의 환영을 받는다. 이윽고 달리기 장면이 나온다. 럭비 선수 시절 뛰어난 윙 포지션으로 활약했던 리델은 달리기 경주에 즉흥적으로 참가한다. 윗옷을 벗고 젊은이들 사이에 섞여 달리는 리델. 그는 황홀한 표정으로 질주하는 그의 육체는 실로 활기에 넘친다. 그에게 최고의 천직은 달리기라는 듯이. 바로 이 장면이 슬로모션으로 흐른다.

왜 슬로모션인가! 달린다는 행위는 원래 불순물이 최소한으로 제한되는 운동이다. 〈불의 전차〉에서는 그러한 나성(裸性)을 더욱 강조하려는 것처럼 슬로모션으로 잡아서 질주하는 모습을 한층 더 노골적으로 비춘다. 화면이 느려짐으로써 분석과 분해가 가능해지고, 좀 더 자세히 보인다. 하지만 그런 미분적인 시선이 반드시 복잡함이나 많은 양의 정보를 명확하게 드러내지는 않는다. 오히려 단순함에 몰입한 듯한 시선, 최소한의 디테일에 홀린 듯한 시선으로 정보량이 아주 적은 동작을 주시하게 된다. 여기서는 대상물을 세밀하게 살펴보는 슬로모션의 유사 과학적인 기능은 거의 작동하지 않는다. 그 대신 대상물에 도취되어 넋을 잃고 바라보는 강렬한 시선이 있다. 이 영화에 대해 논할 거리는 풍부한 스토리나 복잡한 구조가 아니라 최소한과 단순함에 대해서다. 슬로모션으로 세부를 확대함으로써 세부적인 결여가 드러난다. 강렬하게 응시하는 시선만 부각되며, 사건이 자아내는 감동과 조우, 목격의 기적을 돋보이게 한다. 그러나 이것들은 논리적인 전개와 반전과는 전혀 무관하다. 이미 드러난 사실을 재차 폭로함으로써 동어반복이나 다름없는 과잉이 연출된다.[37]

이러한 응시는 '지금, 여기'의 절대성을 보증하고, 우리는 분명히 살아 있다는 의식을 생명적 흥분과 함께 실감케 한다. 여기에 수반되는 어떤 종류의 감정을 놓쳐서는 안 된다. 명백한 생명적 흥분을 연출했지만 왠지 모르게 비애와 상실감을 느끼게 하는 무언가가 있다. 원래 달린다는 행위는 속도감과 강력함, 그리고 격렬함 때문에 주목을 받는다. 즉 달린다는 행위의 매력은 에너지와 파괴력에서 나온다. 하지만 슬로모션으로 변하는 순간 달리기는 위에서 말한 그 모든 아름다움을 잃고 만다. 움직임은 느려지고 격렬함은 부드러움으로 바뀌며 파괴력은 차분히 가라앉아 조용해진다. 여기서 우리는 운동 자체에 대해서가 아니라 운동의 소멸 상태, 즉 죽음을 깨닫는다. 다시 말해 슬로모션 장면은 운동을 정지시키는 힘, 나아가 삶

---

37) 물론 〈불의 전차〉의 슬로모션에 이야기의 전개성이나 의외감과 같은 것이 어느 정도 수반되어 있다. 경주 상대의 팔꿈치 가격을 당하여 넘어진 리델이 일어나서 그 상대를 앞지르는 장면 등은 정말로 슬로모션 특유의 '이야기의 강조'가 기능하는 부분이다. '이 부분은 중요해요!'라는 하이라이트로 나타난다. 다만, 이러한 장면이 거듭되면서 차츰 응시 그 자체가 행위로써 돌출한다. ―저자 주

을 죽음으로 변환시키는 거대한 힘의 존재를 시사한다. 그 어떤 생명도 거역하지 못하는 절대적인 죽음의 힘이 응시라는 형태로 개입되어 있다. 이를 페시미즘[38]이라 이름 붙여도 괜찮다. 혹은 운명이나 숙명의 힘이라고 해도 좋다. 어느 쪽이든 시선은 운동에 수반되는 격렬함과 흥분, 낙천성과 기쁨을 동시에 있는 그대로 몰입해서 보지 않고 약간 떨어진 곳에서 조금 시간을 두어 냉정한 시선으로 응시한다. 그러한 거리 때문에 본래 생동감이 넘쳐야 할 달리기라는 운동이 '죽음'의 뉘앙스를 띤다.

슬로모션은 일종의 가사상태(仮死狀態)를 유발하는 작용도 한다. 슬로모션의 시선으로 보면 운동이 지닌 생명력은 따로 분리되어 죽음의 맥락으로 재배치된다. 거기에 있는 것은 '애도의 시선'이다. 운동이 죽음의 형태, 그 원형으로 읽힌다. 물론 슬로모션은 애초에 '지금, 여기'를 절대화시키는 생명적 흥분으로 가득한 시선 때문에 발생하지만, 바로 그때 이런 종류의 비애와 애절함을 유발하는 '애도의 시선'이 얽혀있다는 점은 자못 흥미롭다.

생각해 보면 영화 〈불의 전차〉는 죽음으로 가득하다. 시간적 배경은 유럽에 어마어마한 피해를 입힌 제1차 세계대전 직후다. 영화 도입부의 신입생 환영 만찬에서 기숙사 사감은 전사한 졸업생을 위하여 추모 연설을 한다. 주인공들이 케임브리지 역에 도착했을 때 도와 준 사람은 전쟁에서 크게 부상을 입은 노동자 계급의 남자들이다. 영화에는 제1차 세계대전을 계기로 잇따라 식민지를 잃은 대영제국의 쇠락, 즉 제국의 죽음이 겹쳐져 있다. 영화 말미에 올림픽에서 활약한 주자들이 그 후 어떤 인생을 살았는지 자막이 흘러나온다. 특히 리델이 중국에서 포교활동에 헌신하다 제2차 세계대전에 휘말려 일찌감치 목숨을 잃었다는 대목은 유독 가슴 절절한 인상을 준다. 화려한 움직임과 영광이 흘러넘치는 이야기, 승리로 장식된

---

38) 페시미즘(pessimism): 비관주의, 염세주의. 세상과 인생을 불행하고 비참한 것으로 보며, 개혁이나 진보는 불가능하다고 보는 경향이나 태도.

이야기임에도 상실감이 가득하고 슬픔이 전체를 뒤덮고 있는 것처럼 보이는 이유는 감상적인 반젤리스(Vangelis)[39]의 음악 때문일지도 모른다. 하지만 무엇보다도 영화 곳곳에서 이렇게 죽음을 이야기하고 있기 때문이다. 그 가운데 영화적 레토릭[40]으로 사용된 슬로모션은 지금 이 순간을 살고 있다는 생명적 감각을 나타내면서, 한편으로는 죽음을 생각하는 듯한 '애도의 시선'을 던지기도 한다.

「요코(崟子)」와 '시', 그리고 술주정

응시는 한편으로는 시선을 날카롭게 하지만 다른 한편으로는 오히려 눈의 기능을 정지시킨다―이러한 응시의 이상한 양면성은 후루이 요시키치의 단편소설 「요코」에서 보다 확실하게 확인할 수 있다. 여기서도 뜻밖에 발생하는 응시가 강렬한 생명력을 상기시키지만 그게 다가 아니다.

「요코」를 읽기 전에 마음의 준비가 필요할지도 모른다. 「요코」는 아쿠타가와 상[41] 수상작이며 후루이의 문단 데뷔를 장식한 작품이다. 치밀하고 참신하며 이색적이면서도 다채로운 표현으로 호평 받아 온 이 작품에는 종종 '시적'이라는 형용사가 붙기도 한다. 헌데 후루이 자신이 어디까지나 '시'를 구체적으로 알고 있었던 작가라는 점을 상기할 때마다 산문적인 개성을 '시적'이라는 말로 넘겨버린 안이함을 새삼 통감하게 된다. 오에 겐자

---

39) 반젤리스(Vangelis, 1943~): 그리스 작곡가, 신시사이저 연주가. 영화 〈불의 전차〉 음악으로 미국에서 1982년 제54회 아카데미 상 정규작곡상을 수상했고, 같은 해 빌보드 앨범 및 싱글 차트 1위를 차지했다. 대표작으로 영화 〈블레이드 러너〉 〈1942 콜럼버스〉, 과학자 칼 세이건의 TV 다큐멘터리 〈COSMOS〉 음악 등 다수가 있다.
40) 레토릭(rhetorical): 수사학(修辭學). 교묘한 표현, 수사법.
41) 아쿠타가와 상(芥川賞): 정식 명칭은 아쿠타가와 류노스케 상. 일본 소설가 아쿠타가와 류노스케(芥川龍之介, 1892~1927)를 기리는 문학상. 순문학을 대상으로 하며, 일본의 소설문학 상 가운데 가장 권위가 있다.

부로[42] 와 나눴던 대담에서도 언급했다시피 후루이는 오히려 '소설'과 '시' 의 차이를 크게 의식한다. "소설가가 시를 읽을 때는 소설가 특유의 호흡 이 있어서 시의 파장과 약간씩 어긋납니다. 소설가가 시를 읽는 행위 자 체에 어려움이 있다고 생각합니다(『신초(新潮)』 2009년 1월호 중에서)." 「요코」 에 설령 '시'적인 부분이 있다 하더라도 그것이 대체 어느 부분이냐는 질문 은 '시적'이라고 형용해서 처리할 만한 문제가 아니다. 후루이 본인이 "지 금의 내가 「요코」와 겨룬다면 지지 않을까 생각합니다."라고 토로한 이유 도 거기에 있다(『인생의 색조』 중에서). 후루이 요시키치는 현존 작가 가운데 압도적인 존재감을 지녔다. 하지만 일반인들 사이에서 그의 작품은 얼마 나 널리 읽히고 있을까. 예컨대 오에 겐자부로처럼 작품은 읽은 적이 없지 만 이름은 아는 작가도 아니고, 무라카미 하루키[43]처럼 작품을 읽은 적은 없지만 일단 책을 사본 적 있는 작가도 아니다. 그러나 후루이 문장 특유 의 교착된 굴곡이나 거기에 감도는 발효냄새 비슷한 에로티시즘[44], 그리

---

42) 오에 겐자부로(大江健三郎, 1935~): 일본 소설가. 23세 때 단편소설 「사육(飼育)」을 발표하 여 제39회 아쿠타가와상을 최연소로 수상. 그밖에도 다수의 문학상을 수상했고, 장편소설 『만엔(万延) 원년의 풋볼』로 1994년 노벨문학상을 수상했다. 전후 일본의 혼란스런 상황에 서 울분과 방황, 절망에 찬 청년들의 그로테스크한 이미지를 표현하여 신세대 작가로 주목받 았다. 단편소설 「죽은 자의 사치」, 장편소설 『성적 인간』 등 다수의 작품이 있다. 전후 국가주 의, 특히 일본의 천황제에 대해 일관해서 비판적 입장을 취하고 있으며, 핵무기 반대와 헌법 제9조를 지켜야 하는 당위성에 대해 에세이나 강연 등을 통해 적극적으로 언급하고 있고, 자 위대의 존재에 대해서도 부정적인 양심적 문인이자 지식인.
43) 무라카미 하루키(村上春樹 1949~): 일본 소설가, 미국문학 번역가. 1979년 『바람의 노래를 들어라』로 군조(群像)신인문학상을 수상하며 문단 데뷔. 1987년에 발표한 『노르웨이의 숲』 이 대베스트셀러에 오르면서 무라카미 하루키 신드롬을 일으켰다. 첫 장편소설 『양을 둘러 싼 모험』으로 노마(野間)문예신인상을 수상한 이래, 다니자키 준이치로(谷崎潤一郎)상, 요미 우리(読売)문학상 등 일본의 주요 문학상과 체코의 프란츠카프카상, 스페인의 카탈루냐 국 제상 등 해외 유수의 문학상을 수상하였고, 최근에는 매년 노벨문학상 유력 후보로 거론되고 있다. 그 외의 작품으로 『양을 둘러싼 모험』 『세계의 끝과 하드보일드 원더랜드』 『해변의 카프 카』 『1Q84』 『기사단장 죽이기』 등 소설과 에세이 등 저서 다수. 소설을 쓰는 틈틈이 미국소설 을 번역하고 있으며, 현재 미국에서 가장 영향력 있는 일본 작가이다.
44) 에로티시즘(eroticism): 주로 문학이나 미술 따위의 예술에서 성적(性的) 요소나 분위기를 강 조하는 경향.

고 산문의 가능성을 초월한 독특한 리듬은 실제로 그의 작품을 읽은 적이 없는 사람조차 말로 형언할 수 없는 묘한 분위기를 느낀다. 책장을 열기만 해도 감지되는 농후한 떫은맛이 근대문학의 감성으로 배양해온 독과 약을 응축시킨 형태로 담겨있다. 「요코」는 그 원점에 있는 작품이다.

이런 이유로 「요코」는 읽기도 전에 벌써 무겁게 다가온다. 이 작품에는 오늘날 일본에서 가까스로 살아남은 문학의 무게가 집중적으로 가라앉아 있다. 실제로 읽어봐도 역시 무겁다. 어쨌든 피곤한 작품이다. 이 만큼 읽는다는 행위를 피곤하게 만드는 작품도 흔치 않다. 결코 지친다거나 시시하다는 의미가 아니다. 우리는 여기서 느끼는 피곤의 질에 대해 깊이 생각할 필요가 있다. 읽기, 보기, 그리고 응시가 피곤을 부른다는 말은 무슨 뜻일까.

「요코」는 전반에 걸쳐 몹시 격렬한 시선이 그려져 있다. 모든 응시가 천재지변이라도 만난 듯한 '가혹한 우연'이라는 의식을 동반한다. '설마'라는 감탄사가 터져 나올 듯 놀란 눈이다. 소설 초반에 주인공 요코와 소설 속 화자가 만나는 장면은 다음과 같은 풍경 속에서 펼쳐진다. 요코가 돌을 쌓아올린 케른[45]을 그냥 바라만 보는 장면이다.

> 여자는 조금 앞에 있는 케른을 바라보고 있었다. 분명히 보고는 있는데 눈빛에 힘이 하나도 없었다. 그리고 얼굴 전체가 흐릿한 눈빛 때문에 표정이 하나로 모이지 않았다. 앞에 있는 케른을 응시할 뿐인데 오히려 케른이라는 고정되어 있는 존재에게 표정을 빼앗겨 점점 멍해져 가는 낯선 여자의 얼굴이었다. 멀리 사라져가는 희미한 표정을 기억 속에서 끊임없이 다시 붙잡으려는 듯한 긴장을 지나가던 그에게 강요했다. 그가 긴장을 조금이라도 놓을라치면 여자의 얼굴은 무표정을 넘어 무시무시한 물체처럼 변했다.
>
> – 「요코」 중에서

---

45) 케른: 등산을 기념 하기 위해 쌓아 놓은 돌무더기 이정표. 또는 켈트인의 돌무덤.

'설마!' 하며 놀람과 함께 떠오르는 장르는 괴기소설과 스릴러 세계이다. 천변지이와 유령, 살인자를 보고 놀라는 건 지극히 당연한 일이다. 하지만 요코는 천변지이도 살인자도 아니다. 조금은 유령 같기도 하지만 유령이 아니다. 요코는 환자다. '설마'는 요코가 앓는 병의 이상 증세에 대해 느끼는 감정이다. 하지만 눈에다 잔뜩 힘을 주고 '설마'라며 바라보는 응시는 이미 병에 감염되었음을 나타낸다.

소설 초반에 나타나 있듯이 작품의 플롯을 구성하는 것은 시점인물인 '그'가 요코의 병을 치료하는 내용이다. 하지만 단순한 치료가 아니다. 도중에 누가 환자이며, 누가 누구를 치료하는지 구분이 애매해진다. 요코의 병이 그 병을 관찰하는 사람까지 발병하게 만들기 때문이다. 그럼으로써 요코의 병은 제 임무를 완수한다. 「요코」를 읽는 우리가 피로를 느끼는 원인이 여기에 있다. 「요코」라는 소설은 오로지 요코의 증상, 특히 요코의 시선의 증상을 주로 묘사하는 데에 소비된다. 묘사의 대상이 시선 그 자체인 까닭에 안전한 장소에서 이루어지는 아름다운 묘사가 되지 못한다. 흐느적거리는 대상과의 상호관계 속에서 불규칙하게 이동하다 발을 헛디뎌 넘어질 듯 불안하다. 그리고 시점인물인 '그'의 눈이 요코의 증상에 휘말려 들어갈 때 '그'의 눈을 통해 요코를 보는 우리 또한 요코의 증상 속으로 꼼짝없이 빨려 들어간다. 거기에는 현기증이나 멀미와 비슷한 상황이 기다리고 있다.

대관절 요코의 증상이란 무엇인가? 우선 요코의 시선은 물에 빠져있다. 거기에는 '자신을 연속성으로서 통합하지 못하는 사람이 빠져드는 적요(가라타니 고진(柄谷行人) 『외포(畏怖)하는 인간』 중에서)[46]가 있다. 요코의 시선

---

46) 요코의 증상을 정신병리의 관점에서 해석하려는 시도는 여러 차례 이루어졌다. 최근의 해석은 고토 사토코(後藤聡子)의 「꾸며진 메시지」 참조. ─저자 주

은 보는 대상을 꼼짝 못하게 하는 '지배하는 시선'이 아니라 오히려 대상에게 삼켜지는 시선이다. 게다가 물에 빠져있으므로 살려달라고 신호를 보낸다. 구원 요청을 받은 '그'는 또렷하게 초점을 맞춘 응시로 마음의 준비를 하려 한다. 흩어져가는 무기력한 시선을 강한 시선이 살려내는 구도이다.

하지만 물에 빠진 시선을 구하려는 구제의 시선은 강한 응시로 '물에 빠진 상태'를 주의 깊게 살피려고 하면 할수록 오히려 그 병에 발목을 잡히고 만다. 앞에서 인용한 밑줄 친 부분에서 보듯 실제로 뱃멀미를 하는 듯한 시선으로 읽힐 것이다. "그리고 얼굴 전체가 흐릿한 눈빛 때문에 표정이 하나로 모이지 않았다. 앞에 있는 케른을 응시할 뿐인데 오히려 케른이라는 고정되어 있는 존재에게 표정을 빼앗겨 점점 멍해져 가는 낯선 여자의 얼굴이었다. 멀리 사라져가는 희미한 표정을 기억 속에서 끊임없이 다시 붙잡으려는 듯한 긴장을 지나가던 그에게 강요했다(밑줄 친 문장 인용)." 이 문장은 쉼표 때문에 몇 문장으로 끊어지는데, 각 문장마다 밑줄로 표시한 몇 부분이 고양이 눈처럼 변화무쌍한 가주제가 되어 툭툭 튀어나온다. 이 가주제들은 주어나 술어 같은 문법적 기능에서 독립하여 공연히 독자의 주의를 끌면서도 부유하는 애매한 초점으로서 나타났다 사라진다. 참으로 불쾌하다. 멀미가 난다.

이 장면은 '유혹'이 이중으로 장치되어 있다. 계곡 속에서 혼자 망연자실하여 구조신호를 보내는 젊은 여자는 성적 대상이라고도 할 수 있다. 황량한 풍경으로 보나, 인적이 드문 점으로 보나 거칠고 폭력적인 성행위를—강간 같은 것을—연상시킨다. 경우에 따라서는 살인조차 벌어질지 모르는 두려움을 내포한 성(性). 남자가 '설마'라고 말하듯이 눈을 크게 뜨고 지켜보는 이유는 그런 위험하고 폭력적인 성적 뉘앙스를 순간적으로 눈치챘기 때문이다. 이것이 첫 번째 유혹이다.

두 번째 유혹은 문장에 관한 것이다. 앞서 밑줄 친 부분에서도 보았듯이 저 뱃멀미를 하는 듯한 문장은 시선을 기점으로 시작된다. 이 문장은 여자의 시선이 향한 곳을 나타낸다. 그렇게 함으로써 여자의 표정의 의미를 명확히 한다는 암시가 들어있다. 의미에 대한 갈망이 일어나고, 그 갈망이 시선의 행방을 쫓는 형태를 취하여—다시 말해 장소를 찾는다는 형태로—우리의 응시를 유도한다. 이것이 두 번째 유혹이다.

두 가지 유혹은 '그'와 우리의 응시를 유발하면서 그런 기대를 보기 좋게 배신한다. 여자는 폭력적인 성으로 정복할 수 있는 대상이 아니다. 인간이라기보다 어쩌면 물체에 가까운 존재다. '그가 긴장을 조금이라도 놓을라치면 여자의 얼굴은 무표정을 넘어 무시무시한 물체처럼 변했다.'라는 문장도 시선이 향한 곳을 쫓아가면 어딘가로 데려가 줄만한 것이 아니다. 여자의 표정을 쫓았으나 이야기는 어느 새 '그'의 '긴장' 쪽으로 바뀐다. 예상치도 못했던 지점으로 끌려간 것이다.

묘사되어 있는 장면은 확실히 이상한 광경이다. 하지만 광경의 이상함 그 자체를 서술하는 데 주안점을 두지는 않는다. 진정으로 이상한 것은 오히려 눈이다. 힘주어 응시하는 눈이 어째서 대상을 포착하지 못하는지 그 이상함을 체험하게 만든다. 현기증 같은 불쾌감을 느끼게 한다.

얕게 보다

힘의 과잉은 참으로 후루이 요시키치다운 주제이다. 서경[47] 탓에 떨리는 손으로 "쓰기 힘든 것을 향하여 무거운 키를 잡고 가기로 했다."라고 했던 작가다. "오른손으로 사물을 생각한다."라고 말할 정도였으니 그 '필

---

47) 서경(書痙): 글씨를 쓰려고 하면 경련이나 통증이 일어나는 일종의 신경증.

압'의 강도가 어땠을지 가늠할 수 있으리라(『초혼(招魂)으로서의 표현』중에서)." 단순히 넘쳐흐르는 힘의 과잉을 표현한 말이 아니다. 오히려 거리를 두고 힘의 과잉을 응시하기도 한다. 강의 내용을 토대로 펴낸 『소세키(漱石)의 한시를 읽다』는 나쓰메 소세키가 지은 한시를 독해하면서 그의 집필 방식에 숨겨진 이면을 밝히려는 시도였다. 그 책에는 후루이 자신의 집필 의식도 드러난다. 예를 들면 나쓰메 소세키가 장편소설 『명암』을 쓸 때의 심경을 후루이는 다음과 같이 상상한다.

소세키는 낮에는 소설 『명암』을 쓰고 밤에는 한시를 썼습니다. 왜 그랬을까요? 아마도 소세키는 소설을 쓰는 일과 한시를 짓는 일이 상호보완적이라고 생각했던 듯합니다. 한시를 지음으로써 소설을 쓸 때 쌓인 독소와 찌꺼기를 씻어내고, 머릿속을 환기시켜 다시 소설을 쓰는 것입니다. 어쨌든 내가 저자인 소세키의 입장에서 본다 해도 『명암』은 수렁 같습니다. 어디까지 가야 매듭이 지어질지, 확실히 종결은 될지 가늠할 수 없는 어려운 소설이라 오늘 쓸 분량을 마치고 나면 안도의 한숨을 쉬며 한시에 손을 대지는 않았을까 싶습니다.

— 『소세키의 한시를 읽다』중에서

수렁에 발이 빠지는 것과 그 진흙을 말끔히 씻어내는 것. 온힘을 다해 버티는 것과 힘을 빼고 요령 있게 몸을 가볍게 하는 것. 자못 후루이 요시키치다운 구도 방식이 아니었을까. 패기에 도취된다는 사실을 잘 아는 작가였기에 패기로부터의 해방도 확실하게 의식했다.

다른 부분에서 후루이는 칼날에 비유하여 이렇게 설명했다. "옛날에 도끼나 손도끼를 사용해서 장작을 팰 때 너무 깊이 찍으면 도끼날이 빠져 버립니다. 조각도로 판화를 새길 때도 조각도를 깊게 찔러 넣으면 칼날이 빠져서 깔끔하게 새기지를 못합니다. 얕은 곳에 진실이 있다고 믿는 사고

방식도 있습니다(『소세키의 한시를 읽다』 중에서).” 물론 후루이 자신의 창작방식과 일맥상통한 착상이다. 「요코」에서도 보았듯이 후루이의 필치는 장렬할 정도로 응시에 힘입고 있다. 응시만이 가질 수 있는 생명력 넘치는 패기다. 그것은 내버려 두면 안으로 '내면'을 향해 파고든다. 그런데 거기서 방향을 뒤집는 기술이 있다. “무언가를 표현하는 인간은 내면을 표층으로 드러내라는 말을 듣기도 합니다. 내면을 그저 깊은 곳으로만 표현하면 독자는 이해하지 못합니다. 그것을 얕은 여울까지 끌어올려 훤히 비치게 하는 것이 뜻이 잘 통하는 문장일 것입니다. 그게 좀처럼 쉬운 일은 아니지만요(『소세키의 한시를 읽다』 중에서).”

「요코」는 바로 그 내면과 표층의 갈등을 그리고 있다. 골짜기에서의 만남 장면에서 화자는 금방이라도 물에 빠질 듯한 요코의 시선을 강력한 응시로 구하려 한다. 그 다음부터는 요코의 '얕음'에 계속 농락당한다. 요코가 시선을 빼앗기는 대상은 화자에게는 무의미한 선이나 숫자 같은 것이다. 응시함으로써 속을, 내면을 보려 하는 화자에게 요코의 시선은 시종일관 이해하기 힘든 대상이다.

그리고서 '준비운동'이 시작된다. 도회지에서 자란 그는 장소를 밝히면 어떻게 가야 하는지 바로 가늠할 수 있었지만 일부러 요코에게 거기까지 가는 길을 말하게 한다. 요코도 도회지에서 자라 대부분의 길을 알고 있었다. 그런데 길을 헤아리는 방법이 이상하게 세밀했다. 예를 들면 “지하도를 지나서 2번 선”이라고 하더니 “그게 아니라 1번 선이었나?”라며 생각에 잠겼다가 “역시 2번 선이야. 그래 틀림없어.”라며 확실히 단정 짓는다. 1번 선이나 2번 선이나 같은 승강장인데다 그녀도 자주 다녀서 익숙한 역이라 눈을 감고 가도 승강장의 좌우를 틀릴 리 없었다. 그런데도 어느 쪽이든 상관없는 플랫폼 번호를 두고 그녀는 고민한다.

― 「요코」 중에서

요코가 고집하는 것은 의미를 성취하기 이전의 세부이다. 내면에 은밀히 간직된 의미가 아니라, 의미 이전에 얕은 부분에 멈춰있는 것이다.

> 그런 다음 전차를 타고 어디어디까지 가면 된다는 사실만 말하면 되는데 그녀는 도중에 거치는 역을 헤아리기 시작한다. 환승역도 "계단을 내려와서 개찰구로 나와 오른쪽, 오른쪽으로 50미터쯤 가서 계단을 올라 또 오른쪽…"이라고 설명하며 출구통로라도 하나 틀리면 전부 엉망이 되는 길 순서를 조심스럽게 짚어간다.
>
> — 「요코」 중에서

요코는 얕아서 노출되는 세계의 존재방식에 반응한다. 요코에게는 세상을 땅과 그림으로 나누어 초점을 맞추는 일이 어렵다. "요코 주위에는 모든 것이 그림으로 변한 세계가 펼쳐져 있다. 모든 것이 중요하고 의미 있게 다가온다(고토 사토코(後藤聡子), 「꾸며진 메시지」 중에서)."

요코에게 세계는 복잡하고 의미 깊은 것이라기보다 여러 번 반복되는 단순 도형의 연속으로 보인다. 따라서 "요코는 도중에 열 개가 넘는 역도 하나하나 빠짐없이 헤아린다. 와글와글 북적이는 군중의 머리 위 어딘가 한 점에 초점을 모으고 작은 얼굴이 무표정해질 때까지 긴장한 채 두 손을 앞으로 내밀고 손가락을 하나씩 천천히 꼽으면서 요코는 길을 헤아린다(「요코」 중에서)." 제1장에서 우리가 반복의 의미를 이해하기 위해서는 한 번 입 밖으로 나온 말이 그 자리에 남지 않을지도 모르는 세상을 창조해야 한다고 했다. 우리가 시의 반복을 이해하기 위해서는 그러한 세계에서 살아보아야 한다. 요코는 바로 그런 세계에서 살고 있지 않을까? 요코에게 이 세계는 한번 입 밖으로 나온 말이 그 자리에 남지 않을지도 모르는 곳이다. 그래서 그녀는 집요하게 반복하고 헤아린다. 그럼으로써 세상의 의미를 체험하려고 한다.

물론 요코도 응시를 모르는 건 아니다. 그녀도 지긋이 바라볼 줄 안다. 하지만 그것은 화자의 응시와는 다르다. 요코는 '와글와글 북적거리는 군중의 머리 위 어딘가 한 점에 초점을 모으고 작은 얼굴이 무표정해질 때까지 긴장한 채 두 손을 앞으로 내밀고 손가락을 하나씩 천천히 꼽으면서 요코는 길을 헤아린다.' 그 시선은 비록 '한 점에 초점을 모으지만' 그 한 점에 몰입하지는 않는다. 응시하고는 있지만 생명력이 넘쳐흐르지는 않는다. 요코의 시선은 응시함으로써 오히려 흩어진다. 요코의 시선은 흩어져 사라지는 세상으로 빠져들고, 전율하는 응시이기 때문이다. 결코 내면에 이르지는 않는다. 의미에는 도달하지 못한다. 그저 허우적거리듯 하면서 어떤 것을 헤아릴 뿐이다. 오직 단순도형을 반복할 뿐이다. 그리하여 그녀의 몸도 선처럼 변한다. 선을 몇 번씩 겹쳐 그려야 겨우 희미하게 떠오르는 것이 요코의 존재다. "그녀 몸의 움직임은 유연함이 부족해서 이를테면 꺾은선만으로 이루어져 삐걱거리며 방향을 바꿀 때마다 끊어진 마디에 상쾌한 정기가 서려있다. 그러다 멈춰서면 움직임의 여운처럼 여성스러움이 가녀린 몸에 사르르 감돈다(「요코」 중에서)."

화자가 한 동작을 처음부터 끝까지 놓치지 않고 바라보는 대목은 도착적이기까지 하다. 그러면서 "여성스러움이 가녀린 몸에 사르르 감"도는 모습을 사랑스럽게 생각하기도 한다. 화자는 요코라는 존재를 이렇듯 슬로모션으로 포착하여 세부까지 빈틈없이 주시한다. 그 존재를 우러러보고 찬양하고 내면까지 파고들려 한다. 그것은 명백한 사랑의 시선이다. 하지만 요코는 그런 화자의 응시에 반응하지 않는다. 그녀는 시선도 행동도 깊어지기를 거부하고 오히려 넋을 잃은 듯 멍하니 얕음 속으로 흩어져간다.

이렇게 해서 화자의 깊은 응시는 요코의 얕음 속에서 계속 굴복할 뿐이다. 하지만 작가의 문장은 요코의 얕음을 슬로모션으로 철저하게 포착하는데 그야말로 불필요한 패기에서 해방된 것처럼 보인다. 거기서는 얕음 속에서야말로 진짜 스위치를 켠 듯한 시선이 생겨난다. 그런 시선이 소설 초반에는 워낙 강렬해서 반강제로 구출극을 연기해 보이는 듯하지만 차츰 그런 도식에서 자유로워진다. 그것은 인생의 의미에 몰입하고 전개되는 사건에 휩쓸림으로써 에너지를 분출하는 듯한 존재, 좁은 의미의 '소설다움'을 초월해서 오히려 응시를 거부하는 듯한 존재를 바라보고 사랑하여 되살리는 시선이다.

반복이 기분 나쁘지 않게 될 때

「요코」라는 소설이 그 진정한 무시무시함을 보여주는 대목은 요코가 자신의 분신인 언니를 들먹이는 장면일지도 모른다. 요코는 이때만은 이 '얕음'이나 반복 속에 살고 있지 않다. 요코는 언니의 병을 폭로하는 것이다. 차를 내왔던 언니가 테이블 위에 어떤 도형을 남겼을까? 언니는 그 단순 도형 반복의 세계를 꺼림칙한 광기로써 가리킨다. 언니는 한번 이야기되었던 말이 거기에 남아 있지 않을지도 모르는 세상에 정착하여 선과 형태를 집요하게 반복하며 살고 있는 것이다.

> "이거 봐요. 딱 직사각형이 만들어져 있는데요."
> 이야기를 듣고 보니 실제로 네 개의 점이 정확하게 직사각형을 이루고 있다. 게다가 어느 변이나 다 테이블의 변과 평행을 이뤄 테이블의 사각 안에 닮은 사각형이 들어 있다. 언니에 대해서인지 여동생에 대해서인지 공포심으로 두려움에 떠는 요코를 향해 애원하듯이 말했다.
> "그런 짓 하지 마. 심보가 나쁘잖아! 무의식적으로 한 일인데."
> ─「요코」 중에서

요코는 이처럼 약간 떨어진 곳에서 언니의 광기의 의미를 응시한다. '그러나'라고 그녀는 생각한다. 진정으로 건강한 사람은 완전히 미쳐버린 언니일지도 모른다. 어중간한 경계선에 서 있으면서 집요하게 반복하는 행동을 의식해버린 나야말로 '환자'일지도 모른다. "지금의 나는 실은 버릇처럼 돼있지는 않다. 나는 환자니까 어중간한 상태다. 건강해진다는 것은 완전히 자신의 버릇처럼 돼버려서 같은 짓을 반복해도 기분 나쁘지 않게 된다는 뜻이다. 그렇게 된다면 당신은 날 견딜 수 있을까…"

－「요코」중에서

여기서 의문이 생긴다. '완전히 자신의 버릇처럼 돼버려서 같은 짓을 반복해도 기분 나쁘지 않게 된다'는 것은 과연 한번 이야기되었던 말이 거기에 남아 있지 않을지도 모르는 세상에 정착한다는 것일까, 혹은 그 반대일까? 우리가 정말로 시를 읽기 위해서라면 반복을 언짢게 여길 필요가 없지 않을까. 아니면 '완전히 버릇처럼 돼버려서' 이제는 반복을 언짢아하지 않고 고대인들처럼 의식으로써 탐닉해야 할까.

후루이의 응시는 '완전히 버릇처럼 돼버려서' 건강한 반복 속을 뻔뻔하게 사는 사람의 그것과는 다르다. 현기증으로 기분이 나빠 어찌할 바를 몰라 하면서도 후루이의 독특한 역설과 굴곡은 항상 반복을 탐닉하려는 힘에 제동을 건다. 언니를 주시하는 요코의 눈이 바로 그것이다. 그 결과, 정지당한 언어의 신체성 바로 앞을 인식의 눈이 달려간다. 「요코」라는 작품도 그러한 양쪽 세계에 양다리를 걸친다. 언어가 점점 사라져가는 '시'의 세계와 언어가 사라지지 않고 남는 '인식'의 세계. 그 경계선에서 선과 형태의 반복을 취하는 부분이야말로 「요코」의 세계의 전율이 생겨나는 것이다. 「요코」의 응시는 시작할 때와는 달리 결말 부분에서 의미가 바뀐다. 깊음의 시선과 얕음의 시선의 경계는 어느 새 사라지고 생명의 드러남과 죽음에 대한 유혹이 거의 같아진다. 요코의 진정한 마력은 거기에 있다.

　요코의 '소름끼치는' 행동을 목격해 온 화자의 눈을 배반하듯 요코의 말은 실로 맑고 아름답다. 그것은 응시를 재빨리 빠져나가는 유려한 음이다. 은은한 향기가 감도는 듯하고 천상적인 덧없음을 띠고 있다. 결말에 이르러 가을의 태양을 우러러보는 요코는 아름다운 목소리로 속삭인다, "아아, 아름다워라. 지금이 내 정점 같아." 응시만으로는 결코 도달할 수 없는 청량한 세계다. 여기에도 또한 생명에서 벗어난 해방이 있다.

제4장 주의산만하게 하다
— 다자이 오사무[48] 「탕탕」 「후지산 백경」

주체의 등장

계몽주의적 깨달음은 '응시하는 사람'을 그 이념의 중심으로 삼아왔다. 내면을 향한 '성찰'이든 외면을 향한 '관찰'이든, 응시는 깨달음의 대전제였다고 할 수 있다. 하지만 강한 시선에 의지하는 이러한 주체 모델은 어느 시점부터 자명하지 않게 되었다. 응시라는 행위가 실은 그렇게 주체적이지도 의식적이지도 않지 않을까 하는 의구심이 싹트기 시작했다. 응시는 오랫동안 우리 정신의 확고함을 증명해왔으나, 「요코」[49]에서도 드러났듯이 '강도(強度)'에 의존하는 시선은 매우 위험하다.

이런 변화와 떼어놓을 수 없는 것이 '나'에 대한 자명성(自明性)의 상실

---

48) 다자이 오사무(太宰治, 1909~1948): 일본의 소설가. 일본 낭만파의 동인으로 활동하다가 전후에는 기성 문학 전반에 대해 비판적이었던 무뢰파로 활동했다. 몰락한 귀족 여성을 주인공으로 한 『사양(斜陽)』이 베스트셀러에 올라, 이 작품의 작풍에서 무뢰파(無賴派), 신희작파(新戱作派)라는 이름이 붙었다. 작품이 난해하고 퇴폐적이라는 평도 있었지만 이를 뛰어넘는 빼어난 문체로 단편·중편 소설을 발표하여 젊은 독자들의 마음을 사로잡았으며, 사소설풍의 소설을 많이 썼다. 여러 차례의 자살미수 끝에 동반자살로서 생을 마감했다. 1936년 첫 작품집 『만년』을 발표한 이래 『달려라 메로스』 『쓰가루(津軽)』 『인간실격』 등 40여 권의 저서가 있다.

49) 요코(杳子): 일본 소설가 후루이 요시키치(古井由吉)가 쓴 1970년에 출간한 소설. 후루이 요시키치는 이 작품으로 제64회 아쿠타가와상을 수상하였다.

이다. 우리는 이제 '나' 대신 '주체'를 이야기한다. 생각해보면 '주체'라는 말은 참으로 애매모호한 어휘다. 이미지가 떠오르지 않고, 의미의 향기도 결여돼 있다. 그렇다고 '나' '저' '우리'는 물론이고 '자기' '자신' '개인'처럼 문장에 좀 더 잘 어울리는 표현으로 바꿔 쓰지도 못한다. 왜냐하면 '나' '저' '우리' 등에 내포된 그런 친숙함을 제거하는 것이 '주체'라는 표현의 본분이기 때문이다.

조나단 크래리[50]의 저서 『지각(知覺)의 문턱』은 이런 사정에 초점을 맞춘 연구서다. '근대의 주체'가 '현대의 주체'로 변모한 흔적을 분명하고 꼼꼼하게 더듬어가며, '지금 우리가 알고 있는 '나'는 언제부터 이렇게 변했는지'에 대한 역사를 기술했다. 그 지표가 되는 것이 '주의'(attention)라는 인간의 행위다. 1880년대 유럽에서는 주체성의 존재 방식에 커다란 전환기가 찾아왔는데, 이런 전환은 인간이 사물을 볼 때, 특히 사물에 주목할 때의 태도 변화에서 야기되었다고 한다. 사람들은 더 이상 응시를 통해 깨달음의 원형을 구하지 않는다. 그렇다면 응시를 대신한 것은 무엇일까.

부주의의 효용성

유럽과 미국에서 비평의 주류는 완전히 바뀌었다. 원문 중심주의를 실천하며 현대비평에 앞장섰던 20세기 초 비평가들은 때로는 원문을 무시하고 필자 자신의 강렬한 개성을 발휘했다. 작가는 죽었다고 했던 20세기 중반의 롤랑 바르트[51] 역시 그러했다. 비평이 개인기였던 시대도 있었던

---

50) 조나단 크래리(Jonathan Crary, 1951~): 미국 예술 평론가. 뉴욕 콜롬비아대학교 고고미술사학과 부교수로 19, 20세기 예술, 비평 및 이론을 담당하고 있다. 저서로는 『관찰자의 기술-19세기의 시각과 근대성』 『지각의 문턱』 등이 있다. 『지각의 문턱』은 19세기의 지각의 위상 변화를 예술이론, 철학, 그리고 과학적 심리학의 영역에 걸쳐 다루었다.
51) 롤랑 바르트(Roland Gérard Barthes, 1915~1980): 20세기 중엽 프랑스의 평론가. 파리대

것이다. 구조주의, 페미니즘, 마르크스주의 등 다양한 비평 스타일이 유행했다. 이런 유행들이 흔적도 없이 사라지지는 않았다. 각각 흔적을 남겼는데, 특히 영미권 비평계에서는 '주체' 같은 표현이 언제 나와도 이상하지 않은 분위기가 있었다.

'주체' 같은 표현이 언제 나와도 이상하지 않다는 말은 무슨 의미일까. 이는 '나'를 드러내기가 쉽지 않다는 뜻이다. '주체'라는 표현을 쓴 순간, '나라는 존재를 의심한다'는 약속을 맺은 셈이나 다름없다. 그 뿌리에는 '지금 내가 믿고 있는 '나'도 우연히 지금 이렇게 되었을 뿐이다. 결국 사회적 또는 역사적인 것에 불과하다'는 사고방식이 존재한다. 분명히 이런 말을 들으면 귀가 번쩍 뜨이고, 수긍하는 마음이 된다. 지금 우연히 이렇게 되었을 뿐이라 함은, 문득 정신을 차리고 보면 그렇지 않을지도 모르는 존재가 '나'라는 뜻이다. 그렇다면 지금의 '나'라는 존재가 얼마나 특수한지 밝혀봐야겠다. '근대의 주체는 어떻게 성립했을까?'라는 질문이 매력적으로 들리는 이유는 그것이 책상 앞에 앉아 있어도 금방 알 수 있을 법한 일상적인 의구심이기 때문이다. 과거 사르트르[52]가 현상학자 아롱[53]의 "이봐 친구, 자네가 현상학자라면 이 칵테일에 대해 말할 수 있고, 그것이 철학이 되겠지"[54]라는 말에 큰 충격을 받은 일화는 유명하다. 컵처럼 친숙한

학, 에콜 프라티크 교수를 역임했다. 신비평의 대표적 인물로서 사회학 · 정신분석 · 언어학의 성과를 활용한 대담한 이론을 전개하였다. 저서는 『비평과 진실』『기호학 개론』 등이다.

52) 장 폴 사르트르(Jean-Paul Sartre, 1905~1980): 프랑스의 작가 · 사상가. 철학논문 『존재와 무』(1943)는 무신론적 실존주의의 입장에서 전개한 존재론으로, 제2차 세계대전 전후 시대사조를 대표한다. 사유재산제를 반대했고, 노벨문학상을 거절한 레지스탕스로서 유명하다.

53) 레이몽 아롱(Raymond Aron, 1905~1983): 프랑스의 사회학자 · 문명 평론가. 저널리스트로서도 활약했으며 『피가로』 지의 논설위원을 맡아 정치 · 경제 · 사회에 걸쳐 폭넓게 논진을 펼쳤다. 사르트르와는 에콜 노르말 시대부터의 친구이며 그의 눈을 현상학으로 향하게 했다. 그러나 그후 스탈린주의의 옳고 그름을 둘러싸고 결별, 최후까지 보수적 자유주의 입장을 관철했다.

54) 출처: 보부아르(Simone Beauvoir), 자전적 소설 『여자 한창 때(La Force de l'âge)』.

존재에 대해 알고자 했던 충동은 20세기의 철학을 일관되게 이끌어왔다. 그것을 가능하게 한 것도, 지금 여기 있는 그대로의 친숙한 '나'에 대한 철저한 의심이다.

하지만 '나'에 대한 의구심을 드러낸 이상, 응당 '내'가 행하는 비평 행위 자체의 기반을 의심하기 마련이다. 이런 불안정함을 비평에 반영할 때, '나라는 존재를 그리 쉽게 믿지는 않아요'라고 보여주는 구체적인 제스처가 필요해졌다.

그 중 하나가 '내가 없는 비평'이다. 가능한 한 자신은 이야기하지 않는 방식을 취한다. 그렇다면 누가 이야기하는가? 바로 역사다. 정확하게 말해 역사라고 해 두겠다. 여기에서 비평이란 오랫동안 축적된 말의 총체이다. 그러므로 하나를 말하더라도 선행하는 언어의 잔상을 같이 짜 넣으면서 말하는 기술이 요구된다. 그 짜깁기 과정에서 자신의 논점을 적절하게 짜 넣은 것이 곧 이야기인 셈이다. 또한 '주체는 1800 몇 년 경부터 전환기를 맞았다'고 말하는 경우에도, 그 증거로 동시대에 활자화된 '언설'을 잔뜩 늘어놓는다. 화자인 비평가도 '개인'은 아니다. 비평의 대상이 되는 쪽의 역사 또한 개별 사건이나 인물은 아니다. 둘 다 언어의 총체 중 일부분이다.

조나단 크래리의 이야기도, 이러한 '나'를 '주체'라는 개념 속으로 융합해서 전개된다. 다수의 '내가 없는 비평'과 마찬가지로, 크래리도 '주체의 형태는 언제부터 변했는가?'라는 물음을 논의의 근간으로 삼고 있다. 그에 따르면 주체의 형태가 변한 때는 1870년대이다. 주체와 주체가 인지하는 대상과의 관계가 변한 것이다. '주의하다'라는 행위가 그 계기였다. 1870년대 무렵부터 주체가 대상을 지각하는 과정을 설명할 때, '주의하다'라는 행위의 불안정성에 무게가 실리게 되었다. 그때까지 주의하는 행위는 누군가가 어떤 대상을 향해 스스로 행하는 것이었다. 그런데 이 시기부터 주체는 '주의'와 '부주의'의 대치 속에서 세상을 지각적으로 인식한다고 여기기 시작했다.

그래서 하고 싶은 말이 무엇이냐고 묻는 사람이 있을지 모르지만, 여기에는 좀 더 중요한 이야기가 얽혀있다. 크래리의 말을 인용해보자.

주의력에 대한 위기가 진행되는 현상을 근대성의 결정적인 국면의 하나로 간주하는 것도 가능하다. 이런 위기에 있어 변화하는 자본주의의 여러 형태는 신제품과 자극원, 정보유통의 끝없는 시퀀스와 함께 계속해서 주의와 산만을 새로운 한계와 문턱까지 밀고 나간다. 이에 대해 통제되고 규제된 새로운 지각 방법으로 대처하는 것이다.

　　　　　　　　　　 - 오카다 아쓰시(岡田温司) 번역 감수 『지각의 문턱』 중에서

이는 무슨 말일까. '계속해서 주의와 산만을 새로운 한계와 문턱까지 밀고 나간다'라 함은 자본주의 체제 아래 다양한 미디어가 잇따라 등장함에 따라 지각하는 방법이 계속해서 변해간다는 말이다. 19세기에 등장한 영화와 사진, 20세기에 등장한 텔레비전과 컴퓨터 그래픽(CG), 인터넷 등 우리가 세상을 파악하기 위한 방법은 갈수록 새롭게 등장한다. 마치 우리의 지각능력을 시험해보듯 말이다. 이런 가운데 데카르트[55] 이후 주체와 객체가 조용히 대립하는 양상의 지각 모델은 거의 모든 의미를 상실했다. 주체는 객체의 작용에 반쯤 휘말리는 탓에 주체가 과연 주체적으로 대상을 보거나 들을 수 있는지도 의심스럽다. 오히려 미디어가 조작하는 것은 아닌지, 미디어가 보내는 신호에 그저 본능적으로 반응하기만 하는 것은 아

---

55) 데카르트(Descartes, René, 1596년~1650년): 프랑스의 철학자, 수학자, 물리학자, 생리학자. '근대철학의 아버지'라 불리며, 합리주의 철학의 길을 열었다. 동시대인인 영국의 프란시스 베이컨과 마찬가지로 지식 연구의 목적은 인간이 자연을 지배하고 기술을 개발하며, 원인·결과의 연관을 취하여 인간 본질을 개선하는 데 있다고 보았다.

닌지 걱정스럽다.

하지만 이토록 복잡하게 얽힌 상황으로 주체를 몰아넣으면서 주체에게는 엄중히 주의하라고 촉구하는 것이 자본주의 시스템이기도 하다. 앞서 언급한 '이에 대해 통제되고 규제된 새로운 지각 방법으로 대처하는 것이다.'라는 말과 일맥상통한다. 구체적으로 말하면 생산 현장에서 무엇보다 중시되는 것이 주의력이다. 주의를 게을리하면 중대한 위험으로 이어지고, 생산 과정을 방해한다. 이런 이유로 어떻게 '주의산만'을 피하고 주의를 촉구하는가는 노동 관리자의 관심사가 되었다. 노동자의 능력을 가늠할 때도 주의력을 발휘할 수 있는지의 여부는 척도가 된다. 일본에서 '사무능력' 평가는 곧 주의력 평가다.

하지만 아무리 생산성 관점에서 주의력에 무게를 둔다 해도 주체의 지각을 둘러싼 변화는 보다 근본적인 차원에서 진행되었다. 칸트[56] 이후의 근대 철학은 분열되고 단편화된 외계의 정보를 주체가 통합한다고 이해해왔다. 하지만 이미 정보를 지배하는 주체의 실체는 위태로워졌다. 주체는 더 이상 세상의 통합에 관여하는 유일한 지배자가 아니며, 세상이 거기에 있다고 느끼게 하는 것은 다양한 요인들이 복합적으로 작용했기 때문이 아닐까 하는 사고방식이 등장했다.

그런 가운데 지금까지 지각에 관련된 부조화나 병적인 증상으로 여겨졌던 요소가 오히려 지각의 새로운 형식을 보여주는 특징으로 간주된다. 예컨대 베르그송[57]은 바로 지금 지각하는 과정에 기억이나 몽상이 미치는

---

56) 칸트(Immanuel Kant, 1724~1804): 비판철학을 통해 서양 근대철학을 종합한 철학자. 칸트는 도덕의 기초를 초인간적인 존재에 의지하는 전통적인 자연법과 결별하고, 법적 정당성의 근거를 인간적 선호에서 찾고자했던 경험주의와도 거리를 두었다. 대신 개개인의 자유로운 선택이 초래하는 사회적 관계를 조정하는 원칙으로서 법이 갖는 보편성을 부각시키고자 했다.

57) 앙리 베르그송(Henri Bergson, 1859~1941): 프랑스의 철학자. 콜레주 드 프랑스의 교수를 지냈다. 그는 프랑스 유심론의 전통을 계승하면서도, C.R.다윈 · H.스펜서 등의 진화론의 영

영향이 창조성과 밀접한 관계가 있다고 생각했다. 이런 시점에서 보면 주의산만도 실은 주의를 기울이는 상태보다 나으면 나았지 못하지 않으며, 인간의 지각 활동 중 일부로 작동한다는 해석이 가능해진다. 인간이 세상을 인식하는 방법이 다양해진 것이다.

　크래리는 이러한 변화의 분수령을 1880년대로 보았다. 그리고 마네[58], 쇠라[59], 세잔[60]이라는 세 화가의 작품을 거론하면서 그들의 작품 세계가 지금까지와는 다른 지각의 패러다임에 근거해 구성되었다는 사실을 밝혔다. 특히 크래리는 인물의 시선에 주목했다. '타인에게 시선을 돌리지 않는 것이 근대'라고 말한 벤야민의 유명한 평론을 인용한 후에, 크래리는 마네의 〈온실에서〉를 예로 들며 작품 속 여성의 시선이 더 이상 세상을 파악하기가 쉽지 않으며, '눈을 뜨고는 있지만 아무것도 보지 못하는 시선'이라고 지적했다.

　　여기에서 우리에게 제시된 것은, 뜨고는 있지만 아무것도 보지 못하는 눈

　　향을 받아 생명의 창조적 진화를 주장하였다. 이와 같은 그의 학설은 철학·문학·예술 영역에 큰 영향을 주었다.

58) 에두아르 마네(Edouard Manet, 1832~1883): 프랑스의 화가. 인상주의의 아버지라고 불린다. 세련된 도시적 감각의 소유자로 주위의 활기 있는 현실을 예리하게 포착하여 화폭에 담았다. 종래의 어두운 화면에 밝음을 도입하는 등 전통과 혁신을 연결하는 중개역할을 수행한 점에서 중요한 역할을 했다. 주요 작품으로는 〈풀밭 위의 점심〉〈올랭피아〉 등이 있다.

59) 조르주 쇠라(Georges Pierre Seurat, 1859~1891): 신인상주의 미술을 대표하는 프랑스의 화가. 색채학과 광학이론을 연구하여 그것을 창작에 적용해 점묘화법을 발전시켜 순수색의 분할과 그것의 색채대비로 신인상주의를 확립했다. 인상파의 색채원리를 과학적으로 체계화하고 인상파가 무시한 화면의 조형질서를 다시 구축한 점에서 큰 의의가 있으며, P.세잔과 더불어 20세기 회화의 새로운 장을 열었다. 주요 작품으로는 〈아스니에르에서의 물놀이〉〈그랑자트섬의 일요일 오후〉 등이 있다.

60) 폴 세잔(Paul Cézanne, 1839~1906): 프랑스의 화가. 사물의 본질적인 구조와 형상에 주목하여 자연의 모든 형태를 원기둥과 구, 원뿔로 해석한 독자적인 화풍을 개척했다. 추상에 가까운 기하학적 형태와 견고한 색채와 결합은 고전주의 회화와 당대의 발전된 미술 사이의 연결점을 제시했으며, 피카소와 브라크 같은 입체파 화가들에게 지대한 영향을 주어 '근대회화의 아버지'라고 불린다. 주요 작품으로는 〈에스타크〉〈카드놀이 하는 사람들〉〈생 빅투아르산〉 등이 있다.

을 가진 몸이라고 할 수 있다. 즉, 그녀의 눈은 매료되지도 고정되지도 않고, 주변 세상을 현실적으로 인식하고 있지도 않다. 이러한 눈은 규범적인 지각이 공허해진 순간의 상태를 보여준다. 그리고 시각이나 시선에 대한 궁금증이 아니라, 오히려 넓은 의미에서 지각이나 몸이 감각의 다양성과 어떻게 결부되는지, 또는 어떻게 떨어져나가는지에 대한 질문을 보여준다.

— 오카다 아쓰시(岡田溫司) 번역 감수『지각의 문턱』중에서

이런 세상에서 인물의 시선은 마치 백일몽을 꾸는 듯이 떠돈다. 그림의 구성도 그것과 궤를 같이하는 듯하다. 예를 들면 여성이 앉아 있는 벤치의 형태가 일그러져 보이는 식으로 1점 투시의 원근법 질서가 미묘하게 무너져있다.

쇠라의 〈서커스 사이드쇼〉와 레오나르도 다빈치[61]의 〈최후의 만찬〉은 둘 다 13명의 인물이 전방에 배치된 작품이다. 그럼에도 두 작품의 13명을 다루는 방식이 전혀 다르다. 다빈치는 1점 투시의 소실점에 중심인물인 그리스도의 얼굴을 설정하고, 원근법에 의해 멀리 퍼지는 '무한'을 생생하게 현실로 실체화시켰다. 반면 쇠라의 작품에서 13명의 시선은 두서없이 여기저기로 흩어져 있다. 이들의 시선은 분명히 어딘가에 시선을 빼앗긴 상태지만 이는 〈최후의 만찬〉에서 제자들의 지각이 그리스도를 중심으로 해서 시각적, 이념적으로 한데 뭉쳐진 것과는 다르다. 주의와 부주의의 대치 속에서 생긴 듯한, 통합적인 원리가 결여된 단편적 지각이다. 쇠라의 작품 한 귀퉁이에 그려진 매표소의 창문은 다빈치의 작품과 대조적이다. '성체화(聖體化)'라는 성사(聖事)를 그린 〈최후의 만찬〉과는 대조적으로 〈서

---

61) 레오나르도 다 빈치(Leonardo da Vinci, 1452~1519): 르네상스 시대의 이탈리아를 대표하는 천재적 미술가・과학자・기술자・사상가. 15세기 르네상스미술을 완성으로 이끌었으며, 조각・건축・토목・수학・과학・음악에 이르기까지 다양한 방면에서 천재적인 능력을 발휘했다. 주요 미술작품으로는 〈모나리자〉〈성 안나〉〈최후의 만찬〉 등이 있다.

커스 사이드쇼〉는 모든 것을 교환의 원리를 바탕으로 평준화시키는 시선을 구현한다. 쇠라의 세상에서 시선은 여러 요인에 의해 주의를 끌기도 하고 끌지 않기도 한다. 초월적인 원리를 바탕으로 통합된 것은 아니다. 이는 바로 1880년대 이후, 과학기술과 연관되어 본격화된 자본주의 운동의 산물이다. 크래리는 〈서커스 사이드쇼〉가 이런 배경을 인식한 작품이라는 해석을 도출해 냈다. [62]

다자이 오사무(太宰治)와 '주의산만의 감성'

그렇다면 예전 방식의 응시는 사라졌을까? '주체'가 아닌 '내'가 세상과 마주한다는 전제로 이루어지는 응시라는 시선의 방식은 이제 시대에 뒤떨어진 걸까.

분명히 시야에 통일된 질서를 요구하는 지각 모형은 근대에서 현대로 지각의 패러다임이 변화하며 시선의 기본 모형이 아니게 되었다. 제2장에서 홀바인의 그림 〈대사들〉을 다뤘을 때 주목했던 보이지 않는 선을 보려는 응시가 가장 적합한 예다. 가마치 미쓰루(蒲池美鶴)[63]가 이 그림을 해석할 때 16세기 파르미자니노[64]의 양식에서 힌트를 얻은 것처럼 현대의 응시는 종종 과거에서 이어져온 시선을 재구성하거나 추체험[65]의 형태를 취

---

62) 이와 관련한 논의에 대해서는 크래리의 저서 『지각(知覺)의 문턱』 pp.186~187을 참조. ─저자 주.

63) 가마치 미쓰루(蒲池美鶴, 1951~): 일본 영문학자. 릿쿄(立教)대학 명예교수. 2000년 평론 『셰익스피어의 애너모포시스(anamorphosis)』로 산토리학예상 수상. 애너모포시스란 수수께끼 그림의 하나로 일그러지게 그린 그림을 원기둥 모양의 거울에 비치면 정상적으로 보이게 그린 그림을 말한다.

64) 파르미자니노(Parmigianino, 1503~1540): 16세기 이탈리아의 화가. 르네상스 이후 이상적인 아름다움과 조화 대신 불균형한 구도와 비현실적인 묘사로 마니에리스모 양식을 선보였다. 그의 대표작 〈목이 긴 성모〉는 특유의 길게 늘인 그림으로, 우아한 형태와 뛰어난 기교로 율동적이고 감각적인 세련미를 느끼게 해준다.

65) 추체험(推體驗): 어떤 경험을 자신의 체험으로 인식함.

한다.

하지만 크래리가 화제로 삼은 '주의'라는 개념은, 응시가 점점 형태를 바꾸어 현대에서 말하는 주체의 중요한 부분과 계속 연관되어 있음을 나타내기도 한다. 설령 그것이 자본주의적인 주의와 주의산만과의 상호 작용 속에 위치한다 해도 주의의 원형은 응시이며, 새로운 문맥 안에서 그 움직이는 방식만 변할 뿐이다.

이러한 상황이 스토리텔링에 흥미로운 형태로 반영된 예를 보자. 다자이 오사무[66]의 잘 알려진 두 개의 자전적 기행소설 「후지산 백경」과 단편 소설 「탕탕」이다. 두 작품 모두 그 밑바닥에는 다자이 오사무의 독자라면 친숙한, 감상적이면서도 통속적인 '극(劇)'으로 가득 찬 인생살이가 흐르고 있다. 남녀관계의 갈등, 빈곤, 만취 등 무뢰파(無賴派) 작가인 다자이 오사무의 사생활을 방불케 하는 소재가 곳곳에 등장한다. 다음에서 보듯 「후지산 백경」 서두 한 단락에도 잘 드러난다.

도쿄의, 아파트 창에서 보는 후지산은, 답답하다. 겨울에는, 똑똑히, 잘 보인다. 작고, 새하얀 삼각형이, 지평선에서 툭 튀어나와 있는데, 그것이 후지산이다. 별 것 아니다. 크리스마스 장식을 한 과자 같다. 게다가 왼쪽으로, 어깨가 불안하게 기울어서, 선미 쪽이 점점 침몰해가는 군함 모습을 닮았다. 3년 전 겨울, 나는 누군가로부터, 의외의 사실을 고백 받고, 망연자실했다. 그날 밤, 아파트의 한 방에서, 혼자, 벌컥벌컥 술을 마셨다. 한숨도 못 자고, 술을

66) 다자이 오사무(太宰治, 1909~1948): 일본의 소설가. 일본 낭만파의 동인으로 활동하다가 전후에는 기성 문학 전반에 대해 비판적이었던 무뢰파로 활동했다. 몰락한 귀족 여성을 주인공으로 한 『사양(斜陽)』이 베스트셀러에 올라, 이 작품의 작풍에서 무뢰파(無賴派), 신희작파(新戱作派)라는 이름이 붙었다. 작품이 난해하고 퇴폐적이라는 평도 있었지만 이를 뛰어넘는 빼어난 문체로 단편 · 중편 소설을 발표하여 젊은 독자들의 마음을 사로잡았으며, 사소설 풍의 소설을 많이 썼다. 여러 차례의 자살미수 끝에 동반자살로서 생을 마감했다. 1936년 첫 작품집 『만년』을 발표한 이래 『달려라 메로스』 『쓰가루(津輕)』 『인간실격』 등 40여 권의 저서가 있다.

마셨다. 새벽녘, 소변을 보려는데, 아파트 화장실의 철망 달린 네모난 창문으로, 후지산이 보였다. 작고, 새하얀, 왼쪽으로 살짝 기울어진, 그 후지산을 잊을 수가 없다. 창문 밑 아스팔트길을, 생선장사가 자전거로 빠르게 달려가면서, 오! 오늘 아침에는 후지산이 유난히 잘 보이네. 엄청 춥구먼, 하고 중얼거리는 소리를 남겼다. 나는 어두운 화장실 안에 우두커니 서서, 창문의 철망을 어루만지며, 훌쩍훌쩍 울었다. 그 기억은, 두 번 다시 떠올리고 싶지 않다.

— 『다자이 오사무 전집 2』 중에서

이 작품 속 '나'는 얼마나 감상적인가. 특히 "3년 전 겨울, 나는 누군가로부터 의외의 사실을 고백 받고 망연자실했다. 그날 밤, 아파트의 한 방에서 혼자 벌컥벌컥 술을 마셨다. 한숨도 못 자고 술을 마셨다."라는 부분은 자신의 '극'을 의미심장하게 내비치며, 넋을 잃고 있는 모습을 잘 보여준다. 그런 자의식이 싫다고 말하는 사람도 있을지 모른다. 슬프다, 괴롭다, 고통스럽다는 감정을 놀라울 정도로 있는 그대로 슬프고, 괴롭고, 고통스럽다고 말한다. 다자이 오사무의 작품에는 이런 인물들이 자주 등장한다.

이토록 도취적이고 탐닉적 자질을 지닌 다자이 오사무가 서정시인이 아니라 산문작가가 된 점이 흥미롭다. 물론 거기에는 여러 사정이 얽혀있다. 특히 일본에서 서정시인이 된다는 것이 어떤 어려움을 동반하는지는 뒤에서 언급하기로 하고, 지금 확인해두고 싶은 점은 다자이 오사무가 여기서 감상에 깊이 빠져들어서, 비유컨대 산문을 노래처럼 이야기하고 있다는 사실이다. 산문을 노래처럼 이야기함으로써 다자이 오사무는 근대 이전의 가락과 리듬이 있는 이야기에 능숙하게 다가갔다.

가령 위에 인용한 구절을 보면 특히 첫 부분에 구두점이 지나치게 많다 (도쿄의, 아파트 창에서 보는 후지산은, 답답하다. 겨울에는, 똑똑히, 잘 보인다. 작고, 새하얀 삼각형이, 지평선에서 툭 튀어나와 있는데, 그것이 후지산이다). 다자이 오사무의 문장은 원래부터 구두점이 많기로 유명하다. 구두점을 남발해도 유려하게 막힘없이 서술하는 점이 그의 문장이 가진 특색이다. 그런데 위 구절에서는 많은 구두점들이 어쩐지 스타카토처럼 강한 단절감과 함께 이어지듯 들린다. 어찌 된 영문일까.[67]

하지만 읽다보면 점점 귀에 익숙해진다. 아무래도 '작은'이나 '후지산이다'와 같이 구두점으로 구분된 짧은 리듬들이 문장의 흐름을 만들어내는 듯하다. 딴딴, 딴딴 박자가 들려온다. 후지산이라는 무생물에 초점을 맞추기 위해서는 이렇게 다소 비정서적이고 미네랄과 같은 울림이 필요했는지도 모른다. 여하튼 상대는 산이다. 인간을 상대로 한 단물 같은 말로는 대적하지 못한다. 다만 여기에 더해 중요한 점은, 이런 짧은 리듬들이 계속되는 문장에는 산문이면서도 어딘지 토속적인 가요를 연상시키는 '가락과 리듬'이 들려온다는 점이다.[68]

「후지산 백경」은 그 제목처럼 후지산의 여러 모습을 메들리같이 차례차례 늘어놓는 형태의 작품이다. 그 과정에서 작가의 인생 '극'이 곳곳에 등장한다. 마치 주마등처럼 장면이 지나간다. 이렇게 연속되는 극이 하나의 가락과 리듬을 띤 음악으로 느껴지는 이유는 후지산이라는 영적인 산이 자아내는 단단하고 광물적인 곡조 때문은 아닐까. 위의 인용문 중 맨 마지막 부분은 문법상 주어와 술어가 미묘하게 어긋나 있어 마치 외국인이 더

---

67) 다자이 오사무의 부인 미치코(美知子)는 다자이 오사무가 글을 마치거나 쉴 때 찍는 마침표와 쉼표 같은 구두점을 많이 사용하는 것과 200자 원고용지를 사용하는 것을 흥미롭게 연결시킨다. "나는 진심으로 다자이 오사무가 문필을 시작한 시기와 원고용지를 200자 원고지를 사용하기로 정한 시기가 일치하지 않을까 생각한다. 내가 아는 한 그는 계속 200자 원고지만 사용했는데 호흡이 짧다고 할까, 문장에 구두점을 많이 쓰는 그에게는 200자 원고지가 사용하기 쉬웠다고 생각한다."(『다자이 오사무를 회상하며(回想の太宰治)』, p.269). ─저자 주.

68) 적어도 「후지산 백경」의 후반부는 같은 시기에 집필한 「황금풍경」 「여학생」 등과 동일하게 미치코 부인을 상대로 구술필기한 부분이다.(『다자이 오사무를 회상하며』, p.24~25). 구술필기와 새로운 리듬의 모색을 관계시키는 것도 흥미로울 듯하다. ─저자 주

듬거리며 말하는 것처럼도 들린다(창문 밑 아스팔트길을, 생선장사가 자전거로 빠르게 달려가면서, 오! 오늘 아침에는 후지산이 유난히 잘 보이네, 엄청 춥구면, 하고 중얼거리는 소리를 남겼다. 나는 어두운 화장실 안에 우두커니 서서, 창문의 철망을 어루만지며, 훌쩍훌쩍 울었다. 그 기억은, 두 번 다시 떠올리고 싶지 않다.). 이는 화자의 언어가 '나'를 초월하여 후지산 그 자체의 언어에 가까워졌기 때문은 아닐까.

하지만 이러한 '노래'나 '가락과 리듬'을 지탱하는 것은 단순한 감상적 몰입이나 탐닉이 아니다. 오히려 반대다. '나'의 인생에 등장하는 후지산은 언제나 오! 라는 감탄사와 함께 주위를 환기시켜 어떤 상태로부터 이탈을 야기한다. 이부세(井伏) 씨를 따라 맞선자리에 간 화자는 다시금 뜻밖의 순간에 후지산을 목격한다.

> 이부세 씨와 자당(慈堂)은, 어른들끼리 담소를 나눴다. 갑자기 이부세 씨가 "오! 후지산"이라고 중얼거리며, 내 뒤 중인방[69]을 쳐다보았다. 나도, 몸을 틀어서, 뒤쪽 중인방을 바라보았다. 후지산 꼭대기 분화구의 조감(鳥瞰)사진을 넣은 액자가 걸려 있었다. 새하얀 수련을 닮았다. 나는 그것을 바라보았다. 다시 천천히, 몸을 돌렸을 때, 흘깃 아가씨를 보았다. 결정했다. 어려움이 있더라도 이 사람과 결혼하고 싶다고 생각했다. 그 후지산은, 고마웠다.
>
> ─『다자이 오사무 전집 2』중에서

"오! 후지산"이라는 말로 주의가 환기되면서 후지산이 등장하는데, 이것이 주의 환기인지 아니면 주의로부터의 이탈, 다시 말해 부주의인지는 명확하지 않다. 사실 주인공은 후지산을 보기 위해 한순간 아가씨로부터 주의를 돌렸고, 그 덕에 새로운 아가씨를 재발견한 것이다. 후지산의 조

---

69) 중인방(中引枋): 벽의 중간 높이에 가로지르는 장식용 수평 장식재.

감사진에 눈길을 주고 나서 '천천히, 몸을 돌렸을 때'에 '흘깃 본' 아가씨는 전혀 다른 아가씨였다. 그런 까닭에 후지산이 '고마웠던' 것이다.

「후지산 백경」에서의 후지산은 언제나 이렇듯 갑자기 나타나 주의를 끈다. 그 결과 관찰자인 '나'는 관찰의 대상인 후지산에게 이야기의 주도권을 빼앗긴다. 여기서 다자이 오사무 나름의 장치를 읽을 수도 있다. 원래 이 작품에는 간소하고 소박한 표현을 동경하는 작가의 모습이 제시되어 있다.

'소박한, 자연의 것, 그러므로 간결하고 선명한 것, 그것을 날렵하게 한 번에 포착하여, 그대로 종이에 옮겨 적을 것, 다른 방법은 없다. 그렇게 생각하면, 눈앞 후지산의 모습도, 다른 의미로 보인다.'(『후지산 백경』론」 중에서). 하지만 실제로는 안도 히로시(安藤宏)[70]의 지적처럼 사소설로서 쓴 이 작품은 "생활과 창작을 나란히 두는 것의 본질적인 어려움을 드러내는데, 이는 생활 속 소박함에서 가치를 발견한 것과 생활을 소박하게 그리는 것과는 근본적으로 다르다는 뜻"이다(『후지산 백경』론」 중에서).

따라서 이런 '화자의 부자유'를 확인할 때마다 화자가 자신의 말에서 벗어나려는 움직임을 이 작품으로 헤아릴 수 있다. 결국 「후지산 백경」이라는 작품은 어느 단계에서 화자에게서 벗어나서 화자가 아닌 후지산 그 자체로 이야기가 전개된다. 다자이 오사무는 이를 '주의를 끈다'라는 제스처를 통해 실현시켰다. 주의를 끌며 허를 찌름으로써 일종의 '소박'의 경지로 이야기를 돌려보낸다. 그러면서 독특한 리듬을 만들어 내어 그것이 일종의 '음악'적 표현으로 이어지는 것이다.

「후지산 백경」은 눈에 관한 이야기이다. 그럼에도 보이는 존재로서의 후

---

70) 안도 히로시(安藤宏, 1958~): 일본 현대문학 연구자, 도쿄대학 교수. 다자이 오사무(太宰治) 연구 전문. 저서로 『자의식의 쇼와(昭和)문학─현상으로서의 '나'』 『다자이 오사무, 약함을 연출한다는 것』 등이 있다.

지산은 어느새 말로서, 리듬으로서 이야기에 개입하며 장단을 맞추었다. 가락과 리듬을 만들어냈다. 주의와 응시라는 눈의 행위는 참으로 훌륭하게 음악이라는 귀의 행위로 연결되었다. 이에 대해 「탕탕」은 처음부터 귀의 이야기로 시작된다. 「후지산 백경」과 마찬가지로 「탕탕」의 화자 역시 감상적인 인생의 극에 탐닉하고, 희비가 엇갈리며 우왕좌왕하는 인물이다. 다만 「후지산 백경」과 다르게 「탕탕」의 화자는 그 인생극 하나하나에 발을 들여놓으려는 순간, 예기치 않은 상황에서 '탕탕' 하는 소리를 듣는다는 점이다.

> 아, 그때였습니다. 등 뒤 막사 쪽에서, 누군가 쇠망치로 못을 박고 있는 소리가, 어렴풋이, 탕탕 들렸습니다. 눈이 번쩍 뜨인다는 건 이럴 때의 느낌을 말하는 걸까요? 그 소리가 들리자마자 비장도 엄숙도 한순간에 사라지고, 씌었던 귀신이 떨어져나가듯, 흘끔, 참으로 맨송맨송한 기분으로, 여름 한낮의 모래벌판을 바라보았으나, 내게는 어떠한 감회도, 아무 것도 없었습니다.
> — 『다자이 오사무 전집 8』 중에서

'씌었던 귀신이 떨어져나가듯, 흘끔, 참으로 맨송맨송한 기분'이라 함은 바로 이탈의 감각이리라. 탐닉으로부터 이탈. 인생극에서의 이탈. 여기서도 갑작스런 주의 환기가 일어난다. 하지만 「후지산 백경」에서 갑자기 눈앞에 나타난 후지산이 어딘지 자애로 넘쳐 '나'를 응원하는듯 보였던 것과 대조적으로 「탕탕」의 소리는 '나'에게 인생극에 열중하는 것을 허락하지 않는 듯, 차가운 단절감을 띠고 있다. 허무에 가까운 비정성(否定性)이다.

이런 부주의 또는 비주의를 향한 감성은, 다자이 오사무가 지닌 자질 깊은 곳을 파고들어 그가 산문작가로 자리 잡는데 큰 역할을 했다. 그리고 이런 감성은 작가 자신의 인생 상황에 따라 때로는 자애 넘치는 후지산 같은 모양을 취하기도 하고, 때로는 냉혹한 '탕탕' 소리를 내기도 한다. 여기서 흥미로운 점은 부정적인 「탕탕」도 마지막에는 가락과 리듬을 지닌 음악으로 끝난다는 사실이다. 작품 마지막 부분에서 화자는 반쯤 자포자기한 상태로 다음과 같이 노래 부른다.

> 이제, 요즘에는, 저 탕탕 소리가, 점점 더 자주 들린다. 신문을 펴고, 신헌법을 한 조 한 조 열독하려고 하면, 탕탕, 국(局)의 인사문제로 큰아버지께 의논하고, 해결책이 갑자기 떠올라도, 탕탕, 당신의 소설을 읽으려 할 때도, 탕탕, 얼마 전 이 동네에 불이 나서 일어나 불이 난 곳으로 뛰어가려는데, 탕탕, 큰아버지와 함께 저녁 식사 때 술을 마시는 자리, 조금 더 마셔볼까 생각하는데, 탕탕, 벌써 미친 건 아닐까 생각하는데, 이번에도 탕탕, 자살을 고민해도, 탕탕.
> 　　　　　　　　　　　　　　　　　　　　　－ 「다자이 오사무 전집 8」 중에서

탕탕은 바로 가락과 리듬이다. 이것이야말로 「후지산 백경」의 스타카토로 암시했던 토속적 가요와도 통하는 공동체 음악은 아닐까. 사람들을 도취시키고, 탐닉과 열광으로 이끄는 '가락과 리듬'은 거기서 들려올 터. 화자는 틀림없이 이 음악을 발견하고 거기로 돌아갔을 것이다. 하지만 화자에게 그러한 회귀는 광기로, 절망으로, 죽음으로 향하는 것과 같은 의미이다.

이 대목에서 더 이상 탐닉에 빠져드는 것으로는 치유되지 않는 자못 현대적인 '주체'의 복잡한 사정이 빈틈을 보이는 듯하다. 두 작품 모두 탐닉에서 이탈한 뒤 주의 환기라는 당장의 '탐닉'이 일어난다. 이제 단순히 응시하는 것만으로는 '주체'와 대상이 일체화하지 않는다. 오히려 뜻하지 않게 광경을 보거나 갑자기 소리를 듣거나 하여 응시에서 이탈해야 비로소 '주체'는 대상을 발견한다. 바로 그 다음 단계에 드디어 '주체'를 맞아들이

는 반가운 음악이 준비되어 있는 것이다.

크래리는 19세기 후반의 심리학 문헌을 인용하면서 과도한 '주의' 탓에 오히려 대상을 오인할 가능성이 있다고 언급했다.

> 주의는 그 속에 주의 자체를 해체할 조건이 포함되어 있어서 과잉 가능성에 항상 노출되어 있다. 이런 위험은 우리 중 누구라도 하나를 너무 오래 보거나 들으면, 언제든 바로 깨닫게 된다.
>
> ─『지각의 문턱』 중에서

주의는 짧고 날카롭게 일어나기 때문에 작동한다. 장시간에 걸친 주의는 오히려 마비나 산만, 만취로 이어진다. 진정으로 주의가 환기될 때는 주의 산만한 시간이 천천히 찢겨질 때다. 그런 연유로 주의 환기는 당돌한 지적과 잘 어울린다. 그런 의미에서 「후지산 백경」과 「탕탕」의 세상을 구성하는 것도 바로 이러한 주의산만과 주의 환기의 대립이라고 할 수 있다.

제5장 '하나'가 되다
— 무라카미 하루키[71]와 『영어 청년』 그리고 선거

수적 불균형

응시는 무겁다. 부담을 강요한다. 그래서 더욱 사람은 응시에서 벗어나는 길을 모색해왔다. 그러나 응시는 그 '무게'로 우리를 구속할 뿐만 아니라 응시하는 시선에는 독특한 '뒤틀림'이 발생하기도 한다.

이러한 '뒤틀림'은 수치로 나타낼 수 있다. 다음에 열거한 수는 어느 나눗셈의 결과이다. 보다시피 '0'이라는 숫자가 매우 많다.

① 0.000000813　(1 : 1,230,000)　② 0.00002　(1 : 50,000)

③ 0.00007196315　(1 : 13,896)　④ 0.000333　(1 : 3,000)

---

71) 무라카미 하루키(村上春樹 1949~): 일본 소설가, 미국문학 번역가. 1979년 『바람의 노래를 들어라』로 군조(群像)신인문학상을 수상하며 문단 데뷔. 1987년에 발표한 『노르웨이의 숲』이 대베스트셀러에 오르면서 무라카미 하루키 신드롬을 일으켰다. 첫 장편소설 『양을 둘러싼 모험』으로 노마(野間)문예신인상을 수상한 이래, 다니자키 준이치로(谷崎潤一郎)상, 요미우리(読売)문학상 등 일본의 주요 문학상과 체코의 프란츠카프카상, 스페인의 카탈루냐 국제상 등 해외 유수의 문학상을 수상하였고, 최근에는 매년 노벨문학상 유력 후보로 거론되고 있다. 그 외의 작품으로 『양을 둘러싼 모험』 『세계의 끝과 하드보일드 원더랜드』 『해변의 카프카』 『1Q84』 『기사단장 죽이기』 등 소설과 에세이 등 저서 다수. 소설을 쓰는 틈틈이 미국소설을 번역하고 있으며, 현재 미국에서 가장 영향력 있는 일본 작가.

괄호 안은 나눗셈의 바탕이 되는 비례관계이다. 오른쪽의 숫자가 의미하는 바는 다음과 같다.

① 무라카미 하루키『1Q84』Book I 발행부수(2009년 12월 17일 시점)
② 미즈무라 미나에[72]『일본어가 망하는 날』발행부수(2009년 2월경)
③ 블로그「우치다 다쓰루[73]의 연구실」방문자 수(2010년 2월 20일)
④ 월간지『영어청년』발행부수(2007년)

이 비례식은 하나의 작품이나 인터넷 사이트, 혹은 잡지에 얼마나 많은 독자가 따르는지를 나타내는 지표이다. 통상적으로 이런 숫자는 '부수'라든가 '방문자 수'라는 수치로 나타난다. 여기서 굳이 그 수치를 '1'이라는 숫자와의 관계로 파악하여 나눗셈을 해보았다. 서두의 숫자는 보이는 쪽의 시점에서 보면 각 매체의 독자나 방문자가 양적으로 어떻게 보이는지 나타내는 수치이다.[74]

우리는 종종 보는 쪽과 보이는 쪽이라는 대칭관계를 의식한다. 읽는 쪽과 쓰는 쪽, 발신자와 수신자, 주체와 객체…. 이러한 구별은 우리에게 익숙하고 친숙한 사고의 패턴이기도 하고, 사물을 정리해서 생각할 때 편리

---

72) 미즈무라 미나에(水村美苗, 1951~): 일본의 소설가, 평론가. 1990년 나쓰메 소세키(夏目漱石)의 유작『명암』의 뒷이야기를 그린『속 명암』을 발표하며 데뷔했다. 소세키의 문체를 현대적으로 완벽하게 재현했다는 절찬을 받으며 그해 예술선장 신인상을 수상했다. 작품에는 소설『사소설 FROM LEFT TO RIGHT』『필담』『본격소설』등이 있다.

73) 우치다 다쓰루(內田 樹, 1950~): 일본의 대표적 사상가, 교육가, 문화평론가. 프랑스 현대사상, 영화론, 무도론(武道論), 교육론을 공부하였다. 번득이는 통찰력으로 문학, 철학, 정치, 문화 등 분야를 가리지 않고 집필하고 있다.『유대야문화론』『일본변경론』『하류지향』『스승은 있다』등 50여 권이 넘는 저서가 있다.

74)『1Q84』는 2009년 12월 29일『아사히(朝日)신문』에 신초샤(新潮社)에서 발표하여 기재된 숫자를 사용하였다.『일본어가 망하는 날』은『아사히신문』2009년 2월 17일자의 기사를 참조.「우치다 다쓰루의 연구실」은 2010년 2월 20일 하루에 카운트 된 숫자.『영어청년』은『아사히신문』2008년 12월 16일자 기사에 언급된 바 있다. 아울러 문학작품과 수치의 관계를 다룬 유명한 선행연구는 하스미 시게히코(蓮實重彥)의『절대문예시평선언』의「유희의 교훈 90봄」(pp.11~26)이다. −저자 주.

하다. 그러나 이러한 사고 패턴을 취할 때 놓치는 것이 있다. 수적 불균형이다. 보는 쪽과 보이는 쪽이 1대1 관계로 대응한다고 보기는 어렵다. 사실 대부분의 경우 둘 사이에는 상당한 불균형이 발생한다. 그 불균형은 때로는 엄청난 수치로 확대된다. 그러나 우리는 보통 그런 불균형을 외면한다. 보는 쪽과 보이는 쪽이 거의 대등하게 주고받는다고 가정한다. 무라카미 하루키의 장편소설 『1Q84』가 백만 부 팔렸다고 해서 이 책을 산 독자 한 사람이 백만분의 일밖에 읽지 못한다는 뜻이 결코 아니다. 이 책의 구입자 입장에서는 책과 자신은 어디까지나 1대1의 관계다. 따라서 책을 손에 넣는 순간 책과 독자는 서로 대등한 '1'로서 마주한다.

하지만 정말 그럴까? 한 작품을 백만 명의 독자가 구입한다는 사실은 그 나름의 의미가 있지 않을까? 읽는 행위에 영향을 끼친다 해도 이상할 게 없다. 백만 명의 독자가 다 같이 그 작품을 읽는데 마치 나 혼자만 읽는 것처럼 느껴진다면 그쪽이 더 이상하다. 보는 쪽과 보이는 쪽이 대등하지 않은데 대등하게 보여야 하는 어떤 사정이 숨겨져 있는 게 아닐까.

하나와 다수의 비틀림

응시에서는 여러 가지 의미가 생겨난다. 응시의 힘과 진지함에는 기억과 집념, 그리고 원망, 경우에 따라서는 사랑의 뉘앙스까지 동반한다. 거기에는 정념의 향기가 있다. 한편 응시에는 지식에 대한 강렬한 지향도 내재되어 있다. 주의 깊고, 냉정하고, 세밀하게 탐구하는 응시 집중력과 정확성을 가장 높은 단계까지 끌어올리는 궁극적인 지식의 형태를 지향하는 것이기도 하다. 우리는 응시를 통해 눈앞의 사물을 대상화해서 자신에게 종속시키고, 이쪽에서 주도권을 쥐는 형태로—주체적으로—고찰을 위한 재료로 사용할 수 있다. 응시를 통해 우리는 사물을 지배한다. 그런 행위에는 자유라는 감각이 포함되어 있다. 응시함으로써 우리는 지식의 자유를 구가한다.

그러나 함정도 있다. 응시는 때로 장난을 친다. 제3장에서 언급했듯이 우리는 과도하게 응시하여 때로는 발목을 잡히는 경우가 있다. 응시는 오히려 족쇄이고 망상이다. 그리고 광기의 세상에서도 통한다. 반대로 응시로부터의 일탈이 뜻밖의 세상을 열어준다는 점은 제4장에서 다자이 오사무의 '주의산만'을 예로 들어 확인했다. 제5장부터 제7장에서 특히 주목했으면 하는 점은 읽는다는 행위이다. 읽는 행위는 지식 활동 중에서도 가장 기본이며, 모든 지적인 행동의 토대가 된다. 지식이란 이른바 인프라다. 그러나 읽는 행위는 '개인이 자유롭게 행하는 활동'이라는 지적인 이미지에 어울리지 않는 뒤틀림과 비틀림이 수반된다. 대상과 자신의 관계를 착각하게 된다. 마치 대상과 자신은 서로 교체 불가능한 1대1 대응관계를 만드는 듯한 착각이다. 이러한 현상이 일어나는 이유는 응시해서 읽으면, 다시 말해 집중해서 예민하게 깊이 파고들수록 대상과 정면으로 마주하는 존재가 자신만이 아니라는 사실을 우리가 망각하기 때문이다.

필자에게 익숙한 사례를 하나 들어보겠다. 앞서 언급한 항목 가운데 『영어청년』이라는 잡지가 있었다. 이름처럼 영어권 문학과 문화에 관심 있는 사람을 독자로 둔 이른바 상업 잡지였다. 주요 구독층은 영어 관련 과목을 가르치는 고등학교와 대학교 교원이었다. 이 잡지는 2009년 3월에 종이매체를 중단하고 『웹(Web)영어청년』이라는 이름으로 변경하여 온라인으로 발간했다. 1898년에 창간한 이래 약 110년의 역사를 가졌다. 『아사히(朝日)신문』 보도에 따르면 종이로 발간한 마지막 부수는 삼천 부였다고 한다. 최근 잡지 휴간이 속출하고 있고, 월간지 『쇼쿤(諸君)』처럼 오랜 역사를 가진 논단이 잇달아 휴간한 것도 기억에 새로운데, 이렇게 비교적 한정된 독자층을 가진 잡지의 경우 삼천 부라는 부수가 과연 많은 것일까 적은 것일까….

휴간했다는 사실로 보아 삼천이라는 숫자는 『영어청년』을 유지하기에는 적었던 듯하다. 한 잡지에 삼천 명의 독자가 적은 수라니. 누군가가 쓴 문장을 적어도 삼천 명이라는 사람이 읽는다는 사실이 대수롭지 않단 말인가. 예컨대 일본영문학회라는 단체가 있다. 영어학이나 영미문학을 전공하는 연구자로 이루어진 이 학회 구성원은 『영어청년』의 독자와 대부분 겹친다. 이 학회 회원이 거의 삼천 명 안팎이다. 결국 삼천이라는 독자 수는 적은 것이 아니라 오히려 자연스러운 수치다.

이 경우, 삼천이라는 숫자는 정보를 발신하는 쪽과 수신하는 쪽이 직접적인 접점을 맺는 한계치라 할 수 있다. 한 마을의 규모이거나 큰 사립고등학교 학생 수이며, 누군가의 이름이 나왔을 때, 일면식이 있든 없든 상관없이 "아, 그 사람이군! 들은 적 있어."라고 대수롭지 않게 말해도 이상하지 않을 만큼 '인간관계'가 실현되는 장이다. 하세가와 하지메[75]의 『출판과 지식의 미디어론』에 '삼천'이라는 숫자를 둘러싼 출판업계의 '상식'이 소개되어 있다. 메이지시대[76] 이후 일본의 '독서인 계급'은 대개 삼천 명 정도로 구성되어 왔다는 것이다. 그들이 쇼와시대[77] 이후 '지식 계급'과 '학력 엘리트층'의 핵심을 이루었다.[78] 삼천이라는 숫자는 아마도 하나의 '공(公)'적인 단위이면서 '사(私)'적이라고도 할 만한 아슬아슬한 균형을 가능하게 하는 수치인 모양이다.

---

75) 하세가와 하지메(長谷川一, 1966~): 미디어론 연구자. 대학교수. 전공은 미디어론, 미디어 사상, 문화사회학. 저서로는 『출판과 지식의 미디어론─에디터십 (editorship) 역사와 재생』 『어트랙션의 일상─춤추는 기계와 신체』 『디즈니랜드화하는 사회에서 희망은 어떻게 말할 수 있는가, 테크놀로지와 신체의 유희』 등이 있다.
76) 메이지시대(明治時代): 메이지 유신 이후의 메이지 천황 시대의 연호로 1868년부터 1912까지를 말한다.
77) 쇼와시대(昭和時代): 쇼와 천황의 통치에 해당하는 연호로 1926년부터 1989년까지를 말한다.
78) 『출판과 지식의 미디어론』 제4장, 특히 pp.265~268 참조. ─저자 주.

물론 예를 들면 영문학회와 같은 조직 안에서 삼천 명 회원들이 모두 서로 알고 지내는 사이는 아니겠지만, 언제 누구와 아는 사이가 되어도 이상하지 않은 상당히 뚜렷한 울타리가 존재하는 닫힌 세계가 형성되어 있다. 학회 행사를 조직하는 사람이 머리에 떠오르는 고유명사를 길잡이로 해서 심포지엄 등의 구성 인원을 결정한다는 사실은, 이 '마을'이 무한히 넓어지는 공간이 아니라 상당히 뚜렷하게 개인의 얼굴이 보이는 유한한 공간이기 때문이다.

　『영어청년』은 삼천 명의 독자로는 힘겨웠던 듯하다. 학회는 회원 수가 삼천 명이라도 운영에는 지장이 없지만 잡지를 유지하기에는 부족한 숫자인 셈이다. 학회는 회원의 회비로 유지되는 데 반해, 『영어청년』은 상업 잡지였기 때문이다. 삼천 명의 독자에게 '오로지 나 혼자만 이 문장을 마주하고 있다'는 환상을 안겨주어도 부족하다는 게 잡지출판의 구조일 것이다. 결국은 드러나 보이는 삼천 명의 '얼굴이 보이는 마을사회'에서는 출판이 성립되지 않는다는 말이다. 그렇다면 대체 몇 명이면 적당할까? 얼마나 많은 사람에게 1대1의 환상을 안겨주어야 할까? 바꿔 말해 얼마나 널리 알려져야 할까? 얼마만큼이나 서로의 얼굴이 보이지 않게 되어야 활자로 표현하는 행위가 성립할까.

　이런 질문을 던지다 보면 평소 우리가 독서에 대해 어렴풋이 품고 있는 대면의 환상이 흔들리기 시작한다는 사실을 깨닫게 된다. 표현하는 자와 그 표현을 수용하는 자에게는 명백히 다른 사정이 있다. 표현하는 자는 가능한 한 많은 사람들이 읽어주기를 바란다. 그러나 수용자의 심리는 어떨까? 물론 자신과 비슷한 독자가 좀 더 적은 편이 낫다고 생각할 리는 없겠지만, 적어도 1대1로 마주하고 있다는 '응시의 착각'을 깨고 싶지는 않을 것이다. 의미를 이해한다는 것은 그러한 응시의 착각에 몸을 맡긴다는 뜻이기 때문이다. 자기에게만이 아니라, 바로 자기에게 메시지를 보낸다고 느끼기를 바라는 것이다.

불특정 다수를 위한 출판 형태를 취하는 이상, 수적 불균형은 불가피하다. 그럼에도 그 사실은 은폐된다. 머리로는 1대1 대면을 환상이라고 인지하지만 그렇지 않은 듯이 행동해야만 성립하는 무언가가 의미교환과 관련되어 있기 때문은 아닐까. 원래 응시란 이 '무언가'를 제도 속으로 편입하기 위한 교묘한 장치가 아닐까.

이렇게 표현하는 이유는 응시에 기반을 둔 대면의 환상이 출판계에 한정된 이야기가 아니기 때문이다. 다음 숫자를 살펴보자.

① 1 : 32,527(0.00003074369)
② 1 : 21,769(0.00004593688)
③ 1 : 18,510(0.00005402485)79)

비례식으로든 괄호 안의 숫자로든 머리말에서 예로 든 일련의 숫자를 떠오르게 하는 수적 불균형을 아주 명백하게 드러낸다. 그러나 이 숫자는 출판부수가 아니다. 선거의 득표수이다. 2009년 7월 도쿄도의원 선거에서 미타카 시80)의 두 의석에 입후보한 후보 가운데 상위 세 명의 득표수를 바탕으로 투표자와의 균형관계를 숫자로 나타냈다.

이 숫자를 보아도 알 수 있듯이 도의원 선거에서 당선하기 위한 득표수는 문예평론서로는 이례적으로 화제를 모았던 베스트셀러 미즈무라 미나에의 『일본어가 망하는 날』의 발행부수인 약 5만부의 절반 정도이다. 즉, 문학예술분야 책이라면 베스트셀러까지는 못하더라도 '상당히 팔렸다'고 할 정도의 '불균형'을 이룬다면 도의원 선거에서 당선된다는 사실이다.

---

79) 데이터는 다음의 도쿄도(東京都) 선거관리위원회 사이트에서 인용하였다. http://www.
senkyo.metro.tokyo.jp/data/index.html ―저자 주.
80) 미타카 시(三鷹市): 일본 도쿄도(東京都) 서쪽 다마지역(多摩地域) 동부에 위치한 도시.

그렇다면 같은 미타카 시의 시의원 선거는 어땠는지 2007년 시의원 선거 데이터를 살펴보자.

① 1 : 2,877(0.00034758429)
② 1 : 1,488(0.00067204301)
③ 1 : 1,438(0.00069541029)81)

숫자로서는 훨씬 간단하다. ①은 1위 당선, ②는 28명의 당선자 중에서 최하위 당선 ③은 차점(次點)이다. 이 숫자들은 『영어청년』의 부수를 떠올리게 한다. 예로 든 '삼천'이라는 수가 어른거린다. 시의회 선거는 바로 '얼굴이 보이는 마을사회' 정도의 '불균형'으로 당선한다는 뜻이다. 책과 잡지의 경우에는 겨우 장사가 될까 말까 한 수준의 숫자이다. 현대 일본의 선거 중에서도 가장 작은 규모에 해당하는 시의원 선거의 당락수치가 출판에서는 수지타산 수치에 가깝다는 점은 꽤 의미심장하다.

선거와 고독감

물론이지만, 근대 정치 시스템은 산업구조의 변화와 부즉불리(不卽不離)의 형태로 성립해왔다. 근대 초기에 세련된 인쇄술은 동일물건의 대량생산과 대량유통이라는 형태를 취한다는 점에서 그 후의 산업구조 모델이 되었다. 한 사람이 다수를 집약하면서 '불균형의 균형'을 실현하는 구조는 근대정치의 대표적인 시스템인 대의제(代議制)와도 통한다. 고대 그리스처럼 국민 한 사람 한 사람이 의견을 표명하거나 실무를 담당하는 방법이 불

---

81) 데이터는 미타카 시 공식 사이트에서 인용하였다. 또한 2012년 현재, 2007년의 선거결과는 게재되지 않았다. - 저자 주.

가능하므로 국민은 자기를 대신해서 그런 행위를 할 사람을 선택하는 형태로 정치에 참여한다. 제한된 테두리 안에서 다수의 국민이 누군가 한 사람을 선택하는 제도가 그 기반을 이룬다. 전체적으로 보면 연쇄적인 피라미드형 구조를 만들어내기도 했다. 한 인간이 다수와 균형을 이루는 수적 불균형이 그 근본이기도 하다. 그 불균형을 오히려 가치 있는 '대리(代理)'로 납득하려는 사고가 대의제 정신이다.

정치적인 수적 불균형에 내재된 문제는 이미 숱하게 비판받아 왔다. 이를테면 "겉은 민주적인 체제를 취하면서 실체로는 과두(寡頭)적이라서 대표제라는 현행 정치시스템은 속수무책으로 '뒤틀려' 있다.(방점은 와다 신이치로의 『민중에게 정치란 무엇인가』 원문)"라고 한 와다 신이치로[82]의 전형적 견해이다. 와다는 자크 랑시에르[83]의 저서를 예로 들어 다음과 같은 비판을 전개한다.

또한 더 나아가 복잡한 제도 장치 속에서 민중은 주민(인구)의 수치로 환원된다. 정권지지율이나 투표율 같은 형태로. 이 수치는 민중의 존재에 대한 시뮬라크르(simulacre, 모방)에 불과하다. 수치란 조작 가능한 것에 불과하기 때문에 민중이 애초부터 존재하지 않는 자로 인식된다는 사실을 의미한다.

— 『민중에게 정치란 무엇인가』 중에서

---

82) 와다 신이치로(和田伸一郎, 1969~): 일본의 학자, 교수. 전공은 미디어론, 철학. 저서로는 『미디어와 논리 화면은 자비 없는 세상을 구제할 수 있는가』『민중에게 정치란 무엇인가』 등이 있다.

83) 자크 랑시에르(Jacques Ranciere, 1940~): 알제리 출신의 프랑스 철학자. 루이 알튀세르(Louis Althusser)의 영향 아래 마르크스를 과학적으로 해석하면서 공동 연구를 진행하다 노선을 달리했다. 노동해방 문제에도 관심을 가지면서 전통 마르크스주의의 한계를 깨달았고 옛 소련의 붕괴와 더불어 정치와 평등 그리고 민주주의에 대한 고뇌를 통해 민주주의론과 정치철학의 초석을 마련했다. 1990년대 후반부터 최근까지 문학, 영화, 미술, 연극 등 다방면에 걸친 연구를 하고 있다. 저서로는 『무지한 스승』『침묵의 언어』『프롤레타리아의 밤』『노동자의 언어』 등 다수가 있다.

근대 대의제 속에서는 설령 소선거구제라고 불리는 제도 하에 있더라도 다수의 선거권자와 소수의 피선거권자 사이에 '얼굴이 보인다'를 벗어나는 거리가 생겼다. 중의원의 소선거구제에서는 '소(小)'라고는 하지만 의석 하나당 일만에서 십만 단위의 유권자가 있다. 2009년 여름 총선거에서 도쿄 18구에 입후보하여 당선된 민주당 의원 간 나오토[84]의 득표수는 163,446(참고로 차점자 민주당 후보 쓰치야 마사타다(土屋正忠)의 득표수는 88,325)이다. 이 정도의 사람들이 투표한다면 민중이 '주민(인구)의 수치로 환원된다'는 말에 부득불 수긍할 수밖에 없다. 이러한 제도 하에서 민중은 얼굴이 보이는 목소리를 가진 개인으로서가 아니라 양이나 수치로만 나타난다. 이는 대의제의 숙명이기도 하다. 원래 대의제는 한 사람과 다수의 압도적인 불균형에서 균형을 잡는 시스템이다. 그러므로 다수의 얼굴이 보이지 않게 된 사태는 얼굴은 보이지 않지만 모종의 형태로 다수의 존재를 반영한다는 의미에서 오히려 대의제의 성공을 뜻한다.

그렇다면 이러한 시스템은 과연 극복할 수 있을까?

이 문제에 대해 랑시에르는 "민중의 정치란 조작 불가능한 존재로서 '비틀림'과 '간극'을 현실적으로 드러낸 것"이라고 했다. 랑시에르는 시위나 파업이라는 고전적인 정치활동 방식을 거론했지만 시위나 파업 같은 수단은 별 문제가 아니다. 수단이야 어떻든 왜곡과 간극으로 인한 '차이'를 현실적으로 표출하는 것이 무엇보다 중요하기 때문이다.

– 『민중에게 정치란 무엇인가』 중에서

시위도 파업도 확실히 수적 불균형을 밖으로 드러내기 위한 가장 대중적인 행동이다. 압도적으로 불공평한 구도를 이루며 다수의 민중은 멸시

---

84) 간 나오토(菅直人, 1946~): 일본의 정치인. 10선 중의원으로 민주당 대표를 지냈으며 2010년 제94대 총리로 취임하였다.

당하고, 소수점 몇 째 자리에 해당하는 극소수의 존재만이 대표자로 인지된다(간 나오토 의원에게 투표한 사람의 '수치'는, 간 나오토 의원을 1이라고 했을 때 0.00000611823이다). 민중이 이러한 수적인 한계를 표출하기 위해서는 수치로 환원되지 않는 무언가 '사건'을 일으켜야 한다는 논리를 세우는 것이 최선일지도 모른다.

그러나 시위나 파업이라는 큰 '사건'을 일으켜 '비틀림'을 표면화하는 방법이 과연 민중 개개인의 얼굴을 가시화하는 쪽으로 이어질까? 무엇보다 우리가 그러한 수적 한계를 그리 쉽게 표출할 수 있을까? 출판을 예로 든 데서도 명백히 드러나듯 이미 읽는다는 행위부터가 수적 불균형을 벗어나서 행하기 어렵다. '차이를 현실적으로 표출하기' 위한 방법을 찾았다 해도 그것은 더 이상 아무 데도 존재하지 않을지도 모르는 유토피아로서의 '마을'을 무턱대고 꿈꾸는 몽상과 같은 것이다. 이 고질적인 문제는 같은 상황을 좀 더 단순한 개념으로 설명하려 할 때 훨씬 더 명료해진다. 사이토 준이치[85]는 '타자'와 '존재' 그리고 '응답'이라는 말을 사용하여 사적인 공간에서 발생하는 사건으로 수적 불균형 문제를 다시 거론했다. 개인의 실제 감정에 호소하는 격식 차린 말투지만, 덕분에 '사건'에 의존하는 극장형 정치성이 실제로는 굉장히 사적인 문제의 연장선상에 있다는 사실이 명확해진다.

> 자기가 한 말에 아무런 응답이 없을 때, 혹은 애초부터 자기 말에 귀를 기울여줄 타자가 없을 때 우리는 자기가 존재한다는 감각을 가질 수 있을까? 만약 어떤 응답이 돌아온다 해도 그것이 자기가 했던 말이나 행동과 전혀 무관하다면 우리는 스스로가 존재한다는 감각을 가질 수 있을까?
>
> — 『정치와 복수성』 중에서

---

85) 사이토 준이치(齋藤純一, 1958~): 일본의 정치학자, 대학교수. 저서로는 『전쟁책임과 우리들』 『정치와 복수성』 등이 있으며, 편저서로는 『친밀권의 정치』 『복지국가/ 사회적 연대의 이유』 등이 있다.

자신과 타자 사이의 응답관계를 발판으로 논의를 시작한 사이토는 핵심어로서 한나 아렌트[86]의 '모호함(obscurity)'이라는 개념을 가져왔다. 이미 와다의 주장에도 나왔던 '수치'와 이 '모호함'은 상당히 겹친다. 아렌트의 주장에서 특징은 수적 불균형보다 존엄의 문제에 큰 무게를 두었다는 점이다. 아렌트는 "사회가 파리아[87]와 현실에 부여하는 최대 모욕은 자기 존재의 리얼리티와 존재의의를 스스로 의심하게 하고, 자신을 자기 눈으로 직접 보아도 비실체(nonentity)적인 지위로 환원하는 것이다."라고 했다. 하지만 사이토는 아렌트의 이러한 주장을 인용해서 "모호함이란 '무명성(無名性)'이 아니라 표현의 상실, 그에 수반되는 삶의 리얼리티에 대한 상실을 가리키는 말"이라고 설명한다.

아렌트가 '정치적인 것'을 사유하는 이유는 타자의 주의(注意)에서 소외되고, 표현이 제한되는 것을 불의로 받아들이는 감각 때문이었다. 정치적인 공간을 집요하리만치 '빛'의 메타포(metaphor)로 묘사한 것도 '모호함'의 '어둠'에 대비시킴으로서 가능했다. 그녀가 정치적인 생활의 조건으로 삼은 '복수성(複數性)'의 다른 한 측면인 '차이(distinction)'도 '탁월'하다는 뜻일 뿐만 아니라 '어둠' 바깥에서 구체적인 누군가로 출현한다는 의미를 담고 있다.

—『정치와 복수성』중에서

'출현하다'라는 표현에는 특별한 의미가 주어져 있다. 사이토는 '출현

---

86) 한나 아렌트(Hannah Arendt, 1906~1975): 독일 태생의 유대인 철학사상가, 작가. 나치를 피해 미국으로 이주. 1,2차 세계대전 등 세계사적 사건을 두루 겪으며 전체주의에 대해 통렬히 비판했다. 사회적 악과 폭력의 본질에 대해 깊이 연구하여 『폭력의 세기』를 집필했다. 파시즘과 스탈린주의 등 '전체주의'에 대한 탁월한 분석을 했다.
87) 파리아(pariah): 인도의 불가촉천민(不可觸賤民)의 총칭. 본래 가무(歌舞)·유예(遊藝)를 세습업(世襲業)으로 하는 마드라스 지방의 파리아 카스트(pariah caste)를 가리키는 말이었으나, 후에 불가촉천민 전체를 가리키는 호칭으로 바뀌었다.

(appearance)'이라는 말에 '표상(representation)'을 대치시켜 후자에 부정적인 뉘앙스를 담았다. '표상(representation)'에는 '대리하다'와 '대의제'라는 의미가 있다. 즉, 이 주장도 사적인 수준에서 출발해서 수적 불균형에 뿌리내린 대의제라는 제도의 비판과 일맥상통한다.

'출현'이란 무엇인가. '출현'은 자신의 무언가가 아니라 타자에 의한 '주목'이라고 한다. 그러나 이 '주목'이 제 기능을 하지 못할 때가 있다.

사람들이 자신을 나타내기 위해서는 타자가 그에게 주목해야 하는데, 표상(表象)은 이런 타인의 주목을 의도적으로 폐기한다. 표상은 타자가 '무엇(what)'인지를 형상화하고, 표상된 타자는 그렇게 고정된 형상으로만 주목받는다. 그 형상만 가시화되어 되레 개개인의 언어와 행위의 출현은 가시화되지 못한다. 출현은 표상이 지배적으로 변함에 따라 봉쇄되어 간다.

　　　　　　　　　　　　　　　　　　　　　　　　－『정치와 복수성』 중에서

인식이 타성에 젖으면 사람은 대상을 똑바로 보지 못한다는 주장이다. 확실히 문학과 예술의 스타일 변천은 바로 '표상'을 '출현'으로 되돌리려 했던 작가와 예술가들이 벌여온 고군분투의 흔적이다. 한낱 타성에 젖는 순간 작품이 '출현'할 기회는 사라진다. 예술가는 지금까지 본 적 없던 방식으로 세상을 볼 때 비로소 작품에 신선함과 자극을 되살려냈다. 그렇게 참신한 시점도 아니다. 흐릿한 '표상'에 새로운 빛을 부여하는 일이 예술가의 사명이라는 사실은 오히려 상식처럼 들린다.

그러나 머리말에서도 언급했듯이 '새로움'과 '빛'에 대한 집착은 안을 뒤집어보면 반복에 과민반응을 일으키는 근대에서 현대에 걸친 상상력 특유의 고질병이기도 하다. 모호함에 대한 혐오와 빛에 대한 동경은 어떤 의미에서는 근대 이후 특유의 병이다.

따라서 사이토의 주장을 어느 정도 상대화해서 읽어도 무방할 것이다.

　물론 자신의 행위와 의견에 대한 '주목 및 응답'의 상실은 어떤 특정한 사람들—아렌트가 '공간 없는 자'로서 염두에 두었던 난민과 망명자—에게만 생기지 않는다. "모든 사람이 스스로를 '쓸모없는 인간'이 아닌지 두려워하는 시대"여서 광범위하게 나타나는 현상이다. 출현이 막힌 상태에서 생기는 존재하지 않는 감각, 아렌트가 말하는 '고독(loneliness)'의 감각은 많은 사람들이 품고 있을 것이다(독일어로 이에 해당하는 'Verlassenheit'가 나타내듯 '고독'은 타자로부터 버려지고 방치된 상태를 의미한다). 그러나 사회 안에서 '주목'이라는 정치적 자원이 균등하지 않게 분배되고 있는 점 또한 부정하기 힘든 사실이다.

―『정치와 복수성』 중에서

　이 '고독'에서 특히 정서적인 감각에 주목할 필요가 있다. 이번 논의를 계기로 해서 우리는 1대1 대면이 머리로는 환상이라고 인지하지만 그렇지 않은 척해야 성립하는 무언가가 의미교환에 관여하기 때문이 아닐까라는 질문을 제기했다. 그 대답은 이렇게 생각해 보면 어떨까. '1대1 대면'이라는 환상을 우리에게 강요하는 이유는 고독의 공포 때문이라고. '1대 다수'의 압도적 불균형 속에서 타자의 시선을 받지 못하는 현상은 실제로 지극히 흔한 일임에도 심리적으로는 쉽게 수긍하기가 어려운 문제이기도 하다. 그런 까닭에 우리는 의도적으로라도 착각에 빠지려 한다. 응시의 착각이다. 응시란 이쪽이 자유로워지는 행위이다. 저쪽이 아니라, 이쪽이 열심히 눈을 부릅뜨고 실현하는 행위. 저쪽의 주목을 받는 데 의존할 필요가 없는 주체적인 행위이다. 우리는 응시를 통해 자기 눈으로 직접 대상을 보는 것이다. 자기 눈으로 깊이 응시함으로써 대상과 1대1의 응답관계를 만족시키는 것이라고 확신하려 한다. 그것은 이쪽에 아무 관심도 없을지 모르는 처쪽을 철저히 이쪽에서만 보는 것으로, 오히려 보고 싶지 않은 부분을 끝까지 외면할 때처럼 수고로운 일이다.

그러나 두말할 나위 없이 이 '확신'은 거의 '감각'에 가깝다. 즉 느끼는 것이 중요하다. 우리가 고독을 뛰어넘는 방법은 논리가 아니라 감각에 있다. 어쨌든 원래 고독이라는 개념 자체가 고독감이라는 기분에 근거한 감정이다. 아렌트가 말한 '고독'은 글자 그대로 살이 후벼 파는 듯한 정치적 박해의 실제 사례가 많다는 사실을 인정하면서, '고독'은 근현대 특유의 형언하기 힘든 정서이다. 좀 더 자세히 이야기하면, 근대 이후 심리적 특징에서 구조적 착각이 발생했다는 것을 다시금 확인해 둘 필요가 있다.

역설적이게도 우리가 'I'에 주목했던 응시가 원래는 불안으로 인한 방어기제의 표현이었는지도 모른다. 앤서니 기든스[88]는 프로이트[89]적인 도식에 따라, 유아가 정신적인 안정을 얻기 위한 필수 요인(factor)으로 타자에게서 받는 '기본적 신뢰'를 든다.

> 기본적인 신뢰는 대인관계에 관한 시간과 공간 편성에서 필연적으로 밀접한 관계가 있다. 양육자가 자신과 다른 정체성(identity)을 가진다는 의식은 그 부재를 정서적으로 수용하면서 생겨난다. 즉, 유아 앞에 존재하지 않더라도 양육자가 돌아온다는 '신앙'이다.
>
> ―『모더니티와 자아정체성』 중에서

---

88) 앤서니 기든스(Anthony Giddens, 1938~): 영국의 사회학자. 고전과 현상학·구조주의·민속방법론 같은 현대 사회이론을 토대로 하여 현대사회와 자본주의의 현상을 분석하였다. 저서에 『모더니티와 자아정체성』 『좌파와 우파를 넘어서』 『제3의 길』 등이 있다.

89) 지그문트 프로이트(Sigmund Freud, 1856~1939): 오스트리아의 신경과 의사, 정신분석의 창시자. 히스테리 환자를 관찰하고 최면술을 행하여, 인간의 마음에는 무의식이 존재한다는 것을 밝혔다. 꿈·착각·해학과 같은 정상 심리에도 연구를 확대하여 심층심리학을 확립하였다. 주요 저서에는 『히스테리 연구』 『꿈의 해석』 『일상생활의 정신병리학』 『정신분석 강의』 등 다수가 있다.

유아는 원초적인 전능감(全能感) 다음에 오는 단계로서 현실원칙에 대한 파악을 하는데, 거기에서 유아와 양육자 사이에 '관계가 형성되면서 분리'되듯 '잠재 공간'이 만들어진다. 그 '잠재 공간' 속에서 유아는 '기본적 신뢰'를 배워간다. 기든스는 이를 '실존적 불안에 대한 일종의 정서적 예방접종'이라고 가정한다. 즉, 장래의 위협과 위험에 대한 이 보호를 통해 아이들은 앞으로 어떠한 힘든 환경과 마주한다 해도 용기와 희망을 유지하게 된다. 기본적인 신뢰는 행위와 상호행동의 환경에서 발생하는 리스크와 위험에 대한 용기이다.

— 『모더니티와 자아정체성』 중에서

응시라는 행위 모형은 이 단계에서 형성되는 게 아닐까. 한 사람을 응시하고 '대면한다'고 착각하는 프로세스의 배후에는 분명히 일체화하기 위한 욕망이 보일 듯 말 듯 잠재한다. 타자는 자신이 아니라는 사실을 인정하면서도 타자의 일부가 되기 위해 일체화를 실현하려고 행동한다. 그것은 타자에 대한 '신뢰'에 근거한 것이고, 실존적인 불안을 해소하기 위한 중요한 절차이다. 거기에는 늘 '자유'와 '불안'이 미묘하게 균형을 이룬다.

키르케고르[90]가 말했듯이 어떤 의미에서 인간의 자유에는 늘 불안이 따라붙기 마련이다. 자유는 인간에게 부여된 속성이 아니라 외적 현실과 개인적 정체성에 대한 존재론적 이해를 획득한 데서 유래한다. 인간이 획득한 자율성은 매개된 경험의 범위를 확장하는 능력에서 비롯된다. 즉, 감각에 관여하는 직접적인 장면을 초월한 대상과 사건의 속성을 아는 데서 촉발된다.

— 『모더니티와 자아정체성』 중에서

'자유'가 '직접적인 장면'을 초월하는 데서 유래한다면 당연히 리스크도

---

90) 키르케고르(Soren Aabye Kierkegaard, 1813~1855): 덴마크의 철학자. 실존주의 사상가로서 대중의 비자주성과 위선적 신앙을 강하게 비판하였고, 단독자로서의 신을 탐구하는 종교적 실존의 존재방식을 『죽음에 이르는 병』 등의 저서로 남겼다.

수반될 것이다. 그 리스크는 직접적이지 않은 것에서 비롯된다. 지금 거기에는 없는 것, 자신이 지배하지 못하는 것에 자신을 맡겨서 획득한 '자유'가 '불안'으로 돌변하는 것이다.

　　이렇게 생각하면 키르케고르가 불안을 '자유의 가능성'이라고 기술한 점을 재해석할 수 있다. 일반적인 현상으로서의 불안은 앞으로 일어날 일을 고려해서 현재의 행동과 연관시키는 것, 다시 말해서 현실에서는 절대 일어날 리 없는 사실을 가정해서 미래의 가능성을 예기하는 능력—실은 필요성—에서 나온다. 더욱이 근원적으로 불안(혹은 높은 발생 가능성)은 존재론적 불안이 드러내는 독립적 존재인 인간과 사물에 대한 '신앙'에서 유래한다.

―『모더니티와 자아정체성』 중에서

　즉, '신뢰'를 바탕으로 맺어진 관계인 탓에 대상과의 일체화가 배신당할 가능성이 아주 크다는 뜻이다. 애초에 '신뢰'란 거기에는 없을지도 모르는 것에 대해 "에잇!" 하고 도약해서 있다고 확신하는 능력이다. 자기가 던진 한 표의 중요성, 대상에 대한 0.00000611823밖에 안 되는 미미한 수치에는 눈을 감고, "어때? 이거라도 받아라!"라며 뻐기듯이 자신의 투표행동에 담긴 유효성에 환상을 갖는 우리의 심리구조와 유사하다.

　'신뢰'에 수반될 배반 가능성으로서 우리가 이번에 살펴본 것이 '불균형의 균형'의 붕괴였다. 즉 1대1 '대면'은 없고, 있는 것은 1대 다수뿐이라고 문득 깨닫는 순간. 이런 순간에는 불안, 안심, 신뢰 등의 애매한 심리용어가 여실히 드러나고, 그것은 정서로서 찾아온다. 그리고 정서라고 한 이상 보는 쪽, 이를 테면 응시하는 쪽에 어떤 기능장해를 일으키는 방식으로 자주 발생한다.

　하지만 '그래서 더욱'이라는 표현이 적합할지 모르지만, 독서를 이야기할 때 종종 '읽게 하다'라는 감각도 대단히 정서적이다. 정서에 뿌리내린 기능장해를 억제하고, '불균형의 균형'을 제도로서 유지하기 위해서는 이론만 내세우기보다 뭔지는 모르지만 '에잇!' 하고 신뢰하고픈 기분과 안심을 만들어내는 것도 필수불가결한 요소다. 다음 장에서도 계속 수적 불균형 문제를 다루면서 이와 관련된 문제에 초점을 맞추고자 한다.

제6장 소리를 보다

— 아이버 리처즈와 엠프슨, 비평의 시대

당신은 왜 선거에 참여하는가?

선거는 꼭 참여해야 한다는 의견이 있다. 투표권 행사는 책임 있는 어른의 의무라면서. 정치에 관여하지 않는 자세 자체가 어떤 종류의 정치성에(많은 경우에는 체제순응이라는 형태로) 관여하는 셈이나 마찬가지라고 힐난받기도 한다.

정도의 차이야 있겠지만 투표행위에 대해 자신의 한 표가 갖는 의미를 의심해 본 적이 있는 사람도 적지 않을 것이다. 투표하는 사람과 표를 얻는 사람 사이에는 제5장에서 제시했듯이 압도적인 '수적 불균형'이 존재한다. 투표하는 사람의 가치나 존엄성을 제로에 가까운 수치로까지 밀어내는 듯한 거대한 불균형이다. 선거는 우리의 의사를 묻는 제도이면서 우리의 의사를 수긍한 뒤 말소해버리도록 교묘하게 장치된 제도이다.

그럼에도 선거 제도를 수용하는 이유는 앞에서 언급한 수적 불균형을 불균형이라고 느끼지 않게 하는 무언가가 그 배후에 있기 때문이다. 제5장에서는 그와 관련하여 선거 특유의 구조를 '해석'하는 행위와 중첩시켜 보았다. 선거에서 투표자와 입후보자 사이의 수적 불균형은 인쇄물에도 해당될 것이라 생각한다. 문장을 발표하는 사람과 그것을 읽는 사람 사이에, 선거 제도의 수적 불균형과 매우 흡사한 수적 불균형이 존재한다. 출판물의 경우 이런 불균형이 크면 클수록, 즉 발행부수가 많으면 많을수록 성공했다고 말한다. 활자를 인터넷 웹이 대신하는 경우도 있지만 웹사이트에서 작동하는 원리도 동일하다. 열람 수가 많은 콘텐츠의 독자 수가 많을수록—트위터[91]의 경우 팔로워[92] 수가 많을수록—성공했다고 본다. 인기가 있다는 증거이다.

무언가 공통 기제가 작용한다. 선거든, 출판이든, 웹 미디어든 적은 콘텐츠로 많은 표나 독자를 끌어 모으려 한다. 이를테면 시선의 독점을 재촉하는 듯한 시스템이 그것이다. 그런 식으로 시선의 독과점이 진행되면 진행될수록 투표자나 독자는 그 대상보다 덜 중요한 존재로 전락해간다. 그런 상황을 설명하기 위해 앞 장에서 한나 아렌트의 '모호함(obscurity)'과 정신분석의 '기본적 신뢰'라는 개념도 살펴보았다. 수적 불균형이라고 하면 특히 수학적이고 논리적인 관계를 상기할 법한데, 실제로는 투표나 독서도 우리가 수적 불균형을 극복하고 대상과 1대1로 대면한다고 착각할 때, 즉 응시의 착각에 빠질 때 큰 역할을 수행하는 것은 극히 정서적인 요소이다. 우리가 응시의 착각에 갇힐 때는 정서적인 안정과 관련된 일이 일어난다.

이러한 정서의 구조를 좀 더 파헤쳐보자.

우선 이 시점에서 확인해두고 싶은 점이 있다. 인간이 시간을 내어 일부러 투표나 독서를 하는 까닭은 그 행위에 의미가 있다고 확신하기 때문이다. 하지만 투표와 독서에는 명백한 차이가 있다. 투표에는 당선이나 낙선이라는 결과가 있다. 그 결과에 자신이 영향을 미친다고 생각하기 때문에 우리는 일부러 투표하러 간다. 이에 반해 독서에는 그런 식의 결과가

---

91) 트위터(Twitter): '재잘거리다'는 뜻으로 개인의 의견이나 생각을 공유하기 위해 일상의 작은 얘기들을 그때그때 짧게 올릴 수 있는 온라인 공간이다.

92) 팔로워(follower): 트위터의 중요한 기능으로 자기와 비슷한 생각을 지닌 사람을 '팔로워(follower)'로 등록하여 실시간으로 정보나 생각, 취미, 관심사 따위를 공유한다.

없다. 우선 특정한 책의 발행부수를 조금이라도 끌어올리려고 책을 사거나 읽는 사람은 없을 것이다. 선거와 달리 독서는 명료하게 사적인 행위로 보인다.

그런데 정말일까?

여기서 상황을 조금 뒤집어 생각해보자. 애초에 선거는 매우 공적인 행위이다. 모두가 후보를 평가하고, 차별화하고, 최종적으로 지극히 단순한 수적 논리로 순위를 매긴다. 한 사람이 한 표를 행사하고, 더 많은 표를 얻은 자가 승리한다. 선거는 철두철미하게 집단적인 행위이며 투표행위는 항상 다른 사람의 행동과 조화롭게 이루어진다.

그러나 우리가 투표를 하러 갈 때 '뭐야, 난 고작 0.000005밖에 안 되는 미미한 존재잖아. 내가 투표한들 무슨 차이가 있겠어. 어리석은 짓을 뭣 하러 해? 관두자.'라고 꼭 이렇게 생각하지 않는 것은(물론 그렇게 생각하는 경우도 있지만), 우리가 투표를 독서처럼 여기고 투표장에 가진 않기 때문이다. 우리는 투표를 지극히 개인적이고 사적인 행위로 여기고 자신이 투표할 대상과 1대1로 마주한다. 오히려 혼자 독서하듯 투표장에 가기 때문에 더욱 자신의 투표 행위에 의미가 있다고 확신할 수도 있다. 거기에는 대상과 동일화의 충동이 있는 건 아닐까.

언어학의 유명한 예문으로 '나는 장어다'라는 말이 있다. 일명 '장어문'으로 불린다. '나는 장어다'라는 문장은 얼핏 보면 '나=장어'라는 표현 같지만 사실 일반적으로는 그렇게 생각하지 않는다. 식당에서 주문할 때의 광경을 상상하면 이해하기 쉽다. 무슨 뜻일까? 첫 번째 설명은 이렇다. '~는…다(A=B).'에 동사 기능이 들어있다고 여기는 것이다 즉, '나는 장어로 한다.'라는 합의가 이루어진다. 서술부가 생략되어 있다. 또 한 가지는 '~는'의 주제 제시 기능으로 설명하는 방식이다. 이 경우는 '내 선택은 장어다'라는 뜻의 함축으로 해석한 것이다. 두 설명 모두 '~는'을 동일한 관계로 정리하려고 한다. 영어로 말하면 be동사에 해당하는 계사[93]로서도 기능하는데, 어느 쪽이든 어느 상황이든 동일 관계로 해석하면 뜻이 아주 이상해진다. 어쨌든 '장어문'은 '나=장어'일 리가 없다는 사실을 알기 쉽게 설명하기 위한 예문으로 사용되어 왔다.

하지만 '나는 장어다'는 결국 '나=장어'이기도 하지 않을까. 예를 들어 '나는 장어다'는 '나는 장어를 선택한다'는 의미일지라도 선택한 이상 '나= 장어'이기도 하다. 나는 어떤 형태로든 '장어'와의 동일화를 체험한다. 관계를 맺는다. 선거도 같은 맥락이다.

2008년 11월 4일, 미국 대통령 선거 투표일. 미국에 체재하고 있던 나는 마침 그날 볼일이 있어 뉴욕 맨해튼의 미드타운을 걷고 있었다. 귀에 들려오는 말은 온통 선거 이야기였다. 미국 전역에서도 뉴욕은 특히 오바마 색이 짙어서 개표도 하기 전부터 이미 거리가 축제분위기로 떠들썩했다. 스타벅스[94]에서 "설마 오바마한테 투표하지 않은 인간도 있을까?" 라며 이야기를 나누는 커플. 기념품 가게에서 일하는 흑인청년은 다른 직원과 교대하자, 도라 씨[95]처럼 안짱다리로 거리를 활보하기 시작하더니 만면의 웃음을 띠고 길에서 지인을 만날 때마다 말을 걸었다. "당연히 오바마겠지? 헤헤헤."라고 웃으면서 인사 대신 오바마 이야기를 했다(나는 의도치 않게 이 청년을 쫓고 있었다).

일본에서는 물론이고 외국의 어떤 나라에서도 이런 열광적인 선거 풍경은 처음이었다. 참 희한하다고 생각했는데 조금 따져보면 이런 식으로 '나

---

93) 계사(繫辭): 논리학에서 명제의 주사(主辭)와 빈사(賓辭)를 연결하여 긍정 또는 부정의 뜻을 나타내는 말. '나는 사람이다'의 '이다'와 같은 것.
94) 스타벅스(STARBUCKS): 1971년에 설립한 미국의 커피 프랜차이즈 브랜드.
95) 도라(寅) 씨: 일본의 서민사회를 그린 드라마 〈남자는 힘들어〉 시리즈에 나오는 남자주인공 이름. 일본어로 '도라 상'이라 하며, 코미디언이자 배우인 아쓰미 기요시(渥美 淸, 1928~1996)가 연기했다.

는 장어다'가 아닌 '나는 오바마다'라는 상황이 발생하는 것도 원래 선거에는 그런 동일화 작용이 있기 때문일 것이다. 예컨대 선거는 그저 선택에 불과하다해도 선택한 대상과 선택하는 '나'는 서로 중첩된다. 사실 중첩된다는 생각 때문에 우리는 일부러 투표하러 간다. 우리는 자기가 행사하는 표의 가치가 전체의 0.000005밖에 안 된다는 사실을 알고 있다. 그런데도 투표를 하는 이유는 우리가 '나는 장어다'처럼 동일화함으로써 어떤 정서적인 만족을 얻기 때문이다. 실제로 선거결과에 영향을 주는지 어떤지는 상관없다. 지금 여기서 혼자 책 한 권을 마주하듯 사적인 행위로 투표하는 자신이 소중한 것이다. 그리고 조금 아이러니하게도 앞서 이야기한 오바마 지지자들의 선거 풍경에서 보듯 사적인 문제를 집단으로 공유함으로써 만족감은 훨씬 높아진다.

즉 독서가 선거와 닮은 게 아니라 선거가 독서와 닮았다. 물론 독서는 확실히 독서다운 독서와 그렇지 않은 독서도 있다. 사적인 행위로 여기는 독서도 종종 타인과 전혀 무관하지만은 않다. 다들 읽고 있어서 괜히 읽고 싶어지는 베스트셀러 현상 특유의 심리는 물론이고, 자기가 해석한 뜻이 옳은지 잘 모르겠다거나 다른 사람은 이 대목을 어떻게 해석했을까 하는 소박한 궁금증 탓에 다른 사람을 의식해서 읽는 경우도 있다. 왜 이런 책이 베스트셀러인지 모르겠다며 화를 내면서도 주위의 시선을 신경 쓸 때가 있다. 이것 역시 집단적인 독서라서 생기는 현상이다. 나아가 어떤 대목에서 재미있다고 말했다가 지질하다는 핀잔을 듣거나, 바로 이 부분이 감동적이라고 거침없이 말하는 것도 독서를 개인적인 행위에서 집단적인 행위로 변환시킨 결과이다.

독서는 이렇게 집단화될 가능성을 항상 품고 있지만, 정반대로 개인화될 추진력도 갖고 있다. '독서다운 독서'의 원형을 만드는 것도 여기에서 비롯된다. 필시 이상적인 독서는 현실에는 존재하지 않을 것이다. 다른 사람의 존재를 완전히 차단하고, 읽는 행위의 집단성은 외면한 채 텍스트 자체를 순수한 상태로 마주하는 독서는 그야말로 응시의 착각이다. 하지만 그만큼 힘든 일이기에 우리는 이런 저런 방법으로 이상적인 독서에 근접하려고 애써왔고 장치를 고안하기도 했다. 그 과정에서 읽기의 작법도 생겨났다.

책을 효과적으로 읽기 위하여

그렇다면 '독서다운 독서'란 무엇인가. 이 해답을 찾기 위해서는 독서를 제도화하는 데 지대한 역할을 했던 비평이라는 장르의 역사를 돌아보자. 현대 비평의 출발점 가운데 하나는 형식주의비평(포멀리즘)의 탄생이다. 그러한 예로 영국 캠브리지 대학에서 아이버 리처즈[96)]가 수행한 실험이 종종 거론된다. 저 유명한 '실천비평' 실험이다.

1923년 캠브리지 대학 안에서도 명문인 모들린칼리지에 소속된 젊은 리처즈는 저녁식사 자리에서 총장에게 한 가지 진언을 한다. 리처즈는 단과대학에서 관례적으로 실시하는 논문 콩쿠르 심사를 맡고 있었다. 그는 이 콩쿠르 방식에 대해 제안했다. 작가나 제목 같은 정보를 숨긴 채 문학작품의 한 대목을 나눠주고 논평하게 하여 작품의 가치를 판단하게 하면 어떨까라는 의견이었다.

리처즈는 당시 이 전통 있는 학교에 만연한 엘리트 분위기가 못마땅했다. 젊은 햇병아리 연구자로서 '문학이란 이런 식으로 가르쳐서는 안 된다'고 굳게 믿고 있었다. 어떻게든 바꾸어야 한다는 생각에 조바심이

---

96) 아이버 리처즈(Ivor Armstrong Richards, 1893~1979): 영국의 문예비평가. 850개의 기본어로 표현의 자유를 도모하자는 기본영어의 실천을 제창했다. 또한 시와 비평의 문제를 심리학적인 측면에서 깊이 있게 다뤘고, 비평가의 면밀하고도 냉정한 태도의 필요성을 주장하였다.

났다. 바로 그때 문학사 시험에서 힌트를 얻었다. 작품의 한 구절을 나눠주고 제목을 맞추는 방식이었다.

리처즈는 그 후 작품의 일부를 보여주는 이 시험 방식을 좀 더 세련되게 다듬어서 자기 수업에 활용했다. 당시 한참 융성하고 있던 심리학을 참고해서 요즘 보아도 매우 참신한 방법을 고안해냈다. 리처즈는 학생들에게 자신이 지금부터 행하는 것은 일종의 '실험'임을 강조했다. 지금까지 아무도 하지 않은 새로운 실험이고, 그래서 잘 될지 여부는 모르지만 성공하도록 최선을 다하고 싶다. 그러기 위해서는 몇 가지 절차를 밟아야 한다고 설명했다.

먼저 저자와 제목은 밝히지 않고 몇 편의 시를 나누어 주었다. 그 속에 쓰레기 같은 작품을 하나 섞어 넣었다. 여기까지는 문학사 시험과 같은 방법이었다. 리처즈는 학생들에게는 나누어준 시를 최선의 환경에서 읽으라고 강조했다. 그러니 지금 이 자리에서는 읽지 말고 혼자일 때 제대로 작품에 집중할 수 있는 환경에서 읽기 바란다고 충고했다. 논평할 때는 각각의 작품이 지닌 가치를 검토하고 평가한 바를 서술하게 했다. 술을 마시고와도 안 되고 친구들과 의논해서도 안 된다. 친구들의 표정에서 영향을 받을지도 모르니 친구들이 작품을 읽는 모습도 보지 마라. 그는 아주 세세하게 조건을 달았다.

게다가 리처즈는 매우 흥미로운 절차를 집어넣었다. 번호가 적힌 종이를 모자에 넣고 120명의 수강생 전원에게 하나씩 고르게 했다. '답안지'에는 이름이 아니라 그 번호를 쓰도록 했다. 리처즈는 그렇게 하면 논평의 익명성이 유지되면서도 자의식에 방해를 받아 자기가 정말로 생각했던 것을 쓰지 못하는 일은 없을 것이라고 판단했다.[97]

---

97) 이러한 정황은 존 컨스터블(John Constable)에 의해 편집된 『실천비평』의 「편자 서문」에 구체적으로 나와 있다. ―저자 주.

반대로 말하면 학생들에게 '본심'을 쓰게 하는 것이 리처즈의 실험 목적 중 하나였다. 주변의 눈치를 살피느라 격식 차린 말로 아부나 하는 논평이 아니고 그 사람이 진정으로 생각한 점을 쓰게 하고 싶었다. 리처즈가 행한 '실천비평'의 기둥은 이러한 학생의 '본심' 규명과 전기(傳記)적 사실이나 비평가의 평가 정보는 일절 제외한 텍스트와의 대면, 나아가 누구 또는 무엇에도 영향을 받지 않는 환경에서 실시하는 독서의 실현이었다. 어쨌든 체험의 '순수화'를 도모하기 위해서 모든 수단을 동원했다.

리처즈는 이렇게 학생들이 제출한 논평을 분석하는 형태로 강의를 했고 그 성과를 『실천비평』이라는 제목으로 출판했다. 거기에는 학생들의 어긋난 해석과 혼동을 감안하여, 시를 독해할 때 의미, 감정, 논조, 의도 같은 요소가 어떻게 관여하는지를 정리하게 했다. 더 나아가 수사학[98]의 효용이나 의미와 감정과의 상관성, 형식의 역할 등으로 화제를 확장했다. 심리학과 해부학의 융합을 떠올리게 하는 담담한 방식으로 이루어지는 리처즈의 분석은 문학과는 거리가 먼 비평 스타일이었다. 책 말미에는 인용한 시의 출처도 밝혀 놓았는데, 독자가 미리 보지 못하도록 따로 철하는 방식으로 만들었다(1964년판부터는 놀랍게도 출전 부분만 뒤집어서 인쇄했다.). 마치 수험용 참고서 같다.

리처즈가 실시한 이 실험은 후대 비평에 많은 영향을 주었다. 여러 가지 제약을 두면서까지 '순수한 독서'를 체험하도록 한 것은, 읽는다는 행위를 특별히 개인적인 일로 재인식하는 것과 연관된다. 그 결과 순수하게 개인적인 독서는 '순수한 텍스트'라는 개념을 만들어냈다. 하지만 여기서 말하는 '순수'에는 예컨대 저자의 전기적 사실 같은 텍스트 배후의 정보는 포함하지 않았다. 어디까지나 종이에 쓰인 것, 즉 텍스트의 '형태'였다.

---

98) 수사학(修辭學): 사상이나 감정 따위를 효과적·미적으로 표현할 수 있도록 문장과 언어의 사용법을 연구하는 학문.

'형태'로 특화하려고 했던 리처즈의 방법은 20세기 초반 형식주의 비평의 대표적인 사례로 간주되었다. 그 후 비평의 흐름 속에서 리처즈의 방법은 너무 소박하고 단순하다는 비판도 있었지만 리처즈의 비평이 주로 작품의 세부에 주목했던 토머스 엘리엇[99]이나 윌리엄 엠프슨[100]의 비평과 더불어 현대 비평의 하나의 틀을 만들었다는 것은 분명한 사실이다. 정신분석이나 마르크스주의처럼 '색깔'을 띤 비평 속에서도 텍스트를 텍스트로서 분석적으로 해석하는 리처즈만의 접근은 지금도 여러 방면에서 활용되고 있다.

그렇다면 그 자체로 존재하는 텍스트란 어떤 것일까? 문학작품의 텍스트는 대부분 인쇄된 형태로 존재하므로 '현전(現前)', 즉 눈앞에 있다고 여기는 게 당연할지 모른다. 하지만 같은 현전이라도 '바로 이 텍스트'라고 가리키기 쉬운 경우와 꼭 그렇지 않은 경우도 있다. 이것이라고 가리키기 쉬운 텍스트의 특징을 열거하면 다음과 같다.

- 긴 것보다 짧은 것.
- 다수보다 단수의 것(여러 판본이 있는 것보다 텍스트가 하나로 확정되어 있는 것).
- 계속 움직이는 것보다 어딘가에 정지한 것(구승(口承)보다 인쇄물).
- 텍스트의 중심에 명료한 '화자'가 있는 것.

---

99) 토머스 엘리엇(Thomas Steams Eliot, 1888~1965): 영국의 시인, 평론가, 극작가. 주요 저서 가운데 『황무지(荒蕪地)』는 20세기 시단의 가장 중요한 작품 중 하나이며, 1948년에는 노벨문학상을 받았다. 미국인이었으나 하버드대학 졸업 후 유럽으로 건너가 1927년 영국에 귀화하여 참신한 문예 서적을 간행하는 출판사 'Faber & Faber'의 중역이 되어 영국 문단에서 활동했다. 시극에도 관심을 가져 많은 작품을 발표했으며, 시인으로서의 정점은 제2차 세계대전 전부터 쓰기 시작하여 전후에 완성한 《4개의 4중주(四重奏) FourQuartets》(1944)를 발표했을 무렵이었다.
100) 윌리엄 엠프슨 (William Empson, 1906~1984): 영국의 시인, 문학평론가. 주요 저서 『애매성의 일곱 가지 형태』에서는 언어의 난삽성과 다의성을 분류하여, 시에서는 그것이 단점이 아니라 장점이 된다는 사실을 밝힌 획기적인 비평으로 뉴크리티시즘 발전에 크게 공헌했다.

열거한 내용 모두 책을 펴고 조용한 방에서 가만히 책장 위를 훑어나가는 독자의 시선을 최대한으로 구동시키는 요소이다. 짧은 것이나 단수는 독자의 집중력을 높인다. 정지해 있으므로 독자는 틀림없이 '나는 이것을 읽었다. 이해했다'고 확신할 수 있다. 텍스트에 명료한 '화자'가 있으면 독자와 텍스트가 대면하는 환상이 성립하기 쉽다.

서양문학에는 이러한 조건을 제대로 달성한 장르가 있었다. 서정시이다. 좀 더 정확하게 말하면 비평을 위한 형태의 소재로 서정시가 '재발견'되었다. 분석비평의 선구자인 엠프슨이 자신 있어 했던 것도 서정시 분석이었고, 실천비평의 흐름을 이어받은 미국의 '신비평(the new criticism)'도 한창 유행하던 서정시를 다루었다. 신비평의 기수 크린스 브룩스[101]의 대표저서는 『잘 빚어진 항아리』라는 책인데 여기서 브룩스는 문학작품을 글자 그대로 '잘 빚어진 항아리'에 빗대어 손바닥 위에서 굴리듯이 하며 문학작품의 복잡하고 정밀한 만듦새를 찬탄하는 비평 스타일을 구사했다. 이때 사용된 소재가 테니슨[102]이나 예이츠[103], 키츠[104], 워즈워스[105] 등의

---

101) 크린스 브룩스(Cleanth Brooks, 1906~1994): 미국의 문학평론가. '신비평(New Criticism)'에서 대표적인 평론가로서 그 기반을 구축했으며, 문학작품이 지니는 위트·아이러니·역설(패러독스)·상징성·구조 등을 분석·비평하는 데 중점을 두었다.

102) 알프레드 테니슨(Alfred Tennyson), 1809~1982): 영국의 시인. 빅토리아 시대의 대표적인 시인으로 장시 『인 메모리엄(In Memoriam)』은 17년간 그리던 죽은 친구 핼럼에게 바치는 애가로, 어두운 슬픔에서 신에 의한 환희의 빛에 이르는 시인의 '넋의 길'을 더듬은 대표작일 뿐만 아니라 빅토리아 시대의 대표시다.

103) 윌리엄 예이츠(William Butler Yeats, 1865~1939): 아일랜드의 시인, 극작가. 환상적이며 시적인 희곡 『캐슬린 백작부인(Kathleen Ni Houlihan)』을 비롯한 극작품을 발표했으며, 1923년에는 노벨문학상을 수상했다. 아일랜드인의 동경인 꿈의 경지를 묘사하는 『마음의 나라』(1894)를 썼으며, 문학자와 민중과의 협력에 의한 문예운동을 일으켜 아일랜드 독립(1921)에 크게 공헌했다.

104) 존 키츠(John Keats, 1795~1821): 영국의 시인. 『나이팅게일에게(Ode to a Nightingale)』 『가을에게(To Autumn)』 등의 걸작과 자유스러운 형식의 소서사시 『성 아그네스의 전야』를 비롯한 주옥같은 일련의 송시(頌詩)를 잇따라 발표하고 25세에 요절한 시인.

105) 윌리엄 워즈워스(William Wordsworth, 1770~1850): 영국의 낭만파 시인. 영국 최초의 낭

서정시였다.

　여기서 문득 의문이 든다. 당시 이러한 비평계의 서정시 중심주의는 시대에 역행한 것이 아니었을까? 이미 문학의 중심은 산문으로 이행하고 있었다. 영국에서 소설의 융성은 18세기에 나타났고, 교육의 보급이나 출판 사정의 발달이 합해져 19세기에 들어오면 소설의 독자층이 단숨에 확대된다. 형식주의가 비평의 토대를 구축한 20세기 전반은 완전히 산문의 시대였다고 해도 과언이 아니다. 그런 가운데 서정시 비평이라니, 새삼스럽게 느껴지지 않았을까.

　하지만 새삼스러운 그 느낌이 비평에서는 무기가 되기도 했다. 새삼스럽게 서정시를 대상으로 삼은 데는 두 가지의 전략적 의미가 있었다. 하나는 대상을 한정하고, 틀에 넣고, 조용히 대면하는 일이다. 서정시는 독자가 '독서체험'을 말하기 쉬운 점이 있다. 앞서 필자는 브룩스의 비평방법에 대해 작품을 손바닥에 굴린다는 비유를 썼는데, 서정시 특유의 짧은 형식이나 언뜻 보이는 일방향성은 전체를 아울러 보는 독자로서의 '나'를 구축할 때 매우 편리하다. 꼼꼼하게 바라보고 세심하게 분석적으로 이야기하고, 뛰어난 투시력으로 완벽하게 지배한다. 상대를 끝까지 음미한다. 그렇게 함으로써 비평가가 가졌던 원래의 존재의식이 확인된다. '그렇구나'라고 우리는 생각한다. 작품에는 독자가 있다. 읽는다는 것은 복잡하고 어려운 일이며 만만치 않은 일이다. 그렇기에 일부러 읽는 것에 가치를 둘 만큼 훌륭하고 성실한 작업이다. 그래서 비평이라는 행위가 필요하고, 비평가라는 사람들이 있다.

　하지만 다른 하나의 전략이 더 중요하다. 예를 들어 『잘 빚어진 항아리』

만주의 문학 선언이라고 볼 수 있는 『서정가요집』 개정판 서문에서 '가난한 시골 사람들 자신의 감정의 발로만이 진실한 것이며, 그들이 사용하는 소박하고 친근한 언어야말로 시에 알맞은 언어'라고 하여 18세기의 기교적 시어의 대척점에서 시를 창작했다. 철학적 공상적인 작품은 시단에 많은 영향을 주었다.

에서 브룩스는 한 편의 시 속에 두 개의 의미와 내용이 대립할 경우 어떻게 대처하면 좋은지 설명했다. "시는 원래 태생이 극적이고, 특정 형식이 없다. 즉, 경험의 재구성이 시이고, 그것은 경험할 필요가 있다. 논리적인 절차에 따라 결론에 도달하지도 않거니와 논리적으로 검토해서 타당성 여부를 확인할 수 있는 논리 과정도 아니다." 브룩스는 말하기를 시에는 여러 가지 '태도'가 중첩되어 있으며, 그것을 전체로 인식하는 것이 시를 읽는 방법이라고 했다. 오히려 시의 파탄을 정당화하는 듯한 발언으로도 이해되는데, 이런 독법은 다름 아닌 지배하고 완전히 음미했다고 믿었던 대상이 그대로 멈춰있지 않고 계속 움직인다는 사실을 인식시켜 주었다. "시는 원래 태생이 극적"이기 때문이다.

서정시는 감정의 기복을 표현하는 장르이다. 서정시를 짓는 방식은 근대적 개인의 복잡한 내면을 그대로 반영하고 불안정함이나 허망, 어둠 등을 포함해서 그대로 체현한다. 그러므로 다 파악했다고 믿었던 것이 아직 움직이고 있다면서 비평가 쪽에 져주는 것도 중요하다. 그렇게 시의 '움직임'을 재발견함으로써 비평가의 존재 의미를 보증하는 서정시라는 장르에 대해 말하자면 은혜를 갚듯이 새로운 가치를 부여할 수 있는 것이다. 어쨌든 20세기 초에 서정시는 이미 빈사의 위기에 처해 있었다. 산문에 밀려 과거의 것으로만 치부되고 있던 서정시라는 장르가 실은 아직 살아 움직이고 있다는 사실을 다시 한 번 끝까지 파헤쳐서, 그 작품에 보기 좋게 배신당하는 형태로서 보여준다면 이중적 의미에서 '정지했다고 알고 있던 것의 새로운 움직임을 발견'한다는 비평적 의도가 달성되는 셈이었다.

서정시는 태어남과 동시에 죽는다

비평과 서정시는 이렇게 공범관계를 형성해간다. 서정시라는 물고기를 잡은 비평은 미끌미끌 빠져나가는 물고기와 사투를 벌이면서 독특한 손놀림을 개발했다. 의미의 복수성이라는 발상도 그 연장선상에 있었다. 비평 행위의 핵심으로서 의미의 복수성이 각광을 받은 것은 아마도 엠프슨의 『애매성의 일곱 가지 형태』가 최초일 것이다. 엠프슨은 셰익스피어의 소네트 73번에 나오는 하나의 은유에 주목한다. '성가대'와 고목에 앉아있는 '작은 새'의 이미지가 중복되는 부분이다. 어떻게 이런 중첩이 가능한가? 사실 그 정답은 여러 가지로 존재한다고 엠프슨은 말한다. "성가대석이 나무로 되어 있어서" "성가대석의 장식이 나무의 마디와 비슷해서" "교회 스테인드글라스 모양 중에 초목이 있어 숲을 떠올리게 해서" "고딕 건축의 교회가 원래 숲의 이미지로 디자인되어 있어서" "성가대의 아름다운 소년들이 셰익스피어의 소네트에 등장하는 아름다운 청년과 중첩돼서"와 같은 이유를 댄다. 엠프슨은 이렇게 차례로 '정답'을 열거한 다음, 이러한 복수의 '정답'이 애매하게 병존하는 것이야말로 비유의 아름다움을 한층 높여준다고 주장한다.

엠프슨의 해석은 곡예를 부리듯 지나치게 현란해서 반론이 불가능하다. 이렇게 비평가의 독자적인(대부분 '먼저 말한 사람이 임자' 같은) 착상을 계속해서 풀어내는 비평 스타일은 '애매'할 뿐만 아니라 '아이러니'나 '패러독스' 같은 매우 일반화한 개념이며, 나아가서는 '알레고리[106]'나 '차연[107]' 같은 용어의 주변에서도 보인다. 아마도 20세기의 비평가가 가장 많은 에너지를 소비했던 문제는 따로 있다. 텍스트의 의미가 언뜻 그렇게 해석되는 의외성에 있다고 지적하는 일이었다. 비평가가 텍스트에 얽매이는 계기를 보증한 것은 '의미는 하나가 아니다'라는 회의적 시선이었다. 하나로만 한

---

106) 알레고리(Allegory): 무언가 다른(allos) 것을 말하기(agoreuo)의 의미를 지닌 그리스어의 영어식 표기.

107) 차연(差延): 프랑스의 철학자 자크 데리다(Jacques Derrida)가 독자적으로 만들어 사용한 비평 용어. 차이(변별성)라는 개념뿐만 아니라 연기 또는 지연이라는 의미도 나타낸다.

정할 수 없다는 의심이 메타레벨[108)]에서 다시 이야기하도록 재촉한다. 자유로운 발상을 부르고, 참신한 해석을 돕는다. 이렇게 해서 파악하기 힘들고 복잡한 텍스트라는 사실이 재발견되고, 서정시는 살아있다는 논의로 이어진다.

생각해 보면 하나의 언어가 복수의 의미를 가질 수 있다는 발상은 앞서 예로 든 1대 다수라는 불균형 구도와 닮은꼴을 만들어낸다. 이것은 우연이 아니다. 한쪽에 단일한 텍스트가 있고 다른 한쪽에 그 단일성을 다양하게 변주한 듯한 복수의 메타레벨적 언설이 있다. 서정시와 형식주의 비평이 체현한 이런 1대 다수의 균형관계는 근대적 사고의 모형이다. 형태를 명확하게 규정하기 힘든 것을 메타레벨에서 해석하려고 시도하여 그 결과로 생겨난 다양한 해석에 당황해 하면서 다시금 그 '생명다움'을 확인하는 프로세스는 우리 현대인들에게 익숙한 일이다. 이러한 상황은 쉽사리 폴리포니(polyphony, 多聲性)의 언어상황으로 인식되고, 그 복수성은 민주주의 제도와도 통하는 '선'한 가치로 대접받기도 한다.

하지만 무엇이 애초에 다성성을 가능하게 할까. 그것은 다성성이 메타레벨에 있다는 전제는 아닐까. 즉 근원이 되는 텍스트는 어디까지나 전체적으로 빈틈없이 놓여있어서 안정적이다. 그렇기에 메타레벨이라는 안전한 차원을 마련할 수 있고, 목소리는 무난하게 복수화한다. 다성성을 허용한다는 것은 강렬한 일원성과 현전성(現前性)[109)]에 대한 신뢰이다.

이는 또 하나의 중요한 역사적 변화와도 관련이 있다. 근대는 목소리가 문자로 읽히게 된 시대이다. 사라져가는 것은 서정시만이 아니었다. 근대

---

108) 메타레벨(Meta Level): '메타'는 '초(超)' '고차적인' 등의 의미를 가진 접두어, 레벨은 '수준'을 뜻한다. 메타레벨적 사고란 어떤 하나의 언어에서 무엇인가를 생각하지 않고, 그 언어에 의해 무엇을 생각할 수 있는지를 찾는 것이다. 각 언어는 모든 대상(오브젝트)이 되며, 그 언어를 초월한 시점에서 분석하고 해체하고 재구성하는 것을 말한다.
109) 현전성(現前性): 철학에서 '가까이 다가온다.' 혹은 '가까이 다가와 있음'을 의미한다.

에는 목소리가 점점 들리지 않게 되었다. 가장 큰 근본 원인은 '읽고 쓰기'의 탄생이었다. 월터 J. 옹[110]이 지적하듯이 '구전문학'[111]이라는 화법은 결정적인 모순을 내포하고 있다. 기억과 낭송에 의해서만 전달되는 '구전'과 텍스트를 전제로 한 '문학' 사이에는 큰 차이가 있다. '구전'과 '문학'은 전달되는 내용부터 다르다. 단순히 지금껏 입 밖으로 나온 말을 종이에 기록해서 문학이 된 것이 아니다.[112]

물론 낭독이 구전을 대신하지는 않는다. 근대 이후의 낭독은 기왕에 기록된 텍스트를 전제로 해서 발성한 것에 불과하다. 따라서 제1장에서 다루었듯이 한번 이야기한 말이 거기에 남아있지 않을지도 모르는 구전의 세계는 단순히 소리를 내어 시를 읽으면 되살아나는 것이 아니다. 어려운 것은 소리 내어 읽기가 아니라 망각하기다. 잊어버리고 기억해내는 프로세스가 우리에게서 사라졌다. 목소리의 쇠퇴는 단순히 소리의 문제로만 환원해서는 안 된다.

그러나 인간이 소리 내어 책을 읽지 않게 된 것은 넓은 의미에서 '목소리의 쇠퇴'라는 흐름의 일부이기도 하다. 이미 20세기 초에 리처즈의 실험이 전형적으로 나타내듯 '새로운 독서'는 음독이 아니라 아무에게도 방해받지 않고 혼자 집중해서 읽는 행위로 변해가고 있었다. '구전'이 '문학'으로 대체되어 이야기를 지어내거나 수용하는 행위가 '밖'에서 이루어지지 않고 '안' 즉, 내면에서 이루어지는 작업으로 인식되었다는 것과 관련이 있다. 시가 변한 이유도 인쇄술의 보급과 그로 인한 읽기와 쓰기의 일반화

---

110) 월터 옹(Water J. Ong, 1912~2003): 예수회 신부, 영문학자. 『구술성과 문자성(Orality and Literacy)』(1982)를 비롯한 다수의 저서를 통해 미디어와 커뮤니케이션 형식, 인간 지식과 사고 패턴, 인간 경험과 문화적 형식의 관계를 연구했다.
111) 구전문학(口傳文學): 입에서 입으로 전해져 오는 문학. 구비(口碑)문학, 구승(口承)문학과 같은 뜻이며, 구전과 구승은 '말로 전함'을 뜻하나 구비는 '말로 된 비석', 즉 비석에 새긴 것처럼 오랫동안 전승되어 온 말이라는 뜻이다.
112) 이와 관련해서는 『목소리의 문화와 문자문화』 제1장 참조. −저자 주.

에 따른 눈으로만 읽는 독서 때문이다. 우리 현대인들에게 음독은 이미 다소 노력을 기울여야만 가능한 특수한 작업이다.

이러한 역사적 변화를 문명의 위기로 인식하는 견해도 있다. 야마오리 데쓰오[113]는 더 이상 '청각의 세계에 온 몸을 담그는 경험'을 하지 않는 현대인이 서정이나 비애감도 함께 상실했다고 경종을 울린다. 청각의 상실은 비평에서 인식의 편중으로도 나타난다고 한다. 예를 들면『헤이케 모노가타리』[114]를 둘러싼 세 비평가의 해석이다. 고바야시 히데오[115]의『무상이라는 것』과 가라키 준조[116]의『무상』은『헤이케 모노가타리』자체에 내재한 '무상'을 인식하는 방식이며, 이시모다 쇼[117]의 『헤케이 모노가타리』와는 대조적이다. 그런데 세 비평가의 해석에는 신기하게도 공통점이 있다. 그것이 마음에 걸린다고 야마오리는 말한다.

무상에 대하여, 이시모다는 부정적인 딱지를 달았던 반면 고바야시와 가라키는 긍정적인 쪽으로 가치를 부여하려고 했다. 평가가 정반대로 엇갈린 셈이다. 하지만 두 가지 평가 모두 텍스트로서의『헤이케 모노가타리』를 전제로

---

113) 야마오리 테쓰오(山折哲雄, 1931~): 일본의 종교학자, 평론가. 전공은 종교사·사상사. 1968년『아시아 이데올로기의 발굴, 한 종교 사상론의 시도』를 시작으로 110여 권의 저서와 다수의 공저, 편저가 있다. 교토(京都)신문대상 문화학술상, NHK방송문화상 등을 수상했다.

114) 헤이케 모노가타리(平家物語): 13세기 일본의 헤이케 가문의 영화와 그 몰락, 멸망을 기록한 산문체의 서사시.

115) 고바야시 히데오(小林秀雄, 1902~1983): 일본의 평론가, 편집자, 작가. 비평의 새로운 분야를 개척하여 근대 일본의 문예평론을 확립하였다. 저서로는『무상이라는 것』『근대회화』등 다수이고, 문화훈장, 일본문학대상 등 여러 문학상을 수상했다.

116) 가라키 준조(唐木順三, 1904~1980): 일본의 평론가, 철학자, 사상가. 근대문학을 연구하는 한편으로 일본 중세로 시야를 넓혀 많은 평론을 발표했다. 특히 중세 일본불교 연구자로서 유명하다. 요미우리(讀賣)문학상, 일본예술원상 등 수상 다수. 1932년『현대일본문학서설』을 출간한 후로 50여 권의 저서가 있다.

117) 이시모다 쇼(石母田正, 1912~1986): 일본의 역사학자. 전공은 고대사 및 중세사. 유물사관의 관점에서 많은 논문·저서를 발표하여 전후 역사학에 다대한 영향을 주었다.『중세적 세계의 형성』『일본의 고대국가』등 다수의 저서가 있다.

말하면 텍스트 해석에 집착해서 논리를 전개한다는 점에서는 대동소이하다. 군이 말하자면 『헤이케 모노가타리』 본문에 밀착해서 각자의 시각으로 고착시켜 텍스트 중심주의에 편승한다는 점에서 양자의 독해방법은 굳게 결속되어 있다. 따라서 이들 비평에서는 청각적으로 울려퍼지는 『헤이케 모노가타리』 속 전장의 비명이나 탄식의 소리는 들리지 않는다. 단노우라[118]의 파도 속에서 들려오는 무상한 목소리는 들려오지 않는다. 그러한 소리나 부르짖음은 그들의 시각 앞에 놓여있는 『헤이케 모노가타리』라는 텍스트 안에 갇혀있기 때문이다.

— 『'노래'의 정신사』[119] 중에서

청각에 대한 시각의 우위는 특별히 근대적인 경향이다. 야마오리의 말에 따르면 "근대에 가까울수록 청각의 세계에 황혼이 다가온다. 의심스러운 눈길로 물들여진 시각의 시대가 점차 부상한다(『'노래'의 정신사』 중에서)." 는 것이다.

소리 내어 읽지 않으면 감정은 몸에서 분리된다. 감정은 몸이 아니라 마음에 속한다. 감정이(그리고 소리가) 마음에 속하면 욕망과 그에 관계된 여러 인간의 동기—탄식, 기쁨, 불만, 원망, 분노 등—도 마음속의 문제쯤으로 이해되기도 한다. 그에 더해 마음에 생긴 일에 불과하다고 여긴다. 감정이나 소리도 눈으로만 읽는다는 행위에서 보듯이 눈앞에 드러난 것이 아니기에 형태도 모르고 눈에 보이지 않는 것으로 취급당한다.

그리하여 소리는 그 자체로 현전하지 못하고 말을 거쳐 표현된다. 그리고 메타레벨로 바뀌어 전달되고 활자 같은 매체로 표현된다. 소리는 숨겨진 것으로서 일단 가시적 세계에서 사라진다. 일단 사라졌다가 말이나 활

---

118) 단노우라(壇の浦): 시모노세키(下関) 동쪽에 있는 해안. 1185년에 이곳에서 벌어진 '겐지(源氏)'와 '헤이시(平氏)' 간의 전쟁에서 '헤이시'가 비극적으로 패망한다.
119) 『'노래'의 정신사』: 일본어 원서 명은 『'歌'の精神史』이다.

자, 서적 등의 간접적인 매체를 통해 가시화된다.

이것이 바로 응시다. 우리가 응시에 열중하는 이유는 보이지 않는 것을 가시화하는 과정에 매혹되어왔기 때문이다. 우리는 들리지 않는 소리나 그 배후에 있는 감정을 가시화하려고 한다. 눈으로 처리하려고 한다. 이때 감정을 담당하는 소리를 들리지 않는 것으로 취급하기도 한다. 실은 들리지 않는 것이 아니다. 보이지 않을 뿐이다. 귀로 들어야 할 소리를 보이지 않는 것과 보이는 것이라는 대립 축으로 끌어들이는 것이 응시의 문화다. 어느 사이엔가 소리나 감정은 보이기도 하고 보이지 않기도 하는 것으로 취급된다.

하지만 이러한 응시의 구조 때문에 우리는 수적 불균형을 견딜 수 있다. 우리는 마치 서정시를 눈으로 읽는 듯한 태도로 선거 후보자와 마주한다. 우리는 눈의 착각으로 선거를 체험하고, 그것을 정치 시스템 속의 장치로 받아들인다. 그것은 우리가 더 이상 들리지 않게 된 소리를 소생시키는 방식으로 서정시를 읽는 것과 마찬가지다. 거기에는 들리지 않는 소리를 눈의 힘에 의지해서 재발견하는 구도가 들어있다. 소리를 본다.

이렇게 수용한 구조는 서정시뿐만 아니라 다양한 '서정시적 상황'에서도 나타난다. 단일 텍스트 혹은 대상이 메타레벨에서 복수의 언어로 해석된다는 전제가 있다면 어디서나 발생하는 패턴이다. 어떤 상황에서도 서정시의 경우처럼 우선 소리의 무음화나 감정의 내면화가 선행하고, 그것을 읽는 형태로 메타레벨의 비평 언어가 활성화된다. 소리가 쇠퇴하는 배경에는 감정표현을 억제하려는 지속적인 경향이 있다. 그런 상황에서 무음화한 소리가 복수화한 메타레벨의 소리로 다시 이야기되는 구조가 자리 잡았다.

메타레벨의 언어는 웅변 혹은 다변이다. 여기서는 복수성이 보증되어 '애매함' '빈정거림' '역설'처럼 수사적(rhetorical) 언어의 기능이 최대한으로 이용되기 때문이다. 그러나 결정적으로 '마음'에서는 멀어졌다. 거리를 두고 보여줌으로써 메타레벨의 소리는 들리지 않는 마음의 소리라는 허구를 보강한다. 우리는 이 균형관계를 받아들이는 것에 매우 익숙해졌다. 음을 차단하는 지각 방법인 응시를 세련되게 만들어서 들리는 소리와 들리지 않는 소리 사이에 결정적인 차이를 만들어냈다. 하지만 소리의 상실이 야마오 데쓰오가 말한 것처럼 그대로 서정의 상실로 직결되는지 여부는 의문의 여지가 남는다. 애초에 서정의 가시화는 서정과 비평의 상호작용 결과라고 생각된다. 그리고 과연 서정은 소리나 귀의 세계로 한정되는지 의문스럽기도 하다. 눈의 서정이라는 것도 있을 법 하지 않은가.

제7장 침묵을 듣다
— 워즈워스[120]와 하기와라 사쿠타로[121]

1970년대 일본 음악

눈에 편중된 탓에 소리는 제 역할을 다하지 못했다. 서정조차 눈으로 읽히는 시대가 왔다. 그렇다면 목소리의 변질이 서정의 쇠퇴로 직결되었을까? 아니면 다른 무언가가 일어난 것일까?

젯쓰 도모유키[122]의 『도무지 멈추지 않는 가요곡』은 가요곡이라는 지극히 일본적인 음악 장르가 지닌 '이야기의 힘'을 해석해 낸 독특한 저서이다. 핵심어는 젠더. 일종의 연애지침서이기도 하다. 특히 70년대에 초점을 맞추었다는 점이 재미있다. 확실히 1970년대는 목소리와 소리라는

---

120) 윌리엄 워즈워스(William Wordsworth, 1770~1850): 영국의 낭만파 시인. 영국 최초의 낭만주의 문학 선언이라고 볼 수 있는 『서정가요집』 개정판 서문에서 '가난한 시골 사람들 자신의 감정의 발로만이 진실한 것이며, 그들이 사용하는 소박하고 친근한 언어야말로 시에 알맞은 언어'라고 하여 18세기의 기교적 시어의 대척점에서 시를 창작했다. 철학적, 공상적인 작품은 시단에 많은 영향을 주었다.

121) 하기와라 사쿠타로(萩原朔太郞, 1886~1942): 시인. 수필가. 소설가. 일본 근대기 시문학의 지평을 개척한 시인으로서 '일본근대시의 아버지'라고 일컬어진다. 1917년 첫 시집 『달을 향해 짖다』를 출간한 이래, 『푸른 고양이』(1923), 『순정소곡집』(1925), 『얼음새』(1926), 소설 『고양이 마을』(1935), 시가집(詩歌集) 『시의 원리』, 수필집 『귀향자』 등 저서 다수.

122) 젯쓰 도모유키(舌津智之, 1964~): 일본의 미국문학자. 모더니즘 시대를 중심으로 19세기 중반부터 20세기 중반까지 미국문학(시, 소설, 연극)을 연구하고 있다. 젠더론이 전문이며, 1970년대 가요곡에 대해 상세하다. 저서로 『아무리해도 멈추지 않는 가요곡, 1970년대의 젠더』 『서정하는 미국: 모더니즘 문학의 명멸』이 있다.

시점에서 볼 때 흥미로운 시대이다.

새삼 떠오른다. 당시 초등학생이었던 나는 음악 레코드나 테이프를 사 모을 자금력이 없어서 종종 텔레비전 같은 데서 방송되는 음악을 수작업 으로 녹음했다. 수작업이란 말 그대로 '손'으로 하는 작업이다. 당시에는 녹음기기에 입력이나 출력 단자 같은 세련된 장치가 꼭 붙어있던 건 아니 었다고 기억한다. 나도 기계에 대해 선구적인 편은 아니어서 음악을 녹음 할 때는 그야말로 원시적인 방법을 사용했다. 가요프로그램을 방영할 때 텔레비전의 스피커 부분에다 녹음 기기의 마이크를 갖다 대고 주위 사람 들에게는 "쉿!"하고 조용히 하도록 애써가며 녹음했다. 목적했던 곡이 시 작될 때를 가늠해서 기회를 놓치지 않고 '연주'와 '녹음'의 이중버튼을 누 르고 마치 텔레비전에 인터뷰라도 하는 식으로 음악을 녹음했다. 나중에 가서야 사와다 겐지[123]의 '네 멋대로 해라'보다 '쉿' 하는 내 목소리가 더 크 게 녹음되었다는 사실을 알고 깜짝 놀랐던 적도 있었다.

이런 촌스러운 수작업에 열중했던 사람이 비단 나 하나만은 아니었을 것이다. 지금 돌이켜 보면 1970년대는 인간과 음악의 관계가 크게 변화한 시대였다고 생각한다. 최신 음악에 밝지 못한 나 같은 일반 시민조차 '음 악을 내 지배하에 두고 싶다'는 몽상을 하며 음악을 녹음하려고 시도했을 정도였으니, 아마도 온 세상에 '사람이 음악을 접하기가 좀 더 자유로워지 지 않을까?'라는 희망적인 전망이 확산되고 있었던 듯하다.

그리고 보면 1970년대는 음악과 자유롭게 접하기 위한 다양한 '신무 기'가 개발된 시대이기도 하다. 그 필두로 거론되는 것이 뭐니 뭐니 해도 1970년대 초반 가라오케의 탄생이다. 가라오케는 음악에 대한 개인의 몽 상을 있는 그대로 가시화시킨 장치이다. 무대 위의 가수처럼 부르고 싶다.

---

123) 사와다 겐지(沢田研二, 1948~): 가수 겸 영화배우. 1970년대 후반 일본 글램락의 선두주 자, 1980년대 초반 일본 뉴에이지 팝의 선두주자.

배경 음악과 함께 가수가 된 것 같은 나 자신에 취하고 싶다. 가라오케는 그런 몽상을 어느 정도 이루어주었다. 지금까지는 공공장소에서 자신이 아닌 타인에 의해 연주되거나 불렸던 음악이 이렇게 자신이 선택한 시간과 장소에서 매우 친밀하게 다가오는 극히 개인적인 것이 되었다. FM라디오의 음악방송을 찾아 들으며 노래를 녹음하는 에어체크[124]가 유행하고 그에 관련된 잡지가 몇 종류나 간행된 시기도 1970년대였다. 아마도 이시대 가요곡의 융성 자체가 음악의 이러한 '개인화'와 떼려야 뗄 수 없는 밀접한 관계를 만들어냈을 것이다. 그러한 시류 속에서 획기적인 변화를 가져온 것이 1979년 소니의 워크맨 발매다.

현재 우리는 워크맨 식의 음악 접목 방식의 연장선상에 있다 해도 과언이 아니다. 크게 달라진 점은 음악이 사적인 공간에서 체험되는, 지극히 '사적'인 행위라는 점이다. 즉 제6장에서 이야기한 흐름으로 말하면 우리는 이상적인 독서에 빠지는 것과 똑같은 방법으로 혼자 조용히 음악을 접하게 되었다.

음악보다 먼저 목소리에서 큰 변화가 생겼다. 원래 목소리의 특징은 덧없고 찰나적이며 말하자마자 사라지는 것이다. 하지만 목소리는 문자나 인쇄술, 녹음장치라는 잇따른 기술 혁명을 통해 현상이라기보다 '물품'에 가까워져 갔다. 물론 인간이 목소리를 내서 말하기를 관둔 것도 아니고, 현상으로서의 목소리가 제 기능을 발휘했던 영역이 사라진 것도 아니었다. 예컨대 제5장이나 제6장에서 간간이 선거제도의 문제점을 언급했지만, 선거란 실로 목소리의 위력에 크게 의존하는 제도이다. 투표를 호소하는 후보자들은 '사람들에게 고한다'거나 '호소한다'는 등 지금도 '목소리'에 빗댄 은유를 많이 사용한다. 사람들의 목소리를 대변하고 사람들을 대

---

124) 에어 체크(air check): 해외 방송 등에서 방송 전파를 수신하고 녹음하는 일.

신해 말한다고 한다. 분노나 소원이나 욕망에 대응하는 표현으로 '생생한 목소리를 건져 올리다'라고도 한다. 여기서 상상 가능한 점은 기존의 '현상'으로서의 목소리다. 그러나 말할 필요도 없이 선거라는 제도에는 거짓이 섞여있다. 실제로 말하는 소리는 녹음하거나 언론 매체에 중계하거나 했던 가공된 목소리다.

그럼에도 인간은 이런 사실에 무관심하다. 왜일까? 왜 사람들은 거짓 목소리를 아무렇지 않게 받아들일까? 왜 사람들은 이미 생생한 현상이 아닌—가공된 것에 불과한—마치 그것이 진짜 목소리인 것처럼 착각할까. 앞 장에서 거기에 대한 대답 하나를 확인했다. 어쩌면 우리는 독서를 하듯 선거에 참가하지 않느냐는 이야기였다. 독서와 선거는 닮았다. 이때 사람들은 소리를 듣지 않고 목소리를 읽는다. 따라서 선거유세를 하는 '목소리'가 실제 목소리와 전혀 다르게 들린다 해도 신경을 쓰지 않는다. 읽을 수만 있으면 그만이니까. 이와 같은 일이 음악에도 일어났다. 우리는 음악을 읽게 되었다. 음악을 둘러싼 이러한 전환이 눈에 보이는 조짐으로 나타나기 시작한 시기가 기묘하게도 1970년대였다. 정치의 계절이 끝나고 사람들이 모두 내향적으로 변했다고 불리던 시대이기도 하다. 이후 사람들은 마치 상대와 1대1로 얼굴을 맞대고 지긋이 응시하는 것처럼 목소리와 음악과 마주한다.

이제부터 본론으로 들어가자. 우리는 목소리와 음악을 곤충채집망으로 붙잡아 바구니 안에 가두고 1대1로 응시하는 관계를 맺게 되었다. 이러한 음악의 '사적화'는 음악의 해방으로 이어졌다고 해도 과언이 아니며, 거기에는 기록수단의 진보라는 기술혁신과도 연관되어 있다. 여기서 한 가지 마음에 걸리는 점이 있다. 목소리와 음악과 '조용함'과의 연관성이다. 목소리와 음악을 가둬놓고 기록하고 가공한다는 시류는 조용해지는 것으로서의, '침묵적인 음악'이라는 사고방식과 표리일체이다. 목소리와 음악의 수용이 '침묵'과 '정적'을 통해 이루어졌다. 참으로 아이러니한 이야기이지만 아마 근대부터 현대까지의 시대를 이해하려면 반드시 짚어봐야 할 문제다.

여기서 다시 한 번 서정시에 주목해야 한다. 소리의 무음화는 서정시 중에서도 가장 흥미로운 형태로 발생했다. 서정시는 감정표현의 무대이다. 그 안에 숨겨진 울적하고 어두운 정념이 마그마처럼 분출한다. 특히 '소리의 순간'은 특별한 위치를 차지하고 있어서 그 순간을 어떻게 준비하는가가 시인의 기량을 뽐낼 수 있는 결정적 장면이 된다. 서정시란 그야말로 소리를 내기 위한 장르였다. 하지만 목소리의 쇠퇴가 세계적 추세가 되면 서정시 안에서도 소리를 내는 방식이 변해간다.

이번에는 그러한 문제를 있는 그대로 한 작품 안에서 체현해낸 시를 살펴보고자 한다. 하기와라 사쿠타로의 「슬픈 달밤」이다. 일본의 구어근대시 장르에서 몹시 미묘한 시대에 쓰인 이 시를 진지하게 읽어보면 '목소리를 낸다'는 행위가 서정시 안에서 어떤 압력에 노출되는지 알 수 있다. 그것을 통해 예를 들면 1970년대 일본에서 일어났던 대중음악계의 일대 변화가 무슨 의미를 가지는지도 보이지 않을까 생각한다.

시를 읽지 못한다

우리는 지금 시를 읽지 못한다. 제1장에서도 자세히 다뤘지만 가장 큰 원인은 우리가 반복을 읽지 못하게 되었기 때문이다. 분명히 현대는 '복제예술의 시대'라고 불리며 시뮬라크르[125]나 키치[126] 등, 반복에 대한 공통된 이해를 바탕에 둔 술어도 많이 사용되어 왔다. 하지만 이것을 일부러 강조하는 것이 비평에서 의미 있는 행위로 받아들여지는 이유는 일상적인 감

---

125) 시뮬라크르(simulacre): 상(像). 피상(皮相). 모의상(模擬像). 시뮬레이션으로 얻는 결과.
126) 키치(kitsch): 속된 취미의 예술. 천격스러움을 드러내는 예술 작품 .

각이라 반복에 저항감이 들기 때문이다. 우리에게 반복은 예삿일이 아니며, 그래서 더욱더 '실은 반복에 불과하다'는 말을 들을 때마다 우리는 번번이 놀라거나, 놀랄 것이라고 비평가는 생각한다. 그런 연유로 일부러 '이것은 반복에 불과하다'고 지적한다.

맞는 말이다. 같은 말이 되풀이되는 것은 별로다. 아무래도 신용이 가지 않는다. 마음이 놓이지 않는다. 하지만 우리가 시를 읽을 수 없는 이유는 그것 때문만은 아니다. 또 다른 커다란 요인이 있다. 시는 '소리를 내는' 장르다. 이런 특징이 우리에게 확 와 닿지 않기 때문이다.

서구의 시를 처음 읽는 사람에게 별로 익숙하지 않은 것이 아포스트로피[127]다. 아포스트로피란 전통적인 시작법 가운데 하나다. 상대에게 A씨에 대한 이야기를 계속하다가 갑자기 그 자리에 있을 리 없는 B씨를 향해 호소한다. 더군다나 B씨는 인간이 아니다. 신이거나 산이거나 짐승이다. 아포스트로피는 화자가 몹시 감동했을 때, 그때까지 했던 이야기를 툭툭 끊으면서 느닷없이 끼어든다. '소리를 낸다'는 뜻의 몸짓 중 하나의 전형이다. 예를 들어 인간의 삶과 죽음에 관한 불가사의를 놓고 한동안 깊은 성찰에 빠졌던 워즈워스의 시에서 화자는 새삼스럽게 주위를 둘러보듯 이렇게 소리 낸다.

아아 샘물이여 초원이여 언덕이여 숲이여
우리를 이어주는 사랑이 깨지리라 생각지 마라
우리 마음의 깊은 부분에서 우리는 너희의 힘을 느끼나니
　　　－ 윌리엄 워즈워스 「오드[128]─유아기의 회상에서 불사에 대해서
계시되는 것」 －저자 역

---

127) 아포스트로피(頓呼法, apostrophe): 영어에서 생략·소유격 등을 표기하는 기호.
128) 오드(ode): 고대에 음악에 맞춰 신에게 바친 시.

이런 식으로 화자가 여태껏 보여주던 말투를 확 바꾸어 갑자기 '~이여'라고 호소하면 독자는 조금 당황하기 마련이다. 사실 요즘 우리의 감각으로 보면 시치미를 떼고 모르는 척할 것이다. 연극을 하는 듯한 말투가 과장되게 들린다. 애초에 왜 그런 행동을 하는지 이해가 가지 않는다.

여기에는 배경이 있다. 그리스 로마 시대의 시는 시인 자신의 힘만으로 쓰이지 않았다. 시인은 어디까지나 중개자로서, 뮤즈[129]의 힘으로 시를 쓰게 한다는 전제가 깔려 있었다. 그런 연유로 시의 맨 처음에는 반드시 '아아, 시의 여신이여. 내게 시를 쓸 힘을 주소서!'라며 호소했다. 이렇게 해서 초월적이고 아득한 존재와 교신하며 시를 쓰는 것이 일종의 약속이었다.

이런 전통을 계승한 서양 시는, 예컨대 영시에서 어느덧 뮤즈가 시를 쓴다는 전통이 소멸한 뒤에도 그런 식으로 호소하는 작법을 활용한다. 이 시대는 시인이 천재 취급을 받아서 뮤즈가 아닌 본인의 영감에 의지해 시를 쓰게 된 18세기부터 19세기 사이의 낭만파 시대이다. 그것은 이러한 호소에 본래 삼인칭적인 위치에 있는 아득한 대상을 억지로 일인칭 대 이인칭 구도로 끌어들이는 작용이 일어났기 때문이다. 그러한 구도를 바탕에 깔고 자신과 초월자가 직접 대화하는 구도를 만들어 신화적인 세계를 구현하는 것이 가능하다. 실제로 1대1로 대면한다는 환상, 응시의 착각이다.

하지만 신화적 세계의 구축도 19세기를 지나 20세기가 되면 역시 실상이 빤히 보였다. 아포스트로피에는 일종의 의구심이 감돌았다. 거짓말 같음, 속임수, 억지, 강제성이라는 요소가 반드시 뒤섞여 있었다. 하지만 근대에 들어와 아포스트로피의 효능 중 하나가 바로 거기에 있었다. 어정쩡

---

129) 뮤즈(Muse): 그리스 신화에 나오는 예술과 학문의 여신. 춤과 노래·음악·연극·문학에 능하고, 시인과 예술가들에게 영감과 재능을 불어넣는 예술의 여신이다.

한 강제성을 표현함으로써 작품 속에 독특한 '나만의 강함'을 부여한다. 그 뿐만이 아니다. 아득히 먼 대상을 향한 느닷없는 호소는 '저것에 주목하라'는 강렬한 지시의 몸짓으로, 요컨대 주의와 응시가 포함되어 있다. 이것은 제4장에서 본 현대 특유의 주의산만한 시선을 자극하고 제어하기 위한 방향 지시 기능을 한다.

이런 연유로 서양 시에서 아포스트로피는 여전히 큰 역할을 한다. 독자는 아포스트로피로 대표되는 고전시대 이후 머나먼 대상에 호소하는 전통에서 완전히 분리되지는 않아서 설령 어색한 표현임을 알아차렸더라도 그런 시 작법을 순순히 받아들인다.

그럼 일본의 경우는 어떠한가. 앞서 서정시와 비평의 공범관계를 살펴볼 때는 오로지 서양적 모델에만 의지했는데, 따지고 보면 서정시는 일본 전통에 근거한 것이 아니다. 서양에서 서정시(lyric)라는 장르의 역사는 아주 길다. 그 안에 송가[130]라든가 애가(哀歌)라든가 혹은 목가(牧歌) 같은 장르도 형성되어 있다. 19세기와 20세기로 나아감에 따라 산문이 서정시를 밀어내고 우위에 섰다는 것은 어쨌든 문학사적 상식으로 통한다. 그러나 일본에서는 상황이 다르다. 서정표현의 중심에 와카[131]가 있었지만 그것과는 일부러 구별해서 '시'라는 틀이 만들어졌다. 화자가 7·5조의 공동체성에서 해방되어 주체성을 갖춘 근대적인 개인으로서 훨씬 웅변적으로 변했고, 자유롭게 자신을 표현할 수 있게 되었다. 그런 '구어자유시'가 새로운 형식인 서양의 서정시를 수용하는 장이 되었다.

하지만 아이러니하게도 19세기에서 20세기에 걸쳐 서양의 서정시는

---

130) 송가(頌歌): 신의 영광, 군주의 덕, 영웅의 공적 따위를 칭송하는 노래.
131) 와카(和歌): 일본에서 가장 오래된 시가 형태로 5·7·5·7·7의 31음절로 이루어진 정형시. 일본의 사계절과 남녀 간의 사랑을 주로 노래하였고, 야마토우타(大和歌)라는 뜻으로 '일본의 노래'의 준말이다. 와카는 한시(漢詩)에 대응하는 것으로서 '일본인에 의해 일본어로 일본의 자연을 노래한 것'이라는 의미를 가졌다

커다란 전환점을 맞이한다. 가와지 류코(川路柳虹)가 처음으로 구어시를 쓴 시대는 1907년이었다. 유럽에서는 오래전부터 내려오는 서정시의 한계에 염증을 느낀 시인들이 이미지즘[132]을 필두로 전형적인 시에 대한 반란을 일으켰던 시기이다. 일부 소설가는 시를 대신할 만한, 운문도 아니고 산문도 아닌 중간적인 영역에서 실험을 시도했다. 형식주의 비평이 서정시를 재발견한 때가 이 시기였다. 서양에서 출발한 서정시라는 장르는 정작 서양에서는 사라져갈 때 그제야 뒤늦게 일본에서 태어나려고 했던 것이다.

일본에서는 정말로 서양적인 의미의 서정시가 성립할 수 있었을까? 만약 서양의 서정시가 어느 시점에서는 이미 형식주의 비평에 의한 재발견을 지나 간신히 살아남은 듯이 어딘지 모르게 비뚤어지고 부자연스러우며 단독으로는 그 생명을 유지하기조차 힘겨운 상태였다면 어땠을까? 그런 서정시를 이식해서 태어난 일본의 서정시는 탄생과 동시에 죽어갔다는 뜻 아닌가. 서양에서는 비평이 일종의 가사상태에 빠진 서정시에 생명을 불어넣어 새로운 활력을 불어넣었지만 일본의 구어자유시에는 그런 비평에 대한 의존관계조차 처음부터 결여되어 있었다. 애초에 서정시를 언급하면서 같이 다루어질 법한 형식주의 비평의 전통도 존재하지 않았던 것이다.

'슬픈 달밤'의 거짓 노출

아마도 이런 복잡한 사정을 가장 잘 반영한 사람은 구어자유시를 완성시켰다고 하는 하기와라 사쿠타로가 아닐까 싶다. '슬픈 달밤'을 예로 들어보자.

---

132) 이미지즘(imagism): 사상(寫象)주의. 1910년대에 영·미에서 낭만주의에 반항하여 일어난 자유시 운동.

도둑개 녀석이
썩은 부둣가에서 달을 향해 짖고 있다
영혼이 귀 기울이자
음산한 소리를 내고
노란 아가씨들이 합창하고 있다
합창하고 있다
부둣가 어두운 돌담에서

늘
나는 왜 이 모양일까
개여
창백한 불행한 개여

　이것은 대체 무슨 시일까. 먼저 시어가 몹시 부자연스럽게 느껴진다. 서두 부분의 '도둑개 녀석'을 봐도 '음산한'을 봐도 강요하는 듯한 강제성이 느껴지지만 무엇을 하고 싶은지 방향감이 보이지 않는다. 취객의 허세 같다. 쓸데없이 호기를 부려 목소리는 높고 난폭하고 남자답지만 '남자'의 내면에 숨어있는 유아적인 부분을 추출한 것 같은 남자다움이다. '합창하고 있다'의 반복도 질질 끌어서 쓸데없는 소리처럼 들린다. 그 사이에서 들리는 '영혼이 귀 기울이자'라든가 '부둣가의 어두운 돌담' 같은 조금 다른 차원의 목소리에는 문득 정신이 환기되면서 조용해지고 어둠속을 더듬는 듯한 시선이 느껴진다. 하지만 과장된 '탐색'의 몸짓은 어쩐지 믿음이 가지 않는다.
　이러한 소리의 분열은 하기와라 사쿠타로의 시에 종종 나타나는 특징이다. 화자에 대한 의심의 눈초리를 야기하는 조잡함이 느껴진다. 감정을 토로하는 서정시가 처음부터 그 감정을 의심하게 만드는 시선을 초래한다. 소리가 남자답게 거칠다고 생각했더니 몹시 감상적으로 변하여 풀이 죽기도 한다. 아무튼 균형을 잡지 못하고 불안정하다. 이상하다. 이쪽을 불러들인다기보다 오히려 멀어지게 만드는 소리. 독자를 괜히 의심하고 경계하게 만드는 소리. 전부 '거짓'이 아닐까 고민하게 만드는 소리다.

형식주의 비평은 서정시의 '거짓'을 꿰뚫어보는 것에 능하다. 풍자도 그렇고 역설도 그렇고 겉으로 드러난 의미를 안에 숨어있는 다른 의미가 뒤통수치는 식의 '거짓의 발견'이라는 구도를 사용하기도 한다. 서양적인 응시의 문화에서 비평은 그렇게 거짓을 폭로함으로써 오히려 시에 활력을 불어넣어 살아남았다. 하지만 사쿠타로의 시는 처음부터 거짓말이 노출되어있다. '도둑개 녀석'이라고 목소리를 높이는 화자에 의한 10행 정도의 이 짧은 서정시는 글자 그대로 순전히 '거짓말' 같다.

감정적인 것이 어느새 풍자나 역설조차 되지 못하는 값싸고 궁상맞으며 아무데나 갈겨놓은 것으로밖에 보이지 않는다. 이런 풍경은 어떤 의미에서는 서정시가 쇠퇴해가는 현실의 반영일지도 모른다. 7 · 5조나 문어체에서 해방되어 구어로 표현하면 몹시 칠칠치 못하게 끊어지고, 만취해서 쓴 듯 어지럽고 어수선한 일본어밖에 구사하지 못했다. 이것이야말로 구어자유시로 쓰인 서정시의 천부적인 죽음이고, 폐허의 광경이다.

하지만 그뿐일까? 사쿠타로의 소리는 복잡한 혼합물이기도 하다. 칠칠치 못한 중단이나 감상적인 탐닉에는 자연주의적인 시선이 숨어 있다. 미요시 다쓰지[133]는 카메라를 손에 든 사쿠타로의 모습을 상기하면서 다음과 같이 회상했다. "나는 몇 번인가 함께 따라갔는데 그 사람이 언제나 흥

---

133) 미요시 다쓰지(三好達治, 1900~1964): 일본의 시인, 번역가, 문예평론가. 1930년에 출간한 첫 시집 『측량선』을 비롯하여 17권의 시집이 있고, 그밖에도 단카 가집, 수필집, 시가론 등 다수의 저서가 있다. 근대기 시문학의 산실이었던 시문학지 『시토시론(詩と詩論)』 창간에 참여하는 등 근대기 일본시단에서 중심적인 인물이었다. 일본예술원상, 요미우리(読売)문학상을 수상했다.

미를 보였던 대상은 으레 근방에 있는 시시한 변두리 풍물이었다. 허름한 공장 한 구석이나 지저분한 펜스 밑이나 기저귀가 널려있는 가난한 집들, 기울어진 굴뚝 같은 것이었다. 나중에는 어떤 장르의 예술 사진가들이 좋아라 하며 취재한 듯한 가난하고 기형적이고 혹은 당돌하고 아름답지 않은 것들뿐이었다(『하기와라 사쿠타로』 중에서).” 미요시 다쓰지는 구어자유시는 어디까지나 '자연주의 운동 내부의 한 흐름'이라는 입장을 취했는데 그것은 이런 체험에 근거했을 것이다. 사쿠타로가 좋아하는 풍경은 그야말로 '일종의 실제 인생은 담겼지만 풍류는 결여된 시적 감각(위의 두 예문 『하기와라 사쿠타로』 중에서)'에서 유래했다는 견해도 있다. 분명히 일리 있는 말이다.

또 '아름답지 않은 것만' 늘어놓는다는 부분에서는 다른 종류의 경향도 읽힌다. 아름답지 않은 것에서 오히려 아름다움을 끌어내려는 시도가 보들레르[134] 식의 역전이다. 역겨운 것, 추악한 것, 슬픈 것에서 아름다움을 끌어내는 탐미주의다. 더구나 미요시도 그러한 탐미주의에 둔감한 사람이 아니었지만 어색한 일본어에는 해학적인 요소가 있기도 하다, '도둑개 녀석'이라는 시어로 시작해서 읽는 사람을 깜짝 놀라게 한다. 아주 능숙한 익살꾼이라고 해도 틀리지 않다.

사쿠타로는 실로 어려운 도전을 했는지도 모른다. 황폐한 감정의 풍경

---

134) 보들레르(Baudelaire Charles, 1821~1867): 프랑스의 상징파를 대표하는 시인, 비평가. 24세 때 『1845년의 살롱』을 출판하여 미술평론가로서 데뷔하였으며, 문예비평 · 시 · 단편소설 등을 잇달아 발표한다. 에드거 앨런 포의 작품을 번역 · 소개하였고, 이후 만년에 이르기까지 17년간 5권의 뛰어난 번역을 완성하였다. 1857년 출간한 시집 『악의 꽃 Lesfleursdumal』은 죄의 성서라고 일컬어질 만큼 추악함과 어두움, 악을 그려 새로운 시의 세계를 열었다. 그러나 미풍양속을 해친다는 이유로 벌금형을 선고받고 수록된 시 6편을 삭제하는 등 수난을 겪었다. 사후 10여 년이 지나서야 문학적 가치를 높이 평가받았고, 다음 세대인 베를렌 · 랭보 · 말라르메 등 상징파 시인들에게 거대한 영향을 미쳤다. 에드거 앨런 포의 지적 세계에 감동하여 낭만파 · 고답파의 구폐에서 벗어나 명석한 분석력과 논리, 상상력을 동원하여 인간심리의 심층을 탐구하고, 고도의 비평정신을 추상적인 관능과 음악성 넘치는 시작품으로 창조해낸 19세기 후반 시문학사에서 중요한 시인이다.

을 '거짓'으로 노출시킴으로써 가장 먼저 비평적인 시선을 사로잡는다. 거짓을 파괴하는 듯한 냉정하고 분석적인 시선을 독자의 눈은 아랑곳하지 않고 의상처럼 서정시가 두르고 있다. 마치 서정 따위는 믿지 않는 서정시 같은 분위기다. 하지만 마침 서양에서 형식주의 비평이 서정시를 연명시켰던 것과 마찬가지로 이 시에도 비평이 서정을 구한다. 익살스런 몸짓으로 연기되는 자기극화(自己劇化)나 풍경의 자연주의적인 황폐함과 살벌한 것을 탐닉하는 차가운 시선을 통해서만 보이기 때문이다. 말하자면 더블딥[135]의 서정이 깔려 있다. 비평적으로 퇴색한 시선에 의해 내쳐지는 취객의 칠칠치 못함을 통과해야만 비로소 우리는 그 바닷가에 맴도는 또 다른 감정에 도달한다. 겉으로 드러나는 만취한 감정은 비평적인 시각으로 거세되어 해를 끼치지 않고, 대신 다른 종류의 서정이 떠오른다. 말하자면 비평적 시선이 다른 하나의 서정을 구현한다.

시를 끝내는 기술

비평적 시선이 서정을 구현한다는 것은 무슨 뜻인지 좀 더 알기 쉽게 설명해 보자. 시험적인 관점에서 시의 언어와 비평의 언어는 어떻게 구분할수 있는가라는 질문과도 상통한다. 형식주의 비평은 이런 질문에 매우 의식적이고, 그것은 '시의 언어는 특별하다'는 사고방식에 기초한다. 시의언어가 지닌 특징 가운데 가장 큰 특징은 '체험의 레토릭'[136]이다. 독자인우리는 시 한가운데로 던져진다. 의미나 효과를 정리해서 취하기 전에 우선 언어를 체험해야 하는데 그것이 바로 시이다. 여러 가지 설명에 앞서우선 언어에 노출된다. 먼저 언급했던 '부자연스러움'이라든가 '만취' 같은

---

135) 더블 딥(double dip): 경기침체 후 회복기를 보이다가 다시 침체에 빠지는 이중침체 현상.
136) 레토릭(rhetoric): 수사학, 미사학.

감각이 무엇보다 먼저 앞에 오는 것도 이 때문이다. 한편 비평의 언어는 그러한 '삶의 체험'을 언뜻 명석한 산문으로 풀어서 설명하여 합리화하는 것이 제 역할이다. … 이런 식으로 양자 사이에 선을 그을 수 있다. 시→비평이라는 순서다.

하지만 실제로는 이러한 시와 비평의 구분이 무너지는 경우도 있다. 특히 시→비평이라는 순서는 흔들리기 쉽다. 가령 비평 덕분에 마치 체험했던 것처럼 즉 정말로 있었는지 없었는지 모르는 시적 체험을 나중에 비평이 날조할 가능성도 있다. 비평→시라는 순서도 있다는 뜻이다. '비평을 읽고 나서 비로소 시가 읽혔다'는 말은 사실이다. 언뜻 명석한 산문으로 풀어서 설명된 덕에 불분명하고 혼돈스러운 '체험'의 세계에 발을 들여놓는 것이 가능한—들여놓는 기분이 된다—들여놓았다고 한다. 스스로 체험하지 않았던 것을 실제로 체험한 것처럼 읽는다. 형식주의 비평과 서정시가 상호 의존하면 그런 일도 가능해진다.

흥미로운 사실은 '슬픈 달밤'의 경우 이러한 상황이 비평과 작품 사이에서가 아닌 작품 속에서 일어난다는 점이다. 작품 속에서 '체험의 날조'가 발생한다. 작품 후반에 화자는 톤을 바꾸어 '나는 왜 이 모양일까/ 개여/ 창백한 불행한 개여'라고 말한다. 아무리 생각해도 비평적인 행동이다. '뒤돌아봄'과 '멀리 바라봄'은 형식주의 비평의 상투적인 수단이다. 뒤돌아 멀리 바라보는 것으로 우리는 이미 읽은 시에서 행을 다시 읽도록 강요당한다. 그리고 이끌리듯이 전반을 다시 체험한다.

여기서 중요한 점은 '역시'의 감정이다. 뒤돌아서 멀리 내다보는 시선을 '역시'라는 기분이 덮고 있다. 단순한 절망이 아닌 기시감(既視感)과 반복의 자각이다. 음침한 풍경을 그 자체로 보지 않는다. 음침한 풍경에서 살고, 또 그 음침한 풍경을 의심해온 듯한 '나'의 반복성을, 왜 나는 이 모양인가 라고 주문을 왼다. 그것은 이미 비평의 눈이다. 어둠을 한탄하고 불행을 슬퍼하는 감정이 아니라 어둠과 슬픔을 반복하며 슬퍼하고 탄식한다. 감정의 거짓을 파괴하면서도 반복하지 않을 수가 없는 강제성을 표현하고 있다. 그것은 반복에 도취적인 한편 공시적[137]으로 끌려 들어감으로써 체험할 수 있는 옛날의 공동체적 서정과는 명확히 다른 것이다.

반복 자체를 저주한다는 것은 시를 저주한다는 뜻이 아닐까? 언어의 반복이 시적 욕망의 근원에 있는 것이라면 반복에 직면해서 '역시' 하고 절망한 것은 오히려 시다움을 포기하는 듯한 언어 행동이다. 반복을 혐오하는 것은 한번 이야기된 언어가 거기에 남아버리는 세계의 습관이다. 산문의 관례다. 그런데 '슬픈 달밤'에서는 반복에 대한 혐오 자체가 시를 만들었다. 반복을 혐오하는 화자는 시에서 몸이 멀어지는 듯한 비평의 눈으로 자신을 뒤돌아보면서 감정적으로 혐오에 빠져든다. 비평의 '눈'에 서정이 섞인다. 비평이 서정을 구현한다는 것은 이런 의미이다.

이런 이야기의 패턴은 서양 근대 서정시에 널리 퍼져 있다. 그 대표적인 예가 소네트[138]다. 13세기 이탈리아에서 형태를 갖춘 소네트는 근대 서정시의 원형을 이루었다. 그 중에서도 가장 자주 눈에 띄는 형태는 전체를 전반 8행과 후반 6행 정도로 나눈 것이다. 그리고 전반에서는 체험을, 후반에서는 체험에 대한 견해나 요약을 나타내는 구성이다. 즉 체험→성찰이라는 마치 서정시와 비평과의 관계를 취한 듯한 구조가 소네트의 형식에 들어 있다. 11행으로 된 '슬픈 달밤'도 전반 7행, 후반 4행으로 나뉘어 있어서 길이로 봐서는 소네트에 가깝다. 전반에는 광경이 묘사되어있고 후반에는 그 광경을 둘러싼 화자가 다시 한 번 메타레벨로 술회한다. 소네트 형식을 연상시키는 구성이다.

---

137) 공시적(共時的): 언어는 시대와 더불어 변화하지만, 특정한 시기에 있어서는 일정한 체계나 구조를 갖는 현상. 스위스의 언어학자 소쉬르의 용어.
138) 소네트(sonnet): 14행으로 된 영시(英詩).

왜 시에서 이러한 패턴을 선호하는가. 언어 체험을 감상하는 일만 목표로 삼는다면 시는 전반 8행만으로 완성된다. 왜 그 체험을 다시 뒤돌아보고 멀리 내다봐야 했을까. 그 하나의 이유는 완결의 어려움에 있다. 시는 끝내기가 어렵다. 물론 시작도 힘들지만 시작도 못할 정도라면 애초부터 시를 쓰지 않았을 것이다. 하지만 일단 시작한 시를 끝내기란 시작하는 것과는 다른 훨씬 더 기술적인 문제가 얽힌다. 특히 짧은 작품일수록 선뜻 끝내기가 어렵다.

그럼 시를 끝내기 위한 편리한 도구라도 있을까. 분명히 있다. '변화'다. 소설이라면 주인공이 재빨리 다른 얼굴을 취한다. 지금까지는 말하지 않았던 내용을 말한다. 운명이 확 바뀐다. 우리는 그 성장을 보고 '아, 끝났구나.'라고 생각한다. 시도 마찬가지다. 무언가가 변하면 된다. 하지만 시에서는 주인공이 등장해서 성장할 정도의 공간이 없다. 그럼 무엇이 변하는가.

거기서 중요한 점이 소리다. 시에서 '무언가가 변했다'고 표현하는 가장 유효한 것은 소리의 변화다. 상황이 변한다. 조용해진다. 느려진다. 방법은 여러 가지가 있지만 가장 흔한 패턴은 격한 감격과 동시에 화자가 소리를 내는 형태다. '샘물이여 초원이여 언덕이여 숲이여' 등과 같이 호소하는 듯하고 부자연스러워 보이는 태도가 시 안에서 의외로 큰 기능을 하는 이유가 바로 이 때문이다.

이러한 식으로 소리를 냄으로써 지금까지의 소리의 상태를 깰 수 있다. 타성을 깨고 변화를 일으킨다. 그리하여 시는 단숨에 끝을 향해 달린다. 「슬픈 달밤」의 마지막 4행에도 이러한 움직임이 분명히 드러난다. '늘/ 나는 왜 이 모양일까/ 개여/ 창백한 불행한 개여'라고 목소리를 높인다. 이렇게 함으로써 지금까지의 만취와 감상에서 완전히 바뀌어 제정신으로 돌아온 비평의 언어로 이야기할 수 있다. 그리하여 시는 앞으로 쭉 나아간다.

개의 발견

한 가지 묘한 점이 있다. 아포스트로피를 방불케 하듯 화자는 '창백한 불행한 개'에 호소하고 있지만 이 '개'는 정말 개일까? 화자는 풍경 속에 있는 '도둑개'에 호소하는 듯하지만 전반과는 말투가 전혀 다르다. '도둑개'라고 말하는 시간과 '개여, 창백한 불행한 개여'라고 말하는 시간의 격차. 두 번째 '개'에서 화자는 개에 빗대어 자신을 이야기하는 것처럼 보인다. 즉 '개여'는 '나여'라는 뜻이다. 시간적인 전후 관계로 재배치하면 좀 더 확실해진다.

이소다 고이치[139]는 그의 평전 『하기와라 사쿠타로』에서 사쿠타로가 일본시가에 초래한 일대변혁을 상징하는 존재로 이 개에 주목했다. '개를 둘러싼 전설'은 『만요슈』,[140] 『교쿠요와카슈』,[141] 『후가와카슈』[142] 같은 고전으

---

139) 이소다 고이치(磯田光一, 1931~1987): 문예평론가, 영국문학자. 1960년 「미시마 유키오(三島由紀夫)론」으로 제3회 군조신인문학상에 오르며 문예평론가 데뷔. 1964년 첫 평론집 『순교의 미학』을 출간한 이래로 약 25권의 평론집이 있다. 주로 미시마 유키오, 일본낭만파 등 일본 근대기를 대표하는 소설가와 시인을 중심으로 평론을 썼다. 1979년 제1회 산토리학예상, 1984년에는 요미우리(読売)문학상과 일본학술원상을 수상했다.

140) 만요슈(萬葉集) : 일본에서 가장 오래된 문학서이자 와카 가집(和歌 歌集). 수록된 노래(시)는 4,536수이며, 그 중에서 장가(長歌) 265수, 단가(短歌) 4,207수, 기타 64수로 이루어져 있다. 대체로 630년대부터 760년대까지 약 130년 간에 걸쳐 가장 많은 작품을 만들었다. 오랜 세월에 걸쳐 천황에서부터 서민·한량·전방을 지키는 군인에 이르기까지 작자도 각양각색이고, 배경이나 장소도 다양하여, 고대인들의 생생한 목소리와 발랄한 생명력을 느낄 수 있고, 생활과 밀착된 어휘를 사용하고 있어 언어 연구에도 중요한 사료이다.

141) 교쿠요와카슈(玉葉和歌集): 가마쿠라(鎌倉)시대(1186~1337, 헤이지(平氏) 멸망 이후 무가(武家) 미나모토 요리토모(源賴朝)가 다이쇼군(大將軍)이 되어 가마쿠라(鎌倉)에서 바쿠후(幕府)정치를 시작하여 정치와 문화 등의 활동이 동쪽에 있는 간토(關東)지방을 중심으로 발전했던 시대)의 칙찬(勅撰) 와카집.

142) 후가와카슈(風雅和歌集) : 무로마치(室町)시대(1336~1573, 일본의 쇼군 아시카가 다카우지(足利尊氏)가 무사정권을 잡은 때부터 아시카가막부(足利幕府)가 오다 노부나가(織田信長)에게 멸망할 때까지 약 240년 간의 시대)의 칙찬 와카집.

로 거슬러 올라가 확인할 수 있다. '개를 둘러싼 전설'이 시사하는 것은 개가 '악'과 결부되어 온 역사다. 개는 무엇보다 '미천함'의 상징이었다. 그것이 역전되어 '성'스러운 이야기로 태어난다고 해도 개를 매개로 한 '부정(不淨)'이라는 영역이 흔들리지는 않았다.

그런데 메이지 30년(1897) 이후 이러한 전통적인 개의 이미지가 무너진다. 번역 문학의 영향으로 새로운 개의 모습이 묘사되었다.

전통적으로는 집을 지키게 하는 실용적인 목적으로 개를 사육했지만 점차 애완견이라는 성격을 띠기 시작한 때가 메이지 말기에서 다이쇼 시대에 걸친 시기였다. 그리하여 사토 하루오[143]의 『전원의 우울』에 나오는 프라테[144]에 이르렀고, 이후에 애완견으로서의 개의 이미지가 확립되었다. 들개의 이미지를 문학화 하는 것과 사육견을 애완견화 하는 것은 서로 밀접한 관계를 맺고 전개된다. 또한 '충견'이나 '의로운 개'는 '충견 하치코'[145] 신화를 만들어 냈고, 그런 요구에서 해방된 애완견의 영역은 문학이 공적 사명에서 해방되어 '나'라는 표현으로 수렴해온 과정과 역사적으로 거의 동등한 위치를 차지한다.

－『하기와라 사쿠타로』 중에서

즉 들개의 문학화와 개의 애견화 배경에는 일본 문학이 공적 사명에서 해방되어 '나'를 향하는 과정이 엿보인다. 사쿠타로 작품에 등장하는 일련의 개에서 읽히는 것은 '무언가 본질적인 것을 원해서 그것 때문에 고립된

---

143) 사토 하루오(佐藤春夫, 1892~1964): 근대 일본의 시인, 소설가. 주지주의, 탐미파, 예술시파. 미의식·청량의 시가와 권태·우울의 소설을 축으로 문예평론, 수필, 동화 희곡, 평전 등 다양한 분야에서 큰 영향을 미쳤다. 1914년 첫 단편소설집 『전원의 우울』을 출간한 이래로 소설집 『스페인개가 있는 집』 『아키코 만다라』를 비롯하여 시집, 단카집, 수필집 등 120여 권의 저서가 있다. 문화훈장, 요미우리문학상 등을 수상했다.
144) 프라테: 사토 하루오의 단편소설 『전원의 우울』에 등장하는 개 이름.
145) 충견 하치코(忠犬 ハチ公): 일본의 대표적 견종이며 충견으로 알려진 아키타(秋田) 견으로, 도쿄 시부야(渋谷) 역 앞에서 사망한 주인을 약 9년 동안 기다린 것으로 유명해져 하치코라는 애칭이 붙었다. 그 충심을 기린 동상이 시부야 역 앞에 서 있다.

처지로 빠져드는' 존재로서의 시인 상이다(『하기와라 사쿠타로』 중에서).

　이소다 고이치가 쓴 사쿠타로 상은 지나치게 영웅적인 인상도 느껴질지 모른다. 하지만 적어도 거기서 분명한 점은 「슬픈 달밤」의 마지막 4행에 나오는 '목소리를 낸다'는 행동이 발성과 호소의 뉘앙스를 포함하고 있지만 반드시 사회와 독자에게 널리 호소하는 식의 '소리'가 아니라는 점이다. 오히려 이 '소리'는 고독한 시인이 자신의 고독을 확인하려고 어딘가 다른 장소를 향해 던진 소리다. '개여' 하고 목소리를 냄으로써 '도둑개'인 동시에 '나'에게, 즉 내 쪽으로 말을 건다. 이러한 전개는 발성에 의한 소리가 한층 커지기는커녕 오히려 더 잦아들고 들리지 않게 된다는 것을 말해준다.

　정말로 중요한 순간에는 소리가 바깥을 향해 커지기보다 안을 향해 작고 조용해진다는 사실이다. 서정시는 이렇게 침묵하는 쪽으로 소리를 전조(轉調)함으로써 확실한 관점을 얻는다. '늘/ 나는 왜 이 모양일까'라는 절망과 함께 자신과 마주하면 적어도 '절망하는 나'의 존재가 분명히 거기에 있다는 사실만큼은 최소한 보장된다. 계속 의심하면서도 마지막에 의심하는 나를 확인하는 것이 데카르트[146] 식이라고 한다면 그것과 같은 이치로 계속 절망하면서도 절망하는 나를 확인할 수 있다. 반복에 휩쓸리는 것이 아니라 반복을 눈여겨보고 응시하는 것이다. 흔적에 집착한다.

　'개여'라고 '소리'를 내는 몸짓이 실제로는 고요와 침묵마저 표현해낸다. 조금은 역설적인 상황이지만 사쿠타로는 누구보다도 먼저 일본의 서정시가 처한 상황을 구현해냈다. 시는 큰 소리로 무언가를 호소하는 장르가 아니다. 오히려 작은 목소리로 조용히, 경우에 따라서는 침묵함으로써 무언

---

146) 데카르트(Descartes René, 1596~1650): 프랑스의 철학자 · 수학자 · 자연 학자. 근대 합리주의 철학의 시조(始祖). 회의(懷疑)하는 정신을 내세워 '나는 생각한다. 그러므로 나는 존재한다'라는 유명한 명제에 도달하였다.

가를 표현하는 장르다. 그것은 어떤 의미에서는 소리의 미래를 점치는 실험장이기도 하다. 그 앞에는 큰 소리를 낸다는 것이 아무 도움도 되지 않는 언어의 세계가 보인다. 소리의 크기가 힘으로 이어지지 않는 세계. 비명을 지르는 것이 비명의 표현으로 이어지지는 않는 세계. 오히려 아주 조용해지거나 잠입하거나 혹은 누구에게도 말을 걸지 않음으로써 언어가 유통되는 세계. 그러한 세계에서 우리가 더 이상 '생생한 목소리'를 주고받는 데 얽매이지 않는 것은 별로 신기한 일이 아니다. 응시의 환상은 결국 우리 귀에는 들리지 않는 소리의 세계로까지 이끌어준다.

제8장 비평하다
— 고바야시 히데오[147]와 가라타니 고진[148]

비평가의 본성

비평을 하는 행위가 응시를 위한 준비라는 것은 결코 이상한 일이 아니다. 대상을 자세히 살펴 어떤 판단을 내리는 것이 비평의 역할인 이상, '응시'라는 태도는 응당 뒤따르기 마련이다. 다만 지금까지의 논의와 관련하여 한 가지 마음에 걸리는 점이 있다. 바로 비평의 본성이다. 비평에는 때때로 '남자다움'이 수반되는 듯하다. 예를 들어 '어느 비평가가 말한'이라는 표현에서 상상되는 '어느 비평가'의 얼굴은 대체로 화가 나 있거나 짜증이 나 있고, 적어도 표정이 딱딱하게 굳어 있을 듯하다. 강경하고, 잔혹

---

147) 고바야시 히데오(小林秀雄, 1902~1983): 일본의 평론가, 편집자, 작가. 비평의 새로운 분야를 개척하여 근대 일본의 문예평론을 확립하였다. 전후에는 문단문학보다는 예술가·사상가에 천착했다. 만년에는 보수문화인의 대표자였다. 저서로는 『무상이라는 것』 『근대회화』 등 다수이고, 문화훈장, 일본문학대상 등 여러 문학상을 수상했다.

148) 가라타니 고진(柄谷行人, 1941~): 일본의 철학자, 문학자, 문예비평가, 사상가. 문예비평가였으나 근현대 철학, 사상으로 시선을 돌려 '자본주의=민족(Nation)=국가(State)'에 대한 비판과 극복이라는 실천적 통로를 모색해왔다. 1960년 안보투쟁 때는 전일본학생자치회총연합(全学連)의 주류파로서 학생 운동을 했고, 2000년에는 '국가와 자본에 대한 대항 운동'을 펼치는 등 사회운동에도 적극적이었다. 1969년, 나쓰메 소세키(夏目漱石)를 주제로 한 『의식과 자연』으로 군조(群像)신인문학상(평론부분)을 수상하여 문예비평가로 데뷔하였고, 1972년 첫 비평집 『두려워하는 인간』을 출간한 이래 문학평론집 20여권, 철학, 사상 관련 평론집 20여권 등 다수의 저서가 있다. 이토세이(伊藤整)문학상, 가메이 가스이치로(亀井勝一郎)상 등을 수상했다. 한국에도 20여 권의 저서가 번역 출간되었다.

하고, 폭력적일 듯도 하다.

　비평은 종종 근육질의 남성적인 가면을 쓴다. 요즘 세상은 남자들에게 강한 '남성다움'을 요구하지 않는다. 오히려 남자답게 행동하기라도 하면 이상하게 바라본다. 하지만 비평은 철저하게 '남자답다'. 화를 내거나 단호하게 결정하고, 괴로워하며 나아가 논하거나, 거만하게 굴며 '그만두라'고 명령하거나 '안 돼'라고 깎아내린다. 어째서 비평가는 이토록 남성성을 드러내야 하는가.

　그래서 문득 남자의 생태를 말할 때마다 고정적으로 거론되곤 하는 이야기가 떠오른다. 남자는 원래 하나의 난자에 무리를 짓는 무수한 정자 중 하나이다. '이 모습은 견고한 요새로 돌진하는 수많은 병사와 닮아있고 그 중에서 유일하게 가장 먼저 요새에 도달한 승자만이 안으로 들어갈 수 있다. 게다가 그 순간 모든 성문은 닫히고 다른 병사는 그대로 요새의 주위에 겹겹이 송장으로 포개어질 뿐이다(와타나베 준이치[149], 『욕정의 작법』 중에서).' 이처럼 정자와 난자의 관계를 가지고 남녀 관계를 설명하는 것도 익숙한 논법이다.

　우르르 돌진한다 해도 여성에게 들어갈 수 있는 정자는 단 1개. 나머지 모든 정자가 전사한다는 사실은 '남자는 여자에게 차이는 생명체이다.'라는 점을 깨닫게 한다. 이것이 '남자라는 성의 숙명'임을 알아차린다면 여자에게 차이는 게 별로 신경 쓰이지 않는다.

　남자는 본디 차이는 존재라 생각하면 마음이 상당히 편해지기 마련이다.

　그나마 다행인 것은 난자와 정자와는 관계없이 남녀의 수는 엇비슷하다.

---

149) 와타나베 준이치(渡辺淳一, 1933~2014): 일본의 소설가, 정형외과 의사. 1970년 『빛과 그림자』로 나오키상을, 1980년 『나가사키 러시아 기방』과 『멀리 지는 해』로 요시카와 에이치 문학상을 수상했으며, 그밖에도 다수의 문학상을 수상했다. 1969년 『소설・심장이식』을 출간한 이래 90여권의 소설집과 70여권의 산문집을 출간했으며 그 중 30여 편의 소설이 영화화되었다. 2015년에는 와타나베 준이치 문학상이 창설되었다.

난자와 정자처럼 수에 있어 극단적인 불균형은 없다.

─『욕정의 작법』중에서

분명 남녀의 수에 '극단적은 불균형'은 없다. 그러나 우리가 '남자' 혹은 '남자다움'과 같은 환상에 빠질 때, 거기에는 여전히 '남자'가 가지는 통속적인 이미지의 잔상이 남아있는 듯하다. 단 하나의 '난자'를 갈구하며 허무하게 전사해 주검으로 겹겹이 쌓여가는 무사의 이미지가 어렴풋이 보인다. 무사인 '남자'의 주위를 맴도는 이런 복수성은 이 책에서 주목한 수의 불균형을 상기시킨다. 비평가의 언어는 단 하나의 작품 원문(=시)을 두고 풍자 또는 역설을 통해 의미의 중층성을 폭로하는데, 그 결과 자신들의 교체가능성이나 복수성을 드러내게 된다. 그렇기에 1970년대 이후는 오히려 '오독'이나 '엇갈림'을 방패로 삼는 경우가 당연한 일이었고 비평의 언어는 결국 포개어지는 언어의 퇴적에 빨려 들어갔다. 실로 '겹겹이 싸인 주검'이다.

비평이 '남자'와 같다고 보는 것은 그 이유에서이다. 하지만 결국 작품과의 대치 속에서 압도적인 수의 불균형에 직면하면서도 자신만이 많은 언어 중 그 대상을 가장 잘 알고 있다고 주장하려는 것이 비평의 언어이기도 하다. 거기에는 분명 무리가 있지만 이 무리를 무리가 아닌 듯이 착각해온 것이 근대의 지식이다. 독서도, 선거도 응시의 착각을 통해 압도적인 수의 불균형을 초월하여 1대1의 대면을 환상한다. 이는 나뿐이라는 사랑의 사상과 아주 닮았다. 수많은 경쟁상대가 존재하는데도 자신만이 선택받은 듯 말하는 자가 비평가인 것이다.

그러나 '남자'를 계속 연기하는 것은 매우 힘들다. 특히 나뿐이라는, 으스대는 태도가 비평을 위한 언어의 조건이라고 한다면, 이런 '강도의 언어'를 계속 이야기하기 위해 나름대로의 장치가 필요하다. 그 장치에서 생기는 다양한 변형에 비평가의 개성도 나타난다. 이번에는 고바야시 히데오와 가라타니 고진의 글을 소재로 해서 보기로 한다.

잠깐 보면 재미있을 것 같은 고바야시 히데오

아래는 고바야시 히데오의 「랭보[150] Ⅰ」에서 발췌한 한 구절이다. 고바야시 히데오를 전혀 모르는 젊은이라도 다음의 구절을 읽으면 아마 굳건한 '남자'의 얼굴을 상상하게 될 것이다.

> 창조가 항상 비평의 꼭대기에 자리 잡고 있는 탓에 예술가는 최초에 허무를 소유할 필요가 있다. 따라서 모든 천재는 놀라운 유연성을 가지고, 세상의 모든 형태의 지성을, 정열을 그 생명의 이론 속에 주입시킨다. 물론 그의 연금의 도가니에 중세 연금술사의 사기술은 없다. 그는 진짜 금을 얻는다. 그런데 그는 자신의 도가니에서 꺼낸 황금에 무언가 미지의 음영을 읽는다. 이 음영이야말로 그의 숙명의 표상이다. 이때, 그의 눈은 치매에 걸린 듯 몽유병자처럼 횡한 눈을 크게 뜨지 않으면 안 된다. 아니면 이때 그의 눈은 기도하는 자의 눈이어야 한다. 왜냐하면 자신이 가진 숙명의 얼굴을 확인하려고 할 때, 그의 미의 여신은 도주해버리기 때문이다.
> ─『신정(新訂) 고바야시 히데오 전집 제2권』 중에서, 밑줄은 필자가 넣음

예술가는 어떤 인종인가를 말하는 대목이다. 얼마나 비평가다운지 얼마

---

150) 아르튀르 랭보(Arthur Rimbaud, 1854~1891): 프랑스 상징주의의 선구적인 시인. 다양한 실험을 통해 파격적인 시세계를 구축했으며, 미지에 도달하기 위해 끊임없이 현실 세계를 분해하고 재창조했다. 허무의 시인이기도 하며, 자신을 구속하는 모든 것, 사회제도, 관습, 종교, 의식 등에 대한 저항과 반항, 나아가 파괴적 열정으로 자기 주변의 폐쇄적이고 억눌린 환경에서 벗어나려고 몸부림치며 절대적인 '무'를 추구했다. 15~20세까지의 짧은 기간 동안 대부분의 작품을 쓴 조숙한 천재. 대표작『지옥에서 보낸 한철』 연작은 이 시인의 시 세계를 대변하는 걸작이다.

나 고바야시 히데오다운지를 알 수 있는 요소가 금방 눈에 들어온다. 예를 들면 밑줄 친 '세상의 모든 형태의 지성을, 정열을' 부분이다. '지성과 정열'이라고 표현하지 않고 '지성을, 정열을'이라고 썼다. 절박함에 약간 앞으로 기울어진 느낌이다. 흥분하고 있다. 강조는 거기에서 끝나지 않는다. 이런 언어의 차이가 있기에 그 후에 점차 확대해가기 위한 기세가 생긴다. 그 후에 나오는 개념을 살펴보면 잘 알 수 있다. '진짜 금' '미지의 음영' '숙명의 표상' '기도하는 자' '미의 여신'. 어떤 개념이 더 중요하다고 말하지는 않지만 '지성을, 정열을'의 구절 덕분에 '진짜 금'에서 '미의 여신'에 도달하는 흐름이 마치 개념의 계단을 올라가듯 보다 위로, 보다 중요한 개념으로 점차 확대되어가는 과정처럼 느껴진다.

하지만 이러한 언어를 통해 랭보를 읽은 적이 없는 사람에게 과연 랭보의 매력을 전할 수 있을까. 만일 1926년 이 에세이가 발표되었을 당시, 그 시대 일본인에게 '진짜 금'이나 '기도자'라는 표현이 얼마나 구체적인 이미지를 줄 수 있었을까. 이런 의구심이 문득 스친다. 왜 그렇게까지 계단을 오르려 하는 것일까.

고바야시 히데오의 문장 중에서 이해하기 어려운 점을 지적하는 글은 이미 많다. '내 문장은 언뜻 보면, 재미있는 무언가가 쓰여 있는 듯이 보이지만 한번 읽는다고 해서 그리 쉽게 이해하지 못한다. 독자는 멈추거나 뒤를 돌아보아야 한다. 자연스레 그렇게 되도록 내가 궁리해서 짜 넣었기 때문이다.'(「책의 광고」 중에서). 어찌됐든 본인이 이처럼 아무렇지도 않게 말할 정도이므로 간단하지는 않다. 고바야시에 관한 수많은 비판 중 나카무라 유지로[151]의 짧은 에세이 「고바야시 히데오의 미의식과 정치」는 정곡을 찌

---

151) 나카무라 유지로(中村雄二郎, 1925~2017): 일본의 철학자. 서양철학을 기점으로 일본문화 · 언어 · 과학 · 예술 등에 관심을 가져 현대사상에 관한 저서를 다수 출간하였다. 1970년대 초부터 잡지 『현대사상』을 중심으로 활동하였고, 1984년부터 1994년까지 잡지 《헤라메스》에서 오에 겐자부로(大江健三郎), 오오카 신(大岡信) 등과 함께 편집동인으로서 활약하

른다. 나카무라는 고바야시의 '거절'의 몸짓에 대해서 이렇게 설명한다.

　　고바야시 히데오의 작가론을 읽고 공통적으로 말할 수 있는 점은 그 문장이
작가 개인의 인생이나 예술적 비밀을 쉽게 풀어주기보다는 그의 고독이 얼마
나 깊은지를 헤아릴 수 없는지, 얼마나 '독창적'이면서 '허무하지 않은' 사람들
의 이해를 거절하는가이다. 또한 단적으로 실증적인 연구나 학문상의 정설이
얼마나 진상을 덮고 있는지를 지극히 거절하는 듯한 문체로 집요하게 썼다.
독자는 그 거절을 견디고 거절이라는 테스트를 통과한 경우에만 진상을 울타
리 틈 사이로 볼 수 있도록 허용된다. 하지만 읽기를 마치면 진상은 지금까지
보다도 한층 깊은 모습을 숨기고, 더욱 수수께끼같이 보이도록 짜여 있다.

― 『현대정념론』 중에서

　　고바야시 히데오가 이러한 수법을 쓸 수밖에 없었던 이유는 근대 나름
대로의 '독창적인 고독'이 가져온 막다른 골목 때문이다. 다만 고바야시 히
데오와 그가 비평한 작가들의 차이가 있다고 나카무라는 말한다.

　　랭보, 고흐[152], 도스토옙스키[153]는 모두 이 막다른 골목의 벽에 머리를 부딪
쳐서 비명을 지른 사람들이며, 그들에 대한 고바야시 히데오의 공감의 깊이를

여, 『형태의 오디세이』『악의 철학 노트』 등의 저서로 결실을 맺었다. 그 밖의 저서로 『강좌
현대의 철학Ⅵ─현대 세계에 대한 합리와 비합리』 등 다수의 저서가 있다.

152) 빈센트 반 고흐(Vincent van Gogh, 1853~1890): 네덜란드의 후기 인상주의 화가. 짧은
생애였지만 가장 유명한 미술가로 남아 있다. 초기 작품은 어두운 색조의 작품이었고, 후기
작품은 표현주의의 경향을 보였다. 20세기 미술운동인 야수주의와 독일 표현주의가 발전할
수 있는 토대가 되었다. 주요 작품으로 〈해바라기〉〈아를의 침실〉〈의사 가셰의 초상〉 등이
있다.

153) 도스토옙스키(Dostoevsky, 1821~1881): 러시아의 소설가, 비평가, 사상가. 19세기 러시아
문학을 대표하는 세계적인 문호로 '넋의 리얼리즘'이라 불리는 독자적인 방법으로 정치적·
사회적으로 복잡화된 인간의 내면 심리를 그려내었다. 구질서가 무너지고 자본주의가 들어
서는 과도기 러시아의 시대적 모순을 작품에 투영하였으며, 20세기의 사상과 문학에 깊은
영향을 주었다. 대표작으로 『지하생활자의 수기』(1864), 『죄와 벌』(1866), 『백치』(1868), 『악
령』(1871~1872), 『카라마조프의 형제들』(1879~1880) 등이 있다.

비교할 수 없다는 것은 주지한 대로이다. 하지만 고바야시 히데오는 스스로 벽에 머리를 부딪치는 대신 벽의 상공으로 완결되고 순화된 미적세계=아름다운 석양 구름을 보았다. '반짝임 그리고 절박한 근대성과 영원으로의 초월'이라는 유럽의 통념에서 마음을 돌리지 않으면 연결되지 않는 두 개의 개념이 고바야시 히데오 안에서는 미묘하게 녹아 공존한다.

―『현대정념론』 중에서

이 에세이는 고바야시와의 유쾌하지 않은 좌담회 후에 쓴 글이라서 나카무라의 해설은 상당히 신랄하다. 특히 이 '아름다운 석양 구름'이라는 비유는 정도가 심하다. 여기서 나카무라가 지적하고 싶은 것은 고바야시가 근대적 자아의 막다른 골목을 강인하게 '아름다움'으로 연결한 것에 대한 비논리성이나 오해가 아니다. '아름다운 석양 구름'이라는 비유에는 고바야시가 계속 손가락질 했던 '아름다움'이 지극히 통속적이고 저속하기까지 하다는 의미가 담겨 있다. 실제로 그것은 언뜻 보면 '엄격함'이라는 훌륭한 개념에 싸여 있지만, 그 배후에 있는 고바야시 히데오의 '사물 혹은 물질에 대한 무감각, 내지는 완강한 거절'을 감안할 때, '미적 금욕주의'의 견고함이 오히려 취약하게 여겨진다. '고바야시 히데오가 그려놓은 '피카소'가 너무도 구도자처럼 보여서 피카소의 작품에 보이는 난센스와 즉물적(即物的)인 즐거움이 떠오르지 않는 것도 이 때문이리라(『현대정념론』 중에서).' 이렇듯 나카무라는 고바야시의 구도자 같은 모습을 공격할 때 가장 신랄하다.

분명 고바야시 히데오가 가장 무방비한 점은 구도자와 동화되었을 때 그 심각함, 그 심각함 속의 '남자다움'에 대해서이다. '아름다운 석양 구름'에는 '남자다운' 통속성이 숨겨져 있다. 고바야시의 피카소론에서는 피카소의 '난센스와 즉물적인 즐거움'이 떠오르지 않는다. 피카소의 그림을 본 적이 있다면 피카소론의 결말을 '틀림없이 그가 맞다. 하지만 누구에게나

맞다고 하면 위험하다. 모방자는 저주를 받는다.'라고 '미적 금육주의'로 마무리한다면 설득하기 어려울지 모른다.

하지만 후대에 고바야시 히데오의 수사(修辭)를 비판하기는 쉽다. 진정으로 궁금한 점은 어째서 고바야시가 그토록 심각함을 몸에 걸쳐야 했을까 라는 부분이다. 랭보의 관능성이나 피카소의 남국(南國)적인 허구를 논하는데 왜 굳이 '남성'의 가면을 써야 했을까.

비평의 호신술

그게 어쨌다고?

비평에 있어서 가장 어려운 질문이 아닐까 생각한다. 소설이나 시와 비교하면 비평의 언어는 우리가 일상적으로 사용하는 언어와 가깝다. 이것이 비평의 '안전'을 보장한다고 생각할지도 모른다. 그 정도로 어깨를 으쓱거리지 않아도 된다. 여하튼 바로 거기에 존재하는 언어이기 때문이다. 하지만 뒤집어 생각하면 일상적 언어에 가까운 탓에 그 언어가 가치가 있는지의 여부가 쉽게 문제시 된다. 비평의 언어는 그 언어의 특수성에 의해 보호받지는 못한다.

고바야시 히데오의 공적 중의 하나는 비평의 언어에 '그렇지 않고서는 불가능한 형태'를 부여한 일이다. 시나 소설처럼 비평은 하나의 장르이다. 그렇게 함으로써 '그게 어쨌다고?'에 대한 답을 미리 준비할 수 있다. '그게 어쨌다고?'라는 질문에 대해 '그 의미는…'이라며 바로 답할 필요는 없다. 중요한 것은 처음부터 그런 질문은 없었던 듯이 행동한다는 점이다. 때문에 개념의 계단을 오른다. 혹은 '거절적인 문체'로 말한다. 이들은 모두 동기부여에 의해 생긴 공격적인 말투이다. 따라서 '그 의미는…'이라는 해명의 여지없이 상대를 내칠 수 있다. 상대방이나 듣는 사람이 없어도 좋다. 상대의 상황에는 좌우되지 않고 내 상황을 중심으로 이야기하면 된다.

고바야시의 최대의 무기는 '감동'이다. 작품과 만나서 감동할 때는 속수무책의 재난이다. 그래서 어쩔 수 없이 이야기한다.

이미 20년 전의 일을 어떤 식으로 기억하면 좋을지 모르겠지만, 내가 엉망진창으로 보낸 방랑시대의 어느 겨울 밤, 오사카의 도톤보리[154]를 서성거렸을 때, 갑자기 사단조 심포니의 유명한 테마가 머릿속에서 울렸다. 내가 그때 무엇을 생각했는지 잊어버렸다. 인생이나 문학, 절망이나 고독처럼 나조차도 알 수 없는 언어들로 머리가 가득 차서 개처럼 서성이고 있었을 것이다. 아무래도 내가 그 음악을 상상했다고는 생각되지 않는다. 혼잡한 거리를 걷고 있는데 조용한 머릿속에서 누군가 확실하게 연주한 것처럼 울렸다. 나는 뇌에 수술을 받은 듯이 놀랐고 감동으로 떨렸다. 백화점에 달려가서 레코드를 들었는데 이미 감동은 사라져버려 되살아나지 않았다.

– 『신정 고바야시 히데오 전집 제8권』 중에서

'모차르트'에 관한 유명한 구절은 고바야시 히데오를 야유하는데 가장 빈번하게 언급된다. '자의식'은 고바야시 비평의 커다란 키워드인데 여기에서 고바야시는 전혀 창피한 생각이나 자의식 없이 '어쩔 수 없이 이야기하는' 비평가의 모습을 연기한다. '어떤 식으로 기억하면 좋을지 모르겠지만' '테마가 머릿속에서 울렸다.' 또는 '무엇을 생각했는지 잊어버렸다'든가 '내가 상상했다고는 생각되지 않는다.'의 경우에도 상대방이 마음대로 해왔고 자신은 어쩔 수 없이 이야기를 한다는 것이다. 그것이 '감동'이라고 말한다. 읽는 쪽의 상황은 상관없이 느닷없이 덮쳐온다.

고바야시 히데오의 비평은 억세고 사나워서 손댈 수 없는 '감동'과 조금

---

154) 도톤보리(道頓堀): 일본 오사카에 있는 번화가.

늦은 시점의 후일담이나 패전처리로 전하는 '감상'과는 시차가 발생한다. 그 상황을 논한 것이 『'감상'이라는 장르』를 쓴 시마 히로유키[155]였다. 시마는 이렇게 설명한다.

감동의 폭풍이 언젠가 진정된다는 규칙을 '내가' 환영하고 있다는 것을 간과해서는 안 된다. 원 체험의 생생함, 강하게 말하면 피비린내 나는 자기 절단의 감촉과 같은 것을 누구보다 깊이 두려워하고 있는 것도 '나'이다. 슬픔의 가닥이 이윽고 노래라는 모습으로 정착한다는 모토오리 노리나가[156] 류의 카타르시스 관에 '나'의 구원을 구하기에 이른 것은, 거친 원 체험을 어떻게든 해서 길들이는 것으로 '내' 마음을 깨뜨려온 당연한 귀결이다.

－『'감상'이라는 장르』 중에서

본디 '감동'은 강경하고 사나워서 손댈 수 없는 것이기에 거기에서 생기는 '감상'에도 당연히 상대의 상황은 상관없이 제멋대로 따라다닌다. '감동'을 길들이는 '나'도 힘에 부친다. 따라서 문답무용이다. '그게 어쨌다고?'에 답할 시간이 없다.

그 문답무용은 생각한 것보다 전염성이 강하다. 시마 히로유키도 그렇지만 고바야시 히데오에게 공감하고 함께 긍정적으로 이야기하는 비평은 고바야시 자신과 마찬가지로 억세고 사나워서 '감동'의 여파를 받을 수밖에 없다. 고바야시 히데오 자신이 억세고 사나워서 '감동'이 제멋대로인 탓에 '그럴 때가 아니다'라는 기색을 보이는 것과 같이 '그럴 때가 아니다'라

---

155) 시마 히로유키(島弘之, 1956~2012): 일본의 영문학자, 문예평론가. 1985년 일본영문학회 신인상, 1986년 평론 「고바야시 히데오에 대한 공감적 반역 후발자 가라타니 고진의 '장소'」로 군조(群像)신인문학상 평론부문 우수작 수상.

156) 모토오리 노리나가(本居宣長, 1730~1801): 일본의 고전문학자. 에도시대(江戸時代, 도쿠가와 이에야스가 막부를 열었던 1603년부터 15대 쇼군 요시노부가 정권을 조정에 반환한 1867년까지의 봉건시대)의 국학자 · 문헌학자 · 의사. 문헌고증사로서 일본의 국학 발전에 다대한 공헌을 했다.

며 고바야시를 이야기하는 시마 히로유키도 어쩐지 원초적인 억세고 사나 움에 내몰리는 듯 분주한 절박감을 풍긴다.

이는 분명 고바야시 히데오의 공적이다. 다시 말해, 고바야시 히데오를 이야기하고 그 맞은편 울타리 틈 사이로 보이는 억세고 사나운 '감동'에 빙의함으로써 그 문답무용의 행동을 이어가는 비평의 전통이 여기에 보인다. 고바야시 히데오를 이야기하는 것은 '어쩔 수 없이 이야기'한다는 비평의 포즈와의 관계를 통해서 근대 문예비평의 문법을 마스터하기 위한 하나의 경로이기까지 하다.

가라타니 고진과 시

이야기는 불안한 것이다. 언제 어디에서 '탕탕'이 아니라 '그게 어쨌다고?'라는 질문이 들리지 않는다고 할 수도 없다. 이 불안의 근저에는 아무도 부탁하지 않았다는 속삭임이 있다. 자신은 대체 무엇을 위해서 이야기하는가. 서양의 형식주의 비평은 '서정시를 이야기한다'라는 제도를 신뢰함으로써 스스로 이야기를 정당화했다. 서정시에는 의미를 명확히 알 수 없는 어둠이 있다. 이 눈앞의 적을 설명해야 한다. 서정시 뿐 아니라 서정시와 연결되는 모든 감정, 정념, 언어가 되지 못하는 다양한 인간의 심리, 중얼거림, 욕망, 말하자면 인간적이라는 형용이 적용되는 것, 일반적으로 모든 것에 이 원리가 꼭 들어맞는다. 어둠의 빛으로 이야기한다.

고바야시 히데오의 비평도 서정시적인 어둠과 격투하는 것에 이야기의 근거를 찾아낸다는 점에서 아마도 20세기 비평의 패턴에 가까이 가 있다. 다만 급하게 준비한 일본의 서정시는 충분한 어둠을 제공하지 못했다. 고바야시가 모토오리 노리나가를 경유하여 '노래'에 향하기까지 시간이 걸린다. 마치 하기와라 사쿠타로의 '슬픈 달밤'이 서정시 형식을 취하고 비평을 내재화시키며 '서정시를 이야기하는 비평'이라는 형태로 자기 완결을 해야 했던 것과는 반대로 고바야시 히데오의 언어는 비평이면서 그 자체가 서정시의 기능을 내재화시킨 셈이었다.

나카무라 유지로가 말한 '아름다운 석양 구름'이라는 평범한 언어는 전적으로 바르다. '아름다운 석양 구름'은 고바야시 히데오 안에 있는 서정시를 말한다. 엷고 통속적이면서 과잉이다 싶을 만큼 분위기로만 가득 찬 황혼의 풍경. 그것이 서정시의 대체물이 된다. 서정시가 거기에 존재하지 않음에도 서정시에 대해 이야기한다. 그 대답이 여기에 있다. 거절하듯이 바꿔 말하는 연쇄를 통해서 개념의 계단을 올라감으로써 지상계와 천상계가 어울리는 애매한 풍경, 그 서정 속을 밟고 들어간다.

지금은 고바야시 히데오의 태도를 그대로 답습하는 비평가가 적지만 현대 비평이 그 이후 서양에서 전해오는 서정시/ 비평이라는 틀과 인연을 끊은 건 결코 아니다. 언뜻 '시'와 인연이 없어 보이는 비평가의 태도에도 비평의 계기로서의 '시'가 살아있다. 1992년 간행된 고단샤(講談社) 출판사의 학술문고판 『탐구 I』에는 단행본판에는 없는 「학술문고판'의 후기」가 첨부되어 있다. 그 중에 저자 가라타니 고진은 자신의 저작을 '쿠데타'라고 썼다.

> 7년 전에는 『탐구』가 내 안에서 일어난 쿠데타나 다름없었다. 그것이 다른 사람에게 어떠한 의미를 가지는가는 말할 것도 없고 내 자신에게 무엇을 의미하는지도 모른 채 그렇게 했다. 나는 '목숨을 건 비약'에 대해 썼는데, 이 책 그 자체가 그러했다.
>
> — 『탐구 I』중에서

본인도 '쿠데타'라고 부르지만, 확실히 『탐구 I』은 이상한 출판물이다. 이상한 박력을 지니고 있다. 발췌를 읽는 것만으로도 잘 알 수 있다. 한 예로 다음 구절은 제3장 '목숨을 건 비약'에서 가져온 문장인데 여기에 몹시 신경쓰이는 부분이 있다.

언어는 본래 대화적이고 다른 사람에게 향해 있다는 바흐찐[157]의 주장조차 이제는 그것만으로는 불충분하다. 비트겐슈타인[158]은 '타인'을 '우리의 언어를 이해하는 자, 예를 들면 외국인'으로 간주하고 있다. 물론 그것이 아이든 동물이든 상관없다. 중요한 점은 '이야기하는=듣는 주체'에 있어서 '의미하는 것'의 내적인 확실성을 잃게 하는 것인데, 그것을 근거 없는 위험 속으로 밀어붙이는 일이기 때문이다.

나는 여기서 반복해서 말한다. '의미하는 것'이 그와 같은 '타인'에 있어서 성립할 때, 실로 거기에 한해서만 '문맥'이 있고, 또 '언어 게임'이 성립한다. 어떻게 '의미하는' 것이 성립하는지는 결국 알 수 없다. 하지만 성립한 후에는 규칙, 코드, 차이체계 등을 통해 설명이 가능하다. 다시 말하면 철학이건, 언어학이건, 경제학이건 그것들이 성립하는 것은 이 '암흑 속에서의 도약(크립키)[159]'또는 '생명을 건 비약'(마르크스)의 다음 수준에 지나지 않는다. 규칙은 나중에 발견된다.

－『탐구 I』중에서

---

157) 미하일 바흐찐(Mikhail Mikhailovich Bakhtin, 1895~1975): 러시아의 문학 이론가이자 사상가. 1920년을 전후로 '바흐찐 서클'을 결성하여, 철학, 미학, 문학에 관한 연구 및 토론, 강연 활동을 하였으며, 특히 1920년대 후반에 나온 '4대 저작' 『프로이트주의』(1927), 『문예학의 형식적 방법』(1928), 『도스토옙스키 창작의 문제들』(1929), 『마르크스주의와 언어철학』(1929)은 언어학, 심리학, 윤리학, 철학 등 기존의 모든 방법론을 넘나들며 인류의 지적 유산에 대한 전면적 재검토와 기존의 방법론에 대한 구체적 대안 제시라는 실천적인 목표에서 이끌어낸 결과물이었다.
158) 루드비히 비트겐슈타인(Ludwig Wittgenstein, 1889~1951): 오스트리아 출생의 영국 철학자. 1939년에 영국 케임브리지대학 교수로 있으면서 일상언어 분석에서 철학의 의의를 발견하게 된다. 1921년 『논리철학론』을 출간하여 영국의 분석철학(分析哲學)계에 많은 영향을 주었고, 『논리철학논고』 『철학적 탐구』와 같은 주요 저서를 통해 영미권 언어분석 철학의 기초 확립을 마련했다.
159) 솔 크립키(Saul A. Kripke, 1940~): 미국의 철학자. 자신의 수학적 재능을 살려 분석철학에서 빼어난 공적을 남겼다. '가능세계 의미론'을 고안하여 참인 진술의 가능성과 필연성을 수학적으로 증명해냈다. 분석철학 안에서의 형이상학적 탐구에서도 큰 업적을 남겼다.

두 번째 단락의 '나는 여기서 반복해서 말한다'라는 문장이 마음을 붙잡는다. 갑자기 가슴이 두근거린다. 마치 성경 속에 나오는 그리스도의 언어와도 같다. 과연 이런 언어로 말한 비평가가 지금까지 존재했을까. 침착하게 되묻는다. 당당하게 어깨를 펴고 말한다. 이런 태도는 대체 어디에서 기인한 걸까. 예언자처럼 행동하던 진술은 종적을 감추기 일보직전이다. 비평의 언어라고 생각되지 않는 과장된 말투가 지금도 '그게 어쨌다고?'라고 속삭이는 듯하다.

그러나 이 한 문장이 인상적인 이유는 단순히 그것이 과장되어 있어서만은 아니다. 생각해보면 이처럼 당당하게 비평 속에서 '반복하는' 일은 드물다. 아니 반복하는 일은 종종 있지만 보통은 더 은밀하게 반복된다. 산문에서 반복은 본래 떳떳하지 못할 때다. 예를 들면 강조하고 싶거나 앞의 이야기를 기억해 주었으면 할 때, 혹은 이야기를 정리하고 싶을 때 어쩔 도리 없이 반복한다. 이 부분에도 그런 요소가 없지는 않다. 그렇게 따지면 줄을 바꾸고 눈에 띄는 공간에 마치 반복하는 것 그 자체가 주의를 끌듯이, 마치 선언하듯이, 퍼포먼스로서 행해지고 있는 듯한 생각이 든다.

실은 앞뒤 부분을 다시 읽어보면 그 의미를 조금 알게 된다. 바흐찐이 말한 '대화'라는 견해가 충분하지 않다고 기술하기 위해서 가라타니는 다음과 같은 말을 한다. '언어는 본래 대화적이어서 타인에 향해 있다는 바흐찐의 주장조차 <u>이제는</u> 그것만으로는 불충분하다.' 밑줄 친 '이제는'이라는 단어에 주목할 만하다. 아니면 두 번째 단락의 한 구절을 보자. '어떻게 '의미하는' 것이 성립하는지는 <u>결국</u> 알 수 없다.' 이 '결국'은 대체 무엇인가. '이제는'이나 '결국'이라는 부사는 어떠한 시간의 축 속에서 작동하는 것일까. 물론 이들은 논리적인 순서를 나타내는 움직임이 있다. 논리적인 사고를 시행한 후의 '이제는' 또는 '결국' 즉 논리의 단계를 거슬러 올라 논리적인 '위치'의 의식이 나타나있다. 하지만 '나는 여기서 반복한다'

라는 한 줄로 드러난 것은 가라타니의 '이제는' 또는 '결국'이 논리적인 절차라는 틀에서는 삐져나와 묘하게 생생한 시간성 속으로 추방되었다는 점이다. 부러 신경을 거슬리게 하듯 말이다.

『탐구 I』이라는 서적이 이상하다고 보는 커다란 요인은 여기에 있다. 가라타니는 본문 중에서 위에 인용한 비트겐슈타인의 지적에 촉발된 '타인'의 문제에 대해서 반복하여 말한다. '중요한 점은 '이야기하는=듣는 주체'에 있어서 '의미하는 것'의 내적인 확실성을 잃게 하는 것인데, 그것을 근거 없는 위험 속으로 밀어붙이는 일'이라는 취지의 지적은 수없이 많다. 이 책의 목적은 마치 주문처럼 이 지적을 반복하는 것에 있다고 해도 과언이 아닐 정도다. 그리고 무엇보다도 불가사의한 것은 가라타니가 반복하는 행위에 쉽게 따라다니면서 떳떳하지 못함을 일체 보이지 않고 그것을 행한다는 것이다. 지극히 자연스럽게 당연한 듯이 같은 말을 설명한다.

그러나 이러한 문장이기에 두드러지는 무언가가 있다. 예를 들어 제2장 '말하는 주체'의 다음 한 구절을 보자.

우리는 단어 하나 문장 한 줄을 써내려갈 때마다 그것을 읽고 있다. 필자야말로 독자이다. 그리고 쓰는 사람의 '의식'에서 이 '지연'은 지워져버렸다. <u>실제로는 이러하다. 우리는 단어 하나 문장 한 줄을 쓸 때, 그것이 생각지도 않은 방향으로 우리를 움직이는 것을 느낀다. 사실 움직이면서 끊임없이 우리 자신의 '의도'로서 회수하는 것이다. 다 써내려간 후에 필자는 스스로 자신이 정말로 이것을 썼다는 생각이 든다.</u>

— 『탐구 I』 중에서, 밑줄은 필자가 넣음

얼마나 명석한 문장인가. 후쿠다 가즈야[160]가 지적한 대로 거기에는 명

---

160) 후쿠다 가즈야(福田和也, 1960~): 일본의 평론가. 1989년 첫 저서 『기묘한 폐허―1945』를 출간한 이래 문학, 역사, 사회정치, 에세이 등 다양한 서적을 집필하였고, 90여 권을 출간

석함이 일종의 연출로서 작동하고 있다. 그의 적확한 평언을 빌리자면 가라타니는 '사고가 마치 지금 계속 생성되고 있어서 그 전개를 눈앞에 두고 독자가 공유하고 있다는 생각이 들 정도로 그 자리에 임하고 있다는 느낌을 만들기 위해 큰 노력을 기울인다(『감미로운 인생』 중에서).' 그런 이야기를 듣고 가라타니의 문장이 명석하게 보이는 이유는 그가 순서대로 이야기하고 있기 때문이다. 밑줄 친 부분을 보면 잘 알 수 있다. 가라타니는 우선 '단어 하나 문장 한 줄을 쓰는' 단계를 안다. '그것이 생각지도 않은 방향으로 우리를 움직이게 하는' 단계, 그리고 '움직이면서 끊임없이 우리 자신의 '의도'로서 회수하는' 단계에 이른다. 가라타니의 상상 과정을 그 설명의 언어가 시간 축을 따라 밟는 것이다.

이렇게 시간 축을 따라 사건이 발생한 순서로 배열하면 우리는 생각지도 않게 그 언어를 집어삼키게 된다. 군말 없이 삼켜지는 힘이야말로 가라타니의 언어에서 보이는 명석함에서 비롯된다. 하지만 그 언어가 이상하게 울려 퍼지는 것도 이 때문이다. 가라타니의 언어는 몹시 부자연스러울 정도로 시간 축에 붙어있다. 일이 발생하고 사고가 전개되고 논리의 단계를 밟는다. 그 과정을 언어가 거의 노예라고 할 정도로 모방한다. 그 집요함에는 언뜻 병적 향기마저 풍긴다. 제3장에서 다룬 후루이 유기치의 『요코』에서 순서 하나하나를 가르쳐주지 않으면 만족하지 못하는 요코의 집착과 비슷한 것이 거기에 들어 있는 건 아닐까. '그리고 기차를 타서 어디 어디까지, 단지 그것만 말하면 끝날 텐데 그녀는 도중에 역을 세기 시작한다. 갈아타는 역에 도착해서 '계단을 내려가서 개찰구를 나가서 오른쪽, 오른쪽에 50미터 정도 가서 계단을 올라 또 오른쪽' 통로 하나 틀리면 전

했다. 1990년 월간지 《제군!(諸君!)》에 「머나먼 일본 르네상스」를 연재 발표하여 논단 데뷔. 근대일본의 문예평론을 축으로 한 문필활동을 시작. 『일본의 가향(家郷)』으로 미시마 유키오(三島由紀夫)상, 『감미로운 인생』으로 히라바야시 다이코(平林たい子)상 등을 수상했다.

부 뒤틀리는 순서를 정중하게 달성해간다(『요코』 중에서).' 요코는 한 번 이 야기한 단어가 거기에 남아있지 않을지도 모르는 세상의 주인이다. 그 세 상에서 한 번 이야기 한 언어는 점차 사라져버린다. 따라서 하나하나 '가 는 순서'를 그 순서대로 도착하지 않으면 세상의 의미가 떠오르지 않는다. 요코에게는 '의미'란 그 때마다 원점에서 더듬어 찾아가는 한 번 뿐인 '체 험'이다.

『탐구 I』은 '요코'와 중복되는 듯하다[161]. 『탐구 I』에서 문제시되는 것은 우리가 '우리는 단어 하나 문장 한 줄을 쓸 때, 그것이 생각지도 않은 방향 으로 우리를 움직이게 한다는 것을 느낀다. 사실 움직이면서 끊임없이 우 리 자신의 '의도'로서 회수하는 것이다.' 수준의 이야기이다. 이러한 프로 세스에 의식을 돌아보게 하려는 『탐구 I』의 저자는 그런 분석의 작법을 스 스로의 이야기에 반영시키듯 의미에 대해서 이야기하는데 '가는 순서'에 구애받는다. 그리고 집요하게 몇 번이고 그 '가는 순서' 대로 의미 생성 과 정을 반복하기를 마다하지 않는다.

가라타니는 고바야시 히데오와 달리 쉽게 시에 대해서는 이야기하지 않는 비평가이다. 오히려 가라타니는 자신의 비평에서 '시'를 배제하고, 1990년대부터는 '문학'마저도 배제하는 듯한 과정을 걸어왔다.[162] 그 후에 가라타니가 의지하는 것은 숫자이고 논리학이고 경제학이고 건축이고 철 학이었다. 시적 몽매를 피하고 철저하게 감정을 드러내지 않는 언어로 말 하고 싶어 한다. '다 써내려간 후에 필자는 스스로 자신이 정말로 이것을 썼다는 생각이 든다.' 이렇다 할 만한 것이 없어 보이는데도 실제로 정교

---

161) 본 원고에서는 주로 『탐구 I』를 참고로 하였는데 「나(この私)」의 단독성을 참으성 있는 화자 로 파고드는 『탐구 II』의 제1부에도 유사한 특징이 보인다. -저자 주.
162) 문예평론가로서 출발한 가라타니 고진이 1980년대부터 1990년대에 걸쳐서 '문학'과 결별한 사정은 『근대문학의 종언』에서 자세히 다루고 있다. 특히 제1부 「근대문학의 종언」 pp.35~ 80을 참조. -저자 주.

하고 치밀하게 구축된 한 절을 써버리는 것은 그 때문인 듯하다.

하지만 가라타니가 이토록 시적인 것을 배제하면서도 별도의 경로를 거쳐 '시'로 회귀해오는 점이 흥미롭다. 가라타니는 말하기 힘든 '타인'이라는 표적을 찾아 헤매는 사냥꾼으로도 보이는데 그렇게 써내려가는 방식이 이미 언어의 순서에서 자유롭지 않다. 주술같기조차 한 명석함은 오히려 통상적인 산문을 넘어섰다. 거기에는 온갖 언어가 시로서 기억되었던 곳의 반복감이 드러나 있다. 반복감 만이 아니다. 또 다른 시의 기억, 즉 목소리를 내서 발성되는 시의 기억조차 거기에 있다. 시간축의 순서대로 이야기하는 언어가 체현되어 있는 것은 가라타니의 언어 발성다움이다. 다음의 한 구절을 예로 보자.

> 결국 기호 · 형식(그것이 어떤 소재라도 상관없음의 차이가 의미를 이루는 것이 아니라 그 전부터 그와 같은 기호, 형식이 무언가를 '의미하고 있는' 것이 '타인'에 의해 성립하는지 아닌지가 문제이다. 아니면 거기에 존재하는 근거 없는 위태로움이.
>
> — 『탐구 I 』 중에서

마지막의 '아니면 거기에 존재하는 근거 없는 위태로움이'라는 도치문(倒置文)에 의해 단락을 끝내는 방법은 『탐구 I 』에 상당히 빈번하게 나타난다. 이러한 도치는 그 여운이나 메아리 효과에 있어서 '목소리 울림'을 모방한다고 말할 수 있다. 이 짧은 인용 속에서도 괄호와 같은 많은 기호가 사용되었다. 그리고 메아리가 된다. 모든 기호는 하나하나의 단어가 나타나는 의미를 절박하게 우리에게 전하기 위한 표식으로 사용된다. 그러한 의미에서 저자의 까다로움은 어디까지나 논리에 있다. 그러나 논리를 명확히 하는 것을 노린다고는 하지만, 이러한 표식을 모두 '음색'에 의존하는 것은 주의해야 한다. 이 부분을 음독해보면 잘 알 수 있지만 표식 부분을 목소리만으로 표현하려면 목소리의 상태나 강함, 빠름에 의한 미묘한 조작이 필요하다. 반대로 말하면 여기에서 '음색'까지 유의하고 있다면, 충분히 소리로 표현할 수 있는 시각기호를 사용하고 있다는 것이다. 가라타니의 문장은 지극히 시각적으로 쓰여 있는 듯 보이지만 실은 쓰는 언어에 다양한 '음색'을 동원하여 성립시켰다. 실제로 이러한 시각기호를 쓰지 않고 어순을 바꾸거나 언어를 더욱 삽입하는 것으로 의미를 명확히 할 수도 있겠지만, 가라타니는 일부러 이러한 시각기호를 사용하여 '음색'에 의존한 문장을 쓰려는 듯하다.

담담하고 냉정하게 이야기하면서도 동시에 '음색'에 대한 고집이 강하다. 이런 불가사의하고 드문 혼합이 '나는 여기에서 반복한다'라는 이상한 문장의 배경으로 자리잡고 있다. 이 문장처럼 시뿐만 아니라 문학 전반까지 거절하여 사고의 순도를 높이려는 가라타니의 그 후의 '탐구'는 그 이야기가 시간 축과 음색에 대한 동경을 감추었다. 때문에 한번 이야기된 언어가 거기에 남아있지 않을지도 모르는 세상으로 우리를 데리고 돌아온다는 생각도 들었다. 이야기가 어느새 명석함이라는 갑옷을 벗고 있다. 그곳에서 '그게 어쨌다고?'에 대비하지 않고도 괜찮은 목소리가 들려온다. 아마 그것은 필자 본인의 의도를 초월한 작용이다. 얼핏 보기에 음이나 소리와도 인연이 없는 듯 조용하고 인공적인 방에서 이야기하는 것처럼 보이지만 우리는 어느새 그 목소리의 매력에 반드시 매료된다.

제9장 그림을 움직이게 하다
— 마크 로스코[163]의 문법

'알기 쉬움'의 난해함

우리의 문화는 지금도 응시의 모델에 의존한다. 하지만 응시의 지배에 저항하는 커다란 힘도 존재한다. 응시에서 일탈하여 때로는 그 뿌리에 있는 것을 덮으려 하는 것이다. 우리의 지식이 응시의 틀에 의거한다고 볼 때, 그런 힘은 광기어린 것으로 나타나기도 한다. 그 중 가장 두드러진 것이 '시'다.

이러한 점을 감안해서 이 장에서는 다시 '기묘한 그림'을 화제로 삼으려 한다. 예로 들고자 하는 작품은 마크 로스코의 그림이다. 책의 첫머리에서도 언급했듯이 우리는 때로 눈앞에 있는데도 아무리 응시해도 잘 보이지 않아 애를 먹는 경우가 있다. 나쓰메 소세키[164]의 소설 『문』에서 시사했던

---

163) 마크 로스코((Mark Rothko, Marcus Rothkowitz, 1903~1970): 러시아 출신의 미국 서양화가. 추상표현주의의 대표적 화가. 거대한 캔버스에 윤곽이 모호한 색채 덩어리를 배열하여 색채의 미묘한 조화를 나타낸다. 활동 초기에는 풍경화, 정물화, 뉴욕의 지하철 그림을 그렸으며, 이후 그의 작품은 복잡한 색면을 특징으로 하는 독특한 화풍을 구축하였다. 작품에는 〈초록과 적갈색(Green and Maroon)〉〈붉은색 안의 갈색과 검정(Brown and Blacks in Red)〉〈무제(Untitled)〉 등이 있다.

164) 나쓰메 소세키(夏目漱石, 1867~1916) : 일본의 소설가, 평론가, 영문학자. 일본 근대기 소설문학에서 중심적인 인물이며 이후의 일본 문단에 큰 영향을 미쳤다. 작품은 당시 전성기에 있던 자연주의에 대하여 반자연주의적이었고, 여유파라고 불리기도 했다. 주요 저서로는

바와 같이 그런 상황에서는 통상적인 인식을 뽑아버리는 듯한 병적 분위기가 감돈다. 마크 로스코의 작품 역시 '정상적인 정신'에서 일탈한다는 점에서 보면 매우 신경쇠약적인 측면이 있다.

마크 로스코는 현대미술의 대명사로 일컬어져왔다. 그의 작품은 이해하기 어려움에 있어서 독보적이다. 그만큼 '도대체 이 그림을 어떻게 봐야 하나'라고 고민하게 만드는 화가는 없다. 다만 일정 부분이 같은 '추상표현파'에 속하는 잭슨 폴락[165]의 작품과는 결정적으로 다른 점이 있다. 폴락 작품의 난해함이 혼돈스러운 복잡성과 다수성에서 유래하는 반면, 로스코의 난해함은 지나치게 알기 쉬움에 뿌리를 두고 있다는 점이다. 특히 1950년대 이후의 작품이 그러하다. 거대한 화면을 단순한 모노톤의 직사각형으로 구분하는 작풍은 우리의 눈과 인식에 관한 어려운 문제를 거의 들이대지 않는다. 그런 만큼 우리에게 강제적 무장해제를 강요하는 듯하여 아무런 감각을 느낄 수 없다. 아무것도 없다고 생각할 수밖에 없다. 머릿속이 텅 빈 상태를 말한다.

우리 눈은 '무언가 상대를 봐야 하는' 상황에서는 엄연하게 마주본다. 그렇기에 인식하고 판별하는 응시의 태도는 그 불굴의 적극성을 통해 근대의 지식을 지탱해왔다. '어려운 문제라면 얼마든지 풀어보겠다'라는 것이 우리 눈이 지닌 본연의 자세인 것이다. 그런데 로스코는 그러한 어려운 문제를 제시하지 않는다. 어려운 문제는커녕 문제 그 자체가 없는 듯한 감각에 우리는 사로잡힌다. 질문이 없는데 어떻게 질문을 해석할 수 있겠는

『호토토기스(두견)』『나는 고양이로소이다』『도련님』『풀베개』『산시로』『그후』『문』『피안 지나기까지』『마음』 등 다수가 있다.
165) 잭슨 폴락(Paul Jackson Pollock, 1912~1956): 미국의 추상표현주의 화가. 커다란 캔버스 위에 물감을 흘리고, 끼얹고, 튀기고, 쏟아 부으며 몸 전체로 그림을 그리는 '액션 페인팅'을 선보였다. 추상표현주의 미술의 선구자이며, 20세기 문화를 대표하는 아이콘으로 세계 화단에 큰 영향을 끼쳤다.

그림3. 마크 로스코 〈No.25(노랑 위의 빨강, 회색, 흰색)〉 1951년 작.

가. 여기에서 우리는 우선, 우리 스스로가 오래된 약속에 얽매여 있다는 사실을 실감할지도 모른다. 그 약속을 로스코가 깨뜨렸다고 느낀다. 하지만 그 정도의 '반성'으로 해결될 리 없다. 이는 출발점에 지나지 않는다.

불쾌하게 들릴지 모르지만 로스코의 그림을 '올바로 보는 법'이 있다. '요령'이나 '정답'이라고 해도 무방하다. '각자 생각한대로 느끼면 그만'이라는 소박파인상주의[166]가 통용되지 않는, 실로 신경질적으로 눈의 문법이

---

166) 소박파(素朴派)인상주의: 나이브 아트(naive art)라고도 하며, 정규의 미술 교육을 받지 않고 화단과도 인연이 없으며 독학으로 그림을 공부하여, 직업을 가지고 일을 하면서 자신이 그리고 싶은 대상을 기존의 화법에 구애받지 않고 감지되는 대로 그리는 화가를 일컫는 말이다. 후세에 이름을 남긴 화가들도 적지 않은데, 그 중 앙리 루소(Henri Rousseau, 1844

결정되어 있는 세상이 여기에 존재하다. 로스코의 난해할 정도로 '알기 쉬움'은 이 문법을 잘 다듬었기 때문에 나온 산물이기 때문이다.

그 증거로, 로스코의 '불쾌감'을 예로 들겠다. 몇 가지 유명한 일화가 있다. 1952년 뉴욕의 근대미술관은 '15명의 미국인'이라는 전람회를 기획하였다. 학예사는 사전에 주제를 잡고 그 계획에 따라 화가 작품의 배열법을 정하려 했다. 지극히 일반적인 프로세스이다. 그런데 로스코는 이 방식을 받아들이지 않았다. 자신의 작품은 어느 정도의 여러 편을 한꺼번에 보아야만 의미가 있으며, 그 작품군 전체를 감상해야만 진정한 모습을 보는 것이라고 주장했다. 그리고는 학예사의 계획으로는 도저히 수용하기 힘들 정도의 작품수를 스스로 골라 전시작품으로 제안했다. 하지만 그 제안을 그룹전으로 받아들이긴 불가능했다. 결국 로스코는 이 전람회에 출품을 철회하고 말았다.

또 다른 에피소드도 있다. 1958년, 로스코는 뉴욕 미드타운의 파크 애비뉴를 따라 건설 중이던 시그램 빌딩[167]의 1층에 들어갈 고급 레스토랑 '포시즌즈'에 벽화를 제작하는 일을 맡았다. 그때 그의 나이는 이미 55세였다. 화가로서의 명성도 높았다. 하지만 작품을 만들기 시작했지만 레스토랑의 속물적인 분위기에 염증을 느낀 로스코는 도중에 손을 떼버렸다. 계약금은 받지 않았고 작품은 수중에 남았다. 이것이 후에 시그램 벽화로 알려진 작품군이다. 이 작품군을 매각할 때 로스코는 구매자 측에 전시실의 조건을 비롯해 엄격한 조건을 내걸었다. 무엇보다 중요한 점은 작품을 그룹으로 전시하는 일이었다. 시그램 벽화는 현재 그 지시를 충실하게 지

~1910)가 대표적이며, 사실과 환상을 교차시킨 독특한 이국적 정서를 주제로 창의적인 풍경·인물화를 그렸다.

167) 시그램 빌딩(Seagram Building) : 1956~1958년 뉴욕에 지은 고층 오피스빌딩. 대리석과 브론즈의 치장용 벽돌로 된 단순한 형태, 치밀한 비례, 고도의 미적 요소를 도입해서 건축하여 미술작품의 집대성이라 일컬어진다.

키는 형태로 영국 런던의 테이트모던미술관과 일본 치바현의 가와무라기념미술관의 전용 공간에 한데 모아 전시되고 있다.

위 '불쾌감'의 일화를 통해 알게 된 사실은 로스코가 감상이나 해석의 자유라는 사고를 인정하지 않았다는 점이다. 오히려 그 반대이다. 작품의 환경을 까다롭게 정하고 작품 고유의 문법을 들이밀고, 작품이 전시되는 물리적인 환경까지 통제하려는 것이 로스코의 방식이었다. 자신의 아틀리에에서도 작품에 비치는 빛의 상태를 하나하나 확인했다. 자신의 그림이 어떻게 보여야 하는지 끝없이 까다로운 화가였다.

자못 현대미술적인 난해함으로 칭송받는 작풍의 화가로서 마치 강요하는 듯한 느낌은 무엇일까. 해석을 거부하듯 그림 속 독특한 '무언(無言)'과 보는 방식에 관한 집요할 정도의 구속은 모순된 듯하다. 그만큼 정확하게 무언가를 전달하고 싶다면 어째서 침묵하는 걸까. 어째서 좀 더 알기 쉽게 그림에 메시지를 표현하려 하지 않는 걸까.

하지만 로스코의 지시에는 근거가 있다. 로스코의 작품은 여러 의미에서 금욕적이고 거절하는 느낌이어서 형태를 인식함에 있어 눈의 즐거움은 거의 없다. 참으로 과묵한 그림이다. 그의 까다로운 지시는 이 과묵함과 능숙하게 마주할 수 있도록 도와준다. 통상 그림을 둘러싼 액자가 시사하는 바는 '여기를 보라'는 응시로의 유도이다. 액자적인 것은 거의 자동적으로, 끝까지 인식하려 하는 충동을 유발한다. 사각의 테두리를 앞에 두고 의식할 틈도 없이 응시에 열중하는 것이 우리가 지식을 배우는 방식이다. 하지만 로스코는 굳이 사각의 유혹적인 그림을 마련하고 침묵을 관철한다. 우리는 거기에서 끝까지 인식하려는 눈 본연의 자세를 포기한다. 이 포기가 중요하다. 우리는 보는 것을 일단 그만두는 동시에 포기라는 시선법과 만난다. 보는 것을 끝까지 파고들지 않고, 인식하려 하지 않는 시선이다.

선문답처럼 들릴지 모르지만 그리 어려운 일은 아니다. 우리가 포기하는 것은 어디까지나 인식이다. 실제로 눈을 감아버리는 게 아니다. 거기에는 인식에서 이탈한 듯한 우리의 또 다른 눈이 작동하기 시작한다. 다만 준비로서 포기하는 단계는 필요불가결하다. 이 역시 인식할 수 없음을 통감하는 그 부자유와 무능력, 체념이야말로 또 다른 눈의 작법을 규정하기 때문이다. 패배와 체념에서 출발하는 그 눈은 파고들어 끝까지 확인하는 통상적인 응시로서 작동하지 않는다. 마치 귀를 세우고 깊이 듣듯이 해서 대상의 눈에 자신이 비추인다. 바라보는 시선이 자신이 아닌 그림 쪽으로 바뀌는 것이다.

여기에서 우리의 눈에 무엇이 비칠까. 일반적으로 대상을 꿰뚫어 보려는 우리의 눈이 보고 있는 것은 분명 종과 횡 차원으로 구성된 평면 그림이다. 하지만 로스코의 작품을 대할 때, 우리는 그림에 있는 또 다른 차원을 자각한다. 어떤 종류의 안길이를 본다. 깊이라 해도 무방하다. 이는 원근법을 이용해서 그린 그림의 안길이와는 다르다. 원근법의 안길이는 2차원 평면에 그려진 형태를 끝까지 바라보는 것이라고 착각하게 만드는 '깊숙한 곳'이다. 로스코의 작품에서 우리가 보는 것은 원근법을 무효화하고 귀를 세우고 깊이 듣듯이 해서 비로소 감지된 '깊숙한 곳'이다.

이 또한 쓸데없이 영적으로 들릴지 모르지만 지극히 물리적인 이야기이다. 기술적으로 생각해보자. 로스코는 특수한 물감을 사용해서 평면 위에 또 하나의 평면을 칠하는 것처럼 얇게 칠한다. 그렇게 함으로써 그림의 여기저기에 껍질막 같은 것이 남는다. 그것은 덧칠로 표현되기도 하지만 살짝 '삐져나옴'으로 감지되기도 한다. 안길이를 만드는 것은 이러한 껍질막의 효과이다. 가지야 겐지[168]는 다음과 같이 설명한다.

---

168) 가지야 겐지(加治屋健司, 1971~) : 미국, 영국, 일본을 중심으로 하는 현대미술사 미술평론사 연구자, 대학교수. 공저로 『마크 로스코』 『Count 10 Before You Say Asia: Asian Art

〈No.25(노랑 위의 빨강, 회색, 흰색)〉(1951년 작) 작품을 예로 들어보자. 그림의 상단은 노란색 바탕 위에 흰색을 얇게 칠해서 노란색 바탕이 반투명처럼 보인다. 중앙의 검은 가로선 위에는 흰색을 귀얄[169] 흔적처럼 얇게 칠했다. 이처럼 얇게 칠하거나 덧칠로 만들어진 '반투명' 효과에 의해 그림의 시각적 두께가 희미하게 느껴진다.

　　　　　　　　　　　　　－『대환상(対幻想)'으로서의 컬러 범위』 중에서, 그림3 참조

　가지야는 '친근함'이라는 단어로 로스코의 작풍을 파악하려고 한다. 분명 로스코의 작품에는 언뜻 보기에 거친 구도와는 정반대로 '다정함'이 가득 넘친다. 얇은 칠에 나타난 붓의 섬세한 사용이 다정함의 중요 요인임에 틀림없다. 이는 붓 아래에 붓이, 면 아래에 또 다른 면이 있는 듯한 중첩의 감각을 만들고 '두께'를 만들어낸다. 물론 이렇듯 다정하고 섬세한 붓놀림에서 내면성을 읽어내는 것이 가능하다.[170] 하지만 어딘가 심리적인 해석을 유발한다. 로스코가 자신의 회화작품을 의인화하며 '생명'과 '호흡'에 대해 이야기한 것은 잘 알려져 있다. '두께'는 이런 호흡의 개념과도 연관되어 있다.[171] 다시 가지야의 글을 인용해보자.

　〈No.13(노랑 위의 흰색과 빨강)〉(1958년 작)이라는 작품에서 상단의 흰색은 '반투명'으로 칠한 것과는 달리(도판에서도 얇게 칠해진 귀얄 흔적을 확인

---

after Postmodernism』 등이 있다.

169) 귀얄 : 풀이나 옻을 칠할 때 사용하는 솔의 하나. 주로 돼지털이나 말총을 넓적하게 묶어서 만든다.

170) 존 게이지(John Gage)는 로스코가 자신의 작품에서 넘치는 '내면에서 나오는 빛'에 대해서 이야기 한 점을 들면서 그 내면성에 대해서 언급하였다.("Rothko," pp.248~251). −저자 주.

171) 제임스 E · B · 브레슬린(James E. B. Breslin)이 쓴 로스코의 전기에 의하면, 로스코는 종종 '호흡'의 은유로 회화를 이야기하였다. 예를 들면 '회화는 호흡에 의해 캔버스에 뿜어지는 것'이고 (p.275), 회화작품은 '살아서 호흡한다' (p.276). 인터뷰에서도 '필요한 것은 살아있는 통일체'라고 발언하여 '생명' '살아 있다'는 단어로 자신의 회화를 설명하려고 하는 자세를 보였다(Writings on Art, p.76 등 참조). −저자 주.

할 수 있다), 중앙의 노란색은 그보다도 두껍게(하지만 얇게) 칠했고, 하단의 붉은색은 그보다도 더 두껍게 칠했다. 이러한 그림 속 층 차이가 각 부분으로 다른 진동을 일으킨다.

— 『'대환상'으로서의 컬러 범위』 중에서

그림 위 엷은 칠과 덧칠의 미묘한 배합에 의해 나타나는 '진동'은 억제된 리듬을 만들어낸다. 이는 호흡이라는 비유로서 표현함이 적절하다. 이러한 미묘한 그림의 감촉은 깊이 파고들어 인식하려는 시선으로는 좀처럼 파악하기 어렵다. 오히려 깊이 파고드는 것을 포기한 후에 깨끗이 단념한 경지 속에서 느낄 수 있는 흐릿한 감각이다.

이런 호흡의 리듬을 들려주기 위해서는 숨죽인 듯한 고요가 필요하다. 때문에 로스코의 그림은 일부러 침묵으로 일관한다. 문자 그대로 사각형의 무뚝뚝한 시야는 보는 사람에게 장엄함과 허무를 들이밀어 그 시선을 무력감으로 몰아넣는다. 형상을 추구하고 선(線)의 쾌락에 빠지려고 하는 그 지향을 포기한다. 대신 체념과 함께 틀어박혀 그 무엇도 추구하려 하지 않는 시선이 생긴다. 그러나 이러한 시선이야말로 섬세하면서 미세한 '두께'를 받아들일 수 있다.

로스코가 스스로 자신의 작품을 다른 화가의 작품과는 멀리하고 고유의 무음 속에 설치하고 싶었던 이유도 이렇게 보면 잘 알 수 있다. 시선의 '포기'를 연출하려면, 선의 쾌락으로 가득 넘치는 듯한 작품은 설령 시야의 구석에 불과할지라도 방해가 된다. 듣는 귀를 세우고, 약한 빛으로 자세히 살펴야만 비로소 로스코 작품의 호흡을 파악할 수 있기 때문이다.

그뿐만이 아니다. '두께'의 표현력에 많이 의지하는 로스코의 작품에서 '포기'의 시선은 구조적으로도 필요한 요소다. 말할 나위 없이 2차원의 평면을 초월하듯 '다음 차원'을 그림으로 표현하는 것은 로스코만의 독창적인 작법은 아니다. 다만 로스코의 작품에서 세 번째 차원이 '두께'로 느껴진다는 점이 중요하다. 전통적 구상작품[172]과 비교하면 알기 쉽다. 통상 구상작품에서 세 번째의 차원은 원근법적인 깊이로 표현되는데, 이는 소실점을 향해서 저쪽 깊은 곳으로 멀어지는 듯한 '구멍'과 '구덩이'로 느껴진다. 이에 반해 여러 두께의 '진동'으로 구성된 로스코의 그림은 이쪽으로의 '밀어냄'과 '돌출'로 느껴진다. 결국, 당기거나 내려가는 것보다도 저쪽에서 이쪽으로 나오는 것이 더욱 중요하다. 그러기 위해서는 시선이 깊은 곳으로 파고들어가는 것이 아니라, 오히려 시선을 받아들이는 것이 필요하다. 이런 상황이어야만 비로소 눈길을 보낸 저쪽의 시선이 다가온다는 구조가 성립한다.

로스코 뿐만 아니라 같은 추상표현파인 잭슨 폴락이나 제2장에서 살펴본 호지킨[173]의 그림에도 '밀어냄'과 유사한 것을 볼 수 있다. 폴락은 글자 그대로 두꺼운 칠과 덧칠, 그리고 제작의 흔적을 일부러 남긴 듯한 물감의 분출감을 통해 우리에게 다가오는 듯한 화면을 만들어냈다. 호지킨은 특히 그림의 중심에 굵고 선명하며 눈에 띄는 붓의 획을 그어 '돌출' 효과를 극대화시켰다. 로스코 자신은 평면으로의 회귀를 주창했다. 다만 종래의 원근법에서 벗어나면서, 원근법과는 다른 방식으로 평면에서 한 걸음 나오려는 충동 역시 가지고 있었다. 추상적 세계에서도 여전히 회화를 회화같지 않도록 비약시키려는 야심은 살아있었던 것이다.

---

172) 구상(具象)작품: 실제로 있거나 상상할 수 있는 사물을 사실적으로 표현한 작품.
173) 하워드 호지킨(Howard Hodgkin, 1932~2017): 영국의 현대 미술가. 작품 속에 강렬한 색상의 프레임을 그려 넣는 추상화를 주로 그렸다. 주요 작품으로는 〈봄베이의 석양Bombay Sunset〉(1972~1973), 〈나폴리 만In the Bay of Naples〉(1980~1982), 〈베네치아의 침대에서In Bed in Venice〉(1984~1988) 등이 있다. 1985년에 영국 최고의 현대미술상인 터너상을 수상했다.

회화체험은 '빛'이다

회화가 회화 같지 않은 것. 회화가 언젠가 평면에서 튀어나와 움직이기 시작하는 것. 우리는 작품의 구분 없이 이런 기묘함의 유혹에는 약하다. 움직일 리 없는 것이 움직일 때의 감동은 크다. 회화는 시간 속으로 해방되고 싶어 한다. 시간 속으로 해방되어 '한번 전해진 언어가 후에 전해지지 않을지 모르는 세상'에 있으려 한다. 결국 시의 세계에 발을 들여놓으려고 한다. 확실히 로스코의 작품에서는 '두께'라는 변주를 통한 진동 외에도 시의 원리를 깨달을 수 있다.

앞에서 언급한 '포기'의 과정을 예로 들어보자. 인식을 의도하는 시선은 어떠한 대상도 내놓지 않는 평면에 부딪쳐 인식의 불가능을 깨닫게 된다. 이때 '불가능'을 받아들이는 눈은 '이것이 전부다'라는 식의 세계 감각을 체험한다. 토대가 되는 것은 어디를 보아도 눈에 들어오는 것은 아무것도 없다는 시각체험이다.

로스코의 회화는 노년으로 갈수록 대형화되었고, 시그램 벽화의 특징처럼 에워싸는 듯한 '전체'로서 수용되는 것을 의도하려 했다. 여기서 중시되는 것이 '이것이 전부다' 또는 '눈에 들어오는 것은 아무것도 없다'는 무한체험이다.

이런 시각체험에서 실마리는 시간과 과정이다. 어떤 회화라도 대상을 인식하려면 일정한 시간과 과정이 필요하리라. 우리는 대상의 인식에 도달한 단계에서 그 인식에 필요했던 시간과 프로세스를 대상으로 통합해버린다. 가령 정체를 알 수 없는 삼각형이 그려진 작품이 있다고 하자. 처음에는 그 삼각형이 뭔지 몰라서 그 주변을 몇 번이나 훑어본다. 그러다 이내 그것이 산이라는 것을 알게 되었다면, 우리는 역산하거나 합리화하며 그 삼각형을 우러러보는 듯한 시선의 흐름을 재구축하게 된다. 가라타니 고진이 말하듯, '우리는 단어 하나 또는 한 문장을 쓸 때, 그것이 생각지도 않은 방향으로 우리를 움직이게 하는 것을 느낀다. 사실 움직이면서 끊임없이 우리 자신의 '의도'로서 회수하는 것이다(『탐구 I 』중에서).' 우리의 인식은 이런 식으로 마치 대상을 스스로 그리듯이 본다. 만일 나중에 삼각형은 산이 아니라 기타로 판명되었다면 우러러보는 시선 대신, 보다 수평적인 시선을 재구축하는 것이다.

어쨌든 대상을 '아, 저것이로군.'이라며 규정하는 시선은, 시간과 경비가 투입된 '눈의 작업'을 그런 일 없었다는 듯 무시간적(無時間的) 동일성 안에 통합하려 한다. 물론 그림을 본다함은 이런 통합에도 불구하고, 다른 한편으로 '눈의 작업'을 계속 기억해내는 체험이다. 하지만 구상화의 경우, 아무래도 대상의 '무엇'을 전적으로 제외하기란 불가능하다. 물론 제외해야 하는 것도 아니다. 무시간적인 '무엇'과, 그 '무엇'의 인식 때문에 발생한 시간적 '눈의 작업' 간의 균형이 회화체험을 만드는 것이다. 이런 의미에서 회화는 수용의 단계에서는 움직인다. 회화란 본디 회화 같지 않으며 만들어질 때부터 기묘하다.

이에 대해서 로스코 작품을 앞에 두고 '이것이 전부다'라고 통감하는 시각체험이 대상의 '무엇'을 향하여 통합되는 것은 아니다. 우리는 대상의 '무엇'을 규정하기 위해서 시간과 노력을 들여 눈의 작업을 진행하지만 결국 어떤 인식에도 도달하지 못한다. 거기에 남는 것이 '이것이 전부다'라는 감각뿐이라 한다면, 우리의 시각체험은 '이것이 전부다'라는 자체를 빚처럼 짊어지게 된다. 통상 상품생산으로 결실을 맺어야 하는 노동이 우리의 유일한 '체험의 과실'이 된다. 이를 '빚'이라는 부정적인 비유로 인식할 수밖에 없는 이유는 결정적으로 '사물'이 빠져있기 때문이다. 그러나 생각해보면 이는 굉장한 일이다. 그림재료가 되는 '사물'을 써서 '사물'이 아닌 것을 표현한다. '사물'로부터 이탈한다. 그것이 가능한 이유는 로스코가 거기에서 시간 그 자체의 힘을 빌렸기 때문이다. '이것이 전부다'라는 불가능과 무한의 지각에 도달하기 위해서는 '이것'의 부분에 시간과 노력을 들여 체험할 필요가 있다. 로스코의 평면은 이러한 체험 그 자체를 비추는 열쇠다.

로스코의 평면은 한정된 시간 속에서 우리에게 불가능과 무한을 실감시켜주는 일종의 의사(擬似)체험이다. 우리는 5분이 되었건 30초이건 거기에 새겨진 시간을 드러낸 채 생생한 시간으로 체험한다. 다시 말해 언어가 생겼다가 사라지는 '시(詩)의 시간'으로서의 체험이다. 이 시간은 개념과 형상으로 정리되지 않은 듯하다. 미끈미끈 반들반들하여 미끄러질 듯한 시간이다. 움직이는 시간인 것이다. 분명 움직일 리 없는 그림이 움직이기 시작한다. 그림이 시간 속으로 해방되었다. 그림이 시가 되었다.

로스코는 실로 교묘한 화가이다. '이것이 전부다'라는 뛰어난 회화체험을, 도주로를 가로막는 듯한 정묘함으로서 마치 보는 사람을 그곳에 몰아넣듯이 움직인다. 덧칠과 두께가 가장 두드러진 예라 할 수 있다. 두께에 의한 '진동'과 '호흡'은, 그림의 무한을 체험하는 우리의 시간에 기저가 되는 리듬을 부여해준다. 그 미세하고 희미한 리듬이 강인한 이해는 거부할지 몰라도 일단 포기하여 항복한 듯한 시선에는 실로 기분 좋은 거처를 제공해준다.

색조의 선택과 배합은 편안함을 거든다. 강렬한 주장과 대비를 통해 화면을 흔들지 않는 형태로 정착시키지는 않는다. 오히려 색과 색은 늘 느슨하게 '엇갈리는' 관계다. 서로 꽉 맞붙으려는 색의 배합이 아니라 서로 겹쳐지면서 도망치는 듯한 애매한 관계이다. 덕분에 희미하기는 하지만 결코 끊기지 않을 듯한 리듬이 고동을 치고 고요한 시간이 계속 흐를 수 있는 것이다. 로스코의 '불쾌함'은 이러한 '친절함'을 실현하기 위한 장치였다고 할 수 있다. 그런 의미에서 로스코의 작품을 아무리 뚫어지게 바라봐도 무엇이 그려져 있는지 알기는 어렵지만, 앞이 깜깜한 우리의 신경쇠약적 불안은 바로 행복과 종이 한 장 차이이다. 물감의 엷은 붓질처럼 얇은 종이 한 장 차이일 뿐인 경지에 실로 빛나는 것이 기다리고 있다.

제10장 기세를 꺾다
— 다자이 오사무 「여시아문」[174]과 시가 나오야[175]의 리듬

반(反) 시가 나오야 시대

'너무 알기 쉬워서 모른다.' 마크 로스코 작품의 이런 난해함은 20세기 특유의 것이다. 바로 앞에 있는 대상을 아무리 응시해도 아무것도 느껴지지 않아 어찌할 바를 모르겠다고 하는 그림은 응시에 몰두했던 근대 이후에 찾아온 지극히 현대적인 시선 방식이다.

문학작품 속에서도 그러한 시선을 더없이 인상적으로 표현한 작가가 있다. 바로 시가 나오야이다. 시가 나오야는 문장가의 자세나 인생태도에 있어서 언뜻 근대적 응시의 화신처럼 보일지도 모른다. 꾸미는 말을 뺀 군더더기 없는 문체는 우리 눈앞에서 도망치거나 숨지 않고 탁 트인 세계를 속속들이 드러내는 듯하다. 그러나 우리는 종종 당혹감을 느낀다. 거기에

---

174) 여시아문(如是我聞): 다자이 오사무가 대선배인 소설가 시가 나오야를 비롯한 기성 문단을 통렬하게 비판하여, 기성 문단에 대한 '선전포고'로까지 불리었던 연재 평론.

175) 시가 나오야(志賀直哉, 1883~1971): 일본의 소설가. 이상주의적 · 인도주의적 경향을 가진 시라카바파(白樺派) 작가로 분류된다. 객관적인 사실과 예리한 대상 파악, 엄격한 문체로 독자적인 사실주의를 형성하여 '소설의 신'으로 불리기도 한다. 작품은 사소설, 심경소설로 불리기도 하지만, 문체는 근대 산문의 전형으로 높이 평가받고 있다. 대표작으로 사생활의 사건을 제재로 한 사소설적인 『화해』, 자연과의 교류를 통해 삶과 죽음을 응시하는 『기노사키(城の崎)에서』, 아버지와의 불화를 소재로 한 자서전적 작품으로 완성까지 20여년이 걸린 대작 『암야행로(暗夜行路)』 등 20여권의 저서가 있다. 1949년에는 문화훈장을 받았다.

는 응시에 대한 강렬한 저항이 포함되어 있기 때문이다.

실은 지금 우리는 '반 시가 나오야' 시대를 살고 있다. 우리는 시가 나오야를 끔찍이 혐오한다. 시가 나오야의 '시' 자만 입에 올려도 거부반응이 일어날 정도다. 문단의 중진으로서 우러름의 대상이었던 이 작가는 전후 어느 시기부터인가 평가 절하되어 오히려 그에게 부족한 점을 언급하는 논자가 많아졌다. 부르주아 가정에서 태어나 돈 때문에 고생한 적이 없는 사람이다. 많은 시간을 할애하여 짧은 소설을 쓰고는 잘 되지 않는다며 '방탕'하게 지내거나 여행을 떠나거나 이사를 가거나 했다. 시가 나오야의 작품 속 주인공은 제멋대로이고 오만방자하다. 쉽게 욱하는 성격이다. 그러면서 신경질적으로 수면부족이라느니 감기라느니 하며 야단이다. 그야말로 지질한 '남자'의 표본이다. 여자와 하인을 업신여기고 시골사람과 가난한 사람에게는 쌀쌀맞다. 마르크스주의와 페미니즘 비평이 위세를 떨치던 시대였으므로 당연히 주위에서는 거센 비판이 쏟아졌다. 하지만 시가 나오야에 대한 반응이 이 정도로 극심한 '혐오'의 형태를 띠었던 데는 다른 이유가 있지 않을까 하는 생각도 든다. '시가 나오야 혐오'를 좀 더 파헤쳐보면 시가 나오야와 응시의 관계가 보일지도 모른다.

'시가 나오야 혐오'를 좀 더 강렬하고 명료하게 표현한 사람은 죽기 직전까지 시가 나오야와 논쟁을 벌였던 다자이 오사무다. 「여시아문(如是我聞)」은 1948년 문예잡지 『신초(新潮)』 3월호부터 연재한 수필이다. "나는 최근 십년 간 화가 나도 억눌렀던 일을 독자들이 아무리 불쾌해하더라도 지금부터 매월 이 잡지(『신초』)에 실을 것이다(『다자이 오사무 전집 10』 중에서)."라는 결의로 시작된다. 이 글의 주된 표적이 시가 나오야였다. 두 사람 사이에는 원래부터 불화가 있었다. 마침 이 시기에 문예잡지 『분게이(文芸)』의 좌담회에서 시가 나오야가 다자이 오사무의 작품을 깎아내린 적이 있었다(1948년 6, 7월호). 한 판 붙어보자는 식으로 다자이가 먼저 덤벼들었다. 초반에는 작가 이름 대신에 자세를 낮추어 '노대가(老大家)'라고 불러 주었지만 누구를 가리키는지는 불 보듯 뻔했다.

어떤 '노대가'는 내 작품이 우스꽝스러워서 싫다고 하는 모양인데, 그 '노대가'의 작품은 어떠한가. 정직을 내세우는가? 무엇을 뽐내고 있단 말인가? 그 '노대가'는 자신의 남자다운 면모가 엄청나게 자랑스러운가 보다. 언젠가 그 사람의 선집을 펼쳐보니 아주 멋들어지게 찍은 옆모습 사진이 있었는데 심지어 쑥스러워하는 표정조차 없었다. 어지간히도 무신경한 사람이라고 생각했다.

내 권태감이 그에게 우습다는 인상을 주었는지 모르지만 그 사람의 넘치는 의욕은 내가 감당하기에 버거운 수준이다.

의욕에 넘쳐서 자기 생각을 주저 없이 피력한다는 것은 무신경하다는 증거이고, 나아가 다른 사람은 전혀 신경 쓰지 않는 상태를 가리킨다.

—『분게이』6, 7월호 중에서

필치만 보더라도 발끈 화가 나서 신경을 곤두세운 흔적이 역력하다. 그럼에도 서비스라고 해야 할지, 사이사이 완충 역할을 하는 문장을 써야 했던 것이 다자이 오사무의 비애라면 비애다.[176] 그러나 그가 지적한 내용만큼은 절묘하다. 시가 나오야의 '넘치는 의욕'. 그렇다. 바로 시가에게는 있고 다자이에게는 없다. 이렇게까지 진심으로 화를 내는 듯 보여도 쓰면 쓸수록 진심이 아닌 듯이 보이는 글이 다자이 오사무의 문장이다. 반면 시가 나오야는 '넘치는 의욕'을 방약무인할 정도의 무신경함으로 실행해 옮길 수 있는 사람이었다.

「여시아문」에서도 3회에서는 어느새 '노대가'가 아니라 실명으로 바

---

176) 「여시아문(如是我聞)」은 편집자가 구술한 내용을 기록한 글이다. 상세한 내용은 이노세 나오키(猪瀬 直樹, 1946~, 작가 · 정치가)의 『피카레스크(picaresque) 다자이 오사무 전』 (pp.434~435)의 내용 참조. —저자 주.

뀐다.

　시가 나오야라는 작가가 있다. 아마추어다. 일본의 6대학 리그전[177]이다. 어떤 지인은 소설이 만약 그림이라 치면 그가 발표한 작품은 글씨라고 했지만, 시가 나오야의 작품이 지닌 '훌륭함'은 그 사람의 자만에 불과하다. 완력에 대한 자신감일 뿐이다. 나는 그 사람의 작품에서 그가 본질적으로 '불량'하거나 '난봉꾼'이라는 점밖에 느끼지 못한다. 고귀함이란 나약함이다. 당황해서 쩔쩔매고 툭하면 얼굴을 붉히는 사람이다. 어차피 저 사람은 졸부에 불과하다.

― 『분게이』 6, 7월호 중에서

　'자만'도 '완력'도 모두 맞는 말이다. '시가 나오야 혐오'가 아니더라도 충분히 수긍할만한 이야기다. 그런 작가 주위에는 특유의 권역 같은 것이 형성되어 있다. "내가 방귀 한 번 뀐 사실만 써도 금방 대서특필되어 독자는 그것을 읽고 자세를 가다듬는 난센스와 조금도 다르지 않다. 작가도 영 이상하지만 독자도 정상은 아니다."

― 『분게이』 6, 7월호 중에서

　보는 바와 같이 다자이 오사무는 분노에 사로잡혀 있으면서도 '당황해서 쩔쩔매고 툭하면 얼굴을 붉히는 사람'이다. 표현도 우스꽝스럽다. 자신이 너무 비참하게 보이지 않도록 안전장치를 두어 연출했지만 바로 그 부분이 다자이 자신이 말하는 '나약함'이리라. 이 '나약함'을 무기로 다자이는 시가 나오야의 '강함'을 비난한다.

　좀 더 약해져라. 문학자라면 약해져라. 유연해져라. 당신과는 다른 방식을,

---

177) 6대학 리그전: 일본 도쿄 학생 야구리그전에 참가하는 6개 대학교를 이르는 말로 게이오(慶応), 와세다(早稲田), 도쿄(東京), 호세이(法政), 메이지(明治), 릿쿄(立教) 대학교가 이에 속한다.

그 괴로움을 이해하도록 노력하라. 아무리 노력해도 이해하지 못하겠다면 입 다물고 있으라. 공연히 좌담회 같은 데 나가서 창피나 당하지 말라. 무식한 주 제에 이러쿵저러쿵 똥보다 못한 말을 내깔기며 허구한 날 다른 사람 험담이 나 하며 비웃고 우쭐대는 놈들에게는 나도 참지 않겠다. 이기기 위해서 참으 로 비열한 수단을 동원한다. 그리하여 세간에서는 "저 사람 참 좋은 사람이다. 청렴결백하고 훌륭한 사람이다."라는 평을 얻는데 성공했다. 악인이나 마찬가 지다.

─『분게이』6, 7월호 중에서

이 얼마나 허위에 찬 말투인가. 비하하고 규탄하고 윽박지르기 위한 문 장이지만 마치 옛날이야기라도 하는 듯하다. 허튼소리이긴 한데 문장이 세련됐다. 펀치나 킥을 날리다가 바로 그 앞에서 멈춘다. 이런 글로는 상 대를 쓰러뜨리지 못한다. 하지만 오히려 그만큼 '혐오'하는 심정이 더 강하 게 느껴진다.

아무래도 '시가 나오야 혐오'란 이렇듯 아이들 싸움 수준의 말로밖에는 다룰 수 없는 무언가가 있다. 일단 상대가 지나치게 올바르다. 마르크스주 의와 페미니즘을 들이댄다면 정당한 입장에서 시가 나오야의 올바르지 않 은 면을 폭로할 수도 있다. 하지만 정말로 꺼림칙함은 되레 올바른 존재 로 군림함으로써 다자이가 느끼는 어떤 감정에서 발생한다. 올바르지 않 은 시가 나오야는 대수롭지 않다. 진정으로 만만치 않은 상대는 올바른 시 가 나오야다. 따라서 다자이 오사무 쪽에서는 올바르지 않은 면에 집중해 서 반격하려고 한다.

'넘치는 의욕' '완력' '강함' '청렴결백' '훌륭함' 등. 어떠한가? 가만히 보 면 이 모든 미덕이 지금 우리가 '문학'에 품고 있는 이미지와는 거의 무관 하다. 우리는 예전보다 훨씬 더 다자이 오사무 쪽에 가깝다. 시가 나오야 혐오는 이전보다 훨씬 쉬워졌다. 하지만 다자이 오사무에 가까운 위치에서 다시금 시가 나오야가 체현했던 '넘치는 의욕'이나 '강함' '훌륭함' 등을 돌아보면 오히려 새로운 것을 발견하지 않을까 싶다.

시가 나오야의 꺼림칙함

다자이 오사무가 도쿄의 다마가와(玉川) 강 상수원에서 투신자살을 한 때가 1948년 6월이었다. 『신초』 7월호에 게재된 「여시아문」 최종회는 사후에 발표되었다. 당연한 일이지만 다자이의 죽음을 시가 나오야를 비롯한 문단 중진의 공격과 결부시키는 경향도 있었을 것이다. 문단의 중진이었던 나카노 요시오[178]는 즉시 『분게이』 8월호에 「시가 나오야와 다자이 오사무」라는 글을 썼다. 나카노 요시오처럼 세간의 오해를 풀겠다는 입장에서 시가 나오야가 쓴 글이 「다자이 오사무의 죽음」이었다. 같은 해 『분게이』 10월호에 게재되었다.

> 『분게이』 좌담회에서 다자이 군이 심신 모두 그 정도로 쇠약한 사람인 줄 알았더라면 그와 좀 더 대화할 여지가 있었는데 지금 생각하니 유감천만이다.
> 다자이 군이 동반자살 했다는 사실을 알았을 때 나는 섬뜩했다. 내가 한 말이 조금이라도 그 원인에 들어 있지 않았을까 싶어 꺼림칙했다.
> —『시가 나오야 전집 제8권』 중에서

물론 상대가 이미 죽었기 때문이기도 하지만, 어쨌든 시가 나오야다운

---

178) 나카노 요시오(中野好夫, 1903~1985): 일본의 영문학자, 평론가. 영미문학번역의 권위자이며, 예리한 시각을 지닌 달필가로 유명하다. 도쿄대학 교수로 재직하던 1953년에 연구에 전념할 수 있는 경제적인 처우를 받지 못한다는 이유로 사표를 내는 파격적인 행보를 보여 화제가 되기도 했다. 같은 해, 잡지 『헤이와(平和)』의 편집장으로 자유로운 평론활동을 시작한다. 평화문제에도 시민의 입장에서 적극적으로 참여하며 전후 민주주의 운동에도 깊이 관여했다. 저서로는 『아라비아 로렌스』 『문학시론집』 등 다수가 있고, 번역서로는 셰익스피어와 서머싯 몸의 여러 작품, 『로마제국 쇠망사』 등이 있으며, 150여권에 이르는 저서를 남겼다.

'강함'과 '결벽함'이 엿보이는 문장이다. '당황해서 쩔쩔매고 툭하면 얼굴을 붉히는' 다자이의 나약함과 뚜렷한 대조를 이룬다. 특히 인상적인 부분은 분명히 '악인'인 시가 나오야가 이런 언급을 하면 왠지 다르게 보인다는 점이다. 다자이 오사무가 살아서 시가 나오야가 쓴 이 '추도문'을 읽는다면 필시 같은 마음이었을 것이다. 발을 동동 구르며 분하게 여겼을 게 틀림없다.

시가 나오야는 왜 훌륭해 보일까? 「다자이 오사무의 죽음」에서 눈에 띄는 점은 원고지 열 장 분량의 짧은 글임에도 같은 말을 몇 번씩 반복한다는 사실이다. 전하려는 바는 아주 간단했다. 시가 나오야는 다자이 오사무가 자살할 만큼 약했다는 것을 알았더라면 그렇게까지 심하게 비판하지는 않았을 것이다.—동반자살이라는 죽음에는 아무리 생각해도 동정이 가지 않는다. 그의 작품에 대해 엄격하게 지적했지만 『인간실격』은 나쁘지 않았다.—이런 말을 나오야는 짧은 글 속에서 두 번, 세 번 되풀이했다.

아, 그렇구나 라고 생각한다. 이것은 논평도 아니고 해설도 아니다. 그저 시가 나오야가 당시에 느낀 기분을 토로했을 뿐이다. 별다른 목적도 없고 감정과 감정 사이를 오가듯이 되풀이한다. '섬뜩함'과 '꺼림칙함'이라는 감정에서 빠져나올 수 없는 심정이 그대로 드러난다. 몇 번씩 되풀이해서 후회하는 마음을 글로 쓴 것이다.

그러나 시가 나오야가 구사하는 되풀이에는 단순 동어반복만으로 치부할 수 없는 독특한 가락이 있다. 예를 들면 다자이의 동반자살에 대해 자신의 의견을 서술한 부분이다.

> 그러나 나는 다자이 군이 동반자살 했다는 사실에는 아무리 생각해도 동정이 가지 않는다. 죽으려면 혼자서 죽지 왜 그랬을까 라고 생각했다.
> —『시가 나오야 전집 제8권』 중에서

그런데 나는 지금도 동반자살에 혐오를 느낀다. 상대 여자는 여성적인 감정으로 함께 죽고 싶었는지 모르지만 그 순간만 피했다면 나중에는 의외로 더 편안하게 살았을지 모른다. 무엇보다 남은 가족 입장에서 보면 자살과 동반자살은 심적 충격 면에서 큰 차이가 있다.

— 『시가 나오야 전집 제8권』 중에서

… 어쨌든 동시대의 소위 지식인이 동반자살 한다는 사실은 쉽게 납득이 가지 않는다. 다자이 군은 한때 공산주의자였던 적도 있어서, 그럴 리 없었을 테지만 만약 동반자살에 조금이라도 환상을 갖고 있었다면 이는 훨씬 더 견디기 어려운 일이다.

— 『시가 나오야 전집 제8권』 중에서

이런 방식으로 대략 한 페이지에 한 번씩 '동반자살은 싫다'고 썼다. 분명 이런 반복은 후회와 '꺼림칙함'의 표명으로 이어진다. 그럼에도 거리끼는 감정에 따라붙기 쉬운 소극적인 태도와는 다른 일종의 안정적인 전진감도 느껴진다. 산문에서 내용을 반복할 때 통상적으로 '되풀이가 되지만'이나 '방금 앞에서 서술했다시피'라는 식으로 말을 꺼내는데, 그럴 경우 조심스러우면서 꺼리는 마음이 따라오기 쉽다. 제1장과 제8장에서도 다뤘듯이(이 말이 바로 그런 부분이다), 그러한 되풀이에 대한 의식 차이야말로 산문과 시를 나누는 최대 분기점이다. 하지만 지금 예로 든 발췌 부분을 살펴봐도 시가 나오야의 경우에는 반복에 수반되는 논리의 정체와 말의 과잉의식이 거의 없다. 오히려 '그러나'와 '어쨌든'으로 시작되는 어투에서는 정정당당하게 이야기를 꺼내는 자신감마저 보인다.

왜 그럴까? 적어도 이런 점이 시가 나오야의 '매력'임에 틀림없다. 그러나 사람에 따라서는 다자이 오사무가 비난하려 했던 '강함' '청렴결백' '훌

류함'의 꺼림칙함을 감지하지 않았을까.

속도가 붙지 않는 독서

많은 사람들이 실감하겠지만 소설 또는 좀 더 광범위하게 산문으로 쓰인 도서류까지 포함해서 독자가 글을 읽어나갈수록 속도도 따라서 빨라진다. 맨 처음 열장, 중반부의 열 장, 마지막 열 장은 읽는 데 걸리는 시간은 뒤로 갈수록 점차 짧아진다. 그것은 아마도 독자가 글을 읽어나가면서 글의 전제가 되는 내용을 골라내어 축적하기 때문일 것이다. 초반에는 작가가 묘사한 세계의 설정이나 상식을 제로지점에서 구축해야 하지만 점차 그럴 필요가 없어지면서 정보량이 일정하거나 혹은 증가해도 독자의 흡수율은 훨씬 증가한다. 흡수 속도가 고조되면서 독서는 재미거리가 되고 거기서 쾌락을 느낄지도 모른다.

그런데 시가 나오야의 글에서는 흡수율의 고조 현상이 별로 없다. 읽어나가도 속도가 빨라지지 않는다. 이것은 증명하기 어려운 감각이지만 앞에서 언급한 문제와 연관해서 생각하면 한 가지 제안이 가능해 보인다. 요컨대 시가 나오야의 문장에서는 '축적'이 잘 일어나지 않는다. 읽는 속도의 증가는 일종의 관성에서 비롯된다. 어떤 글을 독해하기 위한 문법이 노하우로 축적되고, 독자가 그 문법에 익숙해짐에 따라 읽는 속도가 빨라진다. 시가 나오야의 글에서는 뭔가가 이런 축적을 방해한다.

예컨대 「기노사키(城の崎)에서」를 보자. 전차에 치였다가 구사일생으로 살아난 화자가 요양을 위해 기노사키 온천[179]을 찾아가는 이야기다. 작가에 따르면 "있는 사실 그대로 쓴 소설"이라고 한다. 이 글에서는 쥐나 벌,

---

179) 기노사키(城崎)온천: 일본 효고 현 도요오카 시(兵庫県 豊岡市)에 있는 온천. 헤이안(平安) 시대부터 알려져 있었으며 1,300년 동안 이어져 왔다.

도롱뇽의 죽음이 삶과 죽음의 경계에 대해 민감해진 화자의 눈을 통해 전개된다. 원고지 스무 장 정도로 아주 짧은 작품이다.

클라이맥스 부분은 도롱뇽의 죽음이지만 그 전에 강에서 익사한 쥐의 모습이 묘사된다.

얼만치 오자 다리며 언덕에 사람들이 서서 무언가 강 속의 물체를 보고 야단들이었다. 강에 빠져있는 커다란 쥐를 보고 있었다. 쥐는 열심히 헤엄쳐 도망치려 애썼다. 쥐의 머리 부분에 일곱 치[180]정도의 꼬챙이가 꽂혀 있었다. 그 꼬챙이는 머리 위로 세 치, 목으로 세 치 길이로 튀어나와 있었다. 쥐는 돌담을 기어오르려 했다. 아이들 두세 명과 사십대 인력거꾼 한 명이 쥐를 향해 돌을 던졌다. 좀처럼 맞지 않았다. 돌담에 맞아 탁 하고 튀어 올랐다. 구경꾼들은 크게 소리 내어 웃었다. 쥐는 돌담 틈에 간신히 앞발을 걸쳤다. 빠져나가려는 순간 꼬챙이가 걸렸다. 그러다가 다시 물에 빠졌다.

― 『시가 나오야 전집 제3권』 중에서

짧은 문장이 계속되면서 절박함을 자아낸다. 긴장감도 일으킨다. 쓸데없는 수식어와 감정표현의 삽입이 적다. 저자가 말한 '있는 사실 그대로(다음 장에서 상세히 기술하겠다)'라는 느낌도 전해진다. 꾸밈없고 솔직하게 느껴진다.

그러나 절박함이나 솔직한 표현이 독서 속도에 영향을 주지는 않는다. 여기서는 짧은 문장이 연속적으로 물밀듯이 밀어닥쳐서 앞으로, 앞으로 쇄도하는 느낌을 자아내지 않기 때문이다. 각각의 문장은 어디까지나 등가(等價)라고 할까, 서로 균형을 이루고, 또한 각자 독립해 있는 듯 보인다.

앞으로 고꾸라질 듯이 몰아치는 속도감을 내는 가장 단순한 장치는 문

---

180) 치(寸): 길이의 단위. 한 치는 한 자의 10분의 1 또는 약 3.03cm에 해당한다.

장의 길이를 조금씩 길게 하는 것이다. 예를 들면 다카무라 고타로[181]는 다음에 열거한 글속에서 이런 속도감을 훌륭하게 연출했다. 「너덜너덜한 타조」라는 시다.

> 무슨 재미로 타조를 기르는가.
> 동물원의 네 평 반 진흙탕 속에 있기에는
> 다리가 너무 길지 않은가.
> 목이 너무 길지 않은가.
> 눈 내리는 나라에서 이대로는 날개가 너무 너덜너덜하지 않은가.
> — 『다카무라 고타로 전시집(全詩集)』 중에서

세 번째 행에서 다섯 번째 행에 걸쳐 '너무 ~하지 않은가'라는 어미를 되풀이함으로써 문장이 길어져 '속도감의 증대'가 연출되고, 감정의 축적과 함께 서정적으로 고양되는 느낌이다.

「기노사키에서」는 이렇게 절박한 장면에서도 '긴 문장→짧은 문장'의 흐름이 눈에 띈다. 앞의 인용부분을 행갈이해서 보면 알기 쉽다.

> 얼만치 오자 다리며 언덕에 사람들이 서서 무언가 강 속의 물체를 보고 야단들이었다.

---

181) 다카무라 고타로(高村光太郎, 1883~1956): 일본의 시인, 조각가, 화가. 당시로서는 드물게 미국과 프랑스에서 조각을 공부하였고, 조각가와 시인으로서 두 분야 공히 뛰어난 작품을 많이 남겼다. 일본 문학사상 근·현대를 대표하는 시인이며, 정신병에 걸린 부인 지에코를 헌신적으로 사랑한 시편들로서도 유명하다. 또한 젊은이들에게 도전의식을 심어주는 『도정』 (1914) 같은 시는 커다란 스케일이 압도적이다. 2차 세계대전 중에 전쟁 협력시를 썼던 일을 뼈저리게 반성하여, 패전 직전부터 스스로에게 형벌을 내리듯 7년 동안 혼자서 이와테 현(岩手県)의 산속 움막집에 틀어박혀 힘든 생활을 했고, 전쟁 협력시를 쓴 자신의 과거를 깊이 참회하는 내용의 『암우소전(暗愚小伝)』(1947)을 썼다. 시집, 단카 가집, 미술평론집, 수필집 등 다수의 저서가 있으며, 『고흐의 회상』 『로댕의 말』 등 화가에 관한 10여 권의 번역서가 있다.

강에 빠져있는 커다란 쥐를 보고 있었다.

쥐는 열심히 헤엄쳐 도망치려 애썼다.

쥐의 머리 부분에 일곱 치 정도의 꼬챙이가 꽂혀 있었다.

그 꼬챙이는 머리 위로 세 치, 목으로 세 치 길이로 튀어나와 있었다.

쥐는 돌담을 기어오르려 했다.

아이들 두세 명과 사십대 인력거꾼 한 명이 쥐를 향해 돌을 던졌다.

좀처럼 맞지 않았다.

돌담에 맞아 탁 하고 튀어 올랐다.

구경꾼들은 크게 소리 내어 웃었다.

쥐는 돌담 틈에 간신히 앞발을 걸쳤다.

빠져나가려는 순간 꼬챙이가 걸렸다.

그러다가 다시 물에 빠졌다.

짙은 글씨로 표시했듯이 문장 곳곳에 앞에 나오는 문장보다 짧은 문장이 삽입되어 속도가 떨어진다. 사태가 절박하고 긴장감이 증가하는데도 마치 액셀을 밟았다고 생각했건만 브레이크를 밟은 듯한 느낌이다. 매번 끼익, 끼익 브레이크를 걸어 멈추게 하는 힘이 작용해서 속도는 좀처럼 축적되지 않는다.

물론 우리는 시가 나오야의 문장을 읽으면서 '아, 길어지다가 짧아졌군.'이라고 알아차리지는 못한다. 하지만 왠지 모르게 속도가 빨라지려 할 때마다 그 힘이 억제되는 듯한 독특한 속도감을 느낀다. 시가 나오야가 '정신의 리듬'이라 했던 것과 일맥상통한다. '리듬'이라는 제목을 붙인 짧은 수필에서 인용해보자.

매너리즘이 왜 나쁜가. 본래 여러 번 같은 일을 되풀이하면 점점 '능숙'해져서 좋겠지만 단점은 '능숙'해지면 리듬이 떨어진다. '정신의 리듬'이 사라져버리는 까닭이다. '능숙'해졌지만 '시시해졌다'고 하는 예술품은 모두 그런 예이다. 아무리 '능숙'해졌어도 작가의 리듬이 느껴지지 않기 때문이다.

— 『시가 나오야 전집 제6권』 중에서

'정신의 리듬'이라는 이 '멋진' 표현에 난색을 표하는 사람도 있을지 모른다. 하지만 이는 단순한 개념이 아니라 지극히 구체적인 문장작법이라고 생각한다. '능숙함'에 빠지지 않고 끝까지 '리듬'을 유지한다는 것은 시가 나오야에게는 점점 기세를 올리더라도 그 기세를 축적하지 않는 문장과 호응하는 방법을 의미하는 것이 아닐까.

달리 말하면 문장이 어디까지나 문장으로서 독립하여 문장에 휩쓸리지 않는다는 뜻이다. 일반적으로 글 속에서 문장을 나열하면 할수록 각각의 문장은 글 전체의 한 요소로 축소된다. 문장은 글에 종속되고, 축적된 기세에 편승하지 못한다. 그러나 시가 나오야의 글은 앞의 장문 사용 예에서 볼 수 있듯이 문장이 좀처럼 글 속에 녹아들지 않는다. 끝까지 문장을 문장으로서만 이야기하려는 듯한 태도가 엿보인다.

이와 관련된 재미있는 사실은 시가 나오야가 '그러나'를 쓰는 방법이다. 고바야시 유키오[182]는 「기노사키에서」라는 작품에 나오는 '그러나'를 면밀히 분석했는데 거기에 '공백'이 있지 않을까 지적한다. 화자가 왜 '그러나'라는 역접접속사를 사용해야 했는지 그 논리관계가 현재 불명확하기 때문이다. 독자 입장에서는 그 '공백'을 메워야 한다. 고바야시 유키오는 더 나아가 상당히 흥미로운 지적을 했다. 역접접속사 '그러나' 뒤로 고요함을 서

---

182) 고바야시 유키오(小林幸夫, 1950~): 일본문학자, 교수. 일본 근대문학, 특히, 메이지(明治)와 다이쇼(大正) 시대의 문학을 연구했다. 저서로는 『설화와 하이카이(俳諧) 렌가(連歌)의 무로마치(室町):노래와 잡담의 전승 세계』, 평론집 『인지(認知)로의 상상력—시가 나오야 론(論)』 등이 있다.

술해 놓았다는 것이다. 예컨대 다음과 같다.

 '그러나'라는 접속사는 '자신'의 논리 속에서는 최종적인 감정의 귀결을 이
끌어 내기 위한 말이고, 문법과 따로 구분지어 자신의 심리 상태를 있는 그대
로 이야기하기 위한 버릇이다. 구문 논리의 경계를 뛰어넘어 '자신'을 있는 그
대로 이야기하는 기능이 부가된 이 '그러나'는 말하자면 기존의 문법체계에서
'자신'의 문법체계로 납치되어 새로 호흡하기 시작했다는 뜻이기도 하다.
    － 『인지로의 상상력』 중에서[183]

   구문 논리의 경계를 뛰어넘어 '자신'을 있는 그대로 이야기하는 기능이
부가된 이 '그러나'라는 말은 요컨대 문장에서 독립한 '그러나'라고 바꿔
말해도 무방하다. 물론 사태는 '그러나'의 문제로만 끝나지 않는다. '그러
나'의 사용법이 전형적으로 시사하는 바는 시가 나오야의 이야기에서 문
장과 문장 사이의 긴장관계다. 하나의 작품으로 완결되기 위해서 문장은
당연히 글의 일부여야 한다. 그러나 시가 나오야의 문장은 글의 종합 작용
에 저항한다. 글의 흐름이 만들어내는 관성의 '기세'에 의하지 않고 기존에
축적된 힘을 적극적으로 저지하면서 마치 각각의 문장이 독립하여 새로운
출발을 하듯이 이이야기가 전개된다. 이 점이 바로 시가 나오야의 응시 작
법의 근본적인 특징이 아닐까 생각한다.

시가 나오야와 응시작법

   일반적으로 응시라는 행위에는 어느 정도 시간을 들여서 지그시 관찰하

---

183) 시모오카 유카(下岡友加, 1972~, 일본근대문학 연구자, 교수)는 최종 원고에 자주 등장하
    는 〈역접＋고요함〉이라는 패턴이 초고의 단계에서는 거의 보이지 않는 점을 지적하고 있다.
    『시가 나오야의 작법』(pp.16~17). ―저자 주.

여 대상을 조목조목 조사한다는 의미가 포함되어 있다. 언뜻 쓸데없는 작업으로도 보인다. 이미 본 것을 다시 보는 행위이다. 제3장에서 다룬 슬로모션 같은 일종의 동어반복이다. 왜 시간을 들여야 하는가. 시간을 들이는 행위를 통해 이미 본 것과는 다른 것을 발견하고 싶기 때문이다. 같은 것을 보면서 다른 것을 알려고 한다. 대상의 표피를 벗겨 그 안을, 나아가 그 진실을 꿰뚫어 보려 한다. 그러나 이는 비유에 불과하다. 실제로는 눈으로 껍질을 벗기거나 속을 관통하지는 않는다. 그럼 거기서 무슨 일이 일어나는가 하면, 보는 행위를 둘러싸고 일종의 축적이 이루어지면서 기세가 발생한다.

문장이 연속됨에 따라 점차 기세를 쌓아가는 것과 마찬가지로 똑같은 것을 보고 있으면 우리의 인식은 대상과 점점 친해지고 익숙해진다. 거기서 축적이 이루어진다. 이미 아는 사실을 전제로 깔고 다음, 또 그 다음으로 계속 쌓아가다 보면 그 앞을 보게 된다. 마치 문장의 기세에 편승하면 다음, 또 다음 하면서 문장의 '현재'를 생략하듯이 읽는 것과 마찬가지로.

이렇게 현재를 보지 않게 된 시선의 종착점은 궁극적으로 환시다. 거기에 존재하지 않는 것을 본다. 사물이나 형태가 아니라 눈에 보이지 않는 것, 정신을 통해서만 볼 수 있는 것을 읽는다. 제2장에서 예로 들었던 한스 홀바인의 〈대사들〉에서 유발된 응시가 가마치 미쓰루[184]의 시선까지 포함해서 점차 화면에서 멀어져 보이지 않는 선을 환시하는 이유도 그 때문이다. 이것을 가능케 하는 것이 각 전제를 발판으로 한 응시 고유의 기세였다. 기존 지식을 지우고 인지된 정보의 축적보다 더 멀리 있는 것만을

---

184) 가마치 미쓰루(蒲池美鶴, 1951~): 일본의 영문학자. 2000년 평론 『셰익스피어의 애너모포시스(anamorphosis)』로 산토리학예상 수상. 애너모포시스란 수수께끼 그림의 하나로 일그러지게 그린 그림을 원기둥 모양의 거울에 비치면 정상적으로 보이게 그린 그림을 말한다.

보기 때문에 사물과의 분리가 가능해진다.

시가 나오야의 문장 상의 고집은 문장의 축적으로 인해 생기는 글에 대한 저항이라고 할 수 있다. 이와 같은 축적의 저항은 시가 나오야의 응시 방법에도 반영되어 있다. 시가 나오야의 시선에는 독특한 점이 있다. 그 시선은 집요하고 정밀하지만 시간을 들인 그 시선에 쉽게 수반되는 기세가 없고, 관성의 힘을 이용해서 그 너머에 있는 것에 다다르려는 기색이 별로 느껴지지 않는다. 오히려 보자마자 보았다는 사실을 잊어버리는 허무함이 있다. 「기노사키에서」의 클라이맥스 부분은 다음과 같다.

나는 도롱뇽을 놀라게 해서 물에 빠트리려고 했다. 불안하게 몸을 뒤뚱거리며 기어가는 모습이 떠올랐다. 나는 쭈그린 채 옆에 있는 작은 공 크기의 돌을 집어 던졌다. 나는 특별히 도롱뇽을 겨냥하지는 않았다. 겨냥해도 제대로 맞추지 못할 만큼 돌 던지는 데 서툰 나는 그 돌이 맞으리라는 생각을 전혀 하지 않았다. 돌은 탁 소리를 내며 흐르는 물에 떨어졌다. 돌이 떨어지는 소리와 함께 도롱뇽은 네 치쯤 옆으로 뛰는 듯 보였다. 도롱뇽은 꼬리를 뒤로 젖히고 높이 뛰어올랐다. 나는 어찌되었지 라고 생각하며 바라보았다. 처음에 돌이 맞았다고는 생각하지 못했다. 뒤로 젖혀져 있던 꼬리가 자연스럽게 가만히 내려앉았다. 관절을 펴듯이 해서 경사면에 버티고 있더니 앞에 달린 양쪽 다리의 발가락이 속으로 말려들어가면서 도롱뇽은 힘없이 앞으로 고꾸라졌다. 꼬리가 정통으로 돌에 맞았다. 더 이상 움직이지 않았다. 도롱뇽은 죽었다. 나는 엉뚱한 짓을 했다고 생각했다. 나는 벌레는 잘 죽였지만 도롱뇽을 죽일 작정은 아니었는데 죽어버려서 기분이 묘하게 꺼림칙했다.

— 『시가 나오야 전집 제3권』 중에서

이 부분은 신기할 정도로 '기세가 없다'는 점이 인상적이다. 단문에서 장문으로 변하면서 '기세'가 붙는 구성은 취하지 않았다. 문장들은 각각 앞

뒤 문장과 독립되어 있고, 단락을 지어 기세를 낼 기미는 전혀 보이지 않는다. 이 부분도 행갈이를 해보면 더 분명하게 알 수 있다.

> 불안하게 몸을 뒤뚱거리며 기어가는 모습이 떠올랐다.
> 나는 쭈그린 채 옆에 있는 작은 공 크기의 돌을 집어 던졌다.
> 나는 특별히 도롱뇽을 겨냥하지는 않았다.

각각의 목소리가 제멋대로 발언하고 있는 느낌이다.

이와 마찬가지로 지긋이 도롱뇽을 보는 시선도 결코 한 곳을 향해 안으로 파고드는 응시로는 발전하지 않는다. '처음에 돌이 맞았다고는 생각하지 못했다. 뒤로 젖혀져 있던 꼬리가 자연스럽게 가만히 내려앉았다. 관절을 펴듯이 경사면에 버티고 있더니 앞에 달린 양쪽 다리의 발가락이 속으로 말려들어가면서 도롱뇽은 힘없이 앞으로 고꾸라졌다. 꼬리가 정통으로 돌에 맞았다. 더 이상 움직이지 않았다.' 작은 도롱뇽을 포착한 시선은 도롱뇽을 하나의 전체, 이른바 '주안점'으로 인식하기보다는 '꼬리' '관절' '앞발' 식으로 세부에서 세부로 넘어갈 뿐이다.

도롱뇽의 '꼬리'나 '관절'이라고 하면 분명 미세한 것이라고 생각되는데, 이 장면에서는 그러한 미세하고 작다는 의식이 전혀 없다. 아무 일도 없었다는 듯 슬쩍 사소한 이야기를 꺼낸다. 극소화 자체를 하나의 놀라운 사건으로 주제화하려는 의지가 없다. 응시를 둘러싼 드라마는 때로 축적된 기세에 편승한 시선이 아주 사소하거나 보이지 않는 것을 발견하는 '클로즈업'과 '가시화'된 플롯을 취하기도 한다. 이러한 플롯은 또한 근대적인 이야기의 원형이기도 하다. 회화의 전형적인 원근법처럼 근대의 이야기는 아득히 먼 곳의 사물을 화면 안에 하나의 소실점으로 두고, 그 소실점을 목표로 하여 올려다보며 세계를 재구성하는 시선으로 만들어져 왔다.

그 원동력은 작은 것과 먼 것을 온 힘을 다해 눈을 부릅뜨고 바라보는 눈빛이다. 요컨대 작은 사실을 좀 더 크게 확대하는 것이 이야기의 큰 모티브를 이루어왔다는 뜻이다. 슬로모션도 시간의 미분(微分)이라는 의미에서는 근대적 시선의 하나의 전형이다. 비밀을 폭로한다거나 먼 과거에서 다시 찾아오는 플롯에서도 동일한 시선을 찾아볼 수 있다.

그런데 지금 「기노사키에서」에서는 도롱뇽을 바라보는 응시를 설정했지만, 그런 시선을 통해 성찰한다는 명확한 응시를 설정했지만, '가시화'된 결말로는 이어지지 않는다. 오히려 가시화에서 벗어나거나 저항하는 듯 보인다. 마치 연속적으로 등장하는 시가 나오야의 문장은 시원시원하고 간결하지만 결코 문장의 기세를 만들어내지 않는 것과 같은 원리다.

고바야시 유키오는 시가 나오야의 '눈'에 주목했다. 시가 나오야 자신도 '있는 그대로'라는 개념을 즐겨 언급했다. 긴 세월에 걸쳐서 쓴 『암야행로』[185]에서도 마찬가지로 '눈'을 둘러싼 집착은 시가 나오야의 가장 강한 고집 중 하나였다. 그러나 시가 나오야의 눈과 글에서 드러나는 것은 근대적인 응시와는 미묘하게 달랐다. 글은 쓰자마자 잊어버리고 새로운 글이 마치 아무 상관없다는 듯 여기저기 출현한다. 그 눈에 떠오르는 사물도 가속도를 띤 가시화의 연장선상에 있지는 않다. 하나하나 독립적인 개체다. 이는 아무리 바라보아도 바라보는 대상에 휘말리지 않을 것이며, 아무리 이야기해도 그 이야기에 말려들지 않겠다는 실로 정교하고 미묘한 곡예의 표현처럼 보인다.

그만큼 논리를 이야기하고 기분에 구애받았던 작가가 이렇듯 보이지 않는 정신에서 자유로웠다는 사실은 가히 놀랄만하다. 정말로 마음이 없기

---

185) 암야행로(暗夜行路): 시가 나오야의 장편소설로 1921년 1월부터 1937년 4월까지 잡지 『가이조(改造)』에 연재한 작품이다. 주인공 도키토 겐사쿠(時任謙作)가 순수한 자아, 정신과 육체의 방황을 통해 자아가 어떻게 형성되어 가는지를 그렸으며, 가혹한 운명의 고통을 견디며 자신을 다시 세워가려 애쓰는 내적 풍경이 줄거리를 이룬다.

때문이다. 있는 것은 글과 사물뿐이다. 도덕으로부터의 자유를 외치고 자신의 마음보다 상대의 시선에 줄곧 신경 썼던 다자이 오사무 같은 작가가 실제로 문장에서는 어떻게 자유로워지는지 사고팔고[186]의 번뇌 끝에도 결국 안정된 경지에 이르지 못했으니, 시가 나오야 같은 작가와 맞섰을 때 그 초조함이 어땠을지 상상하고도 남는다.

---

186) 사고팔고(四苦八苦): 불교에서 이르는 중생세계의 여러 가지 고통을 말한다. 사고(四苦)는 생(生)·노(老)·병(病)·사(死)의 네 가지를 의미하고, 이에 사랑하는 자와 이별하는 고통(愛別離苦), 원망스럽고 미운 것을 만나야 하는 고통(怨憎會苦), 구해도 얻지 못하는 고통(求不得苦), 오음이 성하는 고통(五陰盛苦)의 넷을 합하여 팔고(八苦)라고 한다.

제11장 보려고 하지 않고 보다

— 시가 나오야[187], 롤랑 바르트, 조르조 모란디의 미술

시가 나오야의 이상(異常)

시가 나오야(志賀直哉)에게는 '이상 지각'이 있었다고 한다. 예지능력과 같은 지각이다. '어떤 일이 생기겠다.'고 생각하면 그대로 되었다고 한다.

"길을 걷다가 '이 길을 좀 더 걸어가면 누군가와 만나겠구나."라는 생각이 들 때가 있어. 그리고 그 사람이 머릿속에 떠올라. 그러면 반드시 그 사람과 만나게 돼. 예전에 나라(奈良) 지방에 살았을 때, 오사카(大阪)로 나와서 한큐 전차(阪急電車)를 타고 고베(神戶)로 가는데 다음 역에서 다니자키 준이치로 (谷崎潤一郞)[188] 군이 분명 이 전차를 탈거라는 생각이 들었어. 사다코(康子)

---

187) 시가 나오야(志賀直哉, 1883~1971): 일본의 소설가. 이상주의적 · 인도주의적 경향을 가진 시라카바파(白樺派) 작가로 분류된다. 객관적인 사실과 예리한 대상 파악, 엄격한 문체로 독자적인 사실주의를 형성하여 '소설의 신'으로 불리기도 한다. 작품은 사소설, 심경소설로 불리기도 하지만, 문체는 근대 산문의 전형으로 높이 평가받고 있다. 대표작으로 사생활의 사건을 제재로 한 사소설적인『화해』, 자연과의 교류를 통해 삶과 죽음을 응시한『기노사키(城の崎)에서』, 아버지와의 불화를 소재로 한 자서전적 작품으로 완성까지 20여년이 걸린 대작『암야행로(暗夜行路)』등 20여권의 저서가 있다. 1949년에는 문화훈장을 받았다.

188) 다니자키 준이치로(谷崎潤一郞, 1886~1965): 일본의 소설가, 극작가. 일본을 대표하는 탐미주의, 예술지상주의 문학의 거장이다. 당시 유행하던 자연주의의 테두리를 벗어나, 여성애, 마조히즘 등을 특징으로 하는 작품들을 발표하여 독자적인 문학세계를 구축했다. 1910년 와쓰지 데쓰로(和辻哲郞) 등과 제2차『신시초(新思潮)』를 창간하여 단편소설『문신』『기린』을 발표하였고, 다음해에는 문예잡지『스바루』에 희곡『신서(信西)』, 단편소설『소년』을

와 같이 있었으니 살짝 귀띔이라도 해뒀으년 새미있었을 텐네 말하지는 않았지. 역시 다니자키 군이 타더라고. 오늘도 왠지는 모르겠지만 네가 올 거라고 생각했어. 이제 올 때가 된 거 같은데 정도가 아니라 확실히 올 거라고 생각했어."

– 아가와 히로유키(阿川弘之)[189] 『시가 나오야, 상권』 중에서

아가와는 위와 같이 시가 나오야의 글을 인용하면서 미신을 싫어한 시가 나오야가 스스로를 원시인이나 야생동물에 비견하며 예지능력을 믿었다고 증언한다. 심지어 이 '이상 지각'은 미래뿐 아니라 과거로도 향해 있다. 마음에 남은 영상을 그대로 정확하게 기억하는 이른바 '포토그래픽 메모리'다. '마음에 끌려서 본 대상은 미술품이나 배우의 무대 모습 또는 자연의 경치에서도 색채와 형태가 그대로 뇌리에 각인되어 몇 십 년이 지나도 사라지지 않는다. 바로 그런 기억력이다.'(『시가 나오야, 상권』 중에서). 시가 나오야의 작품 『암야 행로(暗夜行路)』의 마지막 부분에 그의 이런 부분이 잘 드러나 있다. 새벽 풍경을 묘사한 구절인데, 23년 전의 기억을 토대로 했음에도 당시의 지리를 매우 정확하고 생생하게 그려내어 시가 나오야의 유별난 기억과 관찰안을 증명했다.

그런데 정말일까? 아가와는 시가 나오야의 작품이나 대화에 '확실히'라는 단어가 자주 등장한다는 것을 지적한다. 이 '확실히'라는 단어가 나타내는 것은 시가 나오야의 지각이 확실하다는 것보다는 그 확실함에 본인이

발표하여 극찬을 받았다. 소설 작품으로 『장님 이야기』 『이단자의 슬픔』 『치인(痴人)의 사랑』 등이 있고, 소설 외에도 희곡, 평론, 수필 등 다수의 저서가 있다. 1948년 『세설(細雪)』로 아사히문화상, 1949년 문화훈장을 수상했으며, 그 외에도 여러 문학상을 수상했다.

189) 아가와 히로유키(阿川弘之, 1920~2015): 일본의 소설가, 평론가. 해군병학교를 나와 태평양전쟁 당시 중국에서 중위로 근무하던 중 패전을 맞았으며, 일본으로 돌아간 후 시가 나오야의 문하로 들어가 소설가의 길을 걷기 시작했다. 데뷔작인 『봄의 성』으로 요미우리문학상을 수상했으며, 『구름의 묘비』와 같은 전쟁 체험 소설을 다수 집필했다. 만년에 스승인 시가 나오야의 평전을 썼다.

해당되었다는 것은 아닐까? 결국 이런 에피소드를 통해 드러난 것은 본래 보일 리 없는 것이 선명히 보이는 것에 대한 놀라움이 아닐까 싶다.

그 배후에는 시각이 반드시 '보려고 하는 의지'에 의해 통제되지 않는다는 상황이 있다. 앞에서도 서술했듯이 시가 나오야가 가진 눈의 명석함은 응시의 이야기에는 포함되지 않는다. 이 명석함은 보이지 않는 것을 애써 보이는 것으로 하려는 가시화 과정을 통해 도달할 수 있는 것이 아니다.

이 점에 대해서 고바야시 히데오(小林秀雄)[190]는 '시가 나오야' 속에서 '보려고 하지 않고 보는 눈'이라는 매우 흥미로운 표현을 썼다.

나는 소위 혜안이라는 것이 두렵지 않다. 어떤 눈은 어떤 대상을 오직 한쪽 면밖에 볼 수 없지만 어떤 눈은 다양한 각도에서 볼 수 있다. 그런 눈을 세상 사람들은 혜안이라고 부른다. 말하자면 경이로울 정도로 이해력이 뛰어난 눈을 말하는데, 이해력이 뛰어나다고 하는 용이한 인간 능력이라면 나에게도 있다. 나 자신을 혜안으로 바라보아 당황한 적은 없다. 혜안은 기껏해야 내 허언을 통찰할 때 사용하는 게 전부다. 나에게 놀라운 것은 결코 보려 하지 않으면서 보는 눈이다. 사물을 보려면 어느 각도에서 보아야 하는지 고민할 필요가 없는 눈, 그 시점을 얼마나 자유롭게 할지 내 힘으로는 결정하지 못하는 눈이다. 시가 나오야의 모든 작품의 근저에 그런 눈이 빛나고 있다.

― 『신정(新訂) 고바야시 히데오 전집 제4권』 중에서

자못 고바야시다운 직감적인 표현법인데, 미래의 사건을 예지하거나 과

---

190) 고바야시 히데오(小林秀雄, 1902~1983): 일본의 평론가, 편집자, 작가. 비평의 새로운 분야를 개척하여 문학평론을 확립하였고, 근대기 평론에서 견인차 역할을 했다. 1938년 문예 잡지 『분게이슌주(文藝春秋)』 특파원으로 중국에 갔을 무렵, 『의혹』 『이데올로기 문제』 『올림피아』 등 사회·문화 관련 평을 발표하였고, 이에 대해 문학지 『신일본문학』에서 전쟁 범죄인으로 지명하자, 음악·회화·철학으로 관심을 돌려 『나의 인생관』 『고흐의 편지』 『근대 회화』 등을 발표했다. 그밖에도 『사소설론』, 『무상이라는 것』 등 저서 다수. 문화훈장, 일본예술원상, 일본문학대상 등 여러 문학상을 수상했다.

거의 상황을 또렷이 상기하는 시가 나오야의 '볼 의도는 없었지만 보게 되었다'라고 하는 '의지의 부재' 부분을 잘 포착했다고 생각한다. 이른바 '혜안'이 대상을 정하고 다양한 각도에서 그 대상을 들여다보는 것에 의해 제대로 알게 되는 데 비해 시가의 눈에는 그러한 대상이 없다는 말이다.[191]

대상이 없는 시선이란 어떤 것일까. 시가 나오야가 자신의 작품을 이야기할 때 단서가 되는 말 중 '있는 그대로'라는 표현이 눈에 띈다. 「기노사키에서」[192]에 대해 작가 자신이 짧게 기록한 다음의 구절을 예로 들어보자.

> 이 역시 있는 사실 그대로를 담은 소설이다. 쥐의 죽음, 벌의 죽음, 도룡뇽의 죽음, 모두 그때 며칠간 실제 목격한 일이었다. 그들로부터 받은 느낌을 있는 그대로 그리고 솔직하게 쓸 수 있었던 셈이다. 소위 심경소설이라 일컫는 것도 여유에서 비롯된 심경은 아니었다.
>
> — 『시가 나오야 전집 제6권』 중에서

작가가 '사실 그대로'라는 표현을 통해 강조하고자 하는 것은, 실제와 똑같다거나 리얼하다는 것이 아니다. 중요한 점은 '솔직히 쓸 수 있다'라는 사실이다. 거짓은 아니다. 낮잡거나 왜소화하지 않다.

'솔직'이라는 표현에서 기독교의 참회를 상기시키는 '고백'이 떠오를지

---

191) 그렇다면 그 대신 무엇이 있는가. 결국 고바야시는 그것을 시가 나오야라는 개인의 자질 탓으로 돌리려고 생각했다. '시가 나오야의 시점의 자유도는 그의 자질이라는 하나의 자연에 의해 명확하게 정해진다. 그에게 대상은 표현되기 위하여 그의 의식에 의해 개변(改變)되어야 하는 것으로 나타나지 않는다. 그가 바라보는 모든 풍경이 표현 그 자체이다'(『신정(新訂) 고바야시 히데오 전집 제4권』, p.24). —저자 주.

192) 기노사키(城の崎)에서: 시가 나오야가 1910년 동인지 『시라카바(白樺)』를 창간하고 1917년 이 잡지에 발표한 단편소설. 작가 자신의 아버지와의 불화를 바탕으로, 사고를 당한 자신의 체험에서 철저한 관찰력으로 생과 사의 의미를 사유하며 집필하였고 군더더기 없는 간단명료한 문체와 적절한 묘사를 구사하여 명문으로 손꼽힌다. 심경(心境)소설의 대표적인 작품이다. 1918년 신초사(新潮社)에서 단행본으로 출간되었다.

도 모른다. 분명 시가 나오야의 작품 중에는 아내가 간통을 고백하는 『암야행로』를 비롯하여 「호인(好人) 부부」 「유행성 독감」 등 주제가 '고백'과 관련된 작품들이 많다. 하지만 '대상이 없는 혜안'이라는 시가 나오야이기에 가능한 눈의 본연의 상태를 감안하면, 이 '솔직'은 단순히 자신에게 좋지 않은 일을 숨김없이 말한다는 의미의 기독교적 논리성만이 아니라, 애초에 눈앞에 나타난 세상이라는 표상에 대해 체념하고, 이를 모두 받아들이려는 포기와 체념이란 태도와도 통하는 뭔가를 나타내고 있는 듯하다. 시가의 시선은 특정의 대상에 끈질기게 들러붙어 파헤치고 가시화하고 의미를 부여하는 응시와는 다르다. 오히려 대상 쪽이 마음대로 하도록 맡긴다. 맡겨버릴 수가 있다. 그리고 상대가 나오기를 기다린다.

시가 나고야의 젊은 시절의 '일기'(1911년 1월 10일)에 다음과 같이 써 놓은 글이 있다. 잘 알려진 내용이다.

> 나는 모든 사물의 디테일(detail)을 이해하지만 전체(whole)를 이해하는 힘은 지극히 약하다.
> 나는 소설가로서 라이프(life)의 디테일을 쓰면 된다고 생각하지만, 전체를 알지 못한다고 생각하면 조금 불쾌하다. 하지만 내 자신이 전체를 알 수 있는 것도 아니라는 생각이 든다.
> 디테일은 진리이지만, 전체를 말하는 영문 '홀'은 '비요' 같은 오자도 포함된다고 생각한다.
>
> ─『시가 나오야 전집 제12권』 중에서

'전체보다 세부'라는 것은 소설의 기법에서 그다지 의외는 아니다. 소설가라면 누구나 지니고 있을 법한 기본 자질이며, 오히려 전형적으로 여겨지기도 한다. 하지만 그 근저에 시가 나오야의 '결코 보려고 하지 않고 보는 눈'이 있다면, 상황은 조금 심상치 않은 양상을 띤다. 세부가 제멋대로 돌출하는 것이다. 세부와 전체가 유기적으로 연결되지 않고 저마다의 세상을 구성한다. 이는 대체 어떤 시선의 방법인가. 앞 장에 이어서 이번 장에서도 시가 나오야를 시작으로 사진과 회화의 예를 들어 20세기에서만 볼 수 있는 응시의 움직임에 대해 생각해보고자 한다.

'주의'의 시대

시가 나오야의 경우, 이상 지각과 세부의 돌출을 응시에서 생긴 역사적인 변화 속에서 생각하면 흥미롭다. 제4장에서 크래리의 의견을 소개했듯이 19세기 말, 주의와 부주의의 대치가 응시의 경우에는 주체성을 대신 구성하는 양태를 취했다. 이런 견해 외에도 응시라는 지극히 '정통적'인 시선의 형식이 무너져 가는 흔적은 곳곳에서 확인할 수 있다. 20세기 이후 표상의 역사는 응시와 응시가 아닌 것과의 줄다리기의 과정으로 인식될 수 있다. 응시로부터의 일탈로 인해 시선의 형태가 만들어졌다.

이러한 변화가 가장 첨예하게 나타난 영역은 사진이다. 액자 속에 들어 있는 그림은 원근법에 따르면 좀 더 깊이 볼 수 있고, 설령 그렇지 않다 해도 그 화필의 흔적을 통해 '시간을 들여 획득되고 구축된 시야'를 제시한다. 때문에 제9장에서 언급했던 바와 같이 '움직이는 그림'이라는 환상도 생겨난다. 이에 비해 사진은 초기 회화적인 사진을 극복한 후에 순간성과 즉흥성을 최대의 특징으로 삼게 되었다. 이이자와 고타로[193]는 이런 근대사진의 기본원리가 '절단'에 있다고 했다.

---

193) 이이자와 고타로(飯沢耕太郎, 1954~): 일본의 사진 평론가. 『예술사진』과 그 시대』(1986), 『사진으로 돌아가라 광화의 시대』(1988), 『도시의 시선 일본의 사진 1920~30년대』(1989) 의 3부작으로 두각을 드러냈으며, 일본에서 20세기 전반의 사진 연구자 중 제1인자로 꼽힌다. 그 밖에도 『사진미술관에 오신 것을 환영합니다』 『사진적 사고』 『사진의 힘』 등 50여권의 사진 관련 저서가 있다.

조지프 스티글리츠[194]의 〈조지아 오키프〉에서 전형적으로 제시했듯이 '근대 사진'을 관통하는 것은 미리 질서가 잡힌 '전체'로부터 '절단'에 의해 부분 혹은 한 조각을 떼어내 제시하려는 강압관념이었다고 생각한다. 그것은 다시 부분이 전체화하여 화면 가득 넓어지는 듯한 조망에 대한 기묘하게 절실한 집착이기도 했다.

　　　　　　　　　　　　　　　　　　　　　－『사진적 사고』 중에서

'부분의 전체화'라는 것은 시가 나오야에게 매우 잘 어울리며, 과거와 미래와의 조우를 떠올리게 하는 표현이다. 사진적인 절단이 지금보다 훨씬 참신하면서 인상적으로 여겨지는 시대에 시가 나오야의 '이상 지각'이 마치 사진처럼 부분의 돌출로 느껴지는 것은 흥미롭다.

　사진에 의한 '절단'은 단순히 대상의 움직임과 전체성을 뒤흔들 뿐 아니라, 보는 쪽의 본다는 행위 그 자체를 해체시키기도 한다. 롤랑 바르트[195]는 사진 속에서 이쪽을 응시하는 시선의 독특함에 대해 다음과 같은 일례를 들었다.

　며칠 전 한 젊은이가 찻집에서 일행도 없이 가게 안을 둘러보았다. 그의 시선은 가끔 내 쪽으로도 향했다. 그때 나는 그가 나를 주시한다는 확신이 들었지만, 실제로 그가 나를 보고 있는지 어떤지는 확실치 않았다. 이는 생각할 수 없는 부정합(不整合)이었다. 주시하고 있으면서 어떻게 보지 않고 있지 않는

---

194) 조지프 스티글리츠(Joseph Eugene Stiglitz, 1943~): 미국의 경제학자. 미국의 뉴케인즈 학파(New Keynesian Economics)에 속해 있으며, 정보 비대칭성의 결과에 대한 연구로 2001년 노벨 경제학상을 수상하였다. 클린턴 행정부에서 경제자문회의 의장과 세계은행의 수석 부총재를 역임했다. 주요 저서에 『불평등의 대가』 『유로』 등이 있다.

195) 롤랑 바르트(Roland Gérard Barthes, 1915~1980): 20세기 중엽 프랑스의 평론가. 파리 대학, 에콜 프라티크 교수를 역임했다. 신비평의 대표적 인물로서 사회학·정신분석·언어학의 성과를 활용한 대담한 이론을 전개하였다. 저서는 『비평과 진실』 『기호학 개론』 등이 있다.

단 말인가? 지각을 동반하지 않은 주의(注意)는 있을 수 없음에도 '사진'은 주의를 지각에서 따로 떼어내어 다만 향하기만 하는 듯하다. 그것은 노에마[196] 없는 노에시스[197], 사고의 내용이 없는 사고의 작용, 표적 없는 조준처럼 이치에 반하는 것이다.

ㅡ『밝은 방』 중에서

롤랑 바르트는, 외부를 향하고 있으면서 '마음속 무언가에 주의를 기울이는 것처럼 보이는' 시선을 상기시킨다(『밝은 방』 중에서). 분명 그러한 시선에는 '주의'는 있어도 '지각'은 없어 보인다. 이는 이쪽을 주시하면서도 이쪽을 보지 않는, 사진 속 시선과 똑같다. 분명 사진이라는 제도는 '주의'라는 행위를 독특한 형태로 클로즈업함과 동시에 더 나가서는 그것을 해부하고 해체하는 시점까지 제공한다. 근대사진의 기본원리가 이이자와의 말처럼 '절단'에 있다고 한다면, 우리는 그 '절단'을 통해, 본다는 행위를 긴 시간에 걸친 연이은 응시로서가 아니라, 순간적인 주의의 연속으로서 받아들이도록 길들여져 왔다. 여기에서 나아가 사진 작품을 통해 주의 자체가 시선의 방법으로 받아들여지게 되었다. 바르트 같은 비평가는 바로 이러한 '주의의 시대'가 낳은 인물이다. 때문에 주의의 현상학이라고도 불리는 '표적 없는 조준'과 같은 시점을 세울 수 있었다. 물론 이것은 20세기를 대표하는 지(知)의 방법이 된 현상학의 출발점이 '주의하는 것에 대한 주의'에 있는 것과도 연결된다.

죽어 있지만 살아있는 사진

이러한 '주의의 범람'이 응시 본연의 자세를 바꿨다. 전통적 응시가 주

---

196) 노에마(Noema): 의식의 대상이 되는 측면, 사유(思惟)되는 것.
197) 노에시스(Noesis): 의식(意識)이 작용하고 있는 측면.

체의 의지에 의해 움직인 듯한, 이른바 욕망하는 시선의 형태를 취한 것에 비해 순간적인 주의는 보다 찰나적으로 반응한다. 이는 보는 자와 대상과의 관계에도 변화를 준다.

이이자와는 '정물사진'에 초점을 맞춰서 그 주위의 사정을 고찰하고 있으므로 참고해 보기로 한다. 근대사진이 하나의 도달점을 보인 것은 앙리 카르티에 브레송[198]의 '순간'에 대한 지향이다. 움직임의 포착을 목적으로 하면서도 이를 '결정적 순간'으로 인식함으로써 행하는 것을 말한다. 하지만 이이자와는 그러한 브레송 류의 '움직임'의 전경화[199]에 정물의 역사를 대립시킴으로써 또 하나의 견해를 제시한다.

하지만 사진의 역사를 거슬러 올라가면 사진작가의 관심이 '움직임'만이 아니었음을 바로 알아차린다. 흔들리는 현실과 생의 다이너미즘(dynamism)보다도 오히려 이탈리아어로 '정물'을 뜻하는 나튀르 모르트[200]에 매료되어 사물을 사진 속에 엄밀한 미의식에 따라 배치하는 일에 홀린 사진작가들의 계보를 말한다.

－『사진적 사고』 중에서

오히려 이러한 '정물'의 역사야말로 사진 역사의 본류이지 않을까 라는 견해를 밝힌 후에 이이자와는 나아가 '정물'의 보편성에 대해서도 논했다.

---

198) 앙리 카르티에 브레송(Henri Cartier-Bresson, 1908~2004) :프랑스의 세계적인 사진 작가. 라이카 사진술의 대표적 존재이며, 현대의 포토저널리즘에 큰 영향을 주었다. 서민의 일상성을 포착하여 역사의 저변을 주목하게 하고, 정확한 공간처리에 따른 순간묘사의 절묘함이 작품의 특징이다. 1947년 R.캐퍼 등과 함께 매그넘포토즈를 창립하였다. 주요 작품으로 『결정적 순간』(1954), 『유럽인』(1955), 『두 개의 중국』(1955) 등이 있다.
199) 전경화(前景化): 언어를 비일상적으로 사용하여 두드러지게 보이도록 하는 일. 상투적인 표현을 깨뜨림으로써 새로운 느낌이나 지각이 일어나도록 하는 것으로 프라하학파가 언어학과 시학에서 쓴 용어이다.
200) 나튀르 모르트(nature morte): '죽은 자연'이라는 뜻.

가령 카르티에 브레송의 '결정적 순간'을 붙잡은 스냅샷의 경우에도 '움직임'에 포함된 정밀한 균형을 '부동의 것'으로 하는 것이 최대의 목표라면, 일종의 '정물 사진'으로 간주할 수 있지 않을까? 이 관점을 보다 급진적으로 파고들면 '모든 사진은 정물사진이다'라는 지점에까지 이른다. 분명 사진의 본질은 정지 화상이며, 만지는 사물마다 모두 황금으로 변해버리는 그리스 신화의 미다스[201]왕처럼 사진은 마술적인 '정물화'의 장치라 말할 수 있기 때문이다.

─ 『사진적 사고』 중에서

　'모든 사진은 정물사진이다'라는 말은 매우 대담한 제안이다. 만일 근대부터 현대에 걸쳐 새로운 지각을 상징한 사진이라는 장르가 무엇보다 '정물'을 붙잡는 장치로서 작동했다면 '주의의 범람' 속에서도 '정물'과의 대치가 꽤 중요한 의미를 가졌다 할 수도 있다.

　예를 들어 '정물'을 대표하는 '죽음'의 표상의 경우는 어떨까. 바르트는 시체 사진에 관한 고찰에서 '두려움'을 느끼며, 그것은 '이른바 시체가 시체로서 살아있다'는 것과 다르지 않다고 했다.

　결국 그것은 죽어버린 것의 살아있는 영상이다. 그 이유는 사진의 부동 상태란 말하자면 '현실의 것'과 '살아있는 것'이라는 두 가지 관념의 도착적인 혼동에서 생겨난 결과이기 때문이다. 대상이 현실의 것이라는 점을 보증함으로써 사진은 은밀히 대상이 살아있도록 믿게 만드는데, 그 원인은 우리의 착각에 있다. 어쨌든 우리는 '현실의 것'에 절대적으로 뛰어난, 소위 영원의 가치를 부여해버린다. 하지만 또한 사진은 그 현실의 것을 과거로 밀어냄으로써(그것은=예전부터=있었다)는 것에 의해 그것이 이미 죽었다는 사실을 암시한다.

─ 『밝은 방』 중에서

---

201) 미다스(Midas): 소아시아 프리기아(Phrygia)의 왕. 만지는 것 모두가 황금으로 변하게 해달라는 소원은 이루어졌으나, 먹으려는 음식과 자신의 딸마저 금으로 변하자, 후회하며 이 힘을 버리고 원래로 돌아갔다고 한다.

죽음을 둘러싼 센세이셔널리즘[202]은 분명 현대에 있어서 '주의'의 근간을 이룬다. 뉴스보도에서 압도적으로 우선시되는 사건은 사람의 죽음이다. 하지만 많은 사람이 경험하듯이 그 죽음과 접함으로써 비로소 그 사람의 중요성과 경력을 알게 되는 역전현상도 종종 일어난다. 시체사진은 죽음을 둘러싼 우리의 그런 기묘한 역설을 극히 그로테스크[203]한 형태로 제시한다.

'죽은 것의 살아있는 영상'과의 대치라는 패턴은 약간 완화된 방식으로 사진적인 정물과의 조우로 반복되어 왔다. 가만히 움직이지 않는 사진 속 화면은 설령 시체가 아니더라도 사진 특유의 현실감으로 인해 우리는 그것이 살아있다는 듯 착각을 하게 된다. 하지만 그와 동시에 '그 현실의 것을 과거로 밀어냈기' 때문에 '이미 죽었다'라는 상실감을 우리에게 안긴다. 이처럼 어쨌든 안정될 수 없는 삶과 죽음에 대한 동시적인 인식이 사진을 앞에 둔 우리의 복잡한 주의의 본연의 자세라는 것이 본질이다. 주의에는 현실의 '현재'에 반응해서 막 일어난 상황에 퍼뜩 놀라 눈을 크게 뜨는 측면과 미리 안테나를 달아서 준비한 듯한 무시간적 의미를 부여하는 측면의 두 가지가 있다. 시체사진은 '죽은 것의 살아있는 영상'을 제시한다는 의미에서 보통은 평온하게 타협 짓지만, 그 주의가 대립하는 두 면에서 새삼 불협화음을 울리게 한다. 우리의 주의는 생생한 '지금'을 체험할지, 전체 속에서의 '의미'를 받아들일지 망설인다.

---

202) 센세이셔널리즘(sensationalism): 선정주의. 사건 등을 과장하여 보도하는 일.
203) 그로테스크(grotesque): 괴기스럽고 징그러운 모양.

모란디[204]를 보기 위한 약속

물론 '정물'이 현대 특유의 신기한 개념은 아니다. 이미 17세기에 현대적 정물화가 탄생하였다. 그리고 생각해보면 거기에 그려진 정물은 죽음과 매우 근접한 것이기도 했다. 르네상스[205] 이후의 정물화는 종종 우의[206]의 테두리 안이었고, 정물 하나하나에 의미가 담겨 있었다. 그 안에서도 특히 썩어가는 과일 등을 통해 '메멘토 모리[207]'의 메시지를 전달하는 듯한 정물화는 하나의 전형이었다고 할 수 있다. 제2장에서 살펴본 홀바인[208]의 〈대사(大使)들〉도 초상화이면서도 해골을 몰래 그려 넣어 우의성을 노린 정물화의 기능을 했다.

20세기가 되어 이런 정물화는 배경으로 물러난 듯 보였다. 화면에 그려진 정물은 우의를 나타내는 대신 추상도형으로 모습을 바꿨다. 이런 도형에서 보이는 구상성의 결여를 단순히 무의미하다고 단정 짓기에는 다소 경솔한 면이 있다. 하지만 여기에 의미로부터 해방의 계기가 있었다. 20

---

204) 조르조 모란디(Giorgio Morandi, 1890~1964): 이탈리아의 화가. 이탈리아의 형이상학적 운동에 참여했으나, 1920년 말로 갈수록 형이상학적 운동에서 멀어졌다. 어떤 미술 양식과도 무관한 독자적인 양식을 고수했다. 생전에 비평가들로부터 찬사를 받았으며 1948년 베네치아 비엔날레에서 회화부문 대상을 받았다. 주요 작품에 〈정물화〉(1958)가 있다.

205) 르네상스(Renaissance): 문예 부흥. 14세기~16세기 초에 걸쳐 이탈리아를 중심으로 하여 유럽에 퍼진 학문과, 예술상의 혁신 운동. 인간성의 존중과 개성의 해방을 목표로 했으며 그리스 로마 고전 문화의 부흥을 추구하고 유럽문화의 근대화에 사상적 원류가 되었음.

206) 우의(寓意): 어떤 일에 빗대어 뜻을 은연 중에 나타내거나 또는 그 뜻을 말한다.

207) 메멘토 모리(memento mori): 죽음의 경고, 죽음의 상징으로서의 해골.

208) 한스 홀바인(Hans Holbein the Younger, 1497~1543): 16세기 르네상스를 대표하는 독일의 화가. 헨리 8세의 궁정화가이기도 했으며, 입체감에 대한 자각과 인물 심리를 꿰뚫는 통찰력으로 정확한 사실주의적 묘사를 한 그림을 주로 그렸다. 1515~1526년까지 바젤에 체류하면서 에라스무스(Desiderius Erasmus, 1466~1536)의 저서 『우신(愚神)예찬』의 삽화를 그린다. 그간 이탈리아로 여행(1517년)하여 레오나르도 다 빈치의 영향을 받아 독특하고 명쾌한 고전적 화풍의 기초를 구축했다. 주요 작품으로 〈그리스도의 유해〉(1521~1522년), 〈시장 마이어 가의 성모자〉(1526), 〈토마스 모어 초상〉(1527년), 〈처자의 성〉(1528), 〈대사들〉(1533년) 등이 있다.

그림4. 조르조 모란디 〈정물〉 1956년 작.

세기 회화의 '정물'은 확실하게 의미에서 형태로 중심을 옮겼다.

그렇다면 예전의 정물이 노렸던 '메멘토 모리'를 중심으로 한 우의 체계는 모두 망각된 걸까? 가령 추상의 시대 다음으로 새삼 독자적 구상성을 지닌 정물화를 제작한 모란디의 작품에는 '죽음'이 노골적으로 묘사되지는 않았다. 하지만 그 그림은 한편으로는 우리의 주의를 아주 구체적인 '그곳'으로 끌어당기면서도 '그곳'에서 멀리 떨어진 저쪽의 장소로도 내보내는 독특한 작용을 한다.

모란디 자신이 말했듯이 그의 작품에는 철저한 일상성이 관통한다. 그의 '일상'적 특징은 알기 쉬움과 반복감, 희미한 불빛이다(그림4 참조). 그러나 우리의 시선은 이런 넘치는 일상성에도 불구하고 일상 특유의 안심감을 거기에서 찾아내어 안심하게 만드는 행위는 허용되지 않는다. 이는 아마도 거기에 몇 가지 신경질적인 고집이 나타나 있기 때문일 것이다. 가령 그릇이 거의 일직선으로 늘어져 있다. 높이도 거의 비슷하다. 입체감이 거의 일치한다. 형태가 닮아 있다.

이들의 일치는 완벽하지 않다. 그러므로 거의 비슷하다는 논리이다. 때문에 이 용기들이 어디까지나 사물에 불과하다는 사실을 시사한다. 사물의 세계, 현실의 세계에 묶여 있다. 결코 추상은 아니다. 디자인도 아니다. 그럼에도 거기에는 '거의 같다'는 논리가 있다. 그런 연유로 '사물'과 '현실'의 세계에 있어서도 그렇지 않은 세계로 이들 대상을 데려가려는 화가의 욕망이 절실하게 느껴진다.

모란디의 특성은 반복을 이렇게 '신경질적인 고집'으로 표현한다는 점이다. 거기에서 「요코」의 주인공과 비슷한 '충동'이 눈에 들어온다. 요코의 의식적인 반복충동은 '한번 이야기된 언어가 거기에 남아있지 않을지 모르는 세상'을 재창조하려는 것이었다. 남아 있지 않을지 모르니 필사적으로 반복한다. 반복함으로써 남기려 한다. 물론 한번 이야기된 언어가 그곳에 남아 있는 듯한 세상에서는 요코의 반복충동이 필요하지 않다. 그래서 비정상적이며 병적이고 위선으로 가득 차 보인다. 하지만 「요코」의 세상에서는 이런 요코의 일탈이 오히려 화자의 응시에 묶인 속박에서 해방시켰다.

모란디에게 요코와 같은 노골적인 비정상과 병적인 기색은 없다. 화가가 세심한 주의를 기울여 조금이라도 극적인 심리와 결별하려는 점은 화면의 구성요소를 확인하면 잘 보인다. 라벨이 벗겨진 밋밋한 표면, 그 매끄러운 감촉, 둥그스름한 모양, 부드러움을 지닌 붓의 사용, 애매한 경계선, 담백한 색채. 모든 요소가 '요코'의 비정상이나 광기와는 대조적으로 까칠까칠한 신경을 진정시켜 온화한 고요 속으로 우리를 끌어들인다.

하지만 그만큼 온화함과 부드러움을 구축해놓고서도 여전히 고집한다. 결코 격하게 뒤집어놓는 성격의 것은 아니다. 한 번 이야기된 언어가 그곳에 계속 남아있을 듯한 현실 세계를 파괴하거나 그곳에서 일탈하는 것이 아니다. 조용히 안쪽에서 이 세계를 뛰어넘고, 뛰어넘음으로써 한 번 이야기된 언어가 남아있지 않을지 모르는 세상을 다시 이끌려고 한다.

매우 사적인 의식이다. 이 점에서는 요코의 의식과 동일하다. 특정 신이나 추상개념을 제시하지는 않는다. 대신 화가 자신의 '신경'을 받들어 모신다. '이렇게 하지 않으면 안 된다'라는 가없는 무근거를 통해 오히려 신비로운 규칙이 출현한다. 단순히 '사물'의 세상이 아닌 특별한 장소가 그곳에서 완성된다.

모란디의 정물은 그 단순함과 고요하고 편안함으로 인해 흐리지 않은 의식의 집중을 재촉하는 것 같기도 하지만, 거기에서 생겨난 시선은 '응시의 이야기'에서 벗어나 있다. 모란디의 정물은 응시하고 파헤치려는 가시화의 욕망을 아주 능숙하게 피한다. 그 평범함이라든지 싱거우리만큼 명료함이나 약간 밝은 친절함도 모두 보는 자의 날카로운 시선을 어르고 달래려는 작용을 가졌다. 다만 그것은 보는 행위를 모두 그만두게 하려는 완전한 이완은 아니다. 우리의 눈은 오히려 평범하고 싱거워서 명료하게 꿰뚫는 듯한, 그 막혀 있는 감각을 맛본다. 그리고 그 감각에 내재하는 신경의 고집과 같은 것을 저항감으로서 터득한다.

여기에서 말하고 싶은 것은 고바야시 히데오가 시가 나오야의 시선 속에서 간파한 부분이다. 요컨대 '보려고 하지 않고 보는 눈'. 모란디의 정물을 보려면 우리는 날카롭게 꿰뚫는 듯한 응시의 시선을 버려야 한다. 모란디가 다양한 기교를 이용해 이끄는 대로 그 평범하고 싱거운 명료함과 마주하여 거기에 도취할 필요가 있다. 그 부드러움과 애매함에 멍하니 멈춰설 필요가 있다. 이렇게 멍하니 방황하는 시선이 있음으로서 모란디가 준비한 의식과 그 신경의 떨림을 함께 느낄 수 있는 것이다.

여기서 동일한 '주의'라도 이른바 낌새를 알아채는 지각이 작동한다. 정면에서 상대를 주시하는 응시의 시선과는 다르다. 등 뒤에서 돌아 들어가

거나, 옆에서 보거나, 초점을 맞추지 않고 보는 등 여러 종류의 눈의 작용. 그러므로 그 시각체험에서는 보려 했던 것이 아니라 어느새 보게 되는 것처럼 느껴진다.

하나하나 쓴다

우리가 죽음을 마주하는 방법도 분명 그러할지 모른다. 보려 계획했던 것은 아닌데 종종 보고 만다. '메멘토 모리'에 한하지 않고 우리는 '죽음의 센세이셔널리즘'에 줄곧 조우해 왔으며, 지금 또 새로운 21세기의 방식으로 죽음과 마주할 방법을 모색하고 있다.

시가 나오야에 있어서도 사정은 같다. 시가의 작품에서 중요한 장면은 자주 죽음과의 조우라는 형태를 취한다. 한가로운 신변잡기로 시작하는 『풍년충』[209]'의 결말. 뜻밖에 잠자리가 죽는 풍경이 그려지는데 그 죽음은 결코 보려고 해서 본 죽음은 아니다.

잠자리는 당황해서 다시 날아올라 다다미방을 활주했다. 아무리 날아도 벗어날 수 없어서 초조해 보였다. 그 벌레는 손으로 날개를 잡으면 느긋하게 앞발 두개를 가지런하게 반듯이 모은다고 생각했는데, 잠자리는 내가 앉아있는 방석의 묶는 실에 다리가 걸려 움직이지 못하게 되었다. 그리고 체념한 듯 잠시 옆으로 쓰러졌다. 나는 날개를 집어 옮겨주었다. 보고 있자니 가지런히 앞으로 뻗어야 할 다리가 이제 완전히 위축되어 제구실을 못했고, 얽혀 있는 다리 끝이 묶는 실에 걸렸던 것이다. 조금이나마 움직이는 다리는 뒷다리 두 개뿐. 이 잠자리는 머지않아 죽을 것이었다. 그런 생각을 하며 날개를 잡아 좀더

---

209) 풍년충(豊年虫): 1946년 시가 나오야가 발표한 소설 제목. 풍년충은 논이나 연못, 늪에 사는 15mm 정도의 새우 비슷한 갑각류로, 일본에서는 이 곤충이 번성하면 풍년 든다는 속설이 있다.

유심히 보고 있자니, 이건 또 어찌된 일인지 벌레 몸통의 아래가 똥인지 뭔가가 썩어서 툭하고 다다미 방바닥에 떨어졌다. 어쩌면 살아 있을 때부터 이 벌레의 몸통은 썩어갔는지 모른다고 생각했다.

－『시가 나오야 전집 제6권』 중에서

묘사의 중간부터 이미 잠자리의 죽음은 거의 불가피하게 여겨진다. 그럼에도 불구하고 여기에는 죽음을 향한 '기세의 축적'이라 할까, 죽음의 이야기에 등장하는 특유의 비극성이나 감상, 긴장감이 거의 없다. '이 잠자리는 머지않아 죽을 것이다.'라는 말에 비해 화자의 잠자리 묘사는 절박감이 없다. 게다가 부조리하지도 않고 필요한 상황을 담담히 풀어갈 뿐이다. 너무나 태연자약한 안정성에 독자는 애가 타서 앞질러 가고 싶어진다. '그 벌레는 손으로 날개를 잡으면 느긋하게 앞발 두 개를 가지런하게 반듯이 모은다고 생각했는데, 잠자리는 내가 앉아있는 방석의 묶는 실에 다리가 걸려 움직이지 못하게 되었다. 그리고 체념한 듯 잠시 옆으로 쓰러졌다. 나는 날개를 집어 옮겨주었다. 보고 있자니 가지런히 앞으로 뻗어야 할 다리가 이제 완전히 위축되어 제구실을 못했고, 얽혀 있는 다리 끝이 묶는 실에 걸렸던 것이다.' 그러나 화자가 하나하나 써나가는 느낌이야말로 죽음과의 조우를 준비하고 있다. 결코 죽음을 기세 있는 '응시 이야기' 속으로 짜 넣지 않는다. 그렇게 하면 죽음은 '보려고 해서 본 것'이 된다. 하지만 그렇게 하지 않고 '반드시 죽을' 것이라는 예감을 우리에게 내보이면서 문득 죽음을 생각지도 못한 의외의 '외부'로서 드러낸다.

그러기 위해서는 화자가 이렇게 늦게 찾아오는 것이 중요하다. 눈의 작업에 매달린 화자가 마치 그 업무의 일환인 듯 문득 죽음을 가져오는 것이다.

마지막 부분이 감탄을 자아내는 이유는 이러한 까닭이다. '그런 생각을 하며 날개를 잡아 좀더 유심히 보고 있자니, 이건 또 어찌된 일인지 벌레 몸통의 아래가 똥인지 뭔가가 썩어서 툭하고 다다미 방바닥에 떨어졌다.' 이 얼마나 어이없고 무정하며, 그럼에도 선명한 풍경인가. 이만큼 서론을 많이 언급하고 거의 예측 가능한 상태를 만들면서도 죽음과 딱 마주친 느낌이다. '딱'이라는 느낌, '앗'이라는 작은 탄식은 실로 혜안이나 응시가 상대측에 도달한 눈을 나타내는 건 아닐까. 보려고 해서 보는 것이 아니다. 어디까지나 우연히 본다. 때문에 결코 죽음에서 자유로울 수 없는 현대인이 정물과 죽음을 주시하기 위해 그 나름의 방법을 획득할 필요가 있다는 사실을 다시금 생각하게 만드는 구절이다.

제12장 착각하다

― 나쓰메 소세키[210] 『문조(文鳥)』 『열흘 밤의 꿈』과 자기 유사성

착시의 쾌락

이 책의 서두에서 나는 '사람은 보는 것을 좋아한다'고 했다. 하지만 지금까지 고찰해 보았듯이 사실 사람은 그만큼 착각도 좋아한다는 것이었다. 즉, 분명히 보였는데 그렇지 않았다는 어긋남에 강한 흥미를 느끼거나 자극을 받기도 한다. 응시는 그 끝에 비로소 도달하는 행위이다.

그런 만큼 우리는 '당신 착각하고 있습니다'라고 알려주는 것도 좋아한다. 어느 인지심리학[211] 교과서의 서두에는 '심리학을 처음 접하는 연구자와 타 분야의 연구자가 보면 인지심리학은 착시를 연구하는 학문처럼

---

210) 나쓰메 소세키(夏目漱石, 1867~1916): 일본의 소설가, 평론가, 영문학자. 일본 근대기 소설문학에서 중심적인 인물이며 이후의 일본 문단에 큰 영향을 미쳤다. 작풍은 당시 전성기에 있던 자연주의에 대하여 반자연주의적이었고, 여유파라고 불리기도 했다. 서양화에 급급한 일본 사회와 그 속에서 삶을 영위하는 지식인의 생활태도와 사고방식, 근대 일본의 성격을 날카롭게 분석하고 통렬하게 비판한 문학자로, 해박한 동서양의 지식을 바탕으로 영국의 풍자적 수법을 구사하여 대중의 호평을 받았다. 모리 오가이(森鷗外)와 더불어 일본 메이지(明治) 시대의 대문호로 꼽힌다. 저서로는 『호토토기스(두견)』 『나는 고양이로소이다』 『도련님』 『풀베개』 『산시로』 『그 후』 『문』 『피안 지나기까지』 『마음』 『명암』 등 다수가 있다.
211) 인지심리학: 인간의 여러 가지 고차원적 정신과정의 성질과 작용 방식의 해명을 목표로 하는 과학적·기초적 심리학의 한 분야이다. 인간이 지식을 획득하는 방법, 획득한 지식을 구조화하여 축적하는 메커니즘을 주된 연구 대상으로 한다.

느껴진다'라는 구절이 있는데(요코사와 가즈히코[212] 『시각과학』 V 중에서), 확실히 그렇다. 인지에 대한 연구란 곧 인지의 오류에 대한 고찰이 아닐까 하는 생각이 든다.

이는 문학작품에 대한 비평이 종종 착시에 관해 이야기하거나 착시를 깨닫게 하는 형태를 취하는 것과도 관련이 있다. '당신은 이 부분을 이렇게 읽었겠지만 틀렸다. 실은 ××이다'라는 이야기의 전개는 문예 비평에서 흔한 유형이다. 독자인 우리들도 비평을 읽을 때면 흔히 이러한 내막이 밝혀지기를 바란다. 앞에서 언급한 교과서처럼 따라하면, '비평은 독해에 있어서 착시를 생각하는 것처럼 느껴진다'라고 말할 수 있다.

이러한 선입견 때문에 우리는 착시라고 하면 '눈의 오류'를 교정해 나가는 방향으로 생각하려고 한다. '틀렸습니다'라고 지적을 받고 정답을 들으면 그만이다. 하지만 실제로 우리의 지식을 탐구하는 데 있어서 시선의 빗나감이나 실패는 빼놓을 수 없는 요소이기도 하다. 여기서 고려해야할 점은 오히려 어떻게 우리가 그러한 '눈의 오류'와 어울려 왔는가 하는 점이다. 더 깊이 파고들면 애초에 우리가 왜 '읽기'라는 행위에 매료되었는지, 왜 굳이 소설을 찾아 읽었는지, 왜 근대사회에서 문학에 특권적인 지위가 부여되었는지 등에 대한 궁금증의 실마리가 보일지도 모른다. 이 장에서는 이에 대해 나쓰메 소세키의 짧은 작품을 인용해서 생각해보고자 한다.

『문조』와 '눈의 오류'

나쓰메 소세키의 『문조』는 '수필' 같다는 평도 있지만 간단하게 판단을

---

212) 요코사와 가즈히코(橫澤一彦, 1956~): 일본의 심리학자. 대학교수. 주요 연구 분야는 실험심리학, 인지심리학이다. 주요 저서로는 『시각과학』 『이치를 맞추고 싶어하는 뇌』 등이 있다.

내릴 수 없는 단편이다. 겉으로는 담담한 하이미(俳味)[213] 속에서 우화적 구성이 견고해 보인다. 우화적이라는 뜻은 마치 이 작품이 무언가의 전체를 나타내고 있는 것처럼 착각을 강요한다는 점이다. 여기에는 '눈의 오류'가 어떤 식으로 구성되어 있을까.

먼저 소박한 정독부터 시작해 보겠다. 이 작품은 이렇게 이야기가 전개된다. 첫 단락에서 화자는 문조를 기르도록 권유받는다. 이 부분에 이미 장치가 있다.

> 10월에 와세다(早稻田)로 옮긴다. 절간 같은 서재에 단정한 얼굴로 턱을 괴고 앉아 있자, 미에키치[214]가 와서 새를 길러보라고 말한다. 길러도 괜찮겠지? 라고 나는 대답했다. 확실히 알아두려고 무슨 새를 기르라고? 물었더니, 문조라고 대답했다.
>
> —『소세키 전집 제12권』 중에서

이야기의 출발점은 '새를 키워보라'는 미에키치의 말이다. 모든 것이 그 말에서 비롯된다. 게다가 그 말에서 짐작할 만한 근거를 찾기 어렵다. 갑자기 이유도 없이 '새를 기르라'고 말한다. 실로 당돌하다.

하지만 근거가 없다는 점이 『문조』라는 작품에서는 중요하다. 여기에 이야기의 자연스러운 흐름을 초월한 부자연이 들어와, 부조리한 이야기를 강제로 전개시키는 게 아닐까 싶은 정도다. 그 덕에 우리는 다음과 같은 생각에 이른다. 여기서 일어나고 있는 것은 '그 자체'가 아닌, '그 자체' 이

---

213) 하이미(俳味): 일본의 전통 정형 단시 하이쿠의 이전 단계가 하이카이(俳諧)였는데, 하이카이 특유의 담담하고 자유로우며 유머러스하고 서민적인 멋과 풍취를 말함.

214) 스즈키 미에키치(鈴木三重吉, 1882~1936): 일본의 소설가, 아동문학자. 나쓰메 소세키의 추천으로 소설 『천조(千鳥)』(1906년)가 잡지에 게재되었고, 이후 소세키의 문하생으로 활동한다. 아동문화운동의 아버지라 불리며, 아동 문예지 『붉은 새(赤い鳥)』를 창간했다. 동화 작품 「호수 아가씨」 「도시의 눈」 「빨간 배」 등 다수. 1935년에 집필한 『글짓기독본(綴方読本)』 은 1930년대에 생활글짓기운동에 큰 영향을 주었다.

외의 무언가가 아닐까? 라고. '새를 길러보라'는 부분에서 '지금부터 하는 이야기를 액면 그대로 받아들이면 안 된다'라는 뉘앙스가 느껴진다. 때문에 그 뒤에 하는 이야기는 모두 일반적인 '의미'로부터 자유로워진다. 가장 두드러진 부분이 다름 아닌 문조이다. 문조는 한없이 문조를 닮은 듯하지만, 실제로는 문조가 아닐지도 모른다.

'문조를 길러보라'는 권유를 받은 화자는 그 말에 따라 문조를 기르기로 했는데 화자와 문조와의 관계에는 명확한 어떤 특징이 있다. 이런 특징은 작품 곳곳에 매우 기묘한 형태로 담겨져 있다. 열거해 보면 다음과 같다.

어쨌든 말을 꺼낸 데 대한 책임을 지는 것은 당연하니 당장 모든 일을 미에키치에게 맡기기로 했다. <u>그러자</u> 바로 돈을 내놓으라 <u>한다</u>. 돈은 분명히 냈다.

<u>그러던 중</u> 서리가 내렸다. 나는 매일 절간 같은 서재에서 차가운 얼굴을 단정히 해 보았다가 찌푸려 보았다가 턱을 괴었다 말았다 하며 지내고 있었다. 문은 미에키치가 단속했다. 화로에 숯만 넣고 있다. <u>문조는 끝내 잊어버렸다.</u>

<u>과연</u> 훌륭한 새장이 완성되었다. 받침은 옻칠을 했다. 대나무는 가늘게 깎아 색을 칠했다. 그 바구니가 3엔<u>이라고 한다</u>. 싸다고 도요타카[215]가 말한다.
— 『소세키 전집 제12권』 중에서

밑줄 친 '그러자'라든가 '그러던 중'이라는 말은 '추이'를 나타내는 지극히 일반적인 표현이기도 하지만, 이를 '과연'이나 '이라고 한다' 등과 조

---

215) 고미야 도요타카(小宮豊隆, 1884~1966): 일본의 문예평론가, 연극평론가. 나쓰메 소세키의 문하생으로 『소세키 전집』의 편찬에 힘썼다. 한편으로는 소세키를 숭배한 나머지 신격화하는 일이 많아서 '소세키 신사(神社)의 신주(神主)'로 비유되기도 한다. 소세키의 소설 『산시로(三四郎)』의 모델로도 알려져 있다. 주요 저서에 『낙인(烙印)』 『소세키 잡기(漱石襍記)』 등 다수.

합해서 쓰면 상황이 화자보다 앞서 움직이는 느낌을 적절하게 표현할 수 있다. 화자는 '이야기가 자신이 관여하기 전부터 계속 일어나고 있다'는 방관자적이고 수동적인 자세를 아무렇지도 않게 나타낸다. 이야기는 제멋대로 생겨났다가 제멋대로 흘러간다. 화자는 일단 문조에 대해 수동적이고 흠칫거리며 하는 수 없이 개입한다. 그러나 그런 상황이 어느 한 부분에서 변화를 보인다.

그때 도요타카가 소맷자락에서 모이통과 물그릇을 꺼내 나란히 내 앞에 늘어놓았다. 이리도 기르는 데 필요한 온갖 것을 갖추어서 실행에 옮기도록 강요를 하니 도리로라도 문조를 돌봐주지 않을 수 없게 되었다. 속으로는 매우 불안했지만 일단 해보자는데까지 결심이 섰다. 만약 할 수 없으면 식구들이 어떻게든 하겠지 생각했다.

―『소세키 전집 제12권』 중에서

이 부분에 이르면 화자는 자발적으로 외부에서 온 침입자 문조에 관여하기 시작한다. 이 부분은 이야기의 큰 전환점이 된다. 화자가 이야기 중심에 발을 들여놓는 듯한 지점이다. 마침내 정말로 중요한 이야기가 시작되리라는 예감이 들게 한다. 그에 앞서 화자는 문조에 대해 솔깃해하며 적극적인 자세를 취한다. 문조에 대해 걱정하고 흥미를 갖고 가만히 응시한다. 점점 이야기 속으로 들어가는 듯하다.

하지만 이 응시의 장면에서 '눈의 오류'가 발생한다. 화자가 문조의 가장 가까이에 접근했다고 생각한 순간, 실은 문조가 문조이면서도 문조가 아니라는 사실을 깨닫게 된다.

부리의 색을 보니 보라색이 엷게 섞인 다홍색이다. 그 다홍색이 점차 흐려져 좁쌀을 쪼아 먹는 주둥이 끝이 하얗다. 반투명의 상아 같은 흰색이다. 이

부리가 좁쌀 속에 들어갈 때는 잽싸다. 좌우로 흩어지는 좁쌀 알갱이도 상당히 가벼운 것 같다. 문조는 몸을 거꾸로 뒤집을 듯 뾰족한 부리를 노란 알맹이 속에 찔러 넣고 부풀어오른 목을 사정없이 좌우로 흔든다.

절묘한 묘사다. 무엇보다 문조를 그리는 시선이 '부리'를 포착하고 그런 다음 '그 다홍색'에서 더 나아가 '주둥이 끝'이라는 식으로 주어를 바꿔가며 이동해가는 점이 뛰어나다. 여기에는 일관적으로 문조가 좁쌀을 쪼는 모양이 그려져 있음에도 주어의 착종[216]으로 인해 '문조가 좁쌀을 쪼고 있다'는 행위가 하나의 정리된 인상을 주지 않는다. '부리'가 '그 다홍색'으로, 그리고 '주둥이 끝'으로 해체되어 문조라는 행위 주체의 그 '주체다움'이 보이지 않는다. 문조를 응시하고 있지만 문조 그 자체를 놓치고 있다.
역시 그 바로 뒤를 이어 화자는 과거 여자의 일을 생각해낸다.

예전에 아름다운 여자를 알고 있었다. 그 여자가 책상에 기대어 무언가를 생각하고 있을 때, 살며시 뒤로 다가가 보라색 오비아게[217]의 술로 된 끝부분을 길게 늘어뜨려 목덜미의 가는 부분을 위에서 아래로 쓸어내렸더니 여자는 나른하게 뒤를 돌아보았다. 그때 여자는 눈썹을 약간 팔자로 찡그렸다. 그러나 눈꼬리와 입가에는 미소가 퍼져 있었다. 그러면서 예쁜 목을 어깨까지 움츠렸다. 문조가 나를 보았을 때 나는 문득 이 여자가 떠올랐다.
　　　　　　　　　　　　　　　　　　 ─『소세키 전집 제12권』 중에서

고전적이라 할 만한 '응시 착각'의 순간이다. 외부 침입자인 문조로 인해 자신의 마음 속 간직한 비밀이 발각된다. 외부에서 온 문조를 주시하고 있으면 생각지도 못하게 자신의 내면이 드러난다. 그런 일이 일어난 이유도 문조를 응시하는 시선에 '오류'가 있기 때문이다. 응시는 문조를 주시하

---

216) 착종(錯綜) : 복잡하게 얽히고 뒤섞임.
217) 오비아게(帯上げ) : 일본 여성의 전통 옷에서 띠가 흘러내리지 않도록 매듭에 대어 뒤에서 앞으로 돌려 매는 헝겊 끈.

는듯하면서 실제로 문조를 '부리' '그 다홍색' '주둥이 끝'으로 하나하나 해체하고 있다. 이 시선은 흩어져 없어지는 산일(散逸)로 이끌었던 것이다. 그 결과 문조는 문조 그 자체가 아니라 뒤에 이어지는 이야기를 통해 '목덜미' '눈썹' '눈꼬리' '입가' 등의 단편적인 이미지를 거쳐 '여자'로 다시 태어난다.

여기서 중요한 점은 다음과 같다. 근대 문학은 대상 '그 자체'가 아닌 다른 대상으로 문득 변모한 모습을 그리는 점이 뛰어났다. 분명 다른 대상인데 같을지도 모른다는 생각이 들게 한다. 여기에 강력한 동일화의 힘이 작용한다. 다만 단순히 다른 대상을 잇는 통합화의 작용일 뿐만 아니라 큰 것을 작은 것으로 포개버리는 듯한 규모의 교란을 포함한다.

우선 우화라는 말을 빌려와 일종의 암유나 상징적 용어를 사용하지 않았던 이유도 문조가 무언가 다른 것으로 변모하는 것만으로는 안 된다고 여겼기 때문이다. '문조'라는 작품에서 대상 '그 자체'로 전개되지 않는 것이 이야기다. 이야기 전체가 무언가 다른 '의미'로 방황하기 시작한다. 겉으로 보기에 작고 연약한 문조라는 존재의 배후에 보다 큰 '여자'라는 존재가 나타날 뿐 아니라, 그런 존재가 하나의 구성요소에 지나지 않을 정도로 낯선 이야기 전체가 한층 부각된다.

『문조』라는 작품의 전개를 다시 정리해 보자. '～하라'는 이야기를 들은 화자는 그대로 문조를 키우고, 점차 마음이 끌린다. 결국에는 사랑에 가까운 감정까지 갖게 된다. 하지만 마지막에는 그 문조를 죽여 버린다. 깜짝 놀랄 만큼 '주체성' 없는 수동적인 '사랑이야기'이다. 마치 갑작스런 재난처럼 말이다. 무엇보다 그 작은 '갑작스런 재난'이 표현하는 것은 이 사건의 배후에 좀 더 큰 '갑작스런 재난'이 있을지도 모른다는 점이다. 문조라는 작은 존재는 '과거의 여자'와 겹칠지도 모른다. 반드시 작다고 단정 짓기 어려운 존재와 겹쳐질지도 모른다는 것이다. 문조를 둘러싼 작은 이야기가 곧 과거의 여자를 둘러싼 반드시 작지 않은 이야기를 대신 할지도 모른다.

언뜻 사소해 보이는 사항이 결코 작지 않은 인생의 중대사를 떠오르게 한다. 문학작품 특유의 이러한 동일화의 작용에는 '소에서 대'라는 조응 관계가 수반된다. 제5장과 제7장에 걸쳐 고찰한 '수의 불균형'과도 통하는 착시의 구조이다. 우리는 작은 사건과 사소한 사건을 받아들여서 마치 그 일이 커다란 전체 사건인 양 착각하는 기술을 갖추고 있다.

『열흘 밤의 꿈』은 '이상하군요'

『문조』와 같은 시기에 집필한 『열흘 밤의 꿈』에는 '소에서 대'라는 설정이 보다 두드러지게 나타난다. 열흘 밤 중 사흘 동안 '이런 꿈을 꾸었다'라는 문장으로 시작된다.

> 이런 꿈을 꾸었다
> 여섯 살짜리 아이를 업고 있다. 분명히 내 자식이다. 다만 이상하게도 어느새 눈이 뭉그러져서 장님이 되어 있다. 네 눈이 언제 실명되었지? 라고 묻자, "옛날에"라고 대답한다. 목소리는 아이의 목소리가 틀림없지만 말투는 마치 어른 같다. 게다가 나와 맞먹는 말투다.
> ─『소세키 전집 제12권』 중에서

꿈의 세계에서는 일상적인 인과관계가 작동하지 않는다. '이런 꿈을 꾸었다'라고 시작했다면 이는 일상적인 '의미'를 읽어낼 수 없음을 미리 선언한 바나 다름없다. 실제로 여기에 인용한 몇 줄만 봐도 '이상하게도' '어느새' '아이의 목소리가 틀림없지만, 말투는 마치 어른 같다'와 같이 예상 밖의 전개가 펼쳐진다.

말하자면 화자 스스로 '이상하다'면서 이야기를 이어나간다. '이상한데, 대체 왜일까요?'라는 질문이 포함되어 있다. 이는 빙산의 일각에 지나지 않는다. 그 배후에도 뭔가 좀 더 있지 않을까? 하는 징후가 엿보인다. 소세키의 작품 중에서 어느 작품보다도 이 『열흘 밤의 꿈』이 어떤 의미에서 자유롭게 의미를 읽어내는 일이 잘 이뤄져 왔던 이유도 이런 까닭이리라.

가령 앞에서 인용한 '삼일 째 밤'에서 등에 업고 있던 눈 먼 아이의 상태가 아무래도 이상하다. 아이치고는 무척 어른스러운 말투이고 눈이 멀었을 터인데 길을 잘 알고 있다. 이상하게 생각되는 다음의 대화를 보자.

왠지 기분이 나빠졌다. 어서 빨리 숲에 가서 버려야겠다고 생각하면서 걸음을 서둘렀다.

"조금만 더 가면 알게 될 거야. 딱 이런 밤이었지" 등 뒤에서 아이가 혼잣말처럼 중얼거렸다.

"뭐가?" 나는 절박한 목소리로 물었다.

"뭐가라니? 다 알고 있으면서." 아이는 비웃듯 대답했다. 그러자 어쩐지 알고 있는 것 같은 기분이 들었다. 하지만 정확히는 모르겠다. 다만 이런 밤이었던 것 같다. 그리고 조금 더 가면 알 것 같은 생각이 든다. 그걸 알게 되면 큰일이니 모르는 사이에 빨리 버리고 안심하는 편이 낫겠다고 생각한다. 나는 더욱 걸음을 재촉했다.

－『소세키 전집 제12권』 중에서

'그러자 어쩐지 알고 있는 것 같은 기분이 들었다. 하지만 정확히는 모르겠다. 다만 이런 밤이었던 것 같다.'는 부분이 마음에 걸린다. 본인이 알고 있을 터인데 그것이 뭔지 잘 모른다. 프로이트[218]식의 심층심리 해석을

---

218) 프로이트(Freud, Sigmund, 1856~1939): 오스트리아의 신경과 의사. 정신분석의 창시자.

하고 싶은 부분이다. 이미 이 부분에 대해서도 몇 가지 해석이 제시된 바 있다.

생사를 초월한 세계에 있는 것은 소세키가 자주 언급하는 선의 공안[219] '부모미생이전본래면목[220]', 혹은 심층심리, 가라타니 고진[221]이 말하는 '내면에서 본 삶', 모두 동일하다. 거기에는 우리들이 의식하지 못하는 끈적끈적한 무언가가 꿈틀거리고 있다. 아라[222] 씨는 이것을 프로이트 식의 '부친살해[223]'라 해석했으나 나는 문자 그대로 자식 버리기, 자식 죽이기라고 해도 좋다고 본다.

― 오오카 쇼헤이[224] 『소설가 나쓰메 소세키』 중에서

히스테리 환자를 관찰하고 최면술을 행하여, 인간의 마음에는 무의식이 존재한다고 것을 밝혔다. 꿈 · 착각 · 해학과 같은 정상 심리에도 연구를 확대하여 심층심리학을 확립하였다. 이 연구는 이후 의학을 비롯하여 문학, 회화 등 여러 분야에 큰 영향을 미쳤다. 주요 저서에는 『히스테리 연구』『꿈의 해석』『일상생활의 정신병리학』『정신분석 강의』등 다수가 있다.
219) 선(禪)의 공안(公案): 선종(禪宗)에서 불도의 묘리를 깨치는 일을 의미하는 오도(悟道)를 연구시키기 위한, 선에 관한 시험문제를 말함.
220) 부모미생이전본래면목(父母未生以前本來面目): 양친이 존재하기 전부터 있는 본래 자신의 모습.
221) 가라타니 고진 (柄谷行人, 1941~): 일본의 철학자, 문학자, 문예비평가, 사상가. 문예비평가였으나 근현대 철학, 사상으로 시선을 돌려 '자본주의=민족(Nation)=국가(State)'에 대한 비판과 극복이라는 실천적 통로를 모색해왔다. 1960년 안보투쟁 때는 전일본학생자치회총연합(全学連)의 주류파로서 학생 운동을 했고, 2000년에는 '국가와 자본에 대한 대항 운동'을 펼치는 등 사회운동에도 적극적이었다. 1969년 나쓰메 소세키(夏目漱石)를 주제로 한 「의식과 자연」으로 군조(群像)신인문학상(평론부분)을 수상하여 문예비평가로 데뷔하였고, 1972년 첫 비평집 『두려워하는 인간』을 출간한 이래 문학평론집 20여권, 철학, 사상 관련 평론집 20여권 등 다수의 저서가 있다. 이토세이(伊藤整)문학상, 가메이 가스이치로(亀井勝一郎)상 등을 수상했다. 한국에도 20여 권이 저서가 번역 출간되었다.
222) 아라 마사히토(荒正人, 1913~1979): 일본의 문예평론가. 1946년 문예잡지 『긴다이분가쿠(近代文學)』 창간에 참여, 정치에 대한 문학의 자율과 개인으로서의 자아 확립을 주장하며 '전후파' 문학을 대두시켰다. 주요 저서에는 『두 번째 청춘』『시민문학론』등이 있다.
223) 부친살해: 프로이트가 정신분석학에서 말한 오이디푸스 콤플렉스(Oedipus complex, 남성이 부친을 증오하고 모친에 대해 품는 무의식적인 성적 애착)는 오이디푸스가 숙명적으로 아버지를 살해한 그리스 신화에서 가져왔다. 어머니인 줄 모르고 결혼하여 그 사실을 알고 오이디푸스는 자신의 눈을 뽑아낸다.
224) 오오카 쇼헤이(大岡昇平, 1909~1988): 일본의 소설가, 평론가. 세밀한 심리 묘사와 지적인 작품 구성으로 일본의 전후 문학을 대표하는 작가. 체험을 바탕으로 쓴 소설 『포로기(俘虜記)』와 『야화(野火)』 등 다수의 저서가 있으며, 『소설가 나쓰메 소세키』로 1989년에는 요미우리(読売)문학상을 수상했다.

이 작품의 결말에서는 등에 업은 '아이'가 실은 주인공이 백 년 전에 죽인 맹인이라는 사실이 드러난다. 그리해서 '내가 살인자였음을 비로소 깨닫는 찰나에 등에 있는 아이가 갑자기 석지장²²⁵⁾처럼 무거워졌다'고 마무리를 짓는다. 마지막 부분의 깨달음에는 무의식의 발견이라는 구도를 읽을 수 있다. 태어나자마자 곧바로 양자로 보내져 그 집안에서 애정 없이 길러졌고, 게다가 양가 어른들끼리 말다툼하는 상황을 보고 자랐다는 소세키의 전기에 쓰인 내용을 감안할 때, 유아기의 트라우마로 읽을 수도 있다. 여기서 죽임을 당하는 사람은 소세키 자신이다. 이것이 오오카의 해석이다.

하지만 지금 여기서는 '그러자 어쩐지 알고 있는 것 같은 기분이 들었다. 하지만 정확히는 모르겠다.'라는 구절의 배후에 있는 숨겨진 의미가 아니라, 거기에 숨겨진 의미를 읽어내려는 독자 '눈의 습성'에 대해 생각해보고자 한다. 왜 우리는 거기에서 소세키의 의도만이 아니라 소세키의 심층심리와 전기적 사실 그리고 더욱 커다란 이야기를 읽어내려 하는 걸까.

여기서『문조』와『열흘 밤의 꿈』의 차이를 확인해두면 도움이 된다. 두 작품은 작은 사물에서 보다 큰 사물의 징후가 보인다는 점의 동일한 착시 구조에 근거하고 있다.『문조』의 착시는 주인공의 심리 안에서 해결된다. 그에 비해『열흘 밤의 꿈』에서는 주인공의 마음 밖으로 눈이 향한 듯한 장치가 있다.

문조의 '부리'가 여자의 '입가'로 변모한다는 사실을 누가 봐도 안다.『열흘 밤의 꿈』에서는 어떤가. '삼일째 밤'에서 중요한 특징은 분명 눈이 보이지 않는 아이가 만사를 다 본다는 점이다. 주인공이 자신을 버리려 한다는

---

225) 석지장(石地藏): 돌에 새긴 보살 상.

사실도 아이는 알고 있는 듯하다. 여기에는 어떤 착시가 일어나고 있을까.

　나는 내 자식이지만 조금 무서워졌다. 이런 녀석을 등에 업고 가다가는 앞으로 어떻게 될지 모른다. 어디 버릴만한 곳은 없을까 라며 건너편을 보니 어둠 속에 커다란 숲이 보였다. 저기라면 좋겠다고 생각하자마자 등 뒤에서 소리가 났다.

　"흐흠."

　"뭘 웃어."

　아이는 대답을 하지 않고 물었다.

　"아빠, 무거워?"

　"안 무거워."

　대답하자 이렇게 말했다.

　"곧 무거워질거야."

　나는 말없이 숲을 향해 걸어갔다. 논 가운데 길이 불규칙하고 구불구불해서 생각대로 좀처럼 나아갈 수 없었다. 잠시 후에 두 갈래 길이 나왔다. 나는 갈림길에서 잠시 쉬었다.

　"돌이 서있을 텐데."

　아이가 말했다.

　정말로 8촌각 돌[226]이 허리 정도 높이로 서 있었다. 그 돌 왼쪽에는 히가쿠보, 오른쪽은 훗타하라[227]라고 새겨져 있었다. 어둠 속에서도 도롱뇽의 배 같은 색깔의 붉은 글자가 또렷이 보였다.

　"왼쪽이 좋아. 그쪽으로 가."

　아이가 명령했다. 왼쪽을 보니 방금 본 숲이 어둠의 그림자를 높은 하늘에서 우리의 머리 위로 드리우고 있었다. 나는 잠시 망설였다.

－『소세키 전집 제12권』 중에서

---

226) 8촌각의 돌(八寸角の石): 무덤에 세우는 돌의 크기를 일컫는 말로, 가로 크기가 여덟 치인 돌을 의미함.

227) 히가쿠보(日ヶ窪)와 훗타하라(堀田原): 일본 도쿄(東京)의 지명.

마치 등에 업힌 '아이'가 주인공의 '눈의 움직임'을 모조리 파악하고 있는 듯하다. 그 눈길이 닿는 곳을 따라 죄다 내다보고 있다. 화자가 눈으로 보는 '숲'이나 '두 갈래' '돌'의 의미를 화자 자신은 모른다. '대체 무슨 일인가?'라며 각각의 것들과 조우할 뿐이다. 그런데 눈이 먼 '아이'는 그 각각의 의미를 알고 있는 듯하다. 그리고 그 의미를 발판 삼아 화자에게 명령을 내린다.

아무래도 여기에는 '시점의 분열'(후지모리 기요시[228] 『이야기의 근대』 중에서)이 일어날 듯하다. 후지모리가 보여준 바와 같이, 이야기의 절대적인 화자인 아이가 만들어내는 이야기를 '나'라는 1인칭의 보고자가 보고하는 형태로 텍스트 내에 존재시키는 구조이다(『이야기의 근대』 중에서).[229] 때문에 이 이야기에는 두 화자가 공존한다고 말한다. 눈이 보이기는 하지만 모든 것을 의식하지 못하는 화자와, 눈이 보이지 않지만 화자에게 보이지 않는 것까지 보는 또 한명의 화자. 『문조』에서는 화자가 '부리'를 '입가'로 잘못 보았기에 착시가 일어났고, '소에서 대'라는 조응이 생겼다. 하지만 『열흘 밤의 꿈』의 「셋째 날 밤」에서 우리는 화자 말고 또 다른 화자의 도움으로 비로소 '소에서 대'라는 착시로 이끌린다.

이렇듯 또 다른 화자의 '징후'는 맹인이 나오지 않는 『열흘 밤의 꿈』 속 다른 단편에도 있다. 「첫날 밤」의 '여자'나 「둘째 날 밤」의 '스님' 혹은 「넷째 날 밤」의 '할아버지'도 화자가 그 일부분만 보는 데에 비해 훨씬 많은 것을

228) 후지모리 기요시(藤森淸): 일본의 근대문화 · 문학 연구자. 문화를 대상으로 한 일본의 근대화의 역사적 연구, 일본 근대 풍경 의식 연구, 문학에 나타난 일본 근대의 이성애 체제 등을 연구하고 있다. 긴조(金城)학원대학 교수. 주요 저서로 『이야기의 근대』 『소세키(漱石)의 레시피—『산시로(三四郎)』의 기차에서 파는 도시락』 등이 있다.
229) 후지모리는 이러한 '시점의 분열'이 일어나는 이유는 화자에게 '나'라는 호칭이 사용되었기 때문이다. 확실히 후지모리가 말한 것처럼 '나'를 '그' 등의 삼인칭으로 치환하면 분열된다는 인상이 사라진다(『이야기의 근대』 중에서). —저자 주.

알고 있는 듯하다. 『열흘 밤의 꿈』은 이해하지 못하는 세상의 단편들을 퍼즐 조각처럼 맞춰나가려 한다. 어쨌든 화자와 보다 많은 정보를 알고 있는 또 다른 화자와의 갈등 구조로 이루어지는 작품이다. 이 '또 다른 화자'는 이야기 속에서 좀처럼 명확하게 말하지 않고 주인공도 또 다른 화자의 경지에는 도달하지 못하기 때문에 결국 독자가 그 '또 다른 화자'가 해야 할 이야기를 보완하게 된다.

『열흘 밤의 꿈』은 매우 극단적인 작품이기는 하지만 이렇듯 화자가 '자신이 모르는 커다란 무언가가 있을 듯하다' '자신보다 많은 것을 알고 있는 사람이 있는 듯하다'와 같은 경계심을 품는 설정은 소세키의 다른 작품인 『명암』에도 전형적으로 나타난다. 마사무네 하쿠초[230]는 비평을 통해 '소세키는 『명암』에서 다소 성가실 정도로 심리에 천착하고 있다. 작품 속의 인물은 상대방의 눈이 깜빡거리는 횟수까지 헤아려 상대방의 심리를 비판하는 태도를 취한다'라고 다소 쓴 소리를 남겼다(『마사무네 하쿠초 전집 제20권』 중에서). 이 점에 대해서 다음과 같은 견해도 있다.

> 『명암』은 쓰다와 오노부[231]의 투쟁을 바라보는 제3자를 훌륭하게 배치한 점이 획기적입니다. 다시 말해서 누가 투쟁의 승리자인가 승인하는 것을 이중 삼중으로 배치했습니다. 등장인물이 여럿인 이유입니다. 하지만 그것이 세상이라는 것, 사회라는 것입니다. 소세키는 그렇게 생각했던 것 같습니다.
> — 미우라 마사시[232] 『소세키—어머니에게 사랑받지 못한 아이』 중에서

---

230) 마사무네 하쿠초(正宗白鳥, 1879~1962): 일본의 작가, 평론가. 자연주의 작가로서 허무적이고 회의적인 인생을 날카롭게 묘사했다. 소설 『어디로』 『흙 인형』 『독부 같은 여인』 『인생의 행복』 『인간 혐오』 등, 희곡 『하얀 벽』 『어느 병실』 등, 평론 『자연주의 성쇠사』를 비롯하여 다수의 저서가 있다.

231) 쓰다(津田)와 오노부(お延): 나쓰메 소세키의 소설 『명암』에 등장하는 부부.

232) 미우라 마사시(三浦雅士, 1946~): 일본의 편집자. 문예평론가이자 무용연구가. 『멜랑콜리의 수맥』으로 1984년 산토리학예상 수상. 주요 저서로 『무라카미 하루키(村上春樹)와 시바타 모토유키(柴田元幸)의 또 하나의 아메리카』 『소세키—어머니에게 사랑받지 못한 아이』 등

『명암』에서는 한편으로 '서로 상대방의 눈이 깜빡거리는 횟수까지 헤아려'보는, 대면적인 '투쟁'도 이루어지고 있는데, 미우라가 지적했듯이 그것을 옆에서 관찰하는 인물이 배치되어 있다는 점이 중요하다. 원래 소세키는 탐정 혐오로 유명한데, '누군가가 보고 있다'는 피해망상적 의식을 가지는 경우가 많았다. 헨리 제임스[233] 같은 영미문학 작가를 수용한 결과이기도 하다. 『명암』에서는 '한 수 위의 시점'이라는 형태로 그것이 작품 내에 구조화되어 있다. 『명암』만큼 명백한 형태는 아니지만 '자신보다 많은 것을 알고 있는 사람이 있는 듯하다'는 강박감에 시달렸던 소세키에게 작은 것의 반대편에 커다란 무언가를 보는 듯한 착시가 인간관계의 구도 위에 성립된 것은 자연스러운 일이었다.

만일 소세키뿐만 아니라 근대 일본 소설에서 '소에서 대'라는 착시가 종종 인물관계에 투영되어왔다고 하면, 여기에 근대 문학이 지금까지 살아남은 단편적인 이유들이 보이지 않을까 한다. 특히 소세키가 근대문학사에서 '읽을 만한 작가'로 특권적 위치를 점유해온 이유도 한편으로는 이런 형태로 소설 속에 '소에서 대'를 조응시키는 방법을 모색해왔기 때문인지도 모른다.

'프랙털'이라는 놀라움

대와 소의 조응은 태곳적부터 사람들을 매료시켜왔다. 서양문화권에서

이 있다.

233) 헨리 제임스(Henry James, 1843~1916): 미국의 소설가 겸 비평가. 소설의 형식을 확대하고 독창적인 문체를 완성한 산문 소설의 대가이자, '의식의 흐름' 기법의 선구자이다. 장편 『어떤 부인의 초상』 등 그의 작품 대부분은 '국제 문제'를 다뤘다. 그 밖에 자신의 작품 해설을 모은 소설 이론 『소설의 기교』가 있다.

도 우주라든가 천체와 인체 구조의 유사점을 찾으려 했다. 예를 들어 인간의 기질을 흙, 물, 불, 공기라는 4대원소의 배합 정도에 따라 정해진다고 여기는 사고 체계와 밀접한 관계가 있다. 그 신화적인 기원을 바탕에 두고, 대지와 인간뿐만 아니라 식물과 동물, 천체와 인간 등 스케일의 차이를 초월해서 조응관계를 보려는 사고가 근대과학의 기초를 쌓는데 큰 역할을 했음은 잘 알려진 사실이다.

이러한 발상의 근원은 '대'의 극점에 있는 전능자가 자신의 모습과 닮은 인간을 창조했다는 기독교적인 세계관이다. 최근에는 1980년대부터 1990년대에 걸쳐 복잡계(複雜系)[234]나 카오스[235]가 화제가 되었으며, 키워드 중 하나인 '프랙털'이라는 개념은 대와 소의 조응관계를 다른 각도에서 조명한 것이다.

프랙털의 제창자 브누아 망델브로[236]가 최초로 주목한 점은 국경선의 길이가 측정 방법에 따라 변한다는 사실이었다. 왜 이런 일이 일어날까. 해안선의 거리를 어떻게 측정하는가를 떠올려보면 이 문제를 이해할 수 있다. 해안선의 길이의 계측은 일견 단순하게 생각되지만 실은 어떤 축척으로 측정하는가에 따라 길이가 달라진다. 예를 들어 항공사진으로 촬영한 해안선의 들쑥날쑥한 선이 '최종'은 아니기 때문이다. 줌업해서 해안선을 확대하면 거기에도 똑같이 들쑥날쑥한 해안선이 나타난다. 좀 더 확대해도 마찬가지다. 자세하게 보면 볼수록 해안선의 복잡함이 누적된다. 따

---

234) 복잡계: 작은 사건처럼 보이는 수많은 변수가 유기적 · 복합적으로 작용하여 큰 영향력을 갖게 되는 체계.
235) 카오스(chaos): 그리스인의 우주개벽설(cosmogonia)에서 비롯되었으며, 만물 발생 이전의 원초상태의 복잡, 무질서, 불규칙한 상태를 말하며, 장래의 예측이 불가능한 현상을 가리키기도 한다.
236) 브누아 망델브로(Benoît B. Mandelbrot, 1924~2010): 미국, 프랑스 국적의 수학자. 자기 유사성을 갖는 기하학적 구조를 정의하는 '프랙털' 용어 및 프랙털의 일종인 망델브로 집합을 창안하였다. 1982년에 출간한 저서 『The Fractal Geometry of Nature』는 프랙털의 개념을 전문 수학과 대중 수학 전반에 도입시키는 데 큰 영향을 주었다.

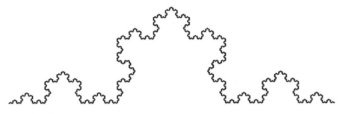

그림5. 프랙털, 코흐 곡선.

라서 그 연장선을 계측한 거리도 길어진다.

이처럼 여러 번 확대해도 끝없이 같은 형태가 보이는 도형을 망델브로는 '프랙털'이라고 불렀다(그림5 참조). 그리고 프랙털이 가진 이러한 성질에는 '자기유사성(自己相似性)'이라는 용어를 사용했다.

'프랙털'이 매력적인 개념으로 추앙받은 이유는 그 의외성 때문이다. 대상을 확대하는 데 그치지 않고 다시 동일한 닮은 대상이 나타나는 불가사의함. 상식적으로 이해가 되지 않는다. 게다가 우리 일상의 자연계에는 해안선 말고도 이러한 자기유사성을 가진 현상이 다수 존재한다. 강의 분기점, 인체, 식물의 가지 뻗은 모양 등이다.[237]

생각해보면 프랙털의 자기유사성은 이미 우리의 시선에도 내재되어 있다. 투표하는 행동이나 독서에서 대상과 대면할 때, 실은 거대한 수의 불균형이 내재한다. 그런데도 그것을 1대1이라 착각하여 우리는 정치에 관여하거나 지적인 활동을 해왔다. 거기에는 다른 축적이 겹쳐지는 것을 허용하는 듯한 감성이 있다. 부분과 전체를 상당히 동일시한다. 이는 부분이란 무엇인가, 전체는 무엇인가 라는 문제와도 관련이 있다. 왜 우리는 '프랙털'이라는 개념을 '발견'했을까. 해안선을 아무리 확대해도 똑같이 들

237) 프랙털에 대해 깊이 파고든 참고서는 다카야스 히데키(高安秀樹)의 저서 『프랙털』, 요점만 소개한 저서로는 이바 다카시 · 후쿠하라 요시히사(井庭崇 · 福原義久) 공저 『복잡계(複雑係) 입문』을 참조하기 바란다. ―저자 주.

쑥날쑥한 모양이 나타난다는 상황을 접했을 때, 우리는 무엇이 이상하다고 여겼던 것일까.

더 잘 들여다보면, 그 끝에는 틀림없이 진실이 있으리라는 생각이 응시의 문화이다. 힘을 다해서 응시하고 시간을 들여서 대상을 계속 관찰함으로써 지금까지 보이지 않았던 것을 발견한다. 부분이 전체로 갑자기 변하는 현상은 이러한 응시 문화의 연장선상에 있다. 세부적으로 전체의 비밀이 숨겨져 있다. 그와 동시에 '프랙털'과 같은 개념이 우리에게 제시해 주는 것이 있다. 그처럼 생각하는 것이 실은 우리의 본능적인 면에서는 당연하지 않다는 것이다. 정작 코흐 곡선[238]을 이용한 코흐의 눈송이[239]와 같은 프랙털 도형을 그려보면 우리는 이론적으로는 무한한 길이를 갖추는 이 연장선이 유한한 공간을 둘러싸고 있다는 사실에 놀라서 말문이 막힌다. 설마 이 작고 유한한 것에서 무한히 큰 것이 나온다는 것은 예상하지 못한다. 그러한 도형이 존재하는 것은 아무리 생각해도 신기하다. 어떻게 이런 일이 있을까 라고 생각한다.

즉 세부 속에 전체가 숨겨져 있다는 전형적인 사고로서 '부분과 전체가 바뀐다'는 견해에 열중하면서도 우리는 그것을 의심하기도 한다. 어차피 그것이 허구라고 생각한다. 『문조』 같은 문학작품 속에서 그러한 현상은 일어날지도 모른다. 하지만 그런 현상에 우리는 감동하거나 감복하지만 결국 허구일 뿐이다. 정치나 독서도 인간이 만든 허구이고 제도이다. 정말로 일어날 리가 없다고 생각한다.

우리들이 응시의 시선에 힘을 실어온 이유는 그 때문이다. 응시에는 그

---

238) 코흐 곡선(Koch Curve): 1870년에 출생한 스웨덴의 철학자, 수학자인 헬게 폰 코흐(NielsFabian Helge von Koch)에 의해 만들어졌다. 선분의 3등분을 이용해서 그리는 곡선으로 별 모양의 형태를 가지는 프랙털 곡선 중 하나이다.
239) 코흐 눈송이(Koch Snowflake): 코흐의 곡선을 반복하면 눈송이와 유사한 모양이 만들어져서 붙여진 이름이다.

렇지 않은 것을 그렇다고 믿으려는 힘이 담겨 있다. 어떻게든 해보자는 기합이 충만하다. 문학작품도, 넓게는 예술 일반서도 어디선가 강인하게 밀어붙이는 데에 의존하고 있다. 부분이 전체일 리 없다. 그러나 부분에서 전체로의 전환은 힘만 모아지면 일어날 듯한 느낌이 든다. 몸을 앞으로 내밀고 힘을 모아 무엇보다도 진지한 자세로 임한다면 일어날지도 모른다. 부분과 전체 사이의 긴장관계에는 본심의 문화라고 불러야 할 것이 응축된 형태로 나타나 있다. '본심'은 부분을 전체로 승화시키려고 꿈꾸는 듯한 정신 자세이다.

지금까지 우리는 근대의 문학에서 이러한 본심을 기대해왔다. 본심이 가지는 견인력이었다. 『문조』와 같은 작품을 전형으로 부분이 전체를 나타낸다는 응시의 구도를 잠재시킴으로써 문학은 '힘을 모으기만 한다면 그렇지 않은 것이 그렇게 된다'는 신화를 지지해왔다. 항상 부분을 전체로 비상시키려고 시도했다는 점에서 문학은 본질적으로 '성실함'을 가졌다. 다자이 오사무의 주의산만도, 시가 나오야에 의한 응시하지 않는 시선도, 그런 '성실함'에서 미묘하게 일탈하려는 형태였다. 로스코[240]의 대상을 '밀어 올리는 장치'도 마찬가지이다. '시'의 복권(復權)도 그렇다. 그림이 움직이거나 한 번 이야기된 말이 거기에 남지 않을지도 모르는 세계를 산문 속에 도입하는 것도 마찬가지다. 그렇게 하여 응시적인 '성실함'을 뛰어넘으려는 시도가 계속되어왔다. 응시의 문화는 거대한 포용력으로 그러한 다양한 일탈도 '성실함'의 틀 속에 포함시켜왔다.

---

240) 마크 로스코 (Mark Rothko, Marcus Rothkowitz, 1903~1970): 러시아 출신의 미국 서양화가. 추상표현주의의 대표적 화가로, 거대한 캔버스에 윤곽이 모호한 색채 덩어리를 배열하여 색채의 미묘한 조화를 나타낸다. 활동 초기에는 풍경화, 정물화, 뉴욕의 지하철 그림을 그렸으며 이후 그의 작품은 복잡한 색면을 특징으로 하는 그만의 독특한 화풍을 구축하였다. 작품에는 〈초록과 적갈색 Green and Maroon〉〈붉은색 안의 갈색과 검정 Brown and Blacks in Red〉〈무제 Untitled〉 등이 있다.

최근 이삼십 년 동안 '소설을 읽지 않는다'고 탄식하지만 실제로 소설을 읽는지 아닌지의 여부보다는 소설이라는 응시의 형식이 사람들에게 지루하기 짝이 없다는 느낌이 표출되고 있다. 우리가 그런 점에 탄식하는 이유는 무엇일까. 생각해보면 소설에 대한 우리의 지나친 기대가 투과해 보이는 듯하다. 의연하게 우리는 소설에 '성실함'의 전형을 내보이려 하는 건 아닐까. 만일 소설이라는 장르에 체현된 듯 부분을 전체로 착각하는 '성실함'의 시선을 포기하면 그것은 근대문화의 토대를 이루어 온 정치제도나 지식전달의 방법을 뒤흔드는 사건으로도 이어질 수도 있다. 우리는 그러한 각오를 못하고 있다.

제13장 응석부리다
— 통속 소설과 순수 문학, 그리고 오에 겐자부로[241] 「익사」

읽는다는 행위

'단순하게 읽는다'라는 행위는 어렵고 힘들다. 읽는다는 것은 정보를 수용하고 해석하는 일로 끝나지 않는다. 우리는 읽기라는 행위를 기점으로 세상에 다양한 작용을 일으키기 때문이다. 우리가 읽을 때 취하는 태도 그대로 우리와 세상의 관계가 규정된다.

제12장에서 '문학'이라는 제도를 통해 우리는 근대사회 특유의 어떤 심리 상태로 우리 자신을 이끌고 있다는 사실을 확인했다. 우리는 부분과 전체를 쉽게 동일시하는 습관이 있다. 제5장에서 제7장에 걸쳐 다루었듯이 그러한 인식 구조가 근대 정치 시스템과 산업 모델의 바탕을 지탱해 왔다. 그런 가운데 '문학'이 다소 특권적 역할을 담당해온 이유는 그것이 문학이

---

241) 오에 겐자부로(大江健三郎, 1935~): 일본 소설가. 23세 때 단편소설 「사육」을 발표하여 제 39회 아쿠타가와 상을 최연소로 수상. 그밖에도 다수의 문학상을 수상했고, 장편소설 「만엔 원년(万延元年)의 풋볼」로 1994년 노벨문학상을 수상했다. 전후 일본의 혼란스런 상황에서 울분과 방황, 절망에 찬 청년들의 그로테스크한 이미지를 표현하여 신세대 작가로 주목받았다. 단편소설 「죽은 자의 사치」, 장편소설 「성적 인간」 등 다수의 작품이 있다. 전후 국가주의, 특히 일본의 천황제에 대해 일관해서 비판적 입장을 취하고 있으며, 핵무기 반대와 헌법 제9조를 지켜야 하는 당위성에 대해 에세이나 강연 등을 통해 적극적으로 언급하고 있고, 자위대의 존재에 대해서도 부정적인 양심적 문인이자 지식인.

지닌 '성실함'의 에토스[242]와 연결되기 때문이다.

뒤에 이어질 세 장에서도 계속해서 읽기에 어떠한 행위성이 숨어 있는지를 알아보겠다. 읽는다는 것을 통해 대체 우리는 무엇을 하는가? 무엇을 계획하고 이루려 하는가. 다음 장에서 특히 중요한 점은 '읽는 것의 어려움'이라는 요소이다. 읽는 것, 보는 것이 어려운 일이라서 우리는 눈을 부릅뜨고 집중해서 더 자세히 보려고 한다. 응시한다. 하지만 응시의 본질은 장애를 극복하는 데만 있지 않다. 이번 장에서 응시의 본질에 대해 오에 겐자부로의 작품을 통해 고찰해 보려고 한다.

한신 타이거즈 팬들도 대가를 치러야 할까?

한신 타이거즈[243](당시) 조지마(城島) 선수가 어느 날 "어디가 홈그라운드인지 모르겠다. 어째서 한신 타이거즈 팬들에게 이렇게까지 야유를 받아야 하는가?"라고 불평한 적이 있다.[244] 한신 타이거즈 팬들은 자기가 응원하는 팀 선수에게 입에 담지 못할 욕을 하는 경향이 있다. 다른 팀에서 이적해 온 조지마 선수는 기가 막혔다. 그렇다고 해서 팬들과 팀의 이런 관계성이 꼭 이해의 범주를 넘어서는 것은 아니다. 팬들은 돈을 내고 야구장을 직접 찾아가거나 응원도구를 구입함으로서 팀을 금전적으로 지원한다. 말하자면 후원자 같은 존재다. 선수들은 그 대가로 관객을 즐겁게 해주고

---

242) 에토스(ethos): 성격·관습의 뜻을 가진 그리스어에서 비롯된 철학 용어.

243) 한신 타이거즈(阪神タイガース): 일본 센트럴리그에 소속된 프로야구팀으로, 1935년에 창단했다. 연고지는 효고현(兵庫県) 니시노미야시(西宮市)이다. 원래는 오사카 부(大阪府)를 연고지로 하여 오사카 타이거즈라는 팀명으로 창단하였으나 1940년의 한신 타이거즈, 1960년의 오사카 타이거즈를 거쳐 1961년 니시노미야시로 옮기면서 지금의 이름으로 바꾸었다.

244) 일본 《아사히(朝日)신문》에서 조지마 선수의 말을 이렇게 보도했다. "실점을 할 때마다 야유를 받다보니 어디가 홈그라운드인지 모를 지경이었습니다. 이겼으니 만족했겠죠?"(2010년 8월16일 21면). ─저자 주.

열광시킨다. 따라서 만족하지 못한 팬들이 화를 내는 것은 당연한 일이다. 소비사회에서는 돈을 대가로 서비스를 받는다는 도식이 모든 곳에 적용된다. 스포츠를 포함한 표현활동도 예외가 아니다.

하지만 서비스는 감정의 교류가 얽혀 있다. 조지마 선수의 불만 속에는 '어쨌든 당신들은 팬이니까 응원해 달라. 사랑해 달라'는 뜻이 담겨 있다. 다시 말해 '그 정도는 해 줄 만하지 않느냐'는 기대가 감정의 차원에서 생겨난 것이다. 상업적인 표현행위라 해도 'A가 돈을 지불해서 B에게 서비스를 받는다'는 도식 그대로 완결된다고 보기는 어렵다. 돈을 내는 A가 B에게 연이어서 일방적인 추가지원을 한다거나 반대로 돈을 받지는 않지만 B가 표현행위를 계속하는 경우도 있다.

이처럼 일방적인 의존 형태로 성립된 것이 이른바 '순수문학'이란 영역이 아닐까. 우리는 여전히 무의식적으로 대중문학과 순수문학을 구별한다. 대중문학의 경우 독자가 '대가'를 의식하기 마련이지만 순수문학은 그런 의식이 희박하다. 왜냐하면 순수문학은 표현하는 사람이나 표현을 수용하는 사람이나 그것을 상업적 행위로 여기지 않고, 작품을 통해 가치의 교환이 일어난다고 생각하지 않기 때문이다[245].

순수문학은 독자에게 기쁨을 주어야 한다는 태도를 인정하지 않는다. 대중소설이 독자에게 열심히 서비스를 제공하는 태도에서는 '이익을 얻기 위한 계산속'이 느껴진다고 해서 오랫동안 '한 단계 아래'라는 생각이 일본 문단을 지배했다. 예를 들어 시대를 거슬러 올라가보면 나쓰메 소세키[246]

---

245) 최근 순수 문학의 '비상업성'에 대해 널리 알려져 있는 고찰로 오쓰카 에이지(大塚英志)의 저서 『불량채권으로서의 '문학'』이 있다. —저자 주.
246) 나쓰메 소세키(夏目漱石, 1867~1916): 일본의 소설가, 평론가, 영문학자. 일본 근대기 소설문학에서 중심적인 인물이며 이후의 일본 문단에 큰 영향을 미쳤다. 작풍은 당시 전성기에 있던 자연주의에 대하여 반자연주의적이었고, 여유파라고 불리기도 했다. 주요 저서로는 『호토토기스(두견)』『나는 고양이로소이다』『도련님』『풀베개』『산시로』『그 후』『문』『피안 지나기까지』『마음』『명암』등 다수가 있다.

와 사이가 좋지 않았던 마사무네 하쿠초[247]가 그러했다. 종종 그는 '통속'적이라는 이유로 나쓰메 소세키를 비난의 대상으로 삼았다.

......『그 후』『피안 지나기까지』『마음』『명암』등 나는 지금까지 읽어 온 그의 장편소설에 별다른 감동을 받지 못했다. 외려 지루했다. 다른 누구보다도 글 쓰는 재주는 뛰어나지만 무조건 재미있게 쓰려는 느낌이 많이 들어서 작품에 감정을 이입하기가 어려웠다.
    － 「한눈팔기」를 읽고」, 『마사무네 하쿠초 전집 제 6권』 중에서

이렇듯 신랄한 평가의 배경에는 '재미있게 쓰려는' 것, 다시 말해 열심히 서비스를 제공하려는 자세를 왠지 천하게 여기는 관념이 깔려 있다.

예컨대 마사무네 하쿠초는 나쓰메 소세키의 『한눈팔기』를 높이 평가한 이유로 "글의 배치가 깔끔하고 질서정연하다."든가 "작품 속의 사상이 독자의 머릿속에 분명하고 확실하게 새겨진다."(『마사무네 하쿠초 전집 제 6권』 중에서)라고 했다. 생각해보면 나쓰메 소세키 작품의 아름다운 가치가 '재미있게 쓰려는' 것과 모순되지는 않는다. 하지만 왠지 모르게 가치와 재미가 양립하지 못하는 듯이 보이는 이유는 작품의 재미를 떠나서 '재미있게 쓰려는' 문장을 통해 작가의 의도가 빤히 드러나기 때문이다. 마사무네 하쿠초는 바로 그 점을 지적한 것이다.

나쓰메 소세키는 '통속'과 거리가 먼 콩트도 가끔 그런 방식으로 썼다. 『긴 봄날의 소품』 가운데 「뱀」이라는 작품이 있다. 소년의 시점으로 빗속에서 물고기를 잡으려는 삼촌의 모습을 그린 아주 짧은 글이다. 물이 불어

---

247) 마사무네 하쿠초(正宗白鳥, 1879~1962): 일본의 작가, 평론가. 자연주의 작가로서 허무적이고 회의적인 인생을 날카롭게 묘사했다. 소설 『어디로』『흙 인형』『독부 같은 여인』『인생의 행복』『인간 혐오』등, 희곡 『하얀 벽』『어느 병실』등, 평론 『자연주의 성쇠사』를 비롯하여 다수의 저서가 있다.

서 탁해진 강에 사냥감이 보인다. 장어라고 생각한 소년은 흥분한다. 하지만 장어가 아니라 뱀이었다. 물고기인 줄 알았던 것이 기다란 장어로 바뀌고 다시 뱀이 된다. 마지막에 머리를 쳐든 뱀 쪽에서 누가 말했는지 알 수는 없지만 "두고 보자"라는 목소리가 들린다. 그 대목이 아주 신비하고 깊이 있는 단편이다. 하지만 결말에 이르기 전에 삼촌이 장어를 쫓으면서 상황이 점점 긴박해지는 대목에서 다음과 같은 문장이 나온다.

<u>빗줄기는 점점 거세졌다. 강물의 색깔이 갈수록 탁해졌다. 소용돌이는 사납게 물 위에서 휘돌았다.</u> 때마침 시커먼 물결이 세차게 눈앞으로 지나가는데 언뜻 색다른 모양이 눈에 들어왔다. 눈 깜빡할 새도 없이 순간적으로 빛을 받은 그 모양은 길어 보였다. 그것을 큰 장어라고 생각했다.
　　　　　　　　　　　　　　　　　　　－『소세키 전집 제 12권』 중에서

나쓰메 소세키 특유의 힘찬 문장이다. 특히 밑줄 친 부분은 일본어로 쓰인 문맥치고는 조금 과한 느낌이 든다. 한문 또는 영문 투의 문장이라고 해도 좋을 만큼 단계적으로 속도가 미끄러지는 활주감이 있고, 축적된 속도가 올라가는 인상이 있다. 이런 속도감은 화자의 '끼어들기' 때문에 생기는 효과이다. 모든 필력을 동원해서 독자를 소설로 끌어들이려고 하는 작가의 태도가 드러나 있다. 이것을 대중소설적인 '기세'로 보아도 무방하다.

제12장의 「문조(文鳥)」에서도 보았듯이, 작은 것을 통해 큰 것이 보이는 스케일 교란의 쾌감이 나쓰메 소세키 작품의 특징이다. 이 콩트에도 그러한 장치가 존재한다. 대상이 모습을 드러내기까지 물고기→장어→뱀의 순서로 잇달아 달라진다. 물고기에서 장어로 또 장어에서 뱀으로 변해가는 것은 단순히 사냥감의 종류가 바뀌었다는 뜻이 아니다. 일반명사인 '물고기'에서 특별히 가치가 높은 '장어'로. 여기서 상황은 식용 '장어'에서 더 복

잡하고 꺼림칙한 뉘앙스를 가진 '뱀'으로 완전히 뒤바뀐다. 인용한 대목은 그런 전환을 보여주는 중요한 순간의 하나다.

이런 착시에서 '통속'이 아닌 글쓰기의 '진지함'과 문학에 대한 '진심'이 느껴지는 까닭에 나쓰메 소세키의 문학은 '성실'하다고 인식되어 왔다. 하지만 위와 같은 화자의 끼어들기에서는 얼핏 재미있게 쓰려는 의도가 엿보인다. 금욕적이고 한결같은 눈의 작업 끝에 간신히 도달하는 착시가 되레 대중소설적인 기세를 타고 통속적인 절정의 산물로 뒤바뀌는 아슬아슬한 경계에 있다.

응시는 양면성을 가졌다. 점점 안쪽으로 힘차게 파고드는 응시는 작은 것과 큰 것을 착각하는 스케일의 교란을 일으킨다. 이때 기존의 틀을 뒤엎는 눈이 근본적인 원리를 재고하도록 다그친다. 깜짝 놀랄 만한 패러다임의 전복이 일어난다. 이렇게 타성에서 해방된 사고가 있었기에 우리는 '진지함'을 보았고, 이렇게 깊이 의심하는 지식의 형태를 우리는 '혜안'이라 부르며 신뢰해 왔다

하지만 이렇게 눈으로 깊이 파고들 수 있는 이유는 독서를 하는 눈이 기세를 타서 중간 내용을 생략하기 때문이다. 즉, 응시는 한편으로는 혜안이지만 다른 한편으로는 '전체를 보지 못하는 눈'이기도 하다. 그것이 문장의 수준으로 나타날 때 앞에 나온 "빗줄기는 점점 거세졌다. 강물의 색깔이 점점 탁해졌다. 소용돌이는 사납게 물 위에서 휘돌았다."처럼 어떻게 보면 내용을 대충 훑어보게 만들어서 막힘없이 읽히는 활주감이 생긴다. 거기서 느껴지는 것은 깊이 의심하는 혜안은커녕 기세에 몸을 맡긴 채 눈을 감는 것과 같은 맹목성이다. 편안함 또는 도취감이 훨씬 더 우세하다. 두 말할 나위 없이 대중소설이라고 불리는 장르는 체면불구하고 화자가 개입해서 이런 편안함과 도취감을 제공해야 한다고 여겨져 왔다.

이런 면에서 순수문학적인 것과 서비스라는 개념 사이의 복잡한 관계를

엿볼 수 있다. 독자를 유혹하고 즐거움을 주는 가장 쉬운 방법이 기세와 가속이다. 기세에 의한 몰입은 어떤 스케일에서 다른 스케일로 넘어가는 섬세한 전환에는 어울리지 않는 듯하다. 사실 스케일의 초월은 어떤 측면에서 보면 기세의 도움을 받아야 실현되는 문제다. 그렇지 않으면 "이얍!" 하고 타성적 사고를 무너뜨려서 낯선 세계를 건네다 보지 못한다. 신문이란 매체에 기반을 둔 나쓰메 소세키의 사정은 더욱 복잡하다. 신문이라는 '통속'의 중심에 작품을 발표한 나쓰메 소세키는 통속적이라는 의미의 '기세'를 신경 써야 했다. 하지만 『명암』과 같은 작품에서는 '기세'의 끝없는 탐구가 생각지도 못한 스케일의 교란으로 이어져 독특한 '진지함'의 위상을 개척했다.

오에 겐자부로와 '응석부림'의 방법

오늘날에는 대중 문학과 순수 문학이라는 구분이 희미해졌다. 하지만 어떻게 하면 '혜안'과 '기세'를 양립하게 만드는가 라는 문제의식은 사라지지 않았다. 특히 중요한 문제는 현대의 작가가 다이쇼시대[248]만큼 '읽기의 어려움'에서 자유롭지 못하다는 사실이다. 앞에서 예로 든 'A가 돈을 지불해서 B에게 서비스를 받는다'는 구도의 지배력은 이전보다 더 순수 문학 세계에 영향을 미친다. 글쓴이가 독자를 위해 쉽게 읽을 수 있도록 고심하는 일은 거의 상식으로 자리 잡았다.

이런 상황에서 지금도 용기를 갖고 '재미'에서 벗어나려는 대표적인 작가가 오에 겐자부로이다. 나는 예전에 한번 오에 겐자부로의 『익사』를 읽는 사적인 독서회에 참석한 적이 있었다. 이때의 체험은 나에게 여러 가지

---

248) 다이쇼(大正)시대: 1912년에서 1926년까지 다이쇼 천황이 통치했던 시기.

의미에서 흥미로웠다. 모임 멤버는 대학원생이 중심이었고, 발표자의 주된 주제는 '미시마 유키오[249]와 오에 겐자부로'였다. 참가자들은 두 작가의 작품을 자세히 읽고 와서 본격적인 토론에 들어갔다. 막판에 '오에 겐자부로의 소설은 읽기 어렵지 않은가.'라는 의견이 나왔다. 게다가 '이 소설은 누가 무슨 이야기를 하는지 도저히 이해할 수 없는 부분이 많다.'라는 의견도 있었다. 이 의견이 나오고 나서 『익사』는 읽기가 쉽다.'라고 반론하는 사람은 아무도 없었다. 어느새 토론의 초점은 '왜 『익사』는 이렇게 읽기 어려운가?' '그동안 『익사』만큼 읽기 힘들었던 작품이 있었나?'라는 쪽으로 바뀌었다[250].

분명히 오에 겐자부로의 작품에는 예전부터 '읽기의 어려움'이란 피할 수 없는 문제를 내재하고 있었다. 『익사』 같은 장편소설은 특히 논의 대상이었다. 물론 『익사』의 구성이나 문체에 하자가 있다는 이야기가 아니다. 이 소설이 갖고 있는 근본적인 '읽기의 어려움'의 문제를 드러내 보이면서 한층 넓은 범위의 문제의식으로 연결된다.

오에 겐자부로의 작품이 가진 읽기의 어려움을 구성하는 요소는 작품마다 다르다. 『익사』는 줄거리가 단순하고 쪽 수에 비해 사건도 별로 많지 않다. 복잡한 수수께끼 풀이도 없다. 앞부분에서 아버지의 죽음과 깊은

---

249) 미시마 유키오(三島由紀夫, 1925~1970): 일본의 소설가, 희곡작가. 작풍은 전후세대의 니힐리즘과 이상심리, 이단적인 미와 지성이 통합, 탐미주의였으며, 전후 일본을 대표하는 작가 중 한 사람으로, 이후의 세대에게 많은 영향을 미쳤다. 『사랑의 갈증』(1950) 『금색(禁色)』(1951~1953)을 거쳐, 문학적 방법론을 완성한 작품은 『금각사(金閣寺)』(1956)였다. 이 작품으로 요미우리(読売)문학상을 수상했다. 24세 때 장편소설 『가면의 고백』(1949)을 출간한 이래, 『큰파도소리』『우국』 등의 소설과 『로쿠메이칸[鹿鳴館]』『나의 벗 히틀러』 등의 희극 작품 등 다수의 저서가 있다. 1960년 안보투쟁 등 정치적 혼란이 일어나자 그 원인을 전통적 질서와 가치의 파괴라고 여겨 극우 성향의 급진적인 민족주의자가 되었고, 1970년 육상자위대 옥상에서 할복자살로 생을 마감했다.

250) 다만 오에 겐자부로의 작품 중 어느 소설이 가장 읽기 어려운지에 대해 참가자의 의견은 일치하지 않았다. 『만엔 원년의 풋볼』이 가장 읽기 힘들다고 하는 사람도 있었고, 『동시대 게임』을 내세운 사람도 있었다. 반대로 『만엔 원년의 풋볼』이야말로 가장 읽기 쉽고, 『익사』는 대조적으로 읽기 힘들었다는 의견도 있었다. ─저자 주.

관련이 있는 '가죽 트렁크'에 상징적인 뜻이 담겨있다는 게 밝혀지기 때문에 독자가 관심을 기울여야 할 대상이 명확해진다. 트렁크 안에 든 소재를 바탕으로 만들려고 했던 『익사 소설』을 둘러싸고 주인공인 조코(長江)가 여러 가지 회상을 하거나 후회하거나 머뭇거리거나 하는 것이 갈등의 핵심임을 대강 알 수 있다. 소설의 중심 사건은 조코가 쓴 각본을 바탕으로 한 연극 상연이다. 연극이 성공하느냐 마느냐에 따라 긴장감이 생기는 점은 이 작가의 전작 『아름다운 애너벨리 싸늘하게 죽다』를 떠올리게 하는 구성이다.

『익사』가 그 정도로 읽기 어려운 이유는 무엇보다도 대화의 표기방식과 관계가 있다. 외국어로 쓴 소설에서 자주 보이는 방식인데, 대화를 큰따옴표로 표기하지 않고 문장 앞부분에 줄표로만 표기했다. 그렇다보니 누구의 대사인지 구분하기 어렵다. '~가 말했다'라고 명시한 곳도 적은 데다, 갑자기 기억 속에서 과거의 목소리가 들릴 때도 있다. 인용인 곳도 많다.

이러한 특징은 아마도 오에 겐자부로 작품의 대사가 그것을 말하는 등장인물에게 종속되지 않는다는 것을 의미할 것이다. 예를 들면 다음은 시코쿠[251] 어느 마을에서 조코가 쓴 작품의 공연을 추진하려는 아나이 마사오와 조코의 대화다.

— 당신은 『우울한 얼굴의 아이』 초판에 수백 마리 황어라고 쓰셨는데 10세였던 당신은 바위틈에 머리를 집어 놓고 황어의 눈에 비친 '아이'를… 다시 말해서 다리가 짧은 자신을 더 잘 보려고 하다가 머리가 바위에 끼여 물에 빠질 뻔했어요. 그때 황어의 눈은 수십 개였지요. 옛날에 산골짜기에서 천렵[252]을

---

251) 시코쿠(四国): 일본 열도를 구성하는 네 개의 큰 섬 가운데 하나이다. 도쿠시마 현(德島県), 가가와 현(香川県), 에히메 현(愛媛県), 고치 현(高知県)의 4개의 현으로 구성되어 있다.
252) 천렵 : 냇가에서 물고기잡이 하는 일.

하던 사람에게 들었는데 부부바위 속 황어의 수는 바뀌지 않는다더군요. 그 사람이 경험한 바로도 전해 내려오는 대로였다고 하니까요. 그러니까 지금 당신은 60년도 더 전에 본 광경을 그대로 본 거예요. 수십 마리였죠?

— 마릿수는 확실하지 않지만… 그 때 내 머리가 바위에 끼어 그대로 물에 빠졌다면 지금쯤 나도 한 마리 황어가 되어 이쪽을 쳐다봤겠지.

— 하지만 그랬다면 지금 시점으로 이쪽에서 황어 무리를 들여다보는 당신은 없다는 뜻이니까….

— 그렇지. 나는 수백 마리인지 수십 마리인지 이 바위틈의 푸르스름한 빛 속에서 영원히 헤엄치는 황어 무리 중 한 마리가 되지 못한, 모잽이헤엄[253]으로 간신히 바위에서 미끄러지지 않고 떠 있는 노인이지. 지금 이 역할에 순응할 뿐이야.

— 당신은 큰물의 흐름을 타고 전속력으로 나아가 하류의 물 밑에서 떴다 가라앉았다 하고 있죠……. 지금의 당신보다 스물 몇 살이나 젊은 아버지에게 자기를 따라오게 하는 건 단념했다고 하셨어요.

— 맞아. 아버지의 익사체가 황어에 가깝지.

- 『익사』 중에서

　　이는 오에 겐자부로의 다른 작품에서도 보이는 특징인데, 이 아나이 마사오처럼 이상하게 사정을 잘 알고 있는 상대가 등장하여 이쪽의 내면으로 파고들듯이 심리나 기억을 간파하는 대사를 지근거리에서 던질 때가 있다. 그 결과 주인공의 목소리는 자신에 대한 이야기를 하면서도 상대적으로 약해져 '청취자'로 전락한다. 소설세계 속에서 조코가 다양한 인물의 목소리와 대등하게 논쟁하는 장면은 별로 보이지 않고 인용부분과 같은 '의견 청취'라는 형식의 대화 장면이 자주 등장한다.

　　이러한 형식에 대해 안도 레이지[254]는 『익사』론에서 작품 속의 중요한

---

253) 모잽이헤엄: 옆으로 누워 헤엄칠 때 움직이는 발동작.
254) 안도 레이지(安藤礼二, 1967~): 일본의 문화평론가, 다마(多摩)미술대학교 교수. 대표평

역할을 맡는 나쓰메 소세키의 『마음』의 상연과 연관지어 '연극화'라는 개념을 통해 설명했다. "소설을 연극화한다는 것은 소설을 희곡처럼 만드는 게 아니다. 서로 대립하는 여러 개의 목소리를 소설 속으로 끌어들이는 것이다(『그리운 시절』의 변용」 중에서)." 안도 레이지가 자세히 말했듯이 오에 겐자부로가 구사한 '복수화(複數化)'에는 소설 속 주체의 복수화라는 측면이 강하다. 그것은 "한 '장소'에 여러 사람이 모여 '장소'를 복수의 의미로 변용시키는 것, 또한 '나'라는 인칭을 여러 각도에서 사용하여 '나'라는 주체를 복수화시켜서 이야기의 무대 전체를 연극화하는 것이다(『그리운 시절』의 변용」 중에서)."

물론 그렇다고 해서 이렇게 복수화된 조코의 주체성이 해체되지는 않는다. 오히려 이러한 타자와 청취자 사이에 생기는 목소리의 불균형은 독자가 조코라는 시점인물의 필터를 통해 외부의 소리를 접하는 감각을 강화시킨다. 그런 의미로서 조코의 자아는—그리고 필자인 오에 겐자부로의 자아는—상당히 강하다. 우리가 조코의 머릿속에 갇혀 있는 느낌이다. 등장인물들의 목소리가 얼마나 조코와 떨어져 있는지 명확하지 않고, 어쩌면 전체 목소리의 반 정도는 조코 자신이 하는 복화술처럼 들린다.

오에 겐자부로는 왜 이런 방식으로 글을 쓸까? 여기서 별명에 쓰임새를 생각해보기 바란다. 오에 겐자부로의 작품에서 등장인물이 별명으로 불리는 것은 누구라도 알 수 있는 큰 특징이다. 『익사』에서는 그러한 '별명의 세계'로 인해 앞에서 설명한 머릿속 세계에서 인물들 간의 경계를 더욱 애매하게 만든다. 『익사』에는 시점인물인 조코 외에도 다이오, 우나이코, 아카리, 릿짱, 오가와, 지카시 등 중요한 등장인물이 꽤 많이 등장한다. 별명을 사용함으로써 조코와 그들 사이의 거리는 거의 사라지고 '모두 아는

론 『신들의 투쟁 오리구치 시노부(折口信夫)론』 『빛의 만다라(曼茶羅)—일본 문학 편』 등이 있다.

사이'라는 친근함의 논리가 소설 전체를 뒤덮는다.

즉, 오에 겐자부로는 누구나 공유할 수 있는 '격식 차린' 말로 소설을 이야기하는 대신 가족 같이 허물없는 느낌이 그대로 겉으로 드러나는 아주 개인적인 세계를 출현시킨다. 이런 식으로 사회와 어울리는 법은 일반적으로 '독자에게 지나치게 응석 부린다'는 비판을 받기도 한다. 『익사』가 가진 읽기의 어려움을 느끼는 우리도 어딘가에서 이렇게 '사적'인 이야기를 마구 퍼뜨려 놓고도 태연한 얼굴을 하는 작가가 어이없게 느껴질 것이다. '좀 더 대중적인 말로 이야기해라, 좀 더 자신과 타인을 확실히 구별하라'고 요구하는 것처럼 생각된다. "최근 20년 동안 오에 겐자부로는 그 거구를 독자에게 통째로 맡겼다(「미시마 유키오의 유령—오에 겐자부로 『익사』를 읽다」 중에서)"라고 했던 미우라 마사시[255]의 뛰어난 비유에도 나타나 있듯이 오에 겐자부로는 독자에게 모종의 '부담'을 강요했다고 해도 과언이 아니다.

작가에 대한 독자의 서비스

그러나 바로 이 부분이 오에 겐자부로의 과감한 점이다. 오해를 살 수도 있는 말이지만 확실히 오에 겐자부로의 작품은 독자에게 일종의 '응석부림'과 '의존'을 연출해 왔다. 하지만 응석부리는 자세는 옛날부터 일본문단에 이어져온 독자와 필자의 관계에 대한 오에 겐자부로 나름의 답이기도 하다. 미우라는 앞의 지적에 이어서 이렇게 말했다.

---

255) 미우라 마사시(三浦雅士, 1946~): 일본의 편집자, 문예평론가, 무용연구가. 1969년 세도샤(青土社) 창업시 입사하여 『유레카』 창간에 참여, 1972년부터는 편집장 역임. 1981년부터 문예평론가로 활동하며 『멜랑콜리(melancholy)의 수맥』으로 산토리학예상 수상. 대표 저서에 『청춘의 종언(終焉)』 『생각하는 신체』 등이 있다.

오에 겐자부로 자신은 어떨지 모르지만 적어도 소설 속 그의 분신인 조코 고기토는 의심할 여지없이 여자에게 응석을 부린다. 돌아가신 어머니=조코 부인, 병으로 쓰러진 아내=지카시, 고향을 지키는 여동생=아사, 기특한 장녀 =마키, 전후 민주주의를 몸소 구현하는 여배우=우나이코, 우나이코에게 달라붙는 친한 친구=릿짱, 모두 엄하지만 조코의 응석을 용서하는 사람들이다. 이와 마찬가지로 독자에게도 응석부리고 있는가. 아니다. 따져 묻고 있는 것 이다.

— 「미시마 유키오의 유령(幽靈)—오에 겐자부로 『익사』를 읽다」 중에서

미우라에 따르면 여기서 오에 겐자부로가 던지는 질문은 '일어났을지도 모르는 전후사(戰後史)'='쓰려고 했던 소설 『익사』'에 대해 "독자들이여, 그 것은 여러분 자신의 모습이 아닌가?"라고 환기시키는 질문이다. 확실히 그럴지도 모른다. 여기서 필자와 독자 사이에 특별한 관계가 생긴다. 그 관계를 '질문'이라고 해석해도 좋다.

더불어 '응석'이라는 개념을 좀 더 긍정적으로 이해해도 상관없다. 순수 문학 작가는 원래 독자에게 아부하는 태도를 가능한 한 멀리했다. 그 귀결 중 하나가 독자를 끌어들이는 '기세'를 가급적 억제하는 것이다. 말하자면 철저히 모르는 척하면서 어색하게 거리를 두는 글쓰기 방식이었다. 무뚝 뚝하고 불퉁스럽다. 예를 들면 주인공이 지루해하거나 혹은 독자를 지루 하게 만드는 것도 그러한 방법 중 하나였다. 시점인물의 지루함을 통해 세 상을 칙칙하게 보여줄 때도 있다. 문장 분위기는 상대방을 재미있게 하는 데는 아무 관심이 없고, 지루하게 만들더라도 아무 상관없다는 듯 뻔뻔함 이 느껴지기도 한다. 독자와 시선을 맞추지 않으려는 글쓰기 방식이다. 그

전형적인 인물이 시가 나오야[256]다. 시가 나오야가 다자이 오사무[257]에게 비판적이었던 이유도 이와 깊은 관계가 있다.

그런 점에서 『익사』의 세계는 그러한 '쌀쌀함'과 동떨어져 있다. 오히려 스스럼없다고 말할 수 있을 만큼 거리감이 없다. '쌀쌀함'이 경험이나 권태, 허무감을 나타내기보다 '어른스러움'이라는 부분을 지향한다면, 『익사』의 스스럼없는 세계는—화자가 늙었음을 반복해서 자각하지만—아직 체험하지 못한 것에 대한 호기심과 설렘, 피로를 모르는 의욕이 넘쳐난다. 이 작품은 상쾌할 정도로 젊다. 어리기까지 하다.

하지만 이렇듯 친근한 태도에도 불구하고 독자를 멀리하려는 '읽기의 어려움'이 오에 겐자부로의 세계를 뒤덮고 있는 것 또한 사실이다. 이것은 대체 무슨 뜻일까? 거기서 다시금 열쇠가 되는 것이 '응석'이라는 개념이다. 오에 겐자부로의 작품이 낯설지 않고 친근하지만 흔히 말하는 '통속소설'로서 기능하지 않는 이유가 있다. 통속소설을 떠받치는 것은 돈을 지불한 독자가 그 대가로 작품을 통해 서비스를 받는다는 논리다. 독자는 작품의 세계에서 안심하고 편히 쉬기를 기대한다. 이것은 돈에 대한 대가로

---

256) 시가 나오야(志賀直哉, 1883~1971): 일본의 소설가. 이상주의적·인도주의적 경향을 가진 시라카바파(白樺派)작가로 분류된다. 객관적인 사실과 예리한 대상파악, 엄격한 문체로 독자적인 사실주의를 형성하며 '소설의 신'으로 불리기도 한다. 1949년에는 문화훈장을 받았다. 작품은 사소설, 심경소설로 불리는 것이 많지만, 그 문체는 근대 산문의 전형으로 높이 평가받고 있다. 대표작으로 사생활의 사건을 제재로 한 사소설적인 『화해』, 자연과의 교류를 통해 삶과 죽음을 응시한 『기노사키에서(城の崎にて)』, 아버지와의 불화를 소재로 한 자서전적 작품으로 완성까지 20여년이 소요된 대작 『암야행로(暗夜行路)』 등 20여권의 저서가 있다.

257) 다자이 오사무(太宰治, 1909~1948): 일본의 소설가. 일본 낭만파의 동인으로 활동하다가 전후에는 기성 문학 전반에 대해 비판적이었던 무뢰파로 활동했다. 몰락한 귀족 여성을 주인공으로 한 『사양(斜陽)』이 베스트셀러에 올라, 이 작품의 작풍에서 무뢰파(無賴派), 신희작파(新戱作派)라는 이름이 붙었다. 작품이 난해하고 퇴폐적이라는 평도 있었지만 이를 뛰어넘는 빼어난 문체로 단편·중편 소설을 발표하여 젊은 독자들의 마음을 사로잡았으며, 사소설풍의 소설을 많이 썼다. 여러 차례의 자살미수 끝에 동반자살로서 생을 마감했다. 1936년 첫 작품집 『만년』을 발표한 이래 『달려라 메로스』 『쓰가루(津輕)』 『인간실격』 등 40여 권의 저서가 있다.

작품이 독자의 응석을 받아 주는 구도이다. 이에 반해 오에 겐자부로의 세계는 오히려 화자와 소설 세계가 더욱 느긋하다. 자유롭다. 독자가 그 뒷바라지를 한다. 거기에는 제멋대로 구는 작품을 독자가 따뜻하게 받아주는 구도가 있다. 다시 말해서 작품이 독자의 응석을 받아 주는 게 아니라 독자가 작품의 응석을 받아 준다.

앞서 인용부분에 등장한 아나이 마사오는 조코의 보호자인 양 행동하는데 그 모습이 독자에게는 자신을 투영하는 모델이 된다. 우나이코나 아카리도 그러한 모델을 제공하는 인물로 그려진다. 독자는 이런 인물들을 통해 어느새 조코의 귓가에 속삭이는 입장으로 자리잡는다. 『익사』를 읽는다는 것은 그렇게 '응석을 받아 주는' 심경에 발을 들인다는 의미이다. 우리는 '응석을 받아 주는' 경지에 도달해야 오에 겐자부로의 질문에 놀랄 수도 있다. 작가에 대해 '응석을 받아 주는' 태도를 취함으로써 방어를 해제시켜야만 독자는 무언가 질문을 받을 수 있는 수용성이 생기기 때문이다.

이러한 '응석과 응석을 받아 주는' 관계의 근본에는 오에 겐자부로에게 무엇보다 큰 주제이자 오래된 주제, 바로 아버지와 아들의 문제가 있다. 오에 겐자부로의 작품은 장애를 가진 장남을 일종의 신성한 존재로 자주 등장시킨다. 그 중에서도 『홍수는 나의 영혼에 이르러』와 『새로운 사람에게』『그리운 시절로 띄우는 편지』 등 장남의 말에 신비한 울림을 주어 이 세상이라고 느껴지지 않을 만큼 빛나는 순간을 만들어낸 작품들이 눈에 띈다. 이러한 작품의 중심 줄거리를 비스듬히 비추는 광원 같은 존재로 장남이 등장한다. 『익사』에 등장하는 아카리도 그런 존재다.

아카리는 악보를 펼쳐서 가슴 앞에 들고 읽기 시작했다. 나는 악보에서 내 자신이 가지고 있는 몇 가지 유럽 특제본의 종이 냄새, 잉크 냄새와 같은 것을 맡았다. 금세 열중하는 아카리에게 이번에는 내가 먼저 관심을 기울이면서 소리 낮춰 물어 보았다.

— 재미있어?

— 재미있어요.

— 제2번 소나타 책 잠깐만 보여 줄래?

— 그 부분이 재미있어요. 모차르트의 K550과 같거든요. 하며 아카리는 악보 가장자리를 스타카토 빠르기로 두드렸다.

— <u>제1주제를 유머러스하게 연주하고 제2주제는 슬프게 연주했다고 편지에 쓰여 있었어. 그런 이야기를 들어서 나는 그때 너한테 CD를 골라달라고 했던 거야.</u>

— 저는 굴다²⁵⁸⁾를 틀었어요. 그렇게 치더라고요.

— 정말 그대로더라. 소리도 부드럽고. 그 부분을 아빠가 알 수 있게 연필로 표시해줘. 집에 가서 들어볼게.

— 『익사』 중에서

앞에서 나온 아나이 마사오와의 대화처럼 화자들의 경계가 서서히 무너진다. 그런 현상은 특히 밑줄 친 부분에서 더욱 두드러진다. 이 부분을 오에 겐자부로는 아카리의 대사가 다른 인물들의 대사와 확연히 구분될 수 있게 독특한 말투를 적용했다.

오에 겐자부로는 늙을 수 있을까?

오에 겐자부로가 오랫동안 즐겨왔던 영국의 낭만파²⁵⁹⁾ 시인들이 '어린

---

258) 프리드리히 굴다(Friedrich Gulda, 1930~2000): 오스트리아의 피아니스트. 부모가 악기를 즐기는 교육자 집안에서 태어나, 7세부터 피아노를 배웠으며, 12세에 빈 음악 아카데미에 입학했다. 16세에는 제네바 국제 콩쿠르에서 수상하여 빈의 무지크페라인 (Musikverein) 잘(saal)에서 데뷔 리사이틀을 가졌다. 젊었을 때부터 베토벤 연주가로서 명성을 얻었으며, 날카로운 감각과 강인하고 탁월한 기교, 지적으로 연마된 표현과 부드러운 음악의 흐름이 합쳐진 연주로 유명하다.

259) 낭만파: 18세기 말에서 1830년경까지 유럽에서 일어난 예술사상의 조류를 낭만주의라고 하

이'의 거룩한 품성을 노래한 것은 널리 알려진 사실이다. 확실히 블레이크[260])를 비롯한 시인들에게서 받은 영향은 오에 겐자부로 작품에 뚜렷이 각인되어 있다. 하지만 오에 겐자부로의 경우는 '어린이를 발견한다'거나 '어린이에게 배운다'고 했던 낭만파 이후에 널리 확산된 현대적 로맨티시즘[261])과도 사뭇 다르다. 그것은 장애를 가진 큰아들의 일상생활에 깊이 들어가 글을 씀으로써 '보호'의 관념이 전경화[262])되었기 때문일지도 모른다.

오에 겐자부로 작품에 등장하는 장남이 아무리 신성하게 그려졌다 해도 결코 보호를 받는 존재에서 벗어나지는 못한다. 사회적으로도 가정적으로도. 하지만 '보호를 받는 존재'가 보호를 받는 지위를 잃지 않고도 빛나는 대사를 하며 우리를 압도하기까지 한다. 오에 겐자부로 작품의 독특함이 거기에 있다. '응석'이나 '다 같이 아는 사이'처럼 친근함이나 잔소리 등 오에 겐자부로 작품 세계에서는 의지하는 듯한 일련의 '보호관계'가 나타나는데, 그러한 네트워크의 중심에는 장남이 표현해 내는 '보호를 받는 것'의 절대성이다.

자본주의의 논리가 지불→대가라는 '응석'을 용서치 않는 상호관계로 구축되어 있다면, 오에 겐자부로에게는 '보호받는 존재'인 장남이 그러한

는데, 예술의 각 분야에서 다양한 그룹을 만들어 활동한 낭만주의적인 경향의 사람들을 낭만파라고 부른다. 낭만주의는 계몽주의의 합리적 사고나 고전주의의 형식세계에 대한 반발로써 태어나, 극히 비합리주의적이고 주관주의적인 색채를 가졌다.

260) 윌리엄 블레이크(William Blake, 1757~1827): 영국의 시인, 화가. 자신이 겪은 신비로운 체험을 시로 표현했으며, 우아한 선의 사용과 선명한 색채와 기상천외한 형상과 엉뚱한 상상력으로 매혹적인 작품을 만들어냈다. 존 밀턴의 『실낙원』의 삽화를 그린 것으로도 유명하다. 시집으로 『결백의 노래』『셀의 서』, 예언서 『밀턴』 등이 있다.

261) 로맨티시즘(romanticism): 넓은 뜻으로는 로맨틱한 환상에 충만한 예술 경향의 총칭, 좁은 뜻으로는 19세기 전반의 유럽의 여러 나라에 퍼졌던 예술 사조를 말한다. 당시 예술가로서 문학에서는 워즈워스, 바이런, 미술에서는 들라크루아 등이 대표적인 인물이다. 정확한 묘사와 엄격한 구성보다는 감정이나 공상, 내면의 '생'을 자유롭게 표현했다.

262) 전경화(前景化): 언어를 비일상적으로 사용하여 두드러지게 보이도록 하는 일. 상투적인 표현을 깨뜨림으로써 새로운 느낌이나 지각이 일어나도록 하는 것으로 프라하학파가 언어학과 시학에서 쓴 용어이다.

상호관계를 초월한 지점에서 작품 세계와 연관을 맺는다. 그리하여 화자를 비롯한 다양한 인물들이 '응석부림'을 통해 서로 의지하는 것을 허용하는 듯이 보인다. 해방되었다 해도 무방하다. 그래도 된다고 이야기하는 듯하다.

사실 『익사』의 아카리에게서는 벌써 노화가 보이기도 한다. 작품 속 주인공의 아내인 지카시의 말을 빌리면 장애를 가진 아이는 "어느 시점부터 늙어가는 부모를 앞지르는 모양새로 노화가 진행된다(『익사』 중에서)"고 했다. 아버지와 아이의 역전 가능성은 예전부터 오에 겐자부로가 추구해 왔던 주제였다. 『익사』에서는 아버지가 죽었을 때보다도 훨씬 늙은 주인공이 아버지에 대한 아버지라는 입장에서 아버지의 과거를 다시 구축한다는, 참으로 복잡한 역전 관계가 있다. 뿐만 아니라 '보호'라는 관점에서 말하면 부모를 앞지르듯 진행되는 아카리의 노화는 명백한 부자 역전이다. 늙어가는 주인공은 자식인 아카리를 자기보다 먼저 노화가 진행되는 '늙은 아버지'로 여겨 보호한다. 『익사』에서 아마도 가장 감동적인 것은 아카리가 그렇게 도달한 새로운 경지다. '늙은 아버지'로서의 아카리는 '보호받는 존재'로서 더욱 빛을 발한다.

앞서 인용한 악보 장면은 다음과 같이 이어진다. 아카리가 악보에 볼펜으로 메모를 한다. 그것을 본 주인공이 자신도 모르게 비난을 하자, 아카리가 충격을 받는 장면이다.

나는 폭력적인 뭔가로 가슴이 막혔다. 아카리의 무릎 위에 펼쳐져 있던 악보 한부분이 새까맣게 칠해져 있었고 위쪽 빈 공간에 커다랗게 K550라고 쓰여 있었다. 내 표정이 무섭게 변했는지, 올려다보는 아카리의 표정에서 미소가 사라졌다.

— 저는 글씨를 연하게 쓰지 못해서…. 아카리가 말끝을 흐렸다.

— 야, 이 멍청아! 나는 소리를 질렀다.

아카리의 얼굴이 심하게 일그러졌다. 잠깐 사이를 두었다가 그는 양팔로 머리를 꽉 두르더니 날갯짓을 하듯 퍼덕거렸다. 자기 몸을 스스로 때리는 행동으로 보였다. 이런 동작은 아주 오래전에 내게 야단을 맞고 저항의 뜻을 드러내며 자신을 징벌해 보이던 행동이다. 주변 사람들의 시선을 받으면서 나는 그를 일으켜 세웠다(적어도 그가 하는 행동은 마흔 살의 남자가 할 만한 행동은 아니었다). 무릎에서 떨어진 악보를 주워 아래층으로 내려갔다. 나는 이미 그것이 어떤 효과도 없으리라고 생각했지만—너야말로 멍청이라고 나 자신을 향해 되뇌었다.

—『익사』 중에서

야단치는 주인공도, 야단맞는 아카리도 분명히 늙음에 대한 자각을 가지고 있고, 평범한 아버지와 아들 사이의 '야단맞는 관계'와는 조금 다르다. 어딘지 노스탤지어[263]라든가 애절함이 묻어난다. 빠른 속도로 늙어가는 아카리는 여기서 이미 '아이에게 야단맞는 부모'의 슬픔을 보여준다. "적어도 그가 하는 행동은 마흔 살의 남자가 할 만한 행동은 아니었다."라는 설명에서 그에게 어른스러운 분위기가 감돈다.

이것은 아카리와 오에 겐자부로가 도달한 새로운 '보호관계'의 표현이 아닐까. 오에 겐자부로의 최근 소설은 줄곧 '늙음'을 이야기해왔다. 그에 비해 주인공 자신은 늙지 못하는 갈등이 느껴진다. 하지만 아카리의 이런 '늙음'에서 마침내 오에 겐자부로 소설에 진정한 노년기가 왔음을 감지하게 된다. 물론 늙어서 원숙해지는 것이 보호와 무관해진다는 뜻은 아니다. 오히려 정반대다. 오에 겐자부로의 화자도, 작품세계도, 독자에게 '응석부리기'를 연출하는 측면에서는 더욱 세련되었다. 이전보다 더 응석부리고 의지할 가능성이 높다. 이때 작품에 이끌려서 독자가 안으로 시선을 보내

---

263) 노스탤지어(nostalgia): 향수, 향수병, 과거에 대한 동경, 회고의 정이라는 뜻.

는 구도 대신, 독자가 지켜보는 가운데 응석을 부리는 주인공들이 안으로 시선을 돌리는 구도가 만들어질 것이다. 예전부터 내려온 순수문학적 이념의 중심에 있던 '혜안'이나 '진지함'과는 거리가 멀어보일지 모르는 이런 작품이 실은 지불→대가라는 상호적인 응수의 테두리에서 미묘하게 벗어나서 순수 문학의 잠재력을 끌어내고, 신선한 독서 체험을 유도한다는 견해는 특별하거나 색다른 발상은 아니다.

제14장 유도하다

— 마쓰모토 세이초 『점과 선』과 레이먼드 카버 「대성당」, 그리고 사다리타기 게임

우리는 응시할 때 혼자만의 의지로 시선을 주지 않는다. 때로는 다른 이가 개입한다. 어떤 경우에는 다른 이가 이끌어 주어야 비로소 대상이 보이기도 한다. 다른 이의 손이 우리의 시선을 움직이고 유도해서 대상에 이르게 한다.

이처럼 다른 이를 경유한 시선에는 대상과 간접적 관계라는 의미가 내포되어 있는지도 모른다. 간접적 관계는 직접적 관계보다 열등하고 이상적이지 않으며 어딘가 부족하게 느껴지기도 한다. 본다는 행위를 하기가 곤란하다거나 불가능하다는 점을 시사한다. 그처럼 언뜻 보기에 자유롭지 못한 시선이 본다는 행위 속에 감추어진 재미있는 작용을 밖으로 *끄집어내는* 경우가 있다. 이번 장에서는 마쓰모토 세이초[264]의 장편소설 『점과 선』[265] 도입부에 인상적으로 그려져 있는 '이끄는 시선'에 초점을 맞추어

---

264) 마쓰모토 세이초(松本清張, 1909~1992): 일본 작가, 언론인. 「사이고(西鄕) 지폐」가 『주간 아사히(朝日)』주최 '백만 인의 소설'에 입선하여 데뷔, 단편소설 「어느 고쿠라(小倉) 일기 전(伝)」으로 아쿠타가와상을 수상했고, 그 밖에 제6회 일본저널리스트회의상, 아사히신문사 주최 아사히상, 기쿠치칸상, 요시카와에이지문학상, 제10회 탐정작가클럽상 등을 수상했다. 픽션과 논픽션을 넘나드는 활발한 집필활동으로 천여 편의 작품을 남겼으며 주로 범죄 동기에 중심을 둔 사회파 추리소설로 명성을 얻었다. 대표작에 장편추리소설 『모래그릇』, 논픽션집 『일본의 검은 안개』 등 다수가 있다.

265) 『점과 선(点と線)』: 마쓰모토 세이초의 첫 장편소설로 1957년 2월부터 1958년 1월까지 잡지 『다비(旅)』에 연재된 추리소설이다. 연재 당시에는 큰 반응이 없었으나 단행본으로 발행된

다른 이에게 이끌린 응시가 대체 무엇을 보게 하는지 생각해 보자.

도쿄역 13번 플랫폼에 설치된 소설적 장치

『점과 선』의 도입부는 일본 추리소설에 등장하는 장면 가운데 아마도 가장 유명한 대목 중 하나일 것이다. '눈의 조우(遭遇)'를 그린 장면이다. 무대는 쇼와 30년대(1955) 초, 도쿄역 13번 플랫폼. 현재는 지하로 다니는 요코스카(橫須賀) 선이 예전에 출발하고 도착했던 플랫폼이다.

> 역에 도착하자 야스다(安田)는 차표를 샀다. 두 사람에게는 입장권을 건넸다. 가마쿠라(鎌倉) 행 요코스카 선은 13번 플랫폼에서 출발한다. 전자시계를 보니 오후 6시 조금 전을 가리키고 있었다.
> "다행이야. 6시 12분 열차에 늦지 않겠어."라고 야스다가 말했다.
> 하지만 13번 플랫폼에는 아직 열차가 들어와 있지 않았다. 야스다는 플랫폼에 서서 옆에 있는 동쪽 플랫폼을 보았다. 그곳은 14번과 15번 플랫폼으로 원거리 열차가 출발하고 도착하는 곳이었다. 지금 15번 플랫폼에는 열차가 대기 중이었다. 다시 말해 자신과 15번 플랫폼 사이, 13번과 14번 플랫폼에 열차가 없어서 시야를 가리지 않으므로 이쪽에서 15번 플랫폼 열차를 건너다볼 수 있었다.
> "저건 규슈(九州) 하카타(博多) 행 특급열차잖아. 아사카제 호로군."
> 야스다는 두 여자에게 그렇게 말했다.
> — 마쓰모토 세이초, 『점과 선』 중에서

야스다는 친하게 지내는 요정의 여종업원 두 명과 13번 플랫폼에 서 있

뒤 공전의 히트를 기록하여 베스트셀러에 올랐다. 작가 마쓰모토 세이초는 이 작품에서 범죄 동기와 사회적 배경을 중시하는 작풍을 세워 사회파라고 불렸으며, 이후 일본 미스터리의 황금시대가 도래하는 데 지대한 영향을 미쳤다.

었다. 많은 터미널 역이 그러하듯 도쿄역 플랫폼도 상하행선 두 선로 사이에 섬처럼 만들어진 '도식(島式)' 플랫폼이라 12번과 13번 선로가 한 플랫폼을 사이에 두고 양쪽으로 뻗어있었다. 13번 플랫폼에서 옆에 있는 15번 플랫폼을 보려면 13번과 14번 선로에는 열차가 없어야 하는 전제조건이 붙는다. 도쿄역 같은 종착역에는 열차가 들어왔다가 잠시 정차하는 경우가 많다. 게다가 오후 6시 전후는 혼잡한 퇴근시간대라 열차의 대수도 늘어난다. 이 시간대에 13번 플랫폼에서 15번 플랫폼의 열차를 건너다볼 시간은 단 4분 간이다.

문제의 장면은 이 귀중한 4분 사이에 벌어진다.

이때 야스다는 "아니?" 하고 놀랐다.
"저건 오토키(お時) 씨 아냐?"
네? 두 여자가 시선을 돌려 야스다가 가리킨 방향을 주시했다.
"어머! 정말이네. 오토키 씨예요."라며 야에코(八重子)가 큰소리로 대답했다.

15번 플랫폼의 인파 속에 정말로 오토키가 걸어가고 있었다. 먼 길을 떠나는 차림새로 보나 손에 든 트렁크로 보나 저 열차에 탑승할 승객 중 한 명임이 분명했다. 도미코도 그제야 발견하고는 "어머, 오토키 씨네!"라며 놀랐다.
―『점과 선』 중에서

뜻밖에도 그때 오토키는 옆에 있는 젊은 남자와 다정하게 이야기하고 있었다. 그로부터 며칠 뒤 오토키와 그녀의 젊은 동행인 사야마(佐山)는 기타큐슈(北九州)에서 시체로 발견된다. 음독사로 추정되는 시체가 나란히 누워있기도 했고, 무엇보다 도쿄역에서 그들을 본 목격자의 증언 덕에 동반자살로 단정된다. 하지만 담당 형사 미하라(三原)는 도쿄역에서 일어난

이 눈의 조우에 불신을 품는다. "이런 우연이 진짜 우연일까?" 하고.

미하라는 이 우연을 의심하는 데서 출발하여 그 뒤에 숨겨진 '작위'를 속속 밝혀낸다. 『점과 선』이라는 소설은 그런 의미에서 눈의 조우에 따라 붙기 마련인 로맨티시즘을 뒤집으려는 의지에 사로잡혀 있다고 해도 과언이 아니다. 눈과 대상은 그리 쉽게 우연히 마주치지 않는다. 의도와 계산이 깔려야만 눈과 대상이 연결된다고 주장하는 듯하다.

소설 도입부에 나오는 이 목격 장면이 작품의 바탕을 이룬다. 따라서 마쓰모토 세이초도 이 트릭의 가로축에 엄청난 신경을 썼다. 거기에는 이 작품을 연재했던 잡지사 사정도 영향을 미쳤다. 원래 『점과 선』은 일본교통공사에서 발간하는 『다비(旅)』라는 잡지에 1957년(쇼와 32년)부터 1년 간 연재된 작품이다. 그 무렵에는 여행사의 실적이 좋지 않아서 잡지 예산도 최저 선이었고, 원고료도 다른 잡지와 비교하면 무척 낮았다. 따라서 논픽션보다 원고료가 비싼 소설은 보통 『다비』에 싣지 않았는데, 몇 가지 조건이 맞으면 아예 불가능한 일도 아니었다. 당시 편집장으로 『점과 선』을 낳은 어머니라고 불리는 도쓰카 아야코[266]는 그때 사정을 이렇게 이야기했다.

> 때로 예외는 있다. 실재하는 지역이나 교통기관 또는 숙박시설을 무대로 한 소설이라면 간혹 쉬어가는 페이지처럼 싣기도 한다. 추리소설은 이 조건에 꼭 들어맞는다. 하지만 고료는 저렴해야 한다는 게 절대조건이다.
>
> — 『점과 선』의 노고』 중에서

그때만 해도 아직 신출내기 작가였던 마쓰모토 세이초는 잡지사의 이

---

266) 도쓰카 아야코(戸塚文子, 1913~1997): 일본의 기행문 작가, 여행평론가. 도쿄 출생. 일본 여행작가협회상 수상, 훈사등보관장(勲四等宝冠章) 수장. 여성으로서는 처음으로 일본교통공사(JTB)에 입사한 뒤 도쿄역 안내소를 거쳐 교통공사에서 발행하는 잡지 《다비》 편집부로 이동, 최초의 여성 편집장이 되었다. 잡지 《다비》에 마쓰모토 세이초 장편소설 『점과 선』을 연재하여 일본에서 추리소설 붐이 일어나는 계기를 만들었다.

러한 '조건'을 완벽하게 의식했을 것이다. 4분 간, 13번 플랫폼, 그리고 도입부의 특급열차 아사카제 호……. 모두 잡지 《다비》에 안성맞춤인 소재였다. 원래 당시 운행시간표에는 열차가 들어오는 시간이 기재되어 있지 않았는데 이 '4분 간'의 존재를 발견하고 세이초에게 가르쳐준 이가 따로 있었다. 바로 교통공사의 『다비』 담당 편집자였다. 나중에 세이초는 어느 대담에서 이렇게 술회했다. "지금이니까 고백하는데, 그건 내가 발견한 게 아니라 교통공사 사람이 가르쳐준 겁니다. 하루 중 딱 4분 간, 이런 공백 시간이 있는데 도움이 되지 않겠느냐면서요(『문학과 사회』 중에서)." 편집부가 이렇게 노력한 배경에는 도쓰카 편집장이 이 기획을 통과시키려 할 때 제기된 상당수의 반대의견을 무마하기 위한 목적도 있었다. "게재할 소설은 추리소설로 한정한다. 내용은 철도 운행시간에 관한 것이거나 열차 안에서 벌어지는 밀실 살인 같은 이야기로 하겠다."라며 틀을 짰던 것과 관련이 있다(『고분샤와 마쓰모토 세이초의 『점과 선』 중에서).

요컨대 작품 도입부에 설정된 플랫폼에서의 목격 장면은 여러 의견이 집적되어 표현된 것이었다. 그 목격 장면이 주인공 야스다가 주도면밀하게 계산한 '거짓 우연'임을 드러내고 있다는 점은 굳이 말할 필요도 없다. 뿐만 아니라 잡지 『다비』와 편집부의 '의도'까지 노골적으로 눈에 띈다. 그런 다양한 의견을 통합하는 것이 작가 자신의 의도였다.

따라서 이 장면은 놀라울 만큼 대단히 작위적인 문장으로 쓰여 있다. 한 번 더 앞의 인용문을 확인해 보자. 예컨대 첫 부분. "역에 도착하자 야스다는 차표를 샀다. 두 사람에게는 입장권을 건넸다. 가마쿠라 행 요코스카 선은 13번 플랫폼에서 출발한다. 전자시계를 보니 오후 6시 조금 전을 가리키고 있었다." 일부러 "13번 플랫폼에서 출발한다."라고 썼다. 왜 그런 문장을 써야 했을까. "전자시계를 보니 오후 6시 조금 전을 가리키고 있었다."라는 문장도 그렇다. 이어지는 문장에서도 방점을 붙여 "아직 열차가 들어와 있지 않았다."라고 썼다. 마지막에는 의미심장하게 "13번과 14번 플랫폼에 열차가 없어서 시야를 가리지 않으므로 이쪽에서 15번 플랫폼의 열차를 건너다볼 수 있었다."라고 기술했다.

이 얼마나 작위로 가득한 문장인가. 차라리 작위로 가득하다는 사실을 있는 그대로 드러내주는 문장이다. 꿍꿍이속이 훤히 들여다보이는 화자—여러 가지 의도를 떠맡은 화자—라는 점이 아주 명료하다. 야스다가 짐짓 아무렇지 않게 "저건 규슈 하카타 행 특급열차잖아. 아사카제 호로군."이라며 여종업원들에게 가르쳐주는 모습도 꾸며낸 티가 역력하다. 야스다, 화자, 소설가, 그리고 미디어까지 각자 자기만의 목적을 감추고 있다. 그러한 사실을 알 수 있게끔 짜인 작품이 소설『점과 선』이다.

저자가 의도와 작위를 갖고 작품을 구성하는 것은 당연한 일일지도 모른다. 재미있게도 이 작품에서는 작위적 표현이 당연하지도 않고, 오히려 깜짝 놀랄 사태인 양 그려져 있다. 살의나 살인계획 등은 추리소설의 형식에서 약속과도 같은 요소다. 그런 장르적 관습을 따르면서도 지나치게 의도에 초점을 맞추려다가 그것만으로는 무마되지 않는 무언가가 표현된 게 아닌가 싶다.

"공시(共視)"란 무엇인가?

고바야시 히데오[267]가 시가 나오야[268]의 작품에 대해 "보려 하지 않으면

---

267) 고바야시 히데오(小林秀雄, 1902~1983): 일본의 평론가, 편집자, 작가. 비평의 새로운 분야를 개척하여 문학평론을 확립하였고, 근대기 평론에서 견인차 역할을 했다. 1938년 문예잡지『분게이슌주(文藝春秋)』특파원으로 중국에 갔을 무렵,『의혹』『이데올로기 문제』,『올림피아』등 사회·문화 관련 평을 발표하였고, 이에 대해 문학지《신일본문학》에서 전쟁 범죄인으로 지명하자, 음악·회화·철학으로 관심을 돌려『나의 인생관』『고흐의 편지』『근대회화』등을 발표했다. 그밖에도『사소설론』『무상이라는 것』등 저서 다수. 문화훈장, 일본예술원상, 일본문학대상 등 여러 문학상을 수상했다.
268) 시가 나오야(志賀直哉, 1883-1971): 일본의 소설가. 이상주의·인도주의 문예지《시라카바

서 보는 눈"이라고 표현하며 경외심을 갖고 이야기한 문장이 있다. 앞서 제11장에서 인용한 문장을 한 번 더 살펴보자.

나는 소위 혜안이라는 것이 두렵지 않다. 어떤 눈은 어떤 대상을 오직 한쪽 면밖에 볼 수 없지만 어떤 눈은 다양한 각도에서 볼 수 있다. 그런 눈을 세상 사람들은 혜안이라고 부른다. 말하자면 경이로울 정도로 이해력이 뛰어난 눈을 말하는데, 이해력이 뛰어나다고 하는 용이한 인간 능력이라면 나에게도 있다. 나 자신을 혜안으로 바라보아 당황한 적은 없다. 혜안은 기껏해야 내 허언을 통찰할 때 사용하는 게 전부다. 나에게 놀라운 것은 결코 보려 하지 않으면서 보는 눈이다. 사물을 보려면 어느 각도에서 보아야 하는지 고민할 필요가 없는 눈, 그 시점을 얼마나 자유롭게 할지 내 힘으로는 결정하지 못하는 눈이다. 시가 나오야의 모든 작품의 근저에 그런 눈이 빛나고 있다.
- 『신정(新訂) 고바야시 히데오 전집 제4권』 중에서

고바야시가 "나는 소위 혜안이라는 것이 두렵지 않다."라고 했던 부분에 다시 주목하자. 시가 나오야가 지닌 "보려 하지 않으면서 보는 눈"에 비추어볼 때 혜안이란 결국 '보려 해서 보는 눈'이다. 다시 말해 '의도적으로 보는 눈'이다. 그런 눈은 언급할 가치가 없다고 고바야시는 말한다.

'의도하는 눈'에 대한 고바야시의 이런 멸시는 많든 적든 일본 문단에 공유되어 온 관념이다. 의도된 것은 하찮다. 확실히 문학작품의 '문학다움'을 보증해 온 것은 '눈이 얼마나 착각하는가', 즉 착시 구조다. 의도된 대로 보는 눈에는 애초에 착시를 통해서 그렇지 않은 것을 그런가 하고 믿

《白樺》 발간에 참여했고, 객관적 사실과 예리한 분석력, 엄격한 문체로 독자적인 사실주의를 이루어 '소설의 신'으로 불리기도 한다. 제2차 세계대전 중에는 문학자의 전쟁협력에 대해 비판적이었고, 일본이 패전한 후에는 황폐한 풍경과 인심을 생생하게 그린 「잿빛의 달」을 발표하여 주목을 끌었으나 이후 문단에 상관없이 유유자적한 말년을 보냈다. 문화훈장을 받았다. 대표작에 자전적 장편소설 『암야행로(暗夜行路)』, 단편소설 「기노사키(城の崎)에서」와 「못가의 주택」 외 다수가 있다.

게 되는 계기가 없다. 눈에 힘을 주어 응시할 때 착시가 일어난다. 의도하는 눈에는 이런 착시가 자아내는 근대 특유의 '노력'이나 '성실'이 빠져 있다. 초라하고 비겁한 '의도'밖에 없다.

하지만 『점과 선』의 도입부에서 이상한 매력을 느끼는 이유는 바로 이런 의도 때문일지 모른다. 이건 대체 무슨 영문인가? 야스다 뿐만 아니라 배후에 있는 『다비』 편집자나 국유철도 운행 담당자, 작가까지 모두 15번 플랫폼에 있는 오토키와 사야마를 가리킨다. 이런 의도를 갖고 앞잡이들이 노리는 것, 그것을 가능케 하는 것은 다름 아닌 시선의 공유가 아닐까 싶다.

하나의 대상을 향해 다 같이 시선을 모으는 행위를 '공시(共視)'라고 한다. 기타야마 오사무[269]는 모자상을 그린 우키요에[270]가 바로 이런 공시의 순간을 포착한 작품이라는 데 주목하여 다음과 같이 해석했다.

아이는 어머니의 시선을 좇아 어머니가 보는 대상을 함께 보면서 어머니의 이야기를 듣는다. 반대로 어머니도 아이의 시선을 좇아서 아이가 보는 것을 함께 바라본다. 이러한 공동의 비언어적 행위로 얻어낸 형태와 관계성이 언어 활동으로 전개된다. 그림을 보고 있으면 어머니와 아이가 같은 것을 보면서 이런저런 대화를 나누는 소리가 들리는 듯하다. 이처럼 어머니와 아이, 그리고 대상으로 이루어진 3자 구조야말로 상징을 공유하고, 언어를 사용해서 생각하게 만드는 기반이 된다.

－『공시론』 중에서

---

269) 기타야마 오사무(北山修, 1946~): 일본의 정신분석학 박사. 교토부립(京都府立) 의과대학 의학부 졸업. 전 일본정신분석학회 회장, 국제정신분석학회 정회원. 아동발달 연구의 업적을 남긴 도널드 위니콧(Donald Winnicott)에 관해서 일본 최고의 권위자이며, 본문에 나오는 '공시(共視)'라는 말을 착안해 냈다. 주요 저서에 『공시론－모자상(母子像)의 심리학』 『모두의 정신과』 『극적인 정신분석 입문』 등 다수가 있다.

270) 우키요에(浮世絵): 일본에서 17세기부터 20세기 초 에도 시대에 성립된 풍속화의 일종. 주로 서민들의 일상생활, 풍경, 풍물을 소재로 한 다색목판화를 말하며, 당시 유럽인들의 눈에 띄어 프랑스 인상파에 영향을 주기도 했다. 도슈사이 샤라쿠(東洲斎写楽), 가쓰시카 호쿠사이(葛飾北斎) 같은 화가들이 크게 활약했다.

공시는 '공동주시(joint visual attention)'라고도 하며 발달심리학에서 중요한 개념으로 사용된다. 이 이야기에서 보듯 원래 하나의 대상을 함께 바라보는 행위는 우연의 일치라기보다 한쪽의 시선에 이끌리는 경우가 많다. 기타야마 오사무의 설명에도 나타나 있듯이 모자상의 공시도 어머니가 주도권을 갖고 아이를 유도하여 자기와의 유대관계 속으로 끌어들여 이루어진다. 한쪽이 시선을 이용하여 다른 쪽을 이끈다. 거기서 자애와 보호라는 관계성이 발생한다.

그러나 시선으로 유도하는 공시가 모자상에 표현된 것처럼 언제나 유대관계 확인이나 정서 교류로 이어진다고 보기는 어렵다. 때로는 배제와 차별을 유발하기도 한다. 예컨대 우에노 지즈코[271]는 사회학자 사토 유타카의 말을 예로 들어 어떻게 차별이라는 행위가 형성되는지 설명하였는데 거기서 결정적 역할을 하는 것도 공시다.

"아 진짜, 여자들은 대체 무슨 생각을 하는지 전혀 모르겠다니까."
이것은 남성 A가 여성 B를 보고 하는 말이 아니다. 남성 C에게 여성 B를 공동으로 타자화시키는 말로서, 남자끼리 '우리'를 형성하는 데 동의를 구하는 발언이다. 이 장면에 여성 B는 없어도 된다. 사토 유가 지적하듯 "배제란 공동행위다." 남성 C가 남성 A에게 "아 진짜"라고 하면서 동조할 때(즉 동일화할 때) 차별행위는 완성된다.

                                        ─『여성 혐오를 혐오한다』중에서

271) 우에노 지즈코(上野千鶴子, 1948~): 일본의 사회학자. NPO법인 WAN(WOMEN'S ACTION NETWORK)의 설립자이며 현 이사장. 위안부 문제 해결을 지향하는 모임에 속해 있다. 『근대가족의 성립과 종언』으로 산토리학예상을 수상했다. 1970년대 말부터 일본 페미니즘 연구의 새로운 시대를 개척했다는 평가를 받으며, 페미니즘 논쟁을 현대사상 수준으로 끌어올렸다고 일컬어진다. 대표 저서에 『여성 혐오를 혐오한다』『누구나 혼자인 시대의 죽음』 등 다수가 있다.

사회학 영역에서 '타자화'라는 행위는 발달심리학에서 '공동주시'라고 하는 시선의 형태와 매우 흡사하다. 여기서 문제는 한쪽의 시선이 다른 한쪽의 시선을 유도하는 형태이고, 하나의 대상을 향함으로써 완성되며, 공동의 시선이라는 점이다.

이야기의 대상이 여성 B이고, 시선에 함축된 의미가 "아 진짜, 여자들은 대체 무슨 생각을 하는지 전혀 모르겠다니까."라는 메시지라면 그것은 배제의 윤리로 통할 것이다. 이때 더욱 복잡한 문제는 그런 배제가 시선을 공유한 사람들에게 편안한 온기 같은 것을 제공한다는 점이다. 그런 온기와 달콤함을 우에노 지즈코처럼 비판적으로 기술하는 것도 가능하겠지만, 공시라는 속박에서 우리는 그리 쉽게 벗어나지 못한다는 점 또한 사실이다.

재미있는 점은 『점과 선』에서 야스다가 유도하여 실현해낸 요정 여종업원들의 공시 속에 방금 거론한 두 가지 대조적 요인이 함께 내재해 있다는 사실이다. 요컨대 자애 넘치는 온화한 시선과 냉정하게 배제하는 시선이 공존해 있다. 처음에는 여종업원들의 눈에 오토키와 사야마의 모습이 밀월여행을 떠나는 커플로 흐뭇하게 비쳤을 것이다. 야스다가 "아니?" 하고 놀라며 오토키를 가리켰던 행동도 그런 의도에서 비롯되었다. 하지만 동반자살로 밝혀진 후 여종업원들의 기억 속에서 두 사람의 모습은 불길한 행위의 전조로 변환된다. 거기에는 자신과 다른 세계에 속했으며, 무슨 생각을 했는지 모르는 자살자들을 향한 차가운 공포의 시선만 남는다. 야스다는—『다비』 편집자와 작가 자신도—처음부터 이런 이중성을 계획했고, 그런 의도로 플랫폼 위의 공시에 참여한 것이다.

한쪽의 의도에 유도되는 식으로 형성된 시선은 유도당한 쪽이 보기에 언제나 '새로운' 것이다. 바꿔 말하면 유도당한 쪽은 유도하는 사람의 의도된 시선보다 언제나 한발 늦다. 공시에는 원래 여러 시선 사이의 '차이'가 내재한다. 공시에서 발생하는 부정적이거나 긍정적인 다양한 뉘앙스는 바로 이런 차이 덕에 생겨난다. 그 차이야말로 표현의 핵심이다.

레이몬드 카버의 유도하는 자는 따라갈 수 없다

이런 차이의 표현을 좀 더 생각해 보자. 레이먼드 카버[272]의 단편소설 「대성당」[273]은 공시의 복잡함을 매우 정묘한 아이러니와 함께 그려낸 단편소설이다. 그야말로 카버 작품답게 조용한 일상성을 배경으로 한 작품이다. 유장한 문장 리듬도 카버만의 특색이지만, 결말에 담긴 공시 장면은 다시금 응시란 무엇인가? 라는 문제를 생각할 때 힌트를 준다.

이야기는 주인공의 집에 방문자가 나타나는 데서부터 시작한다. 주인공은 몹시 곤혹스러워한다. 썩 반갑지가 않다. 방문자 로버트는 눈이 보이지 않는 사람이기 때문이다. 게다가 로버트와 주인공의 아내는 매우 친했다. 아내는 원래 정신적으로 예민한 편이어서 자살 시도를 했던 적도 있었는데 로버트와는 허물없는 사이가 되어 주인공과 결혼한 후에도 계속 교류했다. 그런 인물이 집에 찾아온다고 하니 주인공은 아무래도 마음이 불편

272) 레이먼드 카버(Raymond Carver, 1938~1988): 미국의 소설가, 시인. 단편소설 「분노의 계절(Furious Seasons and other stories)」 발표 이후 전업 작가를 결심, 창작활동에 매진하여 첫 단편집 『제발 조용히 좀 해줘(Will You Please Be Quiet, Please?)』를 출판하여 작가로서 인정받았고, 세 번째 단편집 『대성당(Cathedral)』으로 전미비평가그룹상 수상과 퓰리처상 후보에 올라 작가로서의 위치를 확고히 했다. 단순하고 적확한 문체로 미국 중산층의 불안감을 표현하여 '미국의 체호프'라 불리며, 미국의 국민시인 헨리 워즈워스 롱펠로(Henry Wadsworth Longfellow) 이후 일상어로 작품을 써서 성공한 작가였다. 대표작에 소설집 『사랑을 말할 때 우리가 이야기하는 것(What we talk when we talk about love)』과 시집 『물이 다른 물과 합쳐지는 곳(Where Water Comes Together With Other Water)』 등 다수가 있다.

273) 「대성당」: 1980년에 발표된 레이먼드 카버의 대표작으로, 단편소설 작가로서 절정기에 있을 때 그의 문학적 성과가 그대로 담겨 있다.

하다. 어떻게 대응해야 좋을지 난감하다.

스토리는 아주 간단하다. 드디어 그날 로버트가 찾아왔다. 아내는 차를 끌고 역까지 마중하러 가고, 손수 요리를 해서 대접한다. 아내와 로버트는 추억을 되새기며 이야기꽃을 피운다. 한편 주인공은 처음에는 몹시 못마땅하다. 일부러 비아냥거려 아내에게 미움을 산다. 어리광을 부리는 것처럼 보이기도 한다. 마침내 밤이 깊어 아내가 잠에 빠지고, 주인공과 로버트 둘만 남으면서 사태가 변한다. 못마땅해 하던 주인공의 태도가 달라진 것이다. 눈이 보이지 않는 로버트가 눈이 보이는 주인공의 긴장을 풀어준다. 그런 변화는 잠깐 사이의 대화와 태도 속에서 자연스럽게 표현된다. 조용히, 조금씩이지만 주인공은 다른 사람으로 인해 새로 태어난다.

드디어 결말 부분이다. 바로 이 대목에서 공시가 이루어진다. 두 사람은 술을 마시고, 마리화나를 피우며 아내가 잠든 뒤에는 멍하니 텔레비전을 본다. 로버트는 눈이 보이지 않으니 소리만 들을 뿐이다. 마침내 뉴스가 끝나고 종교방송으로 바뀐다. 중세 수도승 차림을 한 사람이 나오기도 한다. 보아하니 각지의 교회 행사를 취재한 방송인 듯하다. 일본공영방송 엔에이치케이(NHK) 교육방송 채널의 심야프로그램 같은 방송이다. 각지의 대성당이 번갈아 가며 화면에 나온다. 간간이 해설도 섞여 흐른다.

주인공은 이쯤에서 뭐라고 한마디 해야 할 듯한 기분이 들어 화면 내용을 구구절절 설명하기 시작한다. 로버트는 대성당이 얼마나 큰지 모르므로 그 형태를 묘사하려고 애쓴다.

> "무엇보다 먼저 터무니없이 높은 건물이에요." 나는 빗대어 설명할 것을 찾아 방안을 휙 둘러보았다. "위로 쭉 뻗어있어요. 하늘을 향해 높이 솟아있지요. 대성당 중에서도 어떤 곳은 엄청나게 거대해서 지지대가 필요할 정도예요. 버팀목 같은 거요. 그걸 버트레스(buttress)라고 부르죠."
>
> ─「대성당」무라카미 하루키 번역본 중에서

주인공의 설명도 곧 바닥이 난다. 아무래도 대성당이 무엇인지 잘 전달되지 않는 느낌이다. 그에게 신앙심이 없는 탓인지. 로버트는 참을성 있게 주인공의 설명에 귀를 기울인다. 결국 주인공은 설명하기를 포기한다. 더는 못하겠다며 주인공은 소리를 지른다. 그러자 로버트가 제안한다. 종이와 펜을 갖고 와서 그림을 그려달라고 한다. 자, 어서. 재촉한다. 주인공은 처음에 주저하지만 못 이기는 척 종이로 된 쇼핑백을 가져온다. 대체어쩔 셈이지? 하고 생각하는데 로버트는 그림을 그리는 주인공의 손 위에 자기 손을 포갠다.

> "잘 부탁해요. 자 됐어요. 그럼, 어디 그려볼까요?"라고 그가 말했다.
> 그는 더듬더듬 펜을 쥔 내 손을 찾아 그 위에다 자기 손을 포갰다. 그는 "자, 해봅시다. 어서 그려봐요."라고 재촉했다. "괜찮으니 그려봐요. 내가 움직이는 대로 따라 하기만 해요. 자, 내 말대로 해봐요. 괜찮다니까. 어서 그려봐요."라며 그가 말했다.
> ─「대성당」무라카미 하루키 번역본 중에서

이렇게 포개진 두 손으로 대성당을 그린다. 공시 바로 그것이다. 두 사람은 손이라는 매개물을 통해 대성당 쪽으로 함께 시선을 모은 것이다. 공시는 항상 어느 한쪽이 시선을 유도하는데 그런 역할을 하려는 쪽은 신기하게도 대성당의 형태를 아는 주인공이 아니라 로버트다. 요컨대 이 장면의 공시에서는 눈이 보이지 않는 사람이 눈이 보이는 사람의 시선을 유도한다. 심지어 로버트는 주인공에게 눈을 감으라고 한다.

> "눈 감았어요? 손이 미끄러지면 안 됩니다."라고 그는 말했다.
> "꼭 감았어요."라고 나는 말했다.

"그럼 이 상태로 계속해볼까요? 쭉쭉 그려봐요."라고 그가 말했다.

우리는 계속 그림을 그렸다. 내 손가락 위에는 그의 손가락이 놓여 있었다. 내 손은 거칠거칠한 종이 위에서 춤을 추었다. 그것은 난생 처음 느껴보는 기분이었다.

—「대성당」 무라카미 하루키 번역본 중에서

작품은 이렇게 해서 유머로 가득한 '발견 이야기'로 근사하게 마무리된다. 가르치는 사람이 가르침을 받는 사람이 되고, 눈이 보이는 사람이 눈이 보이지 않던 사람이 된다. 보호자가 피보호자가 된다. 다양한 아이러니가 담담한 묘사 속으로 조용히 빨려 들어가듯이 표현되었다.

작위로 가득한 도쿄역의 공시와는 다르게 신뢰와 사랑이 넘치는 참으로 아름다운 공시다. 눈이 보이지 않는 방문자 로버트가 마치 예언자 같기도 하고 천사 같기도 하다. 카버 특유의 인내심 강한 묘사와 유머가 아니었다면 단순한 교훈적 우화로 그쳤을 것이다. 정말 그러할까? 정말로 두 작품은 '서로 다른' 걸까? 두 작품 사이에 존재하는 것은 근본적으로 같을지도 모른다. 두 작품의 공시 모두 눈의 유도를 둘러싼 드라마다. 한쪽의 유도하는 눈을 다른 한쪽의 유도당하는 눈이 좇아가거나 좇지 않거나 한다. 우리는 바로 그런 차이의 감각에 매혹되도록 만들어진 것은 아닐까.

만다라와 '설명의 마술'

이미 거기에 존재하는 것을 본다는 행위에는 언제나 결정적인 '뒤늦음'의 뜻이 포함되어 있다. 모든 응시는 이 '뒤늦음'을 돌이키려는 행위이다. 강렬한 눈빛으로 열심히 바라봄으로써 대상과 눈 사이의 차이를 극복하고 싶다. 그런데 위에서 거론한 두 작품에서 특히 중요한 점은 유도당하는 쪽이 단순히 뒤처져 있다는 의미뿐만 아니라 유도하는 쪽에 의도가 있다는 사실이다. 유도당하는 쪽은 대상을 읽으려고 하며, 대상 쪽으로 자기를 유도하는 행위에 내재한 의도도 읽으려고 한다. 혹은 자기도 모르는 사이에 유도하는 쪽의 의도를 읽어내기도 한다.

우리가 지금 이야기하는 시선 유도 장면에 반응할 때 유도하는 쪽의 의도와 어딘가에서 연관된다. 의도와 작위에는 분명히 수상함이나 불길함, 비열함이 맴돌지만—어차피 그것은 살인자의 몫이다—우리는 그러한 의도와 작위에서 무어라 형용하기 힘든 쾌감을 느끼기도 한다. 일종의 취기를 체감한다.

하나의 구체적인 예로 만다라를 보자. 만다라는 우주의 구조를 불교 시점으로 그린 것이다. 본래 뜻은 '원(円)'이다. 하지만 실제로는 원뿐만 아니라 정방형 같은 사각이 합쳐진 것도 많다. 근본적으로는 안정적인 단순 도형의 조합이다. 그것을 본 사람이라면 누구나 눈치 챘겠지만, 만다라에는 대칭성이 아주 강하게 의식되어 있다. 그야말로 질서를 향한 의지와 이치를 향한 동경의 표현이다.

만다라는 본래 명상을 위해 사용되었다. 명상에서는 몇 단계를 거쳐 자기와 세계와의 '일체화'를 체험하게 된다. 마사키 아키라[274]의 말을 빌리면 그것은 "한 인간과 무엇보다 성스러운 존재, 즉 부처님 또는 전 세계(전 우주)가 실은 근본적으로 같다는 인식을 관념 차원에서가 아니라 체험 차원에서 터득하기 위함이다. 다시 말해 문자나 언어가 아니라 시각 중심의 감성 차원에서 체득하려는 방법일 뿐이다(『만다라란 무엇인가』 중에서)."

만다라에 의해 유도된 명상에는 착시가 연관된다. 만다라는 거기에 그려진 모양을 거기 있는 그대로 이해하는 것이 아니다. 상하좌우 대칭인 단

---

274) 마사키 아키라(正木晃, 1953~): 일본의 종교학자. 일본 밀교와 베트남 밀교, 특히 종교도상학으로서 만다라를 주로 연구한다. 주요 저서에 『만다라란 무엇인가』 『티벳밀교』 등이 있다.

순 도형에 기초해서 그린 우주 모델을 명상하는 자가 분석적, 이지적으로 이해하여—즉, 이치 차원에서 이해하여— 우주와의 일체화를 확신하는 것도 아니다. 만다라적 대칭성은 어딘가에 비약을 품고 있으면서 특별히 심리적, 다시 말해 정서적 작용을 일으키는 것이다. 그럼 거기에는 이지적인 면이 아예 없느냐 하면 그렇다고 단언하기도 어렵다. 거기서 놓쳐서는 안 되는 것이 단순 도형을 기저로 한 화면에 우주 전체를 명백히 밝히기 위하여 '설명' 구조로 나타냈다는 점이다. 만다라를 이용한 명상을 통해 이루어지는 일체감 속에서 이 설명이라는 요소는 아주 중요한 억할을 한다.

왜냐하면 우리는 이 설명에 '도취하기' 때문이다. 설명 내용을 이해하지 못함에도 누군가가 우리에게 무언가를 설명하고, 그리하여 세계가 해명되는 과정은 설령 그것이 이성과 질서에 기초했을지라도 때로는 우리를 현기증과 비슷한 도취된 경지로 데려간다. 만다라의 광대한 설명은 그런 미묘한 영역을 파고든다. 속이는 게 아니다. 오히려 오해를 풀려는 듯 전부 이야기한다. 하지만 모든 이야기를 들은 우리가 직면하는 것은 도리어 세계의 터무니없음은 아닐까? 우리가 전부를 받아들인다는 것은 그리 쉬운 일이 아니다.

본래 우리가 이지적인 설명에 도취하는 원인이 이것이다. 상대의 설명을 통해 무언가 장대한 의도에 직면할 때, 우리는 종종 그 전체상을 놓치고 만다. 애초에 의도란 다른 이의 것이다. '범인'의 것이다. 우리는 참모습을 모르는 외계인의 의도를 뒤처지고 열등한 지점에서 부분적으로 재구축하는 것밖에 하지 못한다. 사실 자신의 의도조차 그러하다. 의도와 현실 사이에는 언제나 차이가 있고, 그것은 나중에 불완전한 형태로 설명하는 길밖에 없다.

따라서 의도란 언제나 과잉이고 장대하며 모호한 것으로 일컬어진다. 모호한 그것을 마치 다 아는 듯이 느끼게 하는 요인 중 하나가 설명이고,

또 공시라는 공동 작업이다. 다양한 세부가 면면히 이어져 내려 장대한 전체가 완성된다고 하는, 절대로 한눈에 다 들어오지 않는 장대함을 제시한다. 이는 나쓰메 소세키[275]의 「문조」[276]에서 문조 너머에 있는 여인상을 문득 환시로 본 듯한 느낌과 비슷하지만, 결정적으로 다르다. 세부와 전체는 전혀 비슷하지 않기 때문이다. 시야의 연속성이 끊어져 있다. 여기에서 표현한 것은 커다란 것을 놓친 나머지 작은 것만을 보는 듯한 착각이다. 그러나 '나무만 보고 숲을 보지 못한다'는 식의 어설픈 전형 같은 이 착시는 예컨대 만다라 명상으로 거대한 세계를 헤매다가 최종적으로 자신과 융화해가는 체험과 통하는지도 모른다. 아니면 '들어가며'에서 다룬 잭슨 폴락[277]의 작품을 보는 방법— 눈을 감은 채 그림 앞에서 이동한 다음 그 자리에서 갑자기 눈을 뜬다— 과도 통하는 것은 아닐까.

사다리 타기 게임의 논리

"나무만 보고 숲을 보지 못한다"는 말도 있지만, 시선에 의해 비로소 눈

---

275) 나쓰메 소세키(夏目漱石, 1867~1916): 일본의 소설가, 평론가, 영문학자. 일본 근대기 소설 문학에서 중심적인 인물이며 이후의 일본 문단에 큰 영향을 미쳤다. 작품은 당시 전성기에 있던 자연주의에 대하여 반자연주의적이었고, 여유파라고 불리기도 했다. 서양화에 급급한 일본 사회와 그 속에서 삶을 영위하는 지식인의 생활태도와 사고방식, 근대 일본의 성격을 날카롭게 분석하고 통렬하게 비판한 문학자로, 해박한 동서양의 지식을 바탕으로 영국의 풍자적 수법을 구사하여 대중의 호평을 받았다. 모리 오가이(森鷗外)와 더불어 일본 메이지(明治) 시대의 대문호로 꼽힌다. 저서로는 『호토토기스(두견)』 『나는 고양이로소이다』 『도련님』 『풀베개』 『산시로』 『그 후』 『문』 『피안 지나기까지』 『마음』 『명암』 등 다수가 있다.
276) 「문조(文鳥)」: 1908년 『오사카아사히(大阪朝日)신문』에 연재된 나쓰메 소세키의 단편소설. 우연히 얻은 문조 한 마리를 키우면서 느끼는 단상을 우아하게 풀어낸 작품으로, 나쓰메 소세키와 가족처럼 지냈던 히네노 렌(日根野れん)을 위한 추도 소설로 여겨진다.
277) 잭슨 폴락(Jackson Pollock, 1912~1956): 미국의 추상표현주의 화가. 커다란 캔버스에 붓을 떨어뜨리거나 큰 제스처로 물감을 흩뿌리는 등의 액션 페인팅을 선보였다. 추상표현주의 미술의 선구자로 꼽히며 20세기 문화의 아이콘으로 세계 화단에 큰 영향을 끼쳤다. 대표작에 〈여름철(No. 9A Summertime: Number 9A)〉 〈라벤더 안개(No. 1 Lavender Mist: Number 1)〉 등 다수가 있다.

에 보이는 것이 있다. 이와 같은 설명의 마술을 좀 더 알기 쉽게 보여주는 것이 사다리 타기 게임이다. 잘 알려져 있듯이 사다리 타기는 뽑기다. 세로 선 몇 개를 평행하게 그린 다음 무작위로 가로 선을 그어 연결해서 사다리처럼 그린다. 세로 선 상단에서 출발하여 도착할 수 있는 하단의 지점은 단 하나다. 그래서 뽑기다. 여기서 중요한 점은 가로 선의 개수가 많을수록 상단 어디서 출발하면 하단 어디에 도착하는지 알기 어렵다는 것이다. 상단 어느 지점이 하단 어느 지점으로 연결되는지 알려면 우직하게 선을 따라 끝까지 가봐야 한다. 그야말로 '나무만 보는' 길밖에 없다.

사다리 타기는 전체를 단번에 이해하기란 불가능하다는 사실을 일깨워주는 시스템이다. 사다리 타기는 세계 전체를 좌표 모델로 전부 이야기한다. 모든 것을 설명해낸다. 하지만 '전부'를 이해하기 위해서 선을 따라 이동하듯 설명만 좇다 보면 정작 전체는 보지 못한다. 우리는 하나의 출발점에서 시작되는 도착점을 좇아갈 수는 있어도 다른 출발점에서 시작되는 다른 도착점에는 가지 못한다. 가로 선 방향은 고정불변이 아니라 어느 방향에서 어디를 거쳐 도착하는지에 따라 상대적으로 결정된다. 결과적으로 우리는 선의 행방을 좇는 데는 집중해도 이제 전부를 보기는 어렵다고 포기할 것이다. 굳이 전체를 볼 필요는 없다고 말하는 지경에까지 이른다.

이와 같은 '선의 논리'는 『점과 선』을 지배하는 모델이기도 하다. 미하라 형사의 심리를 통해 그와 같은 선이 그어지는 과정이 다소 집요하게 표현되어 있다.

야스다는 자꾸 시간에 신경을 쓰며 손목시계를 들여다보았다. 그것을 단순히 열차 시간에 늦지 않기 위해서라고 해석해도 될까? 시간에 맞춰야 하는 이유가 따로 있었나? 혹시 저 4분의 시간을 놓치고 싶지 않아서는 아니었을까?

아사카제 호가 건너다보이려면 13번과 14번 플랫폼에 열차가 없는 4분 간보다 빨라서도 안 되고 늦어서도 안 된다. 그때보다 빠르면 오후 5시 57분에 출발하는 요코스카 선 열차가 들어오므로 야스다는 그 기차를 타야 한다. 늦는다면 오후 6시 01분에 다음 열차가 들어와서 아사카제 호를 가려 볼 수 없다. 야스다가 틈틈이 시계를 보았던 이유는 사실 아사카제 호를 볼 수 있는 4분 간 때문은 아니었을까? (중략)

— 야스다는 무엇 때문에 그런 공작을 했을까? 이 답은 미하라의 가설을 좀 더 진행시켜 보면 아주 간단했다.

(야스다라는 남자는 사야마와 오토키가 특급열차 아사카제 호에 타는 장면을 야에코와 도미코에게 보이고 싶었기 때문이다. 아주 자연스럽게 목격자로 만들기 위해서였다.)

— 『점과 선』 중에서

미하라 형사가 이렇게 질문과 대답을 거듭하며 추론하는 과정은 에둘러가는 스토리 전개로 독자를 감질나게 하기 위해서였다. 어쨌든 작품 도입부에서 "하지만 13번 플랫폼에는 아직 열차가 들어와 있지 않았다"라며 방점까지 찍어 '작위'를 드러낸다. 하지만 이렇게 에둘러가는 전개로 독자를 감질나게 한 덕에 13번 플랫폼에서 15번 플랫폼을 건너다보며 중요 인물을 우연히 목격한 척하는 범인 야스다의 눈의 작업은 더할 나위 없는 '작위'로 신비화되어 작품 속에서 지나친 '설명조'를 낳고 말았다.

일본 순문학에서는 의도와 함께 설명도 배제되어왔다. 한편 추리소설은 한 단계 낮은 수준의 대중오락물로 경시되기 일쑤였다. 거기에는 고바야시 히데오가 「시가 나오야론」에서 피력했듯이 의도하는 눈에 대한 깊은 불신이 깔려있다. 하지만 오히려 의도하는 눈에 매달려서 사소한 세부에 집착하는(나무만 보고 숲을 보지 못하는) 심경 때문에 드러나는 표현도 있지 않을까? 그럴 때 전체에 속박된 우리를 해방시켜 주는 시선이 작용한다. 섣불리 나무 너머의 숲을 보려 하지 않는 시선. 그것이야말로 카버의 「대성당」에 나오는 눈이 보이지 않는 로버트의 시선이다. 로버트는 전체를 볼 수 없기에 느린 손작업으로 거대한 대성당을 조금씩 파악하려고 했다. 그런 시선을 로버트는 눈이 보이는 주인공에게 가르쳐 주었다. 이 작품의 시선은 요컨대 거대한 스케일에 도달했지만 안심하지 않는 눈이다. 전부를 보았으나 안주하지 않는 눈이다. 작은 단편이 장대한 이야기로 이어지는 전개 앞에서 우리는 자기도 모르게 속아 넘어간다. 언제나 그런 이야기에 속았으면 한다. 하지만 세부에 집착하다가 전체를 놓쳤다는 사실을 실감한다. 그런 식으로 전체와 어울리는 방법도 있다.

『점과 선』은 구성에서 보면 거의 모든 추리소설이 그러하듯 증거라는 '나무'에서 출발하여 진상이라는 '숲'에 다다르는 이야기로 흘러간다. 그런데 이 작품에는 범인이 엷은 미소를 띠고 모든 트릭을 자백하는 장면이 없다. 게다가 야스다와 그의 아내, 오토키 이 세 사람의 관계가 충분히 설명된 것 같지도 않다. 모든 일이 말끔하게 해소되었다는 느낌이 별로 들지 않는다. 아마도 모든 것은 '선'으로 연결되어 있는 듯하지만 연결 방식이 느리고 길다. 어느 대목에서는 형사의 추론 과정이 독자를 감질나게 하기도 한다. 결과적으로 사건의 전모는 끝까지 드러나지 않는다.

모든 것이 소설 도입부의 목격 장면을 부각시키기 위한 장치인지도 모른다. 도쿄역에서 이루어지는 의도하는 눈만 지루할 정도로 실컷 집요하게 설명하고 싶고, 그렇게 해서 돋보이고 싶기 때문이다. 거기에서는 미하라 형사뿐만 아니라 저자인 마쓰모토 세이초 자신의 거의 비합리적이고, 그래서 더욱 작가적이라고 할 만한 유도하는 눈에 대한 집착이 엿보이는 듯하다. 설령 그러한 집착 때문에 전체 구성이 삐걱거린다 해도 철저하게 설명할 수 있는 의도를 중심에 두고 집착함으로써 오히려 모호한 형태의 전체를 떠올리게 된다. 이치와 질서가 승리했을 게 분명한 『점과 선』의 스토리에 우리가 묘하게 도취되는 까닭도 바로 이런 의도 때문이 아닐까 생각한다.

제15장 문학을 모르다
— 알브레히트 뒤러[278]의 〈멜랑콜리아 I 〉와 니시와키 준자부로[279]

사람은 보는 것을 좋아한다. 그렇다고 그저 보기만 해도 좋다는 것은 아니다. 사람은 보지 못하는 것을 보기를 정말로 좋아한다. 어려움을 극복하고 나서 겨우 본다. 사람이 눈을 주시하는 경우는 바로 이러한 때이다.

다른 관점으로 보면 응시란 장애를 만나야 발생한다고도 할 수 있다. 응시란 보는 행위에 뒤따르는 여러 어려움이나 뒤틀림 그리고 우회의 결

---

278) 알브레히트 뒤러(Albrecht Dürer, 1471~1528): 독일의 화가, 판화가, 조각가, 미술이론가. 신성로마제국에서 중세 말과 르네상스의 전환기에 활약한 미술가로, 북유럽 미술에서 르네상스를 성취한 최초의 화가이자 독일 르네상스 회화의 완성자로, '독일 미술의 아버지'로 추앙 받는다. 이탈리아 여행을 통해 표현기법을 터득하여 이탈리아의 전성기 르네상스 미술의 고전적 인체미를 독일 미술 전통 속에 살렸다. 장인이기보다는 지식인이기를 원했으며, 많은 자화상을 그렸다. 1511년경까지는 〈만성도(萬聖圖)〉 등 종교화의 대작을 제작했고, 1513~1514년 동판화의 3대 걸작 〈기사(騎士)·죽음·악마〉〈서재의 성(聖) 히에로니무스〉〈멜랑콜리아〉를 제작하여 인식·윤리·신앙을 상징화했다. 유화 걸작으로서는 〈4성도〉(1526), 〈만성절〉(1511), 〈자화상〉(1498) 등이 있고, 여러 폭의 성모자상 및 〈요프스트 플랑크펠트〉(1521) 등 초상화를 다수 그렸으며, 초상화에는 빛과 그늘의 분열, 종교개혁·농민전쟁 시대의 복잡다기한 인격을 반영했다. 유채화 약 100점, 목판 350점, 동판 100점, 소묘 900점에 이르는 수많은 작품이 있다.
279) 니시와키 준자부로(西脇順三郎, 1894~1982): 일본의 시인, 평론가, 영문학자. 근대기 일본의 모더니즘, 다다이즘, 쉬르리얼리즘 운동의 중심인물. 생전에 노벨문학상 후보에 올랐지만 작품 번역의 벽이 큰 장애가 되어 수상에서 제외되었다. 그리스어, 라틴어, 영어, 불어, 독일어 등 언어와 언어학, 유럽 고대에서 근대에 이르는 문학에 통달한 지식을 가졌으며, 이를 바탕으로 전위적인 시 정신 운동을 이끌었다. 시집 『Ambarvalia』 『제3의 신화』 『잃어버린 시간』 등 20여 권, 평론집과 수필집 『초현실주의 시론』 『쉬르리얼리즘 문학론』 등 30여 권이 있으며, 그밖에도 시화집과 번역서를 비롯하여 다수의 저서가 있다. 요미우리(読売)문학상(1957)을 수상했고, 훈이주이호쇼(勲二等瑞宝章)(1974) 훈장을 받았다.

실이기 때문이다.

응시라는 행위는 근대문화의 뿌리에 깊이 얽혀왔다. 보는 행위가 어려움에 맞서는 상황이 문화의 '틀'을 형성해온 까닭이다. 유난히 문학이 특권화 되어 온 이유가 여기에 있다. 문학은 보고 읽는 행위에 대한 어려움을 여러 형태로 제도화 해왔다. 그 과정에서 우리는 다양한 것들을 보는 방법을 경험했다. '볼 수 없다'라는 불가능 자체에 집요하게 파고든 것 또한 문학이다. 마지막 장에서는 그런 문제의 가장 핵심적인 부분에 초점을 맞추려 한다. 즉, '문학을 안다'란 무엇인가이다.

문학에 대해 제대로 말하지 못한다.

'문학'에 관련된 사람들 사이에서 예로부터 문학에 대한 관점의 차이에서 비롯된 논쟁은 끊이지 않았다. 종종 쟁점으로 떠오른 주제는 '통속'과 어떻게 맞춰나가야 하는지에 대해서였다. 앞서 이 책에서 다룬 마사무네 하쿠초가 나쓰메 소세키를 비판한 바탕에는 '재미있게 쓰자'라는 태도에 대한 반발이 깔려 있었다. 시간이 꽤 흘러 쇼노 요리코[280]와 오쓰카 에이지[281]가 벌인 열띤 논쟁에도 다양한 요소들이 얽혀있다고는 하지만 가장

---

280) 쇼노 요리코(笙野頼子, 1956~): 일본의 소설가. 1981년 『극락』으로 군조(群像)신인문학상을 수상하며 등단. 현대 여성의 존재 불안에 대해 현실과 망상의 뒤섞이는 상황을 묘사해 왔으며, 초기 작품은 세밀한 문체로 우울한 관념이나 심리표현과 투명한 환상묘사의 융합을 시도한 난해한 작품이 많았으나 1990년대 이후 문학상을 휩쓸며 단번에 호평을 받았다. 작품으로 『금비라(金毘羅)』 『혼합성 결합조직병』 『돈키호테의 논쟁』 등 다수가 있다. 1991년 『아무것도 하지 않아』로 노마(野間)문예신인상, 1994년 『이백 주기(二百回忌)』로 미시마유키오(三島由紀)상, 『타임슬립 콤비나트』로 아쿠타가와(芥川)상 등 다수의 문학상을 수상했다.
281) 오쓰카 에이지(大塚英志, 1958~): 일본의 만화원작자, 서브컬처 평론가. 1980년대에 만화 잡지사 편집장을 역임했으며, 일본에서 지금까지 900만 부 이상 판매된 『다중인격탐정 사이코』 등의 만화 원작자이다. '오타쿠 논쟁'과 1990년대 말 일본 문학계의 쟁점 중 하나였던 '순문학 논쟁'에서 격론의 중심에 서기도 했다. 비평서 『전후 만화의 표현 공간』으로 산토리 학예상을 수상했다. 그 외의 비평서로 『오타쿠의 정신사』 『서브컬처 문학론』 등이 있고, 이야기론과 작법 관련 저서로는 『이야기 체조』 『캐릭터 소설 쓰는 법』 『이야기 학교』 등 다수가

큰 쟁점은 '책이 팔리는가?'였다. 유명한 이야기지만 아쿠타가와 류노스케 [282]와 다니자키 준이치로[283] 사이의 『'이야기'다운 이야기가 없는 소설』을 둘러싼 논쟁마저 '통속'은 큰 관심사다.[284]

이러한 논쟁 속에서 '통속'과 대비되는 개념은 무엇인가. 사람은 대체 무엇을 지키기 위해 '통속'에 대해 이렇게까지 완고한 태도를 취하려 했는가. 물론 여태껏 '예술'이나 '순수' '문학의 정도(正道)'라는 말들이 난무했으나 그 취지를 명확하게 나타내는 간편한 요약은 쉽게 찾아볼 수 없다. 예를 들면 구메 마사오[285]가 1925년에 발표한 『'사'소설과 '심경'소설』이라는

있다.

282) 아쿠타가와 류노스케(芥川龍之介, 1892~1927): 일본의 소설가. 신현실주의, 합리주의, 예술지상주의 작풍. 작품의 대부분 단편소설이었으며, 당대 최고의 작가였다. 근대지식인의 고뇌와 현실을 깊이 성찰한 지적인 작품을 많이 발표하여 신이지파라고도 불리었다. 주로 일본이나 중국의 고전이나 설화집에서 제재를 취해 현대적으로 재해석한 작품으로 호평을 받았다. 도쿄대학 영문과 재학 중에 나쓰메 소세키(夏目漱石)의 문하생으로 들어가 구메 마사오(久米正雄), 기쿠치 칸(菊池寬) 등과 제3차 『신시초(新思潮)』를 발간하여 창작 활동을 했다. 만년에는 프롤레타리아 문학의 대두 등 시대의 동향에 적응하지 못하여 신경쇠약을 앓다가 자살로 생을 마감했다. 사후에 이 작가를 기리는 '아쿠타가와상'이 제정되었으며, 이는 현재 일본에서 가장 권위 있는 순문학상이다. 대표작으로 『라쇼몬(羅生門)』 『코』 『게사쿠 삼매경(戱作三昧)』 『지옥변(地獄變)』 『톱니바퀴』 『갓빠(河童)』 등 다수이며, 『거미의 실』, 『두자춘(杜子春)』 등 동화도 집필했다.

283) 다니자키 준이치로(谷崎潤一郎, 1886~1965): 일본의 소설가, 극작가. 일본을 대표하는 탐미주의, 예술지상주의 문학의 거장이다. 당시 유행하던 자연주의의 테두리를 벗어나, 여성애, 마조히즘 등을 특징으로 하는 작품들을 발표하여 독자적인 문학세계를 구축했다. 1910년 와쓰지 데쓰로(和辻哲郎) 등과 제2차 『신시초(新思潮)』를 창간하여 단편소설 『문신』 『기린』을 발표하였고, 다음해에는 문예잡지 『스바루』에 희곡 『신서(信西)』, 단편 『소년』을 발표하여 극찬을 받았다. 소설 작품으로 『장님 이야기』 『이단자의 슬픔』 『치인(痴人)의 사랑』 등이 있고, 소설 외에도 희곡, 평론, 수필 등 다수의 저서가 있다. 1948년 『세설(細雪)』로 아사히문화상, 1949년 문화훈장을 수상했으며, 그 외에도 여러 문학상을 수상했다.

284) 나쓰메 소세키를 비판하는 마사무네 하쿠초에 관해선 제 13장 참조. 문단논쟁의 기록을 모은 앤솔러지로서 이와나미문고(岩波文庫)의 『일본 근대 문학 평론선』(쇼와(昭和), 메이지(明治), 다이쇼(大正) 편)을 손쉽게 구할 수 있다. ―저자 주.

285) 구메 마사오(久米正雄, 1891~1952): 일본의 소설가, 극작가, 평론가, 하이쿠 시인. 나쓰메 소세키의 문하생으로 들어가 기쿠치 칸, 아쿠타가와 류노스케 등과 함께 수학하였고, 도쿄대학 영문과 재학 중에 자신의 성장기를 모델로 쓴 희곡 『우유가게의 형제』를 발표하여 극작가로도 데뷔했으며, 아버지에 대한 추억을 그린 소설 『아버지의 죽음』과 희곡을 차례로 발표하여 주목을 받았다. 나쓰메 소세키 사후, 그의 딸과의 연애사건을 그린 작품 『파선(破船)』으로 대중적으로도 인기를 모았다. 이후 연극 개혁에 힘을 기울였고, 평론가와 번역가

에세이에도 그 어려움이 잘 드러나 있다.

첫째로 나는 사소설 또는 그와 비슷한 문학의—'문학'이 너무 광범위하다면 '산문예술'의—참된 의미로써 그 뿌리이자 정도이며 진수라고 생각한다.

내가 문필생활을 한 지 얼추 10년쯤 되었으니 아직 문학의 도를 깨달은 수준은 아니지만 오늘까지 쌓아온 감상을 활용하면, 나는 나 자신의 '사소설'을 집필했을 때 그 작품을 통해 가장 안심입명[286]을 느낄 것이다. 또한 타인이 타인의 '사소설'을 집필한 경우에도 우선 그 진위여부를 판별하여 그 글이 진실이라면 좀 더 직접적으로 신뢰하며 읽을 수 있을 수 있을 것이다.

— 『일본현대평론선』 「메이지, 다이쇼 편」 중에서

구메 마사오는 이처럼 '사소설'을 '문학의 정도'의 중심에 놓으려 하지만 어째서 '사소설'인지에 대한 명확한 설명은 하지 않는다. 곧 "참된 의미의 '사소설'이자 '심경소설'이어야 한다"는 이야기로 이어지고 거기서 '심경소설'이란 무엇인가에 대해 다음과 같이 한 문단으로 정리해버린다.

심경이 무엇인지 가장 알기 쉽게 말하자면 일종의 '자리 잡고 앉는 곳'이다. 그것은 인생관, 예술관, 내지는 근래의 프롤레타리아 문학이 주장하는 사회관에서 왔다 해도 상관없다. 즉, 확실하게 뿌리를 내리고 서 있는 곳이다. 거기에서라면 어디서 무얼 보든 틀림없이 항상 자기 자신으로 존재할 수 있다. 마음이 있는 곳이다.

— 『일본현대평론선』 중에서

'가장 알기 쉽게'라고는 하지만 그다지 이해하기 쉽지는 않다. '자리 잡

등 여러 문학 장르에서 활발하게 활동했다. 소설, 희곡, 평론, 수필, 하이쿠 등 다수의 저서가 있다.

286) 안심입명(安心立命): 천명을 깨닫고 생사·이해를 초월하여 마음의 평안을 얻는다는 뜻.

고 앉는 곳'이든 '뿌리를 내리고 서 있는 곳'이든 어느 둘 다 이야기가 애매모호하다. 논의를 이어가는 구메 마사오 본인도 적당한 말을 못 찾는 모양이다.

한편으로, '문학'에 대한 생각을 좀처럼 말로 잘 표현할 수 없어 말이 막혀버리는 감각을 공감하는 사람도 적지 않을 듯하다. 오늘날에는 거의 사용하지 않는 '문학을 안다'라는 말을 제대로 표현하지 못해 답답한 마음을 내보이려고 한 말이라는 생각도 든다.

'문학을 안다'라는 구절에는 특유의 분위기가 따라다닌다. 간단히 설명할 수 없을 만큼 어딘가 권위주의적이거나 보수적으로 들린다. '누구나 다 알 필요는 없잖아'라며 삐딱한 태도를 취하기도 한다. 왠지 모르게 남성중심주의나 '동질감을 가진 친구 모임'의 동류의식 같은 것도 포함되어있다.

그런 의미에서 이러한 표현들이 더 이상 언급되지 않는 점은 잘 된 일이라 생각한다.

다만 응시가 주제인 이 책에서 무엇보다도 신경을 쓴 부분은 '보이다' 너머에 있는 '알다'이다. '알다'란 무엇을 의미하는가. 간단히 설명할 수는 없다. '알다'란 알았다 해서 끝나는 것이 아니다. 아는 방법이란 실로 복잡한데, '문학을 안다'는 말에는 이러한 점이 잘 드러나 있다. 이것이 점점 사어(死語)가 되어가고 있으니 지금이야말로 이런 점에 대해 고민해볼 때이다.

멜랑콜리아는 도대체 무엇을 보고 있나

다음의 '기묘한 그림'을 예로 들어 참조해 보려고 한다(그림6 참조). 이 그림은 응시를 표현한 작품이다. 하지만 강렬한 눈빛이 무엇을 보고 있는지 잘 모른다. 수수께끼 가득한 눈동자다. 이 시선을 두고 미술사학자들 사

그림6. 알브레히트 뒤러의 〈멜랑콜리아 Ⅰ〉 1514년 작.

이에서 이미 다양한 논의가 행해져 왔지만, 다시금 우리의 사정에 맞춰 그 뜻을 생각해보면 응시를 통해 세상과 어울리는 방법 중에 흥미로운 '방식' 이 하나 더 있음을 알 수 있다.

　애초에 〈멜랑콜리아 Ⅰ〉이란 제목이 붙은 알브레히트 뒤러의 유명한 동판화에서 우리는 무엇을 보고 있는가. 오른쪽 앞에는 날개 달린 여성이 있다. 필시 이는 '멜랑콜리아(melancholia) 즉, 우울증을 의인화한 그림이리라. 우울하게 팔꿈치를 괴고 가만히 앞을 주시하고 있다. 무언가를 바라보는 듯하다. 여성 건너에는 작은 남자아이(발)가 있고, 발밑에는 개가 잠들어 있다. 이들을 에워싸듯 종, 저울, 모래시계, 숫자가 적힌 판(마방진),

톱, 구체, 이상한 입체 모형 등 다양한 사물들이 그림에 빼곡히 그려져 있다. 물론 확실히 '주인공'의 강렬한 시선에 눈길이 가지만, 그 주변의 의미 있을지 모르는 '조연'들도 신경이 쓰인다.

이 작품이 '유명'한 이유 중 하나가 그림 속에서 북적거리는 사물들이 아이커놀러지(Iconology)[287]에 관심을 갖는·미술사학가에게 딱 좋은 소재를 제공해 왔기 때문이다. 제목인 '멜랑콜리아'와 관련된 표상은 날개 달린 여성 외에도 화면의 곳곳에 배치되어 있다. 파노프스키[288]와 같은 많은 사람들이 지적한 지갑, 열쇠, 팔꿈치를 괴고 있는 여성의 자세, 거무스름한 얼굴 등 모든 소재들이 우울한 기질을 나타낸다고 해석할 수 있다. 연금술과 관련이 있는 저울이나 모레시계, 마방진까지 우의(寓意)적인 메시지를 알아내고 싶은 물건 투성이다.[289]

이 그림은 마치 우리들 내부의 수수께끼를 풀고 싶은 충동을 불러일으키듯이 구성되어 있다. 그뿐인가? 이 그림의 수수께끼는 우리가 화면의 '의도'를 모르거나 이해하지 못해서 생긴 것일까? 주의해야 할 점은 수수께끼를 체험하는 사람은 보는 사람만 해당되지 않는다는 사실이다. 주시하는 여성=멜랑콜리아의 표정을 보면 알 수 있듯이, 그 눈은 가만히 응시하는 듯 보이기도 하지만 동시에 아무것도 보지 않는 눈으로 해석할 수도 있다. 공허해 보인다. 응시하는 듯해도 어찌할 바를 모르고 있다. 왜 그럴까.

---

287) 아이커놀로지(Iconology): 도상해석학(圖像解釋學). 도상학에서 발전하여 도상의 본질적인 의미를 해석하고 그 내용과 형식 간의 관계를 연구하는 미술사 연구방법.

288) 엘빈 파노프스키(Erwin Panofsky, 1892~1968): 독일 출신의 미국 미술사학자, 교수. 미술을 정신사적 배경 속에서 포착하는 아이커놀로지 방법을 확립하여 제2차 대전 후의 미술사 연구에 결정적인 영향을 주었다. 중세 말기에서 르네상스 시기에 걸친 도상해석학을 제창하고 표현의 의미 해석과 시대정신과의 관련에 대해 많은 연구를 했다. 주요 저서로 『조형미술에 있어서의 양식의 문제』 『아이커놀로지의 연구』 『시각예술의 의미』 등이 있다.

289) 파노프스키 등에 의한 〈멜랑콜리아1〉의 자세한 '독해'에 대해서는 『토성과 멜랑콜리』의 제2장 참조. 〈멜랑콜리아1〉의 해석사에 관한 해설서 중에서 와카쿠와 미도리(若桑みどり)의 저서 『그림을 읽다』(제10장)가 도움이 된다. 최근에 출간된 후지시로 고이치(藤代幸一)의 『뒤러를 읽다』 등이 있다. ―저자 주.

이 시선의 의미를 이해하려면 그림 제목이기도 한 우울질이라는 기질을 다시 확인해 볼 필요가 있다. 인간의 기질을 체액의 균형을 바탕으로 다혈질, 담즙질, 점액질, 우울질의 네 가지로 나누는 견해는 고대 그리스 시절부터 있었다. 유럽에서는 근대초기에 이르기까지 이 견해가 크게 영향을 끼쳤다. 네 가지 기질 중 우울질은 '천재'의 속성이라고 여겨 왔다. 우울질은 자기반성이나 사변[290]을 하는 경향이 있다고 생각되어왔기 때문이다.

뒤러의 〈멜랑콜리아 Ⅰ〉 속 '주인공'의 눈빛에도 이러한 자기반성과 사변성을 알아챌 수 있다. 생각하는 눈빛이다. 무언가를 알아내려 하고 있다. 그렇다면 이러한 시도는 과연 성과가 있을까? 파노프스키나 사람들의 대답은 '아니다'이다. 팔꿈치를 괴고 있는 멜랑콜리아의 모습은 행동불능과 좌절을 의미한다. 천재성을 갖췄으면서도 자신의 사변 속에서 출구를 찾지 못하고 있다. 한편으로, 반대 견해도 있다. 응시하고 있지만 외부 세계의 사물에는 눈길도 주지 않는다. 멜랑콜리아가 눈을 뜬 채 일종의 맹목 상태에 빠져있으며 물질세계를 초월하여 정신세계로 도달했다는 해석도 있다.[291]

어떤 해석이든 멜랑콜리아가 응시하는 눈빛이 눈앞 대상을 가만히 바라보는 행위 자체로 끝나지 않는다. 단순히 대상을 지각, 인지, 인식하는 개념이 아니라 또 다른 '아는 방법'이 기능하고 있는 듯하다. 응시하는 눈이 커지면 커질수록 그 눈동자 속에는 아무것도 없다. 이것은 어떤 응시일까.

---

290) 사변(思辨): 그리스어의 '관조'에 해당하는 말. 기술적 혹은 도덕적 실천의 수단으로서 필요한 사유(思惟)가 아니라, 인식하고 설명하는 것만을 목적으로 하는 사유를 의미한다. 일반적으로 그리스 철학에서는 관조의 삶이야말로 최고의 철학적 삶으로 간주되었으나, 현실적 삶의 실천을 존중하는 근세 이후의 철학에서는 사변이란 말은 나쁜 의미로 받아들여져 공론(空論)의 뜻으로 쓰이는 경우가 많다.

291) 와카쿠와 미도리는 프랜시스 예이츠(Frances Amelia Yates)의 해석을 근거로 이 판화에서 '긍정적인 이미지'를 읽어낼 수 있는 가능성에 대해 언급했다(『회화를 읽다』 pp.152~157). ―저자 주.

지식을 외면하는 응시

이 책의 출발점은 소박한 의문이었다. 왜 사람은 누가 요청하지도 않았는데 열심히 대상을 관찰하는가. 예를 들자면 미술관을 찾아가 찬찬히 그림을 훑어보는 사람들의 신기한 행동이 머릿속에 있었다. 하지만 응시는 미술관에서만 일어나지 않는다. 응시의 눈빛은 그림을 그리는 사람이나 문학작품을 집필하는 사람들에게도 그 흔적을 뚜렷하게 남긴다. 이는 작품을 받아들이는 '이쪽'만의 문제가 아니라 '저쪽'의 문제이기도 하다. 또한 작품만의 문제도 아니다. 좀 더 광범위하게 인간문화의 다양한 형태, 이를테면 출판이나 선거와 같은 근대사회 형성과정에서 열쇠가 되었던 제도에서도 응시는 중요한 역할을 해왔다.

가장 중요한 사실은 응시하는 행위가 반드시 진실을 밝혀내지는 않는다는 점이다. 응시는 얼핏 보면 정확성의 최상을 목표로 하지만, 거기에서 '눈의 실수'를 유발하는 경우가 많다. 곧잘 응시는 착시에 빠지기도 한다. 그 착시로 이어지는 과정은 다양하다. 때로는 응시에서 일탈하는 주의산만이란 요소가 들어오기도 한다. 보지 않는 척 하면서 수동적으로 대상을 파악하기도 한다. 앞장에서 보았듯이 타자(他者)에게 이끌려 방황하다 취한 것처럼 빠져버린다.

이 흐름에서 뒤러가 그린 멜랑콜리아의 시선에도 또 하나의 '눈의 실수'가 나타나 있을지도 모른다. 즉, 응시한다고 생각하지만—주시해서 무언가를 보려고 하지만—실은 그와 다른 것을 본다. '그와 다른 것'이 정신세계에 속해있다면 신플라톤주의[292], 영혼, 정신주의[293]라든가 혹은 상상력

---

292) 신플라톤주의(Neo-Platonism): 플라톤 철학의 계승과 부활을 내세우며 3~6세기에 로마 제국에서 성행했던 철학사상으로 신플라톤학파라고도 부른다.
293) 정신주의(Spiritism): 우주를 지배하고 섭리하는 실재로서의 정신을 믿는 태도, 또는 인간의 정신력을 생활의 결정적인 요소라고 생각하는 견해나 태도를 말한다.

이라는 말로 표현한다. 이는 아무것도 못 보는 것과는 다르다. 오히려 환각이다. 안 보이는 것이 아니라 없는 것을 보기 때문이다.

하지만 단지 그뿐일까 라며 나는 그림을 보며 생각한다. 다시 여기서 이 작품에 〈멜랑콜리아 Ⅰ〉이라는 제목이 붙어 있다는 것을 상기해 보기로 한다.[294] 물론 우울질은 천재적인 기질이고 사변과 상상력을 연상시키지만 그 기저에는 어둡고 낮은 우울한 증상이 자리 잡고 있다. 팔꿈치를 괸 멜랑콜리아의 자세가 자아내는 분위기는 우리가 보아도 결코 어색하지 않다. 행동의 퇴행, 침체, 활력의 감퇴가 나타나 있다. 문화적으로 의미가 바뀌었을지라도 지금 우리들도 충분히 이해할 만한 증상들이다.

나는 모래시계, 저울, 마방진, 구체, 입체, 사다리, 톱에 이르기까지 당시의 '지식'의 향기를 내뿜는 소재들로 둘러싸인 의기소침한 멜랑콜리아가 정말로 그곳에 없는 사물을 보고 있는지 궁금하다. 화면 속 사물의 상당수는 우리들이 세상을 파악하고 이해하기 위한 도구들이다. 우리들이 세상을 알아가는 데 도움을 준다. 지식을 얻기 위한 미디어에 둘러싸여 마치 알아가기를 포기한 듯 멍한 눈으로 허공을 보고 있는 인물이 '멜랑콜리아'라 한다면, 이는 '지식의 방법'에 대한 태도를 표명하고 있다고 생각한다. 또 '우울'이라는 이름이 붙었으므로 똑같은 '방법'이라 해도 '지식에 대한 외면' 혹은 '지식의 포기'와 밀접하며, 이와 관련하여 부정적인 것이 표현되어 있다고 생각할 수 있지 않을까.

---

294) 그림 속에서는 철자가 MELENCOLIA라고 나오는데, 이는 당시 여러 '멜랑콜리아' 중 하나의 철자이다. ─저자 주.

이인증[295]에 대한 '지식'

지식을 얻기 위한 방법을 생각하기 위해 어느 정신병 환자의 심리를 기술한 글을 참고하려 한다.

"나 자신이 통 느껴지지 않는다. 나라는 존재가 사라졌다. (중략) 사물이나 풍경을 보면, 내가 그것들을 보는 것이 아니라 그들이 내 눈동자 속으로 난입하여 나 자신을 빼앗아 간다. 항상 주변 세상이 내 몸속으로 들어와 아무것도 못하게 한다. 전에는 음악 듣기나 그림 감상을 무척 좋아했지만 지금은 뭐가 아름다운지 하나도 모르겠다. 음악을 들어도 단지 소리가 귀에 들어올 뿐이고 그림을 보아도 색과 모양이 눈에 들어올 뿐이다. 아무런 내용도 없고 아무런 의미도 느껴지지 않는다. 텔레비전이나 영화를 보면 정말 묘하다. 단편적인 화면 하나하나는 보이는데 전체적인 맥락을 파악하지 못한다. 장면에서 장면으로 휙휙 넘어가 연결되지 않는다."

    – 기무라 빈[296] 저서, 『자각(自覺)의 정신병리(精神病理)』 중에서

기무라 빈에 따르면 이 증상의 경우는 '이인증의 온갖 특징을 갖춘 전형적인 예'라고 한다. 이 환자의 심리 중에서 '음악을 들어도 단지 소리가 귀에 들어올 뿐이고 그림을 보아도 색과 모양이 눈으로 들어올 뿐이다. 어떤 내용도 없고 아무 의미도 느껴지지 않는다.'라는 부분이 특히 흥미롭다.

---

295) 이인증(離人症, depersonalization disorder): 자아에 대한 인식을 잃어버리거나 외부 세계에 대하여 실감이 따르지 않는 병적인 상태. 신경증이나 분열증의 초기 또는 극도로 피로할 때에 나타난다.

296) 기무라 빈(木村敏, 1931~): 일본의 의학자, 정신과의사. 일본의 정신병리학 제2세대를 대표하는 인물. 동양철학적 기반 위에 서양철학을 받아들여 독자적인 체계를 수립한 니시다 기타로(西田幾多郎)의 니시다 철학 등을 기초로 해서 정신병의 인간학적 연구를 하여 일본의 정신병리학 분야에서 한 획을 그었다. 2010년 『정신의학에서 임상철학까지』로 마이니치(每日)출판문화상을 수상했으며, 저서로는 『자기(自己)·사이·시간』 『분열증과 타자(他者)』 등이 있다.

즉, 이 환자는 결코 음악과 그림을 지각(知覺)하지 못한다. 틀림없이 귀로 들었고 눈으로 보았다. 그러나 그 체험에서는 결정적으로 의미와 형상이 따로따로 나눠져 있다. 다음 구절은 더욱 극단적이다.

> "공간마저도 몹시 이상해 보인다. 안길이라든가 멀고 가까움의 개념이 사라졌고 모든 것이 한 평면에 줄지어 서있는 듯 보인다. 키 큰 나무를 보아도 전혀 크다고 여겨지지 않는다. 쇳덩이를 보아도 무거워 보이지 않고 종이쪼가리를 보아도 가벼워 보이지 않는다. 그 무엇을 보아도 사물들이 그 장소에 있다는 느낌을 모른다. 색과 모양만이 눈에 들어올 뿐 존재가 느껴지지 않는다."
>
> ―『자각의 정신병리』 중에서

'색과 모양만이 눈에 들어올 뿐 존재가 느껴지지 않는다.'라는 말은 무엇을 의미할까. 대상은 분명 지각하고 인지하지만 뭔가 부족하다. 색과 모양을 알지만 뭔가 부족하다.

이는 뒤러의 〈멜랑콜리아 Ⅰ〉에 그려진 풍경과 공통되는 부분이다. 그림에 그려진 저울, 모래시계, 사다리, 톱, 입체는 '지식의 풍요'를 가리킨다. 이렇듯 지식을 위한 도구에 둘러싸여 있지만 동시에 그 사물로부터 홀로 남겨진 듯 멜랑콜리아는 고립되어 허공을 바라보고 있다. 이 모습은 그녀에게 무언가 부족하다는 뜻이 아닐까. 다양한 지식의 도구들과 멜랑콜리아 사이에는 큰 장벽이 존재한다. 또한 사물에 둘러싸여 모양과 형태는 인식하지만 그것들을 '알지 못 한다'며 슬퍼하는 이인증 환자의 체험과 매우 유사하다.

색이나 모양은 알아도 대상을 알았다는 느낌이 없는 환자의 체험에서 나온 키워드는 '있다'라는 감각의 중요성이다. '어찌됐든 무엇을 보아도 그것이 그 장소에 있다는 느낌을 모른다.'라는 것이다. 일반적으로 '있다'는 느낌은 우리의 일상적인 감각으로는 의식하지 못한다. 이를 포착하려면 어느 정도의 사고 능력을 갖춰야 한다. 이를 기무라 빈은 다음과 같이 설명했다.

> 우리는 눈앞에 있는 한 송이 꽃이 우리에게 어떤 관심 때문에 대상으로서 인지되는 그 이전의 모습을 우리는 문제로 삼아야 한다. 일체 목적적, 도구적 관심을 떠나 단지 거기에 있는 물건으로서 보게 된 경우, 꽃은 더 이상 꽃이 아니며, 책상도 더 이상 책상이 아니며, 펜도 더 이상 펜이 아니다. 그것들은 더 이상 '사물'이 아니라 '그곳에 있다'는 '사실'로 흡수된다. '꽃이…' '책상이…' '펜이…'같은 주어적인 상태에서 '(지금 여기에) 있을' 뿐인 서술어 상태로 바뀐다. 그리고 이 서술적인 '있다'라는 사실이 발생하는 장소에 대해 자기 자신도 마찬가지로 서술적인 상태로 나타나는 것이다.
> — 『자각의 정신병리』 중에서

이로서 앞에 나온 이인증 환자의 "그 무엇을 보아도 사물들이 그 장소에 있다는 느낌을 모른다."라는 말이 의미하는 감각의 구조가 보인다. 기무라 빈의 말을 빌리자면 "온갖 사물들이 '있다'라는 서술어를 잃어 주어만 공중에 떠다닌다."라는 상태이다(『자각의 정신병리』 중에서). 기무라 빈은 이런 점을 들어 지각이 "단순히 바깥 세계의 물리적 자극으로 인한 생리적 수용으로 끝나지 않는다는 것, 지각이란 오히려 능동적, 적극적인 대상 구성의 행위다."라는 사실을 강조하여 다음과 같이 흥미로운 고찰로 넘어간다.

> 지각에서의 대상구성의 작용을 우리들이 흔히 쓰는 말로 고쳐 말하자면 온갖 사물들을 '지금 여기에 있다'와 같이 서술어적으로 통일하는 행위를 일컫는다. 이와 같은 행위가 능동적으로 작용하고 있는 한, '나는 내가 있다, 라는

것도 지금 여기에'라고 하는 감각도 느끼는 것이다.

－『자각의 정신병리』중에서

뒤러의 멜랑콜리아와 이인증 환자 모두 '서술적인 통일'이 되어 있지 않다고 생각할 수 있다. 〈멜랑콜리아 I〉의 풍경 속에서 인상적인 것은 허공을 바라보는 멜랑콜리아가 결코 지식의 결여에 직면해 있지 않다는 점이다. 지식을 위한 도구는 충분하다. 오히려 '지식의 과잉'을 그렸다. '사물이나 풍경을 보면, 내가 그것들을 보는 게 아니라 그들이 내 눈동자 속으로 난입하여 나 자신을 빼앗아 간다. 항상 주변의 세상이 내 몸속으로 들어와서 아무것도 못하게 한다."라고 말한 이인증 환자의 상황과 매우 비슷한 광경이다. 거기서는 지식의 도구를 매개로 하는 '주어의 과잉'이 기무라 빈이 말하는 '서술어적 통일'을 방해하고 있다.

'북적하다'를 느낀다는 것

이인증 환자와 우울한 감정이 의인화된 멜랑콜리아는 결정적인 차이가 있다. 다시 한 번 그림을 보자. 멀리 원경(遠境)에는 무지개와 넓은 바다가 펼쳐있다. 축복의 느낌이 흘러넘친다. 눈앞 풍경으로 다시 시선을 옮겨보니 부정적인 광경만 있는 것이 아니다. 앞서 언급했듯이 우리가 〈멜랑콜리아 I〉 그림과 마주했을 때 먼저 그녀의 강렬한 시선에 이끌릴지도 모르지만 이러한 시선의 지각과 동시에 우리는 그 주위에 의미 있어 보이는 사물들에도 시선이 간다. 그 뿐만이 아니다. 의미 있어 보이는 사물들로 북적인다는 감각도 있다.

〈멜랑콜리아 I〉의 사물들은 파노프스키가 수수께끼를 풀기 전까지 오랜 시간동안 그 의미가 분명하지 않았다. 중세시대에 가졌던 상징성을 해독하지 못해 도구들이 갖는 의미는 수수께끼로 여겨졌다. 그 결과 개중에는 아예 '잡동사니'(헨리 푸젤리[297])로 여기거나 '난잡함'(하인리히 뵐플린[298])의 표현이라는 사고방식도 등장했다.[299] 이런 시점은 지금이야 소수파지만, 사물이 지닌 '물건다움'에는 민감해도 좋지 않을까. 즉, 아무리 깊은 상징성을 해석하던 간에 그림 속 기운을 외면할 필요는 없다. 예를 들면 '잡동사니'와 '난잡함' 같은 사물이 물건으로서 가진 너저분한 북적거림을 읽어내는 것이다. 더 나아가 이런 북적거림의 와자지껄함이나 풍요로움을 느껴보는 것이다. 그런 생각이 든다.

앞서 멜랑콜리아가 '주어의 과잉'에 직면해 있는 게 아닐까 라고 생각했다. 이로 인해 '서술어적 통일'이 방해를 받는다. 그것이 저 허공을 보는 응시의 의미일지도 모르지만 거기에는 확실히 '과잉'이 읽혀진다. 그러나 과잉이라는 감각의 기저에는 예를 들어 그것이 우울을 불러일으키는 부정적 작용을 한다 해도 풍요로움과 많음의 실감이 수반된다. 그림 속에는 이러한 '풍요로움'에 젖은 감각과 멍한 시선으로 불가능을 깨닫는 감각이 뒤섞여있다. 이런 혼재가 바로 〈멜랑콜리아Ⅰ〉이라는 작품의 복잡하고도 흥

---

297) 헨리 푸젤리(Johann Heinrich Füssli, 1741~1825): 스위스 출신의 영국에서 활동한 화가. 영국왕립미술원 회원과 대학교수 역임. 밀턴미술관을 개설하기도 했으며, 영국 낭만주의 운동의 핵심적인 인물이다. 성욕과 억압된 폭력성에 대한 암시를 담은 그림을 주로 그렸는데, 20세기 초현실주의 화가들에게 많은 영향을 주었다. 걸작 〈악몽〉이 왕립미술아카데미에서 화제를 모으면서 유명해졌다. 문학의 주제를 작품으로 옮기는 작업도 즐겼으며, 작품에 〈니벨룽겐의 노래〉〈뤼틀리의 맹세〉 등이 있다.

298) 하인리히 뵐플린(Heinrich Wölfflin, 1864~1945): 스위스의 미술사가. 바젤, 베를린, 뮌헨, 취리히의 각 대학에서 교수 역임. 로마 피렌체 유학 시에 피들러, 아돌프 폰하룬데브란트, 마레스 등과 만나 '고전'과 '형식'의 두 개념에 대해 깊은 사색을 했다. 미술사 연구의 기본적인 자세는 형식 분석에서 직관성의 존중이며, 이를 개념적으로 정리하기 위한 사유성을 중시했다. 특히 르네상스에서 바로크로 향하는 미술발전 문제에서 제시한 '평면'과 '심오' '선적'과 '회화적' 등의 기초 개념은 문예학에도 많은 영향을 주었다. 저서로 『르네상스와 바로크』 『고전미술』 등이 있다.

299) 이 상황 배경에 관해서는 하르트무트 뵈메의 『뒤러 〈멜랑콜리아1〉』 pp.34~36 참조. —저자 주.

미로운 부분이다.

　이는 단순히 질병의 증상이 아니다. 오히려 '응시'라는 '지식에 대한 방법'을 둘러싼 하나의 표현이다. 멜랑콜리아의 크게 뜬 눈이 표현하고 있는 것은 지식의 과잉에 직면해서 어쩔 줄 모르는 상황을 일종의 지식의 형태로 체험하는 태도이기도 하다. 우리는 지식의 과잉에 직면하여 좌절해도 이를 지식의 방식으로서 받아들일 수 있다. 즉, '모르는' 상황을 우리는 '알' 수 있다. 넘쳐나는 것들로 압박받은 '알지 못하는 것'과 그 '술어적 통일'의 불가능 속에서 '지식'에 도달할 수가 있다.

　이와 같은 '아는 방법'에 대해 생각해보면 떠오르는 것은 '문학을 안다'라는 말이다. 서두에서 이 표현은 오늘날에는 거의 쓰지 않는 사어라고 언급했다. 왜 이 표현이 죽어버렸을까. 여기서 먼저 해야 할 질문은 원래 왜 이 말이 생겨났는지 라는 점이다.

　'문학을 안다'라는 말을 우리가 좋아했던 이유는 '일차방정식을 안다' '밥 짓는 법을 안다'라는 표현과는 다른 뉘앙스를 품고 있기 때문이다. 문학은 일차방정식이나 쌀과는 달리, 거의 이해를 못하거니와 공부를 해서 조금씩 알아가는 것도 아니다. 허들경기처럼 명확하게 넘고 못 넘고를 판가름하지 못한다. 우리가 '문학을 안다'고 말할 때 우리는 전혀 다른 것을 이야기하고 있다.

고바야시 히데오[300]와 하시모토 오사무[301]가 언성을 높이는 이유

그렇다면 명확한 기준이 없는 애매한 것을 '아는 방법'에 대해 어떻게 말하면 좋을까. 사실 그 답은 바로 거기에 있다. 당연한 말이지만 우리가 '문학을 안다'에 대해 이야기하는 이유는 우리가 이에 대해 말하려 했기 때문이다. 이야기할 만큼 신경 쓰이고 의문과 의심을 품었던 까닭이다. 그래서 줄곧 '논쟁'을 해왔다. 실제로 아는지 아닌지는 그 다음 이야기다. 이 말은 자신의 태도를 드러내는 말이다. '쟤는 문학을 모른다.'라든가 '난 문학을 안다'와 같은 판단에 일종의 선언을 하는 것이 '문학을 안다'라는 것의 의미이다.

전형적인 예를 하나 들어보자. 다음은 하시모토 오사무의 『고바야시 히데오의 은총』에서 인용한 부분이다.

……『모토오리 노리나가[302]』를 읽은 독자는 무엇을 읽은 것일까? '고바야시

---

300) 고바야시 히데오(小林秀雄, 1902~1983): 일본의 평론가, 편집자, 작가. 비평의 새로운 분야를 개척하여 문학평론을 확립하였고, 근대기 평론에서 견인차 역할을 했다. 1938년 문예잡지 『분게이슌주(文藝春秋)』 특파원으로 중국에 갔을 무렵, 『의혹』 『이데올로기 문제』, 『올림피아』 등 사회·문화 관련 평을 발표하였고, 이에 대해 문학지 『신일본문학』에서 전쟁 범죄인으로 지명하자, 음악·회화·철학으로 관심을 돌려 『나의 인생관』 『고흐의 편지』 『근대회화』 등을 발표했다. 그밖에도 『사소설론』 『무상이라는 것』 등 저서 다수. 문화훈장, 일본예술원상, 일본문학대상 등 여러 문학상을 수상했다.

301) 하시모토 오사무(橋本治, 1948~): 소설가, 평론가, 수필가. 1977년 소설 『모모지리무스메(桃尻娘)』로 소설현대 신인상 가작에 당선되면서 작가 활동을 시작했다. 박식한 지식과 독특한 문체를 구사하여 활약하는 한편 고전문학을 현대어로 풀어내는 이차창작에도 몰두하고 있다. 저서 『일본이 가는 길』 『제비가 오는 날』 『나비의 행방』 등이 있고, 평론서 『미시마 유키오란 어떤 사람이었는가』, 에세이 『겐타의 원맨쇼』 등 다수가 있다.

302) 모토오리 노리나가(本居宣長, 1730~1801): 에도(江戶)시대의 국학자. 18세기 최고의 일본 고전 연구자로 일본 4대 국학자 중 한 사람이다. 유교와 불교를 철저히 배격하고 일본만의 순수한 정신을 찾고자 했다. 『겐지모노가타리(源氏物語)』를 비롯한 일본 고전을 강의했다. 『고사기(古事記)』를 실증적 방법론으로 연구하여 35년에 걸친 주석서 『고사기전(古事記伝)』 44권을 집필하였다. 일생 동안 저술 활동을 활발히 하여 『다마쿠시게((玉くしげ)』 『겐지모노가타리 다마노오구시(源氏物語玉の小櫛)』 『우이야마부미(初山踏)』 등 많은 저서를 남

히데오가 말하는 모토오리 노리나가의 사상'을 확실하게 배우고자 읽는가? 아니면 '모토오리 노리나가를 말하는 고바야시 히데오'에 흥미가 생겨 읽는가? 나는 전자다. 나는 『모토오리 노리나가』를 여러 번 읽어도 이 인물에 흥미가 생기지 않는다. 애초부터 이 인물에 관심이 없으니 그가 쓴 책을 읽어 볼 생각도 없다. 내게 모토오리 노리나가는 '따분한 존재'이다. 이 이유는 나중에 언급하겠지만 그 '따분한 존재'를 서술한 고바야시 히데오의 글은 전혀 질리지 않는다.

— 『고바야시 히데오의 은총』 중에서

모토오리 노리나가에는 전혀 관심이 없지만 모토오리 노리나가를 논하는 고바야시 히데오는 재미있다. 하시모토는 그저 그뿐인 말을 상당히 빙빙 돌려 말한다. 이렇게 단어를 늘리는 행위는 논리의 구성이나 설명을 위한 필수요소여서가 아니다. 하시모토는 단어수를 늘리고 열변을 토함으로서 자신이 뭔가 하고 있다는 의사표시를 한다. 자신이나 독자에게 '난 모토오리 노리나가는 관심 없어.' '나는 그럼에도 고바야시 히데오의 『모토오리 노리나가』는 재미있다고 느낀다.' 이런 태도를 툭 던져놓고 그 다음은 '참 신기하지 않아? 난 모토오리 노리나가는 관심이 없는데도 고바야시 오사무의 『모토오리 노리나가』에는 관심이 있단 말이지. 그래서 지금부터 난 이 책을 그러한 인간으로서 이야기하겠어.'라며 자신을 내세우는 태도다.

'문학을 안다'가 중심인 화제에는 이런 태도로 자신을 내세우는 경우가 흔하다. 심지어는 이 책의 대상인 고바야시 히데오부터가 '문학을 안다'라는 출발점에서 거슬러 올라가는 화법을 쓰는 비평가다. 작품의 내용과 가치를 독자와 공유하지 않고 '아는지 모르는지부터 따져보자'라는 말투다. 『랭보1』(아르튀르 랭보[303], 고바야시 히데오의 번역서)의 끝맺음 또한 그

겠다. 1801년 그가 사망할 당시 문하생의 수는 500여 명에 이르렀다.
303) 장 니콜라 아르튀르 랭보(Jean-Nicolas-Arthur Rimbaud, 1854~1891): 프랑스의 시

렇다.

　수세기 동안 문학은 비운의 천재를 밀어내는 비주류를 낳았다. 필시 환경의
문제가 아니다. 어느 천재의 영혼은 주류에서 떨어져 나올 수밖에 없는 비밀
을 가졌으리라. 후세에 틀림없이 호기심 많은 비평가가 그의 예술을 밝힐 것
이다. 그리고 그 목소리는 구세군의 북소리처럼 사라져갈 것이다. 사람들은
랭보를 읽는다. 그리고 포만한 배를 안고 영원히 반복할 것이다. '그러나 대시
인은 아니다.'라고.
　　　　　　－ 고바야시 히데오, 『신정(新訂) 고바야시 히데오 전집』 제2권 중에서

　앞서 언급했듯이 나카무라 유지로는 고바야시 히데오의 스타일에 대해
"독자는 이런 거절을 참아 내거나 거절이라는 시험에 통과한 경우에만 진
실을 엿볼 수 있다(나카무라 유지로 『현대 정념론(情念論)』에서). 이는 극히 당연
한 말이다. 고바야시 히데오는 랭보 그 자체보다 이 사람을 '아는가' 아니
면 '모르는가'를 말하는 것이다. 랭보가 어떤 사람인지 어떤 시를 썼는지
보다는 '나는 랭보를 안다'를 말하고 싶은 사람이다. '너희는 어때? 난 아
는데 너희는 알고 있어?'라는 뜻이 담겨있다. 작품을 논하지 않고 '내가 읽
은 것'에 대해서 말한다. 우리는 고바야시 히데오의 입을 통해 작품의 해
설이나 해석을 듣지는 못한다. 고바야시는 취향, 열의, 강렬한 '거절', 그
리고 '금지'의 태도를 우리에게 들이밀고 있다. 작품 이해의 실마리를 찾는
사람에게 고바야시 히데오의 표현은 당연히 짜증나기 마련이다.

인. 19세기 프랑스 상징주의를 대표하는 시인으로, 다양한 실험을 통해 현대시의 정점에
섰다. 조숙한 천재로서 일찍부터 작품 활동을 시작하여 15세에 「감동(Sensation)」 「오펠리
(Ophelie)」 등 뛰어난 작품을 발표했다. 반항과 방랑벽으로 인해 파란만장한 실존적 삶을
살았지만, 15세에서 25세까지 10년 동안의 짧은 문학 생애 동안 많은 걸작을 남겼다. 대표
작으로 『취한 배』 『일뤼미나시옹』 『보는 사람의 편지』 『명정선』 등이 있고, 『지옥에서 보낸 한
철』 연작은 이 시인의 시 세계를 대변하는 명작이다.

하지만 고바야시 히데오의 '안다'라든가 '모른다'와 같이 작품의 말에 전혀 근접하지 않은 단정적인 말투는 또 하나의 '아는 방법'을 시사한다. 이처럼 상대나 청중을 상정해서 '내세우는' 행동에 자신을 몰아넣음으로서 고바야시는 이러한 행동이 아니면 이야기하지 못하는 무언가를 이야기하려 한다. 작품은 자동적으로 '있는' 것은 아니다. 적극적인 자세에 의해 '의미'나 '내용'과는 다른 무언가가 발생한다. 그러한 직감이 작용하는 것 같다.

고바야시 히데오를 말하는 하시모토도 이 비평가에 대한 담담한 분석이 별 의미가 없음을 알고 있다. 고바야시 히데오 스스로도 관심이 없기 때문이다. 그 대신 하시모토는 고바야시 히데오의 외침을 그 나름대로 재연하듯 '내세우기'라는 태도를 취했다. 이로서 고바야시를 '아는가, 모르는가?'의 논점 속으로 독자와 자신을 끌어들여 이 비평가를 '알려고' 했다.

이처럼 비평가의 본연의 자세를 통해 분명해진 것은 작품을 '안다'는 것이 응수하는 관계의 한 형태라 할 수 있다. 존 랭쇼 오스틴[304]의 『언어행위론』을 바탕에 둔 비평가가 나타낸 바와 같이 문학작품의 말은 이쪽에 직접 작용하거나 '사역(使役)적'인 '행위'라 단정한다. 그래서 '넌 어쩔 셈이야?'라는 도전적 의미가 있음을 알 수 있다.[305] 우리는 작품과 직면할 때 하나하나 그런 도전에 어떻게 반응하는지에 대해 생각해야 한다.

'알고 있는가?'라는 말은 답을 찾아 해결하려는 의도가 아니라 인간관계

---

304) 존 랭쇼 오스틴(John Langshaw Austin, 1911~1960): 영국의 철학자, 언어학자. '일상 언어'의 분석을 통해 도출된 철학문제를 연구하는 '일상 언어학파' 혹은 '옥스포드 학파'라 하는 철학적인 그룹의 주요 구성원으로 활약했다. 『말을 가지고 일을 수행하는 방법(How to Do Things with Words)』의 화행론(speech act theory)의 이론인 언어행위이론을 통하여 존 설(John Searle), 맥스 블랙(Max Black) 등 후대 일상 언어학자들과 오늘날의 영국 철학계에 지대한 영향을 주었다.

305) 오스틴의 언어행위이론(言語行為理論)에 대해서는 『언어와 행위』 참조. 오스틴을 응용한 비평은 넓은 범위에 이른다. 예를 들면 Pratt의 Toward a Speech Act Theory of Literary Discourse 등이 있다. ─저자 주.

차원의 질문이다. 우리가 '알고 있는가?'라는 질문을 던질 때조차 그 질문에 실제의 뜻이 아닌 다른 의미가 담겨 있다. "이것도 모르면 안 돼!" "설마 이걸 모르지는 않겠지?" "난 다 설명 했다." "진짜? 그걸 알았다고? 너 대단한데?" "설마 이걸 아는 건 아니지?" 이런 식으로 말이다. 그렇기에 '알고 있는가?'는 일차적 질문에 그치지 않고 상대에게 주장과 요구를 관철시키려는 속뜻이 담겨있으며 일상 속에서 '상대'와의 관계를 반영한다. 우리는 상대에게 혹은 혼자서 무언가를 '안다'고 하지 못한다. 특정한 공간에서 다른 사람과 말을 주고받는 형식으로 본인이 '아는 방법'을 스스로 깨닫거나 표현한다. 그래서 '알고 있는가?'라는 질문에 수긍하면서 또박또박 대답하거나, 당황하거나, 말문이 막히거나, 어찌할 바를 모르기도 하는 이유가 여기에 있다. 이렇듯 누군가가 한 말을 듣고 어리둥절해하는 것이 가장 성실한 반응이다. 이러한 반응을 통해 비로소 감지할 수 있는 말의 작용이 있다.

시를 안다는 것

고바야시 히데오가 이런 비평을 한 이유는 그 시작이 '시(詩)'와 관련 있기 때문이다. 고바야시는 시와 그 '어려움'에 대립되는 비평을 위한 문장을 만들어 냈다.

이 책에서 여러 차례 언급했듯이 우리는 이미 시를 잘 읽지 않는 세상에 살고 있다. 하지만 우리는 시 읽는 법을 완전히 잊지는 않았다. 가끔은 문득 생각이 떠오르기도 한다. 시는 이때 우리들 앞에 우연처럼 등장한다. 시를 읽지 않는 시대이지만 신기하게도 여전히 현재 시를 쓰고 있다. 그런 연유로 시가 떠오르는지도 모른다. 그러한 시는 처음부터 떠오르게 하려고 쓰였다고 본다. 그러나 떠올려야 할 것이 있다. '문학을 안다'를 떠올리는 데 의의가 있듯이, '시를 읽는다.'는 행위를 떠올리는 일도 현재 우리와 직결된 일이며, 의미 있는 일이다.

현대시가 쓸데없이 난해하다, 못 읽겠다, 라는 비판이 오랫동안 있었다. 어렵기 때문에 독자들에게서 멀어졌다고 말한다. 그러나 현대시가 '난해'한 이유는 독자와의 응수관계 속으로 너무 깊게 들어간 탓인지도 모른다. '문학을 안다'를 둘러싼 여러 표현들과 마찬가지로 시 읽기도 '아는 가' '모르는가'라는 질문을 우리에게 들이대는 역할을 짊어지게 되었다. 시 읽는 법을 잊었기 때문이다.

이런 문맥에서 다시 읽어보기에 알맞은 시인은 니시와키 준자부로다. 니시와키 준자부로는 현대시에 이른바 '난해할 자유'를 불어넣은 대표적인 시인 중 한 사람이다. 그 작품 중 예를 들면 니쿠라 도시카즈[306]가 『니시와키 준자부로 전시인유집성(全詩引喩集成)』에 쓰인 방법으로 그 출전은 찾아내는 일은 가능할지라도, 해석을 하거나 논리적으로 바꾸는 일은 어렵다. 산문의 논리로는 묘사하기 힘든 언어로 쓰여 있다. 그런 의미에서 '아는 가, 모르는가' 중 분명 '모른다'이다.

> 안드로메다를 나는 몰래 생각한다
> 저 건너 집에서는 우아한 여자가 누워
> 여자끼리 바둑을 둔다
> 품에서 손을 빼고 생각한다
> 우리 철학자는 망가진 물레방아 앞에서
> 철쭉과 붓꽃을 들고 기념

---

306) 니쿠라 도시카즈(新倉俊一, 1930~): 미국의 시 연구자. 에밀리 디킨슨, 에즈라 파운드 등 미국 시인들과 일본 시인 니시와키 준자부로, 영국 시인 에드워드 리어의 넌센스 시를 연구하고, 번역했다. 저서로는 『영시의 구조』 『미국 시의 세계, 성립부터 현대까지』 등이 있고, 평전 『평전 니시와키 준자부로』 『시인들의 세기—니시와키 준자부로와 에즈라 파운드』 등 다수가 있다.

사진을 찍고 다시 목욕물에 들어가고
그리고 개연꽃 같은 술을 따라
밤 동안 기하학적인 생각에 잠겼다
베도스[307]의 자살론에 대해 이야기하며
도겐자카[308]를 올랐을 무렵의 그를 생각하거나
백발의 아인슈타인이 미국의 마을을
걷는 모습을 생각하니 잠이 오지 않는다

― 『근대의 우화』

　얼핏 봐선 눈에 들어오지 않는 '인상'의 연속이다. 과거 〈멜랑콜리아Ⅰ〉
를 가득 채운 '잡동사니'라는 평가가 생각난다. 니시와키 준자부로의 시도
'잡동사니' 같은 면모가 있다. 마구 뒤섞여 있다. 왔다 갔다 한다. 전혀 갈
피가 잡히지 않는다. 중심이 없다. 무엇을 말하고자 하는지 모른다. 그러
나 '안드로메다' '여자끼리 바둑' '기하학적인 생각'이라는 말이 연이어 나
온다. 맥락이 없는 흐름에 휘둘리는 것은 중요하다. '모른다'는 상태를 체
험해야 한다.
　여기서 신경 쓰이는 부분이 있다. 확실히 맥락은 없지만 강력한 흐름을
만드는 부분들이 있다.―'몰래 생각한다' '둔다' '생각한다' '잠긴다' '잠들지
못한다'. 이처럼 술어가 범람하고 있다. 이 시에는 술어적인 단어가 계속
나온다. 그리고 술어들 사이에 종속관계는 없고 각각의 술어로 이어지는
문장이 독립왕국인 양 각각 우뚝 솟아있다. 시가 나오야(志賀直哉)의 문장

---

307) 토머스 로벨 베도스(Thomas Lovell Beddoes, 1803~1849): 영국의 시인. 위트와 사유의
　　폭이 넓고 상상력이 풍부했고, 엘리자베스 시대 후기의 극을 연상케 하는 어둡고 일그러진
　　세계를 그렸다. 음울한 성격에 떠돌이였으며, 영국을 싫어하여 독일로 건너가 의학을 공부
　　했으나 한 다리를 잃고 자살로 생을 마감했다. 대표작으로 시극 〈신부의 비극〉(1822), 〈죽
　　음의 콩트집〉(1850) 등이 있다.
308) 도겐자카(道玄坂): 일본 도쿄의 시부야(渋谷)역 하치코 개 동상 앞부터 메구로(目黒) 방면으
　　로 이어지는 오르막길의 이름.

을 중심으로 하나하나의 글이 빠짐없이 시작된다—앞의 문장의 기세에 먹히지 않는다—는 사실을 확인했지만 어딘가 공통점이 있다. 각각 '이야기'가 대등해서 술어가 계속 연결된다면 그저 '지금'이 무한히 연장된다는 인상을 준다.

이 무한하다는 의미를 어떻게 알 수 있을까? 너무 지나쳐서 모르는 것이 있다. 하지만 이는 붕 떠있는 수많은 주어가 자신 쪽으로 날아와 환자를 위협하는 이인증의 증상과는 대조를 이룬다. 수많은 주어 때문에 '있다'의 감각을 잃은 이인증 환자와는 달리 술어가 많은 이 시에서 '있다'의 감각은 막강하다.

이를 〈멜랑콜리아 I 〉와 비교하면 어떨까? 무한한 주어를 두고 '알겠는가?'라는 질문에 어쩔 줄 몰라 하는 멜랑콜리아. 모든 것에 대해 'NO'라고 말하는 것과 다름없다. 니시와키 준자부로의 시를 봐도 우리에게 같은 질문을 던진다. 다만 여기서는 무엇을 물어봐도 다 알 수 있다. 어떠한 '알겠는가?'라는 질문이 와도 'YES'라 답할 수 있다. 모든 것을 다 아는 강렬한 자아가 있기 때문이다. 우리는 그 자아를 약간 더디게 깨달으면서도 따라간다. 혹은 그 강렬한 자아와 동질화하여 모든 것에 'YES'라 답한다. 최고의 탐욕에도 덧그려지는 'YES'를 따라가는 것이 니시와키를 읽는다는 의미이다.

〈멜랑콜리아 I 〉과 니시와키 시의 공통점은 언어의 과잉이다. 우리들은 사물을 알고자 할 때 안정된 주어와 술어의 관계를 추구한다. 이로서 알기 쉬운 자신과 세상의 관계를 구축하려한다. 하지만 이러한 주어 술어의 관계는 끊임없이 위기에 직면한다. 우리는 본래 언어적으로 불안정한 상황에 놓여있다. '문학을 안다'라는 화법에서 나오는 태도는 이러한 상황과의 대치를 상기시킨다. 이미 시를 잘 읽지 않는 세상에서 시를 쓰거나 읽는 행위는 곧 '내세우는' 일이다. 경우에 따라서는 내빼기도 하고 찔러 보기도 한다. 아무것도 보지 않고 어리둥절해하며 상상력에 쫓기는 멜랑콜리아의 그 응시는 '아는 방법'의 그 근본에 비추는 풍요의 시선이기도 했다. 그리고 '안다'는 일에 이 정도로 미묘한 연관 방법을 시사해 나간다는 의미에서 '문학을 안다'라는 말 또한 그 나름의 귀중한 감성의 방법을 제공해온 것이 아닐까 생각한다.

마치며

응시에서 벗어나다

참 이상하다고 생각할 때가 있다. 나는 문자읽기를 싫어하지 않는다. 오히려 활자 중독에 가까운 편이다. 가방에 여러 종류의 읽을거리가 없으면 불안하다. 그런데 그런 책이나 잡지를 제대로 읽지 못한다. 시선은 페이지에 향해 있지만 5분의 4정도의 시간은 의식이 문자를 인식하지 않는다. 그러니 머리에 들어오지도 않고 진도가 나가지도 않는다. 읽고 있지만 읽지 않은 것 같다.

읽고 싶은데 읽지 못한다니 대체 무슨 말인가? 생각해보면 이 비슷한 '이상한 이야기'도 있다. 아침에 일어나면 먼저 글자를 읽고 싶어진다. 오랫동안 신문이 그 자리를 차지했다. 지금은 인터넷일지도 모른다. 그렇게 글자를 읽고 있으면 잠이 깬다. 몸에 온기가 돌고 평소의 나 자신으로 돌아오는 기분이 든다. 문자는 카페인처럼 각성 작용을 한다.

그런데 신기하게 자기 전에도 글자가 보고 싶다. 신문이든 소설이든 상관없다. 특히 잠자리에 들기 전, 새로 사온 책의 첫 페이지를 펼치고 도입부 몇 줄을 읽고 싶어진다. 잠들기 직전이라서 더욱 그러고 싶다. 그러면 잠이 잘 올 것 같은 기분이 든다.

책을 읽으면 잠이 깬다. 그러나 읽으면 잘 수 있다. 대체 무슨 말인가.

혹시 읽는다는 행위는 내 안의 '균열'과 관계있지 않을까. 읽는 행위를 통해 우리는 어딘가 민감해진다. 자신 안에 있는 구멍이나 걸림, 어긋남과 같이 넓은 의미의 '균열'과 조우한다. 분명 그로 인해 독서에 열중하지 못한다. 무언가에 몰두하려면 내가 나 자신이라는 사실에 안심을 해야 하기 때문이다. 읽으려 해도 읽을 수 없는 까닭이 여기에 있지 않을까?

하지만 이 '균열'과의 조우는 수복(修復)을 위한 첫걸음이다. 독서를 통해 우리는 또다시 우리 자신이 되기 위한 조정을 시작할 수 있다. 잠을 청해도 잠이 오지 않는다. 일어나려해도 일어날 수 없다. 이럴 때 독서를 통해 '하려는 나'와 '하려는 일을 할 수 없는 나' 사이의 타협점을 찾을 수 있지 않을까.

우리는 읽는다는 행위를 통해, 말하자면 자신이 자신이라는 사실과 마주하는 건 아닐까.

반론이 있을지도 모르겠다. 요즘에 책은 일부 사람들만 본다고, 할 일 없는 인간만 본다고 말이다.

정말 그러한가?

'읽다'라는 행위를 보다 넓게 '본다'라는 행위로 확대시켜보면 어떨까. 우리는 대체 얼마나 보지 않고 있을 수 있을까? 지하철 안에서 계속 들여다보던 스마트폰의 배터리가 떨어지면 불안해져서 필사적으로 지하철 광고판을 보거나 차창 밖 풍경을 본다.

우리는 보는 행위에 사로잡혀왔다. 사람은 보는 행위에 갇혀있는 수인(囚人)과 같다. 읽는 행위 또한 그 연장선상에 있다. 이 책에서는 인간과 응시와의 관계에 대해 생각해 보았다. 사람은 왜 '지그시 본다'라는 습관에서 자유롭지 못할까. 응시를 통해 무얼 하려는 걸까. 혹시 '균열'과의 조우를 위해서일까? 가만히 보는 것을 통해서 오히려 볼 수 없는 사태를 안다. 본다는 것을 두고 인간이 타협하지 않고 추구하는 여러 가지 태도도 여기서 나온다.

15장에 걸쳐 이러한 것들을 생각해 보았다.

이 책은 월간 문학지 『문학계(文學界)』에 2010년 1월호부터 2011년 3월호까지 연재한 시리즈 『응시의 작법』을 엮은 것이다. 일관된 주제로 쓴 글이지만 연재 중에는 되도록 하나의 장으로 완결되는 형식을 취했고, 한 권으로 묶으면서 군데군데 고쳐 썼다. 연재 당시에는 전체를 아우르는 큰 틀을 충분히 표현하지 못했으므로 마지막으로 정리해 두고자 한다.

사람은 응시하는 것을 좋아한다. 어째서인가?—이 책은 이 질문에서 시작되었다. 사람은 가만히 두더라도 응시를 한다. 인간은 보는 동물이기 때문이다. 실은 이전에 『슬로모션의 고찰』(2008)에서도 같은 질문을 한 적이 있다. 좀처럼 답을 내기가 어렵다고 생각했다.

다만 다음과 같은 사항들이 명확해졌다. 보는 것과 읽는 것은 그저 보기만 하거나 읽기만해서 끝나는 것이 아니다. 우리는 볼 때도 읽을 때도 '그 이상'의 것을 해왔다. 이 '그 이상'이란 부분은 대략 '근대'라 일컫는 몇백 년에 걸친 시대의 어떤 시기부터 이전에 비해 한층 눈에 띄게 되었다.

본래 응시라는 몸짓은 경험주의로 대표되는 근대의 지적 태도의 특징을 만들었다. 근대는 응시로부터 비롯되었다 해도 과언이 아니다. 이는 말하는 언어를 대신해서 쓰는 언어가 문화의 주도권을 잡은 과정과도 관련되어있다. 문자를 추구한다는 것. 책을 읽는 것. 인쇄술이 보급된 이후, 문화는 오로지 책 지면의 문자와 마주하는 형식을 취해왔다. 읽는 행위가 보편화되어 인간은 세상과의 관계를 지극히 사적이고 은밀하게, 고독한 상황 속에서 맺는 방식을 익혔다.

상업과 정치의 구조에도 이러한 '대상과 마주하여 응시하는' 자세가 반영되어 있다. 예를 들어 많은 사람들이 대량생산된 동일한 모델의 제품을 구입하는 소비행위와 다수의 개인이 한명의 후보에게 투표하는 대의제(代議制)에서는 제품과 후보자, 그리고 소비자와 유권자 사이에 압도적인 수의 불균형이 있다. 그럼에도 우리는 이를 별로 의식하지 않고 1대1의 관계라 착각한다. 그러기에 우리는 책의 지면이 화면으로 바뀌는 지금도 세상이 눈앞에 있고, 그 세상을 응시함으로써 문제가 해결된다고 생각하는 경향이 있다.

하지만 가만히 본다 해도 사실은 눈을 떼거나 잘못 보거나 보다가 놓치기도 한다. 응시하면 할수록 보지 않는 것, 보이지 않는 것이 있다. 그것이 계몽주의(啓蒙主義)의 도달점이라 생각할 수 있지만, 반대로 근대적 지식 속에 잠재된 근대 이전이 이렇게 대두되었다고도 할 수 있다. 어쨌든 가만히 응시하면서도 '그 이상' 혹은 '그 이외'의 일을 한다는 인간의 성벽이 재미와 풍요를 낳은 것은 틀림없다. 그밖에 여기에는 인간이 조금이라도 쉽게 인간이 될 수 있게 하려는 신기한 작용도 존재한다.

이 책에서는 '그 이상/ 그 이외'의 부분이 어떻게 발생하는지에 대해서도 함께 파악하려 했다. 이를 위해 특히 문학작품에 주목했다. 소설 중에는 종종 분명 응시하고 있는데 어느새 다른 일이 일어나기도 한다. 대상이 쓱 달아난다. 소설은 무언가를 쓰기 위한 장르가 아니라 쓰지 않기 위한, 쓸 수 없는 장르일지도 모른다고도 생각한다. 그렇기 때문에 소설은 우리들 문화 속에서 특별한 위치를 점했다. 그래서 우리는 소설, 나아가서 문학의 '알지 못함'과 싸우는 일에 의의를 두었다. 페이지에 인쇄된 문학의 언어를 '알지 못함'은 한편으로 우리들에게 강력한 응시를 강요하지만, 그 때문에 응시를 통해 문제를 해결한다고 믿어온 정신이 퍼뜩 자신에게 되돌아가는 계기가 만들어진다.

다자이 오사무(太宰治)는 깜짝 놀라게 만드는 작가였다. 여러 작품 속에 망상과 강박관념의 주제를 반복적으로 쓴 다자이 오사무는 누구보다도 응시의 속박에 사로잡힌 작가였다. 하지만 그만큼 주의산만, 즉흥적인 생각, 발견 등의 행위를 통해 응시로부터 도망치려 애쓰는 일에 보통사람 이상의 에너지를 낭비했다. 후루이 요시키치(古井由吉), 오에 겐자부로(大江健三郎), 나쓰메 소세키(夏目漱石), 마쓰모토 세이초(松本清張)도 모두 각자의 방법으로 '응시'하는 행동을 농후하게 나타냈지만, 응시가 '그 이상/ 그 이외'의 영역으로 들어서는 순간 그들의 작품은 진정으로 힘을 가졌다. 가만히 보고 있었는데 눈이 딴 짓을 하는 것이다. '얕게 판다'는 후루이의 비유는 지극히 당연하게 날카롭게 핵심을 간파하거나 깊게 파고드는 것보다 그렇지 않은 얕은 부분에 계속 머무는 데에 의미가 있다고 가르쳐준다.

본다는 것은 우리가 믿는 만큼 혼자하기 쉽지 않다. 자신의 의지대로 되지 않는다. 누군가에게 이끌리거나, 속거나, 속는 것을 알면서도 일부러 속아주기도 한다. 공시(共視)라든가 착시(錯視)의 도움을 받으면 새로운 부분을 볼 수 있다. 본다는 것의 배후에는 의지, 의도 같은 것이 있어서 보는 것을 돕는가 하면 방해하기도 한다. 그것을 자신의 의지나 의도라고 단정지을 수 없다. 외부에서 왔을 수도 있다. 잡음이나 타자(他者)처럼 '외적' 요소가 얽힌다. 우리들은 이렇게 인쇄된 지면과 마주할 요량으로 1대1 응시를 초월한 외부요소와의 관계성에서 살아간다.

시가 나오야(志賀直哉)는 그런 의미에서 특히 흥미롭다. 시가의 작품은 일본어 산문의 표본이라 하여 그 정확함과 정직함을 높이 평가받았다. 다만 원래 본인 스스로 사용한데서 확대하여 '있는 그대로'라고 한 비평의 말은 주의해야 한다. 정말로 '있는 그대로'가 맞는 말일까. 시가 나오야의 응시는 언뜻 보기에 야무지고 심각하다. 하지만 응시에서 어긋나는 무언가를 감추고 있다. 시가 나오야야 말로 안티 응시의 작가다. 고바야시 히데오(小林秀雄)는 시가 나오야에게 '보려 하지 않고 보는 눈'이 존재한다고 말했다. 시가 나오야는 응시를 내면에 품은 듯한―즉, 계몽주의 이후의 문화에 당면한 고집스럽게 품고 있는—특유의 맹목성에서 자유로웠다 할 수 있다.

물론 응시는 회화를 빼고 이야기 할 수 없다. 액자 속 그림을 보는 행위는 응시의 전형이다. 『지각(知覺)의 공중 매달림(Suspensions of Perception: Attention, Spectacle and Modern Culture)』을 쓴 조나단 크래리(Jonathan Crary)는 '주의'의 변용을 논할 때, 19세기 화가 마네와 쇠라의 작품으로 시선의 이동을 참조했지만, 이 책에서는 로스코, 모란디, 호지킨 같은 20세기 화가들을 다루었다. 마크 로스코와 같은 화가는 아주 단순한 그림이 가지는 난해함을 알려준다. 그러나 그에게는 '문법'이 있다. 문법'을 알면 우리는 보는 행위에서 자유롭다. 회화라는 제도 안에 있으면서도 응시라는 속박을 풀 수 있다. 이로 인해 보려 하지 않으면서 보기 위한 새로운 방법이 나온다.

마지막 장이 '문학을 아는가, 모르는가.'라는 문제로 귀착한 것은 당연한 일이다. 보는 행위에 대해 묻는다면 마지막에는 '안다'라는 것은 무엇인가를 물어야 한다. 문학만큼 '안다'와 '모른다' 사이의 미묘한 갈등을 날카롭게 문제 삼는 영역은 없다.

시를 어떻게 볼 것인가 하는 문제는 이 책의 전체를 꿰뚫는 기둥을 이루었다. 왜 '이제 와서 왜 시를?'이라는 그 질문 자체에 답이 있다. 애초에 시가 '이제 와서'라는 상황에 처한 이유는 무엇일까. 시가 소멸해 간 것과 사람이 응시에 사로잡히는 것은 서로 관련이 있다. 계몽주의 이후 근대가 응시의 시대라 한다면, 근대는 또한 시가 점차 사라지는 시대이기도 했다. 하지만 응시로부터 벗어나는 행동에 새로운 가능성이 숨어있듯이, '이제 와서 왜 시를?'이라는 상황 속에서도 문득 시가 되살아나는 순간이 있다. 시는 응시에 매우 익숙해진 우리들에게 약간 다른 방법을 알려주기도 한다. 산문적으로 '아는 방법'에서 멀리 떨어진 장소에서 '알지 못함'과

싸워가며 이야기하는 시의 언어는 우리가 어떻게 세상을 알 수 있는지에
대한 문제에 다시금 빛을 보게 한다

옮긴이의 말

지적 욕구를 한꺼번에 충족시켜주는 책

한성례

'응시'란 근현대의 사회제도가 낳은, 보이지 않는 것을 보기 위해서 보려고 하는 행위이다. 인간은 뭐든 보기를 좋아한다. 그리고 뭔가를 보기 위해서 종종 응시를 한다. 그런데 보면 볼수록 모르게 돼버리는 경우도 있다. 이 책은 그럴 경우를 포함하여, 보다 바르게 보는 방법을 제시해준다. 문학이라는 제도가 근현대에 특권을 누렸던 이유는 '읽는다'는 행위에 종속된 '본다'가 있었고, 나아가 '응시'가 있어 가능했다.

이 비평서는 '응시'라는 관점에서, 시, 소설, 회화, 영화 등 다양한 장르를 섭렵한 저자가 사람은 왜 응시하기를 좋아하는가, 사람은 눈을 부릅뜨고서 왜 '그 이상' '그 이외'의 무엇인가를 보려고 하는가, 그러한 문학·예술 작품을 '안다'는 것은 무엇인가와 같은 근원적인 물음과 마주하여 그 정점에 도달한 장편 평론집이다.

이 책의 특징은 첫째, 비평서이면서 난해한 비평용어를 쓰지 않으며, 일반 독자들도 이해할 수 있는 쉬운 말과 문장으로 문제를 파헤쳤고, 대상을 독자와 함께 응시하면서 논의를 펼쳐나간다는 점이다. 저자의 전공은 영미시와 영미문학이지만 일본의 시, 소설, 평론, 희곡 등 일본문학에 관해서도 폭넓게 연구하고 있는데, 깊고 넓은 전문 지식과 비평이론이 이 책 전체에 녹아 있다.

둘째, 각 단원마다 자유롭고 활달하게 작가와 작품을 바꾸며 응시라는 주제를 경쾌하게 변주하고 있다는 점이다. 대상을 응시하면서 작가와 작품을 깊이 파고들지만 답답하지 않도록 주의 깊게 비켜가고 변화해나가 읽는 사람에게 산뜻한 지적 운동을 할 수 있게 해준다.

셋째, 그럼에도 논의가 산만하지 않고, 전체적으로 무거운 주제를 다루면서도 재미있게 문학론을 펼쳐나간다. 인간에게 '본다' '읽는다'라는 행위가 무엇을 의미하는지, 그 행위가 노출시키는 '균열'이란 무엇인지, 그리고 소설이나 시를 잘 읽지 않는 현대에 더욱 문학이 의미를 갖게 되는 건 어떤 이유인지 등의 근원적인 질문을 던지며 독자와 함께 논의해 나간다.

이 비평서에는 시인, 소설가, 평론가, 희곡작가 등 일본을 대표하는 문인들이 망라되어 있다. 우리나라에도 널리 알려진 다자이 오사무(太宰治), 나쓰메 소세키(夏目漱石), 오에 겐자부로(大江健三郎), 무라카미 하루키(村上春樹), 추리작가 마쓰모토 세이초(松本淸張)에 이르기까지 각각의 문인들이 가진 문체를 세밀하게 관찰하여 그들이 응시하는 방법을 날카롭게 분석했다. 시인·화가·소설가 등 쉽사리 결합될 수 없는 여러 예술이 저자의 학식과 재능, 동서양을 아우르는 통찰력과 뛰어난 문장력으로 한데 어우러져 있다. 이 한 권 속에 다양한 예술 세계가 흥미진진하게 펼쳐진다.

'읽는다'는 것은 '본다'는 것이다. 이 책은 이러한 눈의 기능을 응용하여 뭔가에 파고든 참신한 문학예술론이다. 수많은 지식을 한꺼번에 얻을 수 있는 지식의 보물창고이다. 요컨대 지적 욕구를 한꺼번에 충족시켜준다. 지적 대화를 위해서 반드시 필요한 한 권의 책이라는 표현이 가장 적합할 듯하다.

하루키 소설 판매 부수와 선거, 목소리와 독서, 시와 비평을 둘러싼 고찰 등 도발적이고 자극적인 내용도 포함되어 있다. 선거와 독서에 비평을 묶어서 이야기하는 것도 놀랍지만, 그 비평을 내재시켜 시에 대한 이야기로 이어지고, 그 다음에는 시를 내재시켜 다른 비평으로 전개해 나간다. 저자는 응시를 그림과 영화, 선거로까지 확대하고 다른 분야의 텍스트와 교차시켜서 문학을 읽게 만든다. 텍스트로서 거론한 예술 작품이나 작가의 뛰어난 부분을 포인트로 잡아 짧은 문장으로 이어지는 전개도 상쾌하다. 일탈에는 응시 문화의 급소가 있다는 이야기도 흥미롭다.

에세이 같은 비평서다.

앞 장에서 거론한 내용이 뒤 장으로 이어지는 형태가 꼭 연시(連詩) 같다.

인간의 '응시'가 종종 보는 것의 '실패'로 이어진다. 그러한 실패야말로 인간을 지적으로 성숙하게 만든다. 저자는 거기에 숨겨진 흥미로운 역설을 뛰어난 문장력으로 조명하여, 읽는다는 것에 대한 소중함을 새삼 일깨워준다. 동서양에서 큰 족적을 남긴 예술가들, 또는 현재도 예술의 경지를 개척해가는 예술가들의 세계를 깊이 응시해 보았다는 것만으로도 이 책을 읽고 나면 가슴 뿌듯해진다.

이 저서는 제35회 산토리학예상 〈학술 · 문학부문〉을 수상했다. 권위 있는 이 상에 잘 어울리는 걸작이다.

이 비평서의 한국어 번역에서, 여러 해 동안 함께 번역과 문장을 연마해온 번역 작가 이로미(李露米), 김정인(金貞仁), 김수정(金壽晶), 윤지혜(尹智惠), 이미경(李美京), 최희원(崔喜園) 씨와 번역수업 텍스트로써 활용했음을 밝혀둔다. 번역자에게 가장 알맞은 방식으로 전율하면서, 감동하면서 응시한 시간이었다. 그런 의미에서 이처럼 훌륭한 저서를 만났음은 우리의 축복이었다. 꿈을 꾼 것도 같고, 멀리 여행을 다녀온 것도 같은 폭넓고 웅숭깊은 응시였다.

아베 마사히코(阿部公彦)

1966년 일본 가나가와 현(神奈川県) 요코하마 시(横浜市) 출생. 비평가, 소설가, 영문학자. 1998년 소설「황야를 가다」로 '와세다(早稲田)문학' 신인상 수상. 2013년 비평집『문학을 '응시하다'』로 '산토리학예상' 수상. 도쿄대학 문학부 및 동대학원 인문과학연구과 영어영미문학전공 석사과정 졸업 후, 케임브리지대학 대학원에서 박사학위 취득(1997년, 논문은「월리스 스티븐스와 '지루함'의 미학Wallace Stevens and the Aesthetic of Boredom」). 전공은 영미문학이지만 일본의 시와 소설 등 일본문학에 관해서도 폭넓게 연구. 지금까지 다룬 주제는 '지루함'(『모던의 근사치—스티븐스·오에(大江)·아방가르드』)(2001), '슬로우 모션'(『슬로우 모션 고(考)』)(2008), '응시'(『문학을 '응시하다'』)(2012), '어리다'(『'어리다'는 전략—'귀여움'과 성숙의 이야기 작법』)(2015) 등 다수.『즉흥문학 만드는 법』(2004),『시적 사고의 눈뜸—마음과 언어에 실제로는 솟아나 있는 것』(2014) 등에서는 문학 창작을 논했고,『선의와 악의의 영문학 역사—글 쓰는 자는 독자를 얼마나 사랑해 왔을까』(2015)에서는 소설 속에 잠재한 '사랑'과 '악의'에 대해서 고찰.『영시를 아는 법』(2007),『영어문장독본』(2010),『소설적 사고의 권유—'신경 쓰이는 부분' 투성이인 일본문학』(2012),『영어적 사고를 읽는다—영어문장독본II』(2014),『사상 최악의 영어 정책』(2017),『명작을 주무르다—'낙서 식'으로 읽는 첫 페이지』(2017) 등 계몽서와 입문서도 다수 집필. 편역서『진지하게 읽는 영국·아일랜드 문학(현대문학 단편작품집)』(2007), 번역서『프랭크 오코너(Frank O'Connor) 단편집』(2008), 버나드 맬러머드(Bernard Malamud)의『마법의 나무통 외 12편』(2013) 등 번역 관련 서적 다수. 서평에 쿠니 가오리(江國香)의『개와 하모니카』외 약 250편, 논문「오에 겐자부로와 영시—일본어의 미개척 영역을 중심으로」외 약 70편, 에세이「약간 늦은 만남」외 약 30편이 있고, 다양한 분야에서 활발하게 연구·집필. 현재 도쿄(東京)대학 문학부 교수.

도쿄(東京)대학 아베 마사히코(阿部公彦) 교수 홈페이지
http://abemasahiko.my.coocan.jp/

한성례

1955년 전북 정읍 출생. 세종대학교 일문과와 동 대학 정책과학대학원 국제지역학과 일본학 석사 졸업. 1986년『시와의식』신인상으로 등단. 한국어 시집『실험실의 미인』, 일본어 시집『감색치마폭의 하늘은』『빛의 드라마』, 인문서『일본의 고대 국가 형성과 '만요슈'』등의 저서가 있다. '허난설헌문학상'과 일본에서 '시토소조상'을 수상했다. 번역서『세계가 만일 100명의 마을이라면』『붓다의 행복론』등이 중고등학교 각종 교과서의 여러 과목에 수록되었으며, 소설『파도를 기다리다』『달에 울다』, 에세이「1리터의 눈물」, 인문서『또 하나의 로마인 이야기』를 비롯하여 한일 간에서 시, 소설, 동화, 에세이, 인문서, 실용서, 앤솔로지 등 200여 권을 번역했다. 특히 문정희, 정호승, 김기택, 안도현 등 한국시인의 시집을 일본어로 번역 출간했고, 니시 가즈토모, 잇시키 마코토, 고이케 마사요, 이토 히로미 등 일본시인의 시집과 스웨덴 시인 라르스 바리외(Lars Vargö)의 하이쿠집을 한국어로 번역 출간하는 등 한일 간에서 많은 시집을 번역했다. 1990년대 초부터 문학을 통한 한일교류를 꿈꾸며 문학지를 중심으로 시를 번역 소개하고 있다. 현재 세종사이버대학교 겸임교수로 있다.